ANJA TATLISU

Moon Notes

Originalausgabe
1. Auflage
© 2024 Moon Notes im Verlag Friedrich Oetinger GmbH,
Max-Brauer-Allee 34, 22765 Hamburg
Alle Rechte vorbehalten
© 2024 by Anja Tatlisu
© Einbandgestaltung: Rocket & Wink, Hamburg
Satz: Satz für Satz, Wangen im Allgäu
Druck und Bindung: FINIDR, s.r.o.,
Lípová 1965, 737 01 Český Těšín, Tschechische Republik
Printed 2024
ISBN 978-3-96976-044-4

www.moon-notes.de

Für die Liebe,

den Glauben und die Hoffnung.

Und für Maren, weil es ohne dich

dieses Buch noch gar nicht geben würde.

~~So wilde Freude~~

~~nimmt ein wildes Ende,~~

~~und stirbt im höchsten Sieg,~~

~~wie Feuer und Pulver~~

~~im Kusse sich verzehrt.~~

(William Shakespeares Romeo und Julia)

Prolog

»Sir? Verstehen Sie mich, Sir?«

Das Chaos um mich herum und die auf mich einredende Stimme nahm ich kaum wahr. Blinkende blaue und rote Lichter. Stöhnen. Wimmern. Dazwischen Sanitäter und Polizisten.

»Können Sie mich hören, Sir?«

Ich wiegte ihren erschlafften Körper in meinen Armen, presste meine Hand noch fester auf die Wunde an ihrer Brust, küsste sie, flüsterte ihren Namen, bat sie unablässig, bei mir zu bleiben, doch ihr Blut rann unaufhaltsam durch meine Finger.

»Sir? Sie müssen sie loslassen, damit wir ihr helfen können.«

Unfähig, etwas zu erwidern, tat ich, worum der Mann mich gebeten hatte, erhob mich mit ihr vom Boden und bettete sie vorsichtig auf eine gepolsterte Trage. Widerstrebend ließ ich sie los, starrte in den offenen Rettungswagen, hörte das Reißen von Stoff und hektisches Gerede. Sah, wie versucht wurde, die Blutung zu stillen, wie Nadeln ihre samtweiche Haut durchstachen und ihr schönes, viel zu blasses Gesicht unter einer Sauerstoffmaske verschwand.

»Sind Sie verletzt, Sir?«

»Durchschuss«, murmelte ich.

An meinen Händen klebte Blut. Ihr Blut.

»Wir werden Sie mitnehmen müssen, Sir, um Ihre Wunde zu versorgen.«

Abwesend folgte ich dem Mann zu einem anderen Krankenwagen, drehte mich immer wieder um. Ich spürte keinen Schmerz in meinem blutenden Oberarm, nur in meinem unverletzten Brustkorb, wo sich immenser Druck aufgebaut hatte, der mich zu zerreißen drohte.

Es war meine Schuld.

Alles war meine Schuld.

Wäre ich um den Bruchteil einer Sekunde schneller gewesen, hätte ich sie mit meinem ganzen Körper schützen können. Die Kugel hätte nicht bloß meinen Bizeps durchschossen, wäre nicht in ihrer Brust gelandet, sondern in meiner, und ich würde an ihrer Stelle blutüberströmt in dem Krankenwagen liegen, dessen Türen sich verschlossen, bevor er mit Vollgas davonfuhr.

Hätte ich sie nicht so nah an mich herangelassen, wäre nichts von alledem geschehen …

Kapitel 1

Abschiedsstimmung

»Habt ihr alles?«, fragte mein Dad und schaute durch die weit offen stehende Fahrertür prüfend in meinen petrolgrünen Käfer.

»Jawoll, Lieutenant Lewis, Sir!«, erwiderte Sarah lachend. Meine Freundin saß schon eine ganze Weile startklar auf dem Beifahrersitz und ließ den x-ten Sicherheitscheck geduldig über sich ergehen. »Daran hat sich in den letzten fünf Minuten nichts geändert.«

Ihr augenzwinkernder Seitenhieb prallte an meinem Dad ab. »Pfefferspray? Taser?«, fragte er zum wiederholten Mal.

»Im Handschuhfach. Die gleiche Kombi befindet sich in unserem Gepäck. In Milas und in meinem«, antwortete Sarah und klappte das kleine Fach vor ihren Knien auf, damit er sich selbst davon überzeugen konnte. »Uuund wir haben garantiert keinen dieser abgefahrenen Selbstverteidigungsmoves vergessen, die Sie uns beigebracht haben«, ergänzte sie zu seiner Beruhigung, obwohl es im Grunde nichts brachte. Aus Sorge um uns – vordergründig um mich – wurde er entgegen seinem sonst so souverän fokussierten Naturell seit Tagen von Zweifeln und Unsicherheiten geplagt.

Zum einen lag das an meinem bevorstehenden Roadtrip mit Sarah von Los Angeles aus quer durch mehrere Bundesstaaten nach New Haven. Zum anderen an der Abschiedssituation im Allgemeinen, weil sein einziges Kind auszog, um in Yale zu studieren. Vor den ersten Semesterferien würden wir uns wegen der großen Entfernung nicht wiedersehen. Natürlich gab es Videocalls, und wir waren generell auch auf alle anderen möglichen Arten vernetzt, aber das war eben nicht dasselbe, wie gemeinsam unter einem Dach zu leben.

»Fahr vorsichtig, und pass auf dich auf!« Mom schloss mich fest in ihre Arme und drückte einen innigen Kuss auf meinen brünetten Schopf, den ich nicht besonders schön, dafür äußerst praktisch zu einem dicken Knoten im Nacken zusammengebunden hatte.

»Ich melde mich, sobald wir im Motel in Utah eingecheckt haben.«

Mom ließ mich los, blinzelte auffällig oft und schenkte mir ein tapferes Lächeln. Wenngleich sie sichtlich bemüht war, ihre Fassung zu wahren, schlich sich eine kleine Träne aus ihrem rechten Augenwinkel. Das machte mir den Abschied noch schwerer.

Tief durchatmend wandte ich mich von ihr ab und blickte direkt in das übermüdete Gesicht meines Dads. Vermutlich hatte er die ganze Nacht über wach gelegen und sich Gedanken gemacht. »Ich weiß nicht«, murmelte er zerknirscht. »Vielleicht solltest du doch lieber fliegen. Ich traue dem alten Ding nicht. Der Wagen ist schon ein paar Jahrzehnte vor deiner Geburt vom Band gerollt und –«

»Du bist auch schon ein paar Jahrzehnte vor mir vom Band gerollt, Dad, und ich vertraue dir blind«, unterbrach ich ihn. »Außerdem hast du Otto zweimal von Spencer durchchecken lassen und mir ein Fahrsicherheitstraining aufgebrummt.«

»Aber er hat keinen einzigen Airbag, Mila, und –«

Er verstummte, als meine Mom beruhigend ihre Hand auf seine Schulter legte.

»Wir haben das alles doch schon mehrfach besprochen, Michael. Die beiden kommen nie an, wenn du sie nicht endlich losfahren lässt.«

Dad nickte mit zusammengepressten Lippen und gab sich widerwillig geschlagen. Bei seinen Bedenken ging es weniger um Otto – Grannys alten Käfer, den sie 1984 als Neuwagen gekauft und an dem Grappy in den letzten Monaten wegen meiner bevorstehenden Reise liebevoll rumgeschraubt hatte, bis der VW wieder weitestgehend den aktuellen Standards entsprach. Es ging auch nicht um meine Fahrkünste, sondern um die Tatsache, dass mein Vater wegen der großen Entfernung nicht sofort zur Stelle sein konnte, falls ich ihn brauchen sollte.

So fest wie möglich umarmte ich ihn und drückte ihm einen dicken Kuss auf die Wange. »Hab dich lieb!«, flüsterte ich mit belegter Stimme.

Zögernd ließ er mich los und nickte, was so viel bedeutete wie *Ich dich auch.*

Ein kurzes Lächeln, dann kehrte ich ihm den Rücken zu, weil ich es sonst nicht länger geschafft hätte, meine Tränen zurückzuhalten. Dabei freute ich mich auf New Haven, Yale und alles, was mich in diesem neuen Lebensabschnitt erwartete.

»Bye«, rief meine Freundin fröhlich, während ich zu ihr in den Wagen stieg, mich unter Dads wachsamem Blick ordnungsgemäß anschnallte und den Motor startete. Für Sarahs lockere Art in fast allen Lebenslagen hätte ich ein Vermögen gegeben, wenn ich denn eines besessen hätte. »Keine Sorge, Mrs und Mr L, ich werde auf Mila aufpassen.«

Mom lachte. »Ob mich das wirklich beruhigt, weiß ich gerade nicht.«

Sarah kicherte. »Sie wird garantiert nichts tun, was ich nicht auch tun würde.«

»Genau das befürchte ich«, erwiderte Mom.

Ich schloss die Wagentür und winkte meinen Eltern beim Losfahren durch die heruntergekurbelte Seitenscheibe zu. »Bis heute Abend!«

»Nicht traurig sein, Millili«, sagte Sarah und sah mich aufmunternd mit ihren strahlend blauen Augen an, »das wird super werden!«

Bestimmt würde es das. Dennoch brauchte ich einen Moment, um den dicken Kloß in meinem Hals loszuwerden.

»Wir beide an einer Uni. Weit, weit weg von zu Hause. In Yale. Wer hätte das gedacht? Und dann auch noch in einem eigenen kleinen Apartment.«

Ich hörte ihr zwar mit einem Ohr zu, hing aber irgendwo zwischen Abschiedsschmerz und Vorfreude fest, was Sarah nicht davon abhielt, vergnügt weiter vor sich hinzuplappern und das Radio lauter zu drehen.

»Double-u ay em cee ay«, ertönte die Stimme des Moderators aus den Boxen. »Oldies but Goldies …«

»Uh, yeah! Gib mir die wilden 70er, 80er und 90er!«, trällerte Sarah breit grinsend dazwischen, während sie mit den Fingern durch ihre schulterlange sonnenblonde Lockenmähne wuschelte. Binnen weniger Takte erkannte sie den Titel. »*Sweet Dreams* – der beste Song ever und ever und ever!«

Noch bevor sie sich mit Annie Lennox von den *Eurythmics* ein Gesangsbattle lieferte, musste ich schon lachen. Es gab absolut kein einziges Lied aus dieser Zeitspanne, das sie nicht hätte vorwärts, rückwärts und seitwärts mitsingen können. Ging es allerdings um die aktuellen Charts oder einen bekannten Song ab den 2000ern, war sie komplett raus.

Ich für meinen Teil hörte alles, was mir gerade gefiel, hatte jedoch ein ausgeprägtes Faible für Ed Sheeran, Harry Styles und Eminem. Ein Fangirl im typischen Sinne war ich nicht unbedingt, aber die Musik der drei Solokünstler holte mich mit ihren Songtexten am stärksten ab. Wobei Sarah mich mittlerweile minimal mit dem unvergleichlichen Sound vor unserer Zeit infiziert hatte. Es gab eindeutig Schlimmeres, und ich machte mir keinerlei Illusionen, während der knapp 3000 Meilen weiten Fahrt nach New Haven etwas anderes als ihre heiß geliebten Oldies zu hören.

Wir hatten uns für die kürzeste der drei möglichen Strecken entschieden, deshalb fuhr ich stadtauswärts, um vom San Fernando Valley aus auf die I-15 N zu kommen. Quer durch Las Vegas tuckerten wir gemütlich zum Bundesstaat Utah, machten unterwegs mehrere kleine Pausen und legten am Abend in Beaver unseren ersten Übernachtungszwischenstopp in einem Motel ein.

Das Zimmer war klein und sauber, verfügte über ein Duschbad mit Toilette, frisch bezogene Betten, beleuchtete Nachttischchen, Fernseher sowie einen Tisch mit zwei Stühlen. Alles schlicht und einfach gestaltet, wie in jedem Motel der Six-Kette. Das Wichtigste jedoch, insbesondere für meinen Vater, der unsere Reiseunterkünfte vorab gebucht hatte: Die Rezeption war 24/7 von zwei Mitarbeitern besetzt und wurde zusätzlich von einer Sicherheitsfirma unterstützt.

Nachdem ich total erledigt von der langen Fahrt kurz geduscht und ein Schlafshirt angezogen hatte, meldete ich mich wie versprochen per Videocall bei meinen Eltern. Ich versicherte ihnen gleich zu Beginn mehrfach, dass alles glattgelaufen war, während Sarah im Hintergrund unter der Dusche aus vollem Hals *Like a Virgin* von Madonna trällerte. Ein Umstand, der es mir neben meiner Müdigkeit zusätzlich erschwerte, mich auf das Kurzverhör zu konzentrieren.

15

»Was hast du gerade gesagt?«, fragte mein Vater. »Kannst du die Musik vielleicht ein bisschen leiser drehen? Wir verstehen dich kaum.«

»Würde ich wirklich gerne, Dad, aber seit der Grundschule suche ich vergeblich einen versteckten Lautstärkeregler bei Sarah.«

»Das ist Sarah?«, hakte er irritiert nach.

»Jep! Im Madonna-Modus unter der Dusche. Und glaub mir, wenn sie auf Billy Idol umschaltet, bricht garantiert die Leitung zusammen.«

Das kehlige, ansteckende Lachen meines Vaters erklang, und ich stimmte mit ein.

»Wie hältst du das nur aus?«, wollte er wissen.

»Keine Ahnung«, gluckste ich amüsiert. »Aber wenn es sie nicht gäbe, würde ich sie schrecklich vermissen.«

»Wir auch«, rief Mom aus dem Off.

»Melde dich, wenn ihr morgen früh losfahrt«, erinnerte er mich unnötigerweise an unsere Absprache.

Meine Eltern konnten sich genauso bedingungslos auf mich verlassen wie ich mich auf sie.

Doch vor allem Dad schaffte es nicht aus seiner Haut heraus, was ich ihm in keiner Weise übel nahm. Von Berufs wegen erlebte er tagtäglich schreckliche Dinge und war dadurch zwangsläufig von den tiefsten Abgründen menschlichen Fehlverhaltens geprägt worden.

»Mach dir keine Sorgen, alles läuft wie besprochen.«

Er mühte sich ein Lächeln ab.

»Und sollte jemand versuchen, uns schräg von der Seite anzumachen, werde ich den Übeltäter knallhart wegtasern, während Sarah ihn mit 80er-Jahre-Hits in den Wahnsinn singt.«

»Das beruhigt mich«, erwiderte er schmunzelnd, runzelte jedoch im nächsten Moment die Stirn, als der innbrünstige

Singsang noch lauter wurde, mittendrin abbrach und ein »Hi, Lieutenant Lewis« hinter mir ertönte.

»Schlaf gut«, sagte mein Vater und kappte überraschend schnell die Verbindung.

Als ich mich meiner Freundin zuwandte, wurde mir klar, warum er den Videocall so abrupt beendet hatte, denn Sarah trug nichts weiter als ein Handtuch um ihren Körper.

»Das war mein Dad, Sasu!«

»Und das«, sie drückte mir einen dicken Schmatzer auf die Stirn, »ist ein Badetuch, das sämtliche Erregungen öffentlicher Ärgernisse vollständig bedeckt, Millili.«

»Du hast ihn trotzdem in Verlegenheit gebracht«, gab ich zu bedenken.

»Kommt nicht wieder vor«, versprach sie, kehrte mir den Rücken zu und zog ein extrem verwaschenes XXL-*Rebell-Yell*-Shirt von einer Jahrzehnte zurückliegenden Billy-Idol-Tour über, ehe sie das Handtuch löste und zum Trocknen über den freien Stuhl neben mir hängte. »Beim nächsten Mal nehme ich gleich alles mit ins Bad. Ich habe echt nicht daran gedacht, dass du noch im Videocall mit deinen Eltern stecken könntest. Sorry! Mein Fehler.«

»Gute Sasu.« Ich zwinkerte ihr versöhnlich zu und stand von dem viel zu harten Sitz auf. Gähnend schlurfte ich zum linken der beiden Betten, das im Gegensatz zu dem anderen nicht mit Sarahs Klamotten übersät war, plumpste auf die Matratze und kroch abermals gähnend unter die Decke.

Indes schaltete meine Freundin den Fernseher ein, zappte blindlings durch die Kanäle und schlüpfte, ohne vorher das Kleiderchaos zu beseitigen, ebenfalls ins Bett. »Nur Nachrichten und Late Night Shows«, stöhnte sie augenrollend. »Ich brauche unbedingt ganz dringend was Prettywomiges oder Dirtydanciges zum Einschlafen. Was meinst du?«

17

»Mir egal«, nuschelte ich schläfrig ins bunt geblümte Kopfkissen, das ein wenig nach Hygienespüler roch. »Ich kriege sowieso nix mehr mit.«

»Na dann«, flüsterte Sarah und schaltete den Ton etwas leiser. »Sweet Dreams, meine Süße.«

Kapitel 2

Welcome to New Haven

Etwas mehr als 700 Meilen später erreichten wir in York den nächsten Zwischenstopp, und sämtliche Prozedere des Vorabends wiederholten sich. Sarah stand laut singend unter der Dusche, unterdessen vernetzte ich mich mit meinen Eltern und fiel danach hundemüde ins Bett, bevor es relativ früh am nächsten Morgen wieder losging. Sachen packen. Otto bis zur Belastungsgrenze beladen. Auschecken. Fahren, fahren und noch mehr fahren. Auf diese Weise ließen wir Bundesstaat um Bundesstaat und Ortschaft um Ortschaft hinter uns. Nach Moline in Illinois folgten Toledo in Ohio und Clarion in Pennsilvania, bis wir nach sechstägiger Fahrt am Freitagabend völlig erledigt, aber auch quietschglücklich unser Reiseziel erreichten.

»Welcome to New Haven!«, stießen wir zeitgleich aus, als wir das Ortsschild passierten, und klatschten uns ab.

»Wir sind dahaaa«, trällerte Sarah mit einer schrägen Sitztanzeinlage, während ich mich darauf konzentrierte, die Hausverwaltung ausfindig zu machen.

Da wir ziemlich spät dran waren, parkte ich meinen Käfer gesetzeswidrig in der zweiten Reihe und schaltete den Warnblinker ein. Samt meiner Ausweispapiere sprang ich aus dem Wagen, hastete in das kleine Backsteingebäude, brachte so schnell wie möglich die Formalitäten hinter mich und schnappte mir die Unterlagen inklusive der Apartmentschlüssel. Dann spurtete ich zurück zu Otto.

»Ich haaabe sie.« Vergnügt drückte ich Sarah einen dicken Kuss auf den Schopf und startete den Motor. »Jetzt müssen wir nur noch die Caroline Road finden. Dann sind wir wirklich da, und mein armer Otto kann sich mindestens 48 Stunden lang ausruhen.«

»Guter alter Junge«, gluckste Sarah und tätschelte Ottos Lüftungsschlitze. »Er hat sich wirklich eine Auszeit verdient, aber was ist mit Einkaufen?«

»Zu Fuß.«

»Sightseeing?«

»Zu Fuß.«

»Campuserkundung?«

»Zu Fuß.«

»Du hast eindeutig einen Sitzkoller.«

»Und was für einen!«, stöhnte ich.

Ich fuhr weiter gen Osten Richtung Hafen. Eine Brücke verband die West Side mit der East Side und führte uns über das große Hafenbecken der malerischen Universitätsstadt, die zweifellos ihren ganz eigenen Charme besaß. Historische Bauten vermischten sich mit modernen. Dazwischen befanden sich unzählige Grünanlagen. Kleine und große Geschäfte reihten sich aneinander. Herrliche Seeluft strömte durch Ottos heruntergekurbelte Fenster zu uns in den Wagen. Keines der Bilder aus dem Internet spiegelte auch nur annähernd die wunderschöne Realität wider, in der wir nach so langer Fahrt endlich angekommen waren.

Sarah verhielt sich ungewöhnlich still, kommentierte nicht einen der vielen neuen Eindrücke. Zwischendurch entwich ihr ein tiefer Seufzer, was ein untrügliches Zeichen dafür war, dass ihr schlichtweg die Worte fehlten. Zumindest für den Augenblick.

Als wir schließlich die Caroline Road parallel zum Silver Sands Beach passierten, war es mit Sarahs Stille schlagartig vorbei. Ein Ohren quälendes, lang gezogenes, schrilles und temporären Tinnitus auslösendes Quieken erfüllte Ottos Innenraum. Vertraut. Gefürchtet. Und mindestens genauso sehr verhasst, wie ich meine Freundin liebte.

Sarah streckte den Kopf samt ihrem halben Oberkörper aus dem Seitenfenster. »Welches es wohl sein mag?«, fragte sie allen Ernstes, obwohl wir bereits vor Wochen die genaue Adresse und zig Fotos von dem Haus zugeschickt bekommen hatten.

»Das Grauweiße«, zog ich sie auf.

»Die sind alle grauweiß, du Lustige.«

»Ach.«

»Sag schon!«

Es war immer wieder ein Phänomen. Ihr Gedächtnis erlitt grundsätzlich einen vorübergehenden Totalschaden, wenn sie aufgeregt war. Dann vergaß sie absolut alles. Außer die Songtexte ihrer Lieblingshits.

»101. Das Erste in der Reihe«, erinnerte ich sie und bog im selben Moment von der Caroline Road auf die hellgrau gepflasterte Zufahrt des zweistöckigen Holzhauses ab. Ich parkte Otto mit ausreichendem Abstand neben zwei Fahrrädern, die unterschiedlicher nicht hätten sein können. Ein schwarzes Rennrad und ein violettes Hollandrad, dessen Lenkgestänge bis zum Rahmen mit pastellfarbenen Kunstblumenranken umwickelt war, ließen mich darauf schließen, dass die studentische Mini-WG im Erdgeschoss wahrscheinlich aus zwei ebenso verschiedenen Charakteren bestand. Viel wussten wir noch nicht über sie. Nur, dass die beiden genau wie Sarah und ich weibliche Erstsemester waren, die sich das untere Apartment teilten.

21

Erleichtert aufatmend schaltete ich den Motor ab und zog den Schlüssel aus Ottos Zündschloss. Eins stand jetzt schon fest: Wenn wir den Wagen leer geräumt und alles nach oben geschafft hatten, brauchte ich dringend Bewegung, etwas Vernünftiges zu essen und Schlaf. Viel Schlaf. In einem hoffentlich bequemen Bett.

»Wow, ist das schön hier!«, schwärmte Sarah und stieg aus, während ich sämtliche herumfliegende Papierchen einsammelte und zu dem restlichen Müll in eine *McDonalds*-Tüte stopfte. »Kommst du mit zum Strand?«

»Lass uns vorher noch alles nach oben bringen. Der Strand läuft garantiert nicht weg.«

Sarah sah mich mit ihrem Kälbchenblick an – eine Masche, die mit einer Wahrscheinlichkeit von 99 Prozent funktionierte, und das wusste sie genau. »Fünf Minuten, Millili?«, fragte sie unschuldig. Erst das Vergnügen, danach die Arbeit – typisch Sarah –, einer der wenigen gravierenden Punkte, in denen wir uns absolut uneins waren und wahrscheinlich immer bleiben würden.

»Willst du denn gar nicht wissen, wie unser Apartment aussieht?«, versuchte ich ihre Ankunftseuphorie in eine andere Richtung zu lenken.

»Das kenne ich doch schon von den Fotos.«

»Den Strand auch«, warf ich ein Totschlagargument in den Diskussionsring und musste mir ein Lachen verkneifen, weil sich ihre Kälbchenmiene in die eines Fisches auf dem Trockenen wandelte. »Wir bringen nur ganz schnell die Sachen hoch, damit Otto auch wirklich verschnaufen kann, und dann geht's gleich zum Silver Sands Beach. So lange du willst, Sasu.« Jetzt war es an mir, sie übertrieben wimpernklimpernd mit großen Augen anzuschmachten.

»So lange ich will?«, hakte sie nach.

»So lange du willst!«

»Na gut«, lenkte Sarah ein. Zu meiner Überraschung klappte sie ohne weitere Einwände den Beifahrersitz nach vorne, schnappte sich, was sie tragen konnte, und steuerte voll beladen die Holztreppe zu unserem neuen Zuhause an.

Da ich ihren plötzlichen Tatendrang unter keinen Umständen ausbremsen wollte, zerrte ich unser restliches Gepäck von Ottos Rückbank und schleppte es die fünfzehn Stufen hoch. Atemlos kam ich neben ihr zum Stehen, ließ den ganzen Kram fallen und schloss die Tür auf.

»War das alles?«, fragte Sarah, während wir unser Zeug in den Flur brachten.

»Nein«, keuchte ich, »dein Koffer fehlt noch.«

»Der kann ruhig warten. Da ist nur Kosmetikgedöns und so drin«, wiegelte sie ab. »Bereit?«

»Sowas von bereit!«, erwiderte ich und wir begaben uns gemeinsam auf Erkundungstour.

Vom lang gezogenen Eingangsbereich des voll möblierten Apartments aus gingen drei Türen ab. Hinter den beiden linksseitigen lagen ein kleines Duschbad inklusive Waschtrockner und gleich daneben ein separates WC. Am Ende des Flurs befand sich eines der zwei fast identisch eingerichteten Schlafzimmer, für das sich Sarah entschieden hatte. Im Gegensatz zu dem anderen verfügte es nämlich über einen Fernseher, und den brauchte sie unbedingt zum Einschlafen. Da ich das mit dem Strandblick und direktem Terrassenzugang ohnehin viel schöner fand, waren wir uns bei der Zimmerverteilung bereits in L.A. einig gewesen.

»Oh, mein Gott!«, stieß Sarah aus. Durch den Flur tänzelte sie nach rechts in die große Wohnküche und gab einen spitzen Freudenschrei von sich, als sie die moderne Einbauküche samt Esstheke sowie zwei hochbeinige Hocker entdeckte. Auf den Fotos hatten wir zwar schon gesehen, dass die komplette Einrichtung in Grau und Weiß gehalten war, dennoch klappte auch mir beim Anblick des geschmackvoll eingerichteten Raumes und der gläsernen Schiebefensterfront, die hinaus auf eine Hochterrasse führte, die Kinnlade runter.

Sichtlich begeistert wandte Sarah sich der anderen Seite zu und plumpste kichernd auf ein hellgrau gepolstertes, megagemütlich wirkendes Mammutsofa, das sich nebst einem runden Tisch vor einem wandbefestigten Flatscreen befand. »Ich könnte ausflippen, so schön ist die Hütte!«

»Tust du das nicht gerade?«

»Na ja, vielleicht ein bisschen«, erwiderte sie grinsend. »Aber jetzt mal im Ernst.« Sarah streifte ihre violetten Flipflops von den Füßen, wackelte mit den Zehen und setzte sich im Schneidersitz auf die Couch. »Wer bitte vermietet solche Apartments in absoluter Traumlage für eine lächerlich geringe Summe an Studenten, wenn mindestens das Zehnfache an Miete drin wäre? Vierhundert Mäuse im Monat sind praktisch nichts.«

Eine berechtigte Frage, die ich mir auch schon gestellt hatte, nachdem mich die Studienberatung, wegen mangelnder Wohnheimplätze und schier unbezahlbaren Preisen für kaninchenstallgroße Zimmer in Universitätsnähe, an die Lara-Bay-Stiftung verwiesen hatte. Den Unterlagen nach setzten sich die Förderer dafür ein, Studenten aus sozial schwachen Familien, dem Ausland und weit entfernten Bundesstaaten erschwinglichen Wohnraum zur Verfügung zu stellen. Dazu zählten unter anderem drei Strandhausblocks am Silver Sands Beach.

Ich zuckte mit den Schultern. »Mein Dad hat die Stiftung mehrfach durchleuchtet und für sauber befunden. Irgendein stinkreicher Gönner steckt wohl dahinter. Mehr weiß ich auch nicht.«

»Wenn Lieutenant Lewis höchstselbst die Hintergründe ge-
checkt hat, wird alles in bester Ordnung sein, und das wiederum bedeutet, wir können uns einfach über unser Scheißglück
freuen.« Sarah gab ihre Schneidersitzhaltung auf, fläzte sich in
die Couchkissen und schaltete den Fernseher ein.

»Wolltest du nicht ganz unbedingt sofort zum Strand?«,
fragte ich verwundert.

»Hab's mir anders überlegt«, gähnte sie. »Der läuft ja nicht
weg.«

Kopfschüttelnd ging ich in den Flur, holte mein Gepäck
und brachte es durch den Wohnraum in mein Zimmer, dessen Zugang sich zwischen dem Flatscreen und der Fensterfront
befand. Vor einem weißen Kleiderschrank zu meiner Linken
stellte ich die Sachen auf dem rauchgrauen Holzboden ab und
schaute mich lächelnd in meinem Schlafdomizil um. Ein unerwartet vertrautes Gefühl machte sich in mir breit, während
mein Blick zu einem silbergrauen Queensize-Polsterbett, dem
farblich passenden kleinen Sessel und einem dazugehörenden
runden Flachtischchen schweifte. Langsam durchquerte ich
den Raum, strich im Vorbeigehen mit den Fingern über das
graue, angeraute Polster eines Bürostuhls und die glatte Oberfläche des Schreibtischs, die zusammen mit einem Bücherregal
an der Wand neben einer breiten Glasschiebetür standen. Zufrieden seufzend öffnete ich sie, und sogleich wehte mir eine
angenehm frische Meeresbrise entgegen.

Tief durchatmend trat ich hinaus auf die Hochterrasse. Der
Außenbereich war deutlich größer als erwartet und bestückt
mit zwei Sonnenliegen, einem Tisch sowie vier Stühlen. Alles in
den Farben des Hauses gehalten. Und dann war da diese traum-
hafte Aussicht auf den Strand, das Meer und Kelly Island – eine
nicht allzu weit entfernte Insel in Privatbesitz, die rötlich in der
milden Abendsonne schimmerte. Ich brauchte eine Weile, um

zu realisieren, dass Sarah und ich von nun an mindestens drei Jahre, womöglich sogar länger, genau hier an diesem wundervollen Ort leben würden.

Einige salzluftige Atemzüge später kehrte ich zurück ins Zimmer, fischte ein paar Sachen aus einer Reisetasche und zog mich um. Turnschuhe, Shorts, ärmelloses Shirt, Sportkopfhörer, Laufgürtel. Fertig.

In der Wohnküche fand ich auf dem Sofa eine friedlich schlummernde Sarah. Da ich sie nicht wecken wollte, schlich ich mich auf leisen Sohlen an ihr vorbei in den Flur. Die Haustür stand immer noch offen. Leichtsinnigerweise hatte ich den kleinen Schlüsselbund mit dem beschrifteten Kunststoffanhänger in unserer Ankunftseuphorie im Schloss stecken lassen. Ich zog die Schlüssel ab, steckte sie zu meinem Smartphone und machte lautlos die Tür hinter mir zu, ehe ich die Holzstufen runterjoggte und den kurzen Weg vom Haus zum Strand für leichte Dehnübungen nutzte.

Blutrot stand im Westen die Abendsonne tief am Himmel – ein wunderschöner Anblick, dem ich mich kaum entziehen konnte.

Ich ging bis zum Ufer, setzte meine Kopfhörer auf und drückte auf Play. Als die ersten Takte von *Bad Habits* ertönten, lief ich in gemäßigtem Tempo los. Nach fast einer Woche bewegungsfreier Zeit wollte ich keinen Muskelkater riskieren, obwohl ich mich gerne richtig ausgepowert hätte. Kühles Salzwasser und nasser Sand spritzten meine Beine hoch. Die Meeresbrise zerzauste meine Haare, blies mir lange Strähnen ins Gesicht. Mit jedem weiteren Laufschritt fühlte ich mich unbeschwerter, und die mehrtägige körperliche Anspannung fiel von mir ab.

Ich rannte, bis es nicht mehr weiterging. Die letzten Strahlen der Abendsonne im Nacken, lief ich zurück, vorbei am Silver Sands Beach & Tennis-Club und an meinem neuen Zuhause,

Richtung South End Point, einem steinernen Strömungsdamm, der weit ins Meer hineinreichte.

Die Abenddämmerung tauchte den Strand in Zwielicht. Abgesehen von einigen Surfern im Wasser lag die Strecke nahezu menschenleer vor mir. In einiger Entfernung brannte ein Lagerfeuer, um das vier Gestalten hockten und so was wie eine kleine Party feierten. Als ich dem feuchtfröhlichen Gelage näher kam, erkannte ich, dass es ein paar Typen waren. Den Boards im Sand nach zu urteilen schienen es ebenfalls Surfer zu sein, und gemessen an ihrem Verhalten hatten sie bereits das ein oder andere Dosenbier zu viel. Reflexartig drehte ich um, nahm die Kopfhörer ab und steckte sie in meinen Laufgürtel, um besser einschätzen zu können, was sich in meinem Rücken abspielte. Kaum war der Sound der Musik in meinen Ohren verstummt, hörte ich lautes Gelächter und trotz der rauschenden Wellen das schnelle Stapfen von Füßen im nassen Sand. Vielmehr spürte ich es, da all meine Sinne Gefahr witterten. Adrenalin schoss durch meine Adern, ließ mich erzittern, und mein Herzschlag verdoppelte sich drastisch.

Dads Regel Nr. 1: Keine Angst zeigen.

Obwohl mich mein Instinkt ermahnte, schneller zu werden, hielt ich die Laufgeschwindigkeit. Aus den Augenwinkeln bemerkte ich einen typisch amerikanischen Sonnyboy. Grinsend holte er mich ein, drehte sich im Lauf und joggte rückwärts neben mir, ehe er seinen mit schäumenden Wellen tätowierten Arm ausstreckte und mich zum Stehenbleiben zwang. »Was geht, Babe? Lust auf einen Sundowner mit mir und meinen Freunden?«

Dads Regel Nr. 2: Deeskalation.

Ich rang mir ein freundliches Lächeln ab und sah ihm fest in die Augen. »Lieb von dir, aber ich bin total erledigt. Vielleicht ein anderes Mal.«

Tief durchatmend schob ich mich an ihm vorbei. Er hielt mich am Handgelenk fest, zog mich zurück und kam mir dabei so nah, dass mir trotz der frischen Meeresluft sein Bieratem entgegenschlug. »Stell dich nicht so an, Sweetheart, es wird dir gefallen. Ein bisschen unverfänglicher Spaß zu fünft wird dich sicher nicht gleich umbringen.«

Dads Regel Nr. 3: Alarmbereitschaft.

»Lass mich gehen«, erwiderte ich mit fester Stimme. Ich behielt ihn genau im Auge und spannte meine Muskeln an. »Du kennst garantiert genug andere Mädchen, die gerne mit euch feiern würden. Ruf sie einfach an.«

Ich bemerkte ein weiteres schnelles Stapfen im nassen Sand, und meine Nackenhärchen richteten sich allesamt auf.

Dads Regel Nr. 4: Höchste Alarmbereitschaft.

Unweigerlich ballte sich meine rechte Hand zur Faust. Dann spürte ich auch schon einen Körper viel zu nah an meinem Rücken und einen Arm, der sich von hinten um meine Schultern legte. »Selten so was Hübsches gesehen«, raunte mir eine Stimme ins Ohr. Am ganzen Körper zitternd vor Adrenalin konzentrierte ich mich auf das, was mein Vater hundertfach mit mir geübt hatte. Ich wusste genau, was in dieser Situation zu tun war. Bei dem Gedanken daran wurde mir schlecht, und ich zögerte kurz. Doch als ich die Hand des Kerls hinter mir an meiner Taille fühlte, brannten mir die Sicherungen durch. Alle gleichzeitig.

Dads Regel Nr. 5: Gegenwehr.

Ruckartig befreite ich mich vom Griff des Fremden, der mir gegenüberstand, schlug mit meinem linken Handballen in einer Aufwärtsbewegung unter seine Nase, spürte das Knirschen des Knorpels an seinem Nasenbein, und mir wurde noch übler. Dennoch rammte ich dem Kerl hinter mir mit voller Wucht meinen Ellbogen in den Solarplexus, trat mit der Ferse auf seinen Fuß und setzte abermals meinen Ellbogen ein. Ungebremst landete er in seinem Gesicht, und einen halben Atemzug später schlug ich ihm mit geballter Faust in die Weichteile. Vor Schmerz stöhnend fiel der Typ auf die Knie und kippte seitlich in den Sand. Das Überraschungsmoment weiter nutzend, wollte ich losrennen, doch hatte ich den Sonnyboy trotz blutender Nase wohl nicht hart genug erwischt, um ihn außer Gefecht zu setzen. Ehe ich begriff, wie mir geschah, packte er abermals meinen Arm und zerrte mich zurück. Ich geriet ins Straucheln, hörte nichts weiter als meinen eigenen panischen Atem, bis ich im Fallen einen groß gewachsenen, muskulösen Körper wahrnahm, der von einer Sekunde auf die andere mit einem Surfboard unterm Arm aus dem Meer auftauchte und direkt auf uns zukam. Blitzartig holte er aus, sein Board durchschnitt surrend die Luft und traf den vermeintlichen Sonnyboy hart am Bauch. Ein dumpfer Aufprall, und er lag stöhnend am Boden, krümmte sich im Sand. Vom Lagerfeuer aus rannten die Freunde meiner beiden Angreifer auf uns zu, und ich befürchtete noch Schlimmeres. Bevor ich es jedoch schaffte, wieder auf die Beine zu kommen, blieb der Schnellere plötzlich wie angewurzelt stehen, bremste seinen etwas langsameren Kumpel gleich mit und hielt ihn davon ab, weiter auf uns zuzustürmen.

»Was soll das?«, brüllte er außer sich vor Wut. »Den Penner mache ich fertig!«

»Das ist Yves' Cousin«, erwiderte der andere. »Glaub mir, Bro, mit dem willst du dich garantiert nicht anlegen, das würdest du nicht überleben.«

Kapitel 3

Salzwassertropfen

Den Rücken zu mir gewandt, seinen Blick auf das Geschehen vor sich gerichtet, schirmte mich mein Retter vor den vier Typen ab. Die beiden, die angerannt gekommen waren, halfen ihren stark angeschlagenen Freunden auf und brachten sie zurück zum Lagerfeuer.

Unterdessen kam ein weiterer Surfer aus dem Wasser. »Geiler Move, Mann!«, stellte er respektvoll fest, während er sich von der Sicherheitsleine befreite und sein Board in den Sand rammte.

»Sorge dafür, dass der Abschaum auch wirklich von hier verschwindet und in die West Side zurückkehrt, Lance«, sagte mein Beschützer mit dunkler Stimme.

»Was ist mit der Kleinen?«, fragte Lance.

»Ich kümmere mich um sie.«

Sein Gegenüber nickte. Ein scharfer Pfiff hallte über den Strand, als er sich von uns entfernte. Am Rande nahm ich wahr, dass sich ihm drei weitere Surfer anschlossen, dann verließ mich durch das Schwinden des Adrenalins ein Stück weit meine Kraft. Rücklings sackte ich in den Sand und vergrub das Gesicht in meinen Händen – was für ein Horrorerlebnis. Nicht auszudenken, was passiert wäre, wenn mir niemand geholfen hätte. Unweigerlich löste sich ein Schluchzen aus meiner Kehle, und Tränen bahnten sich ihren Weg unter meinen geschlossenen Lidern hervor.

»Bist du okay?«, vernahm ich abermals die angenehm dunkle Stimme meines Retters.

Ich fühlte mich alles andere als okay. Dennoch nickte ich.

»Sicher?«, fragte er zweifelnd, und im selben Moment spürte ich seine Finger auf meiner Haut. Er schob meine Hände zur Seite, und ich ließ es geschehen. »Sieh mich an«, bat er leise, da meine Lider immer noch gesenkt waren.

Zittrig atmete ich ein und kam zögernd seiner Bitte nach. Als ich in seine dunkelbraunen Augen blickte, die eindringlich und gleichermaßen besorgt auf mich gerichtet waren, verflogen mit einem letzten Tränenschwall all meine Ängste, die der Übergriff ausgelöst hatte.

Auf einem Bein kniete er neben mir. Vom Deckhaar abgesehen, trug er seine glatten schwarzen Haare kurz. Aus einigen der längeren Strähnen perlte Salzwasser und tropfte auf mein Shirt. Seine Gesichtszüge waren markant, wirkten aber durch seine vollen, sanft geschwungenen Lippen nicht zu hart, und unter dem leichten Dreitagebartschatten ließ sich ein Grübchen an seinem Kinn erkennen. Er war höchstens zwei oder drei Jahre älter als ich, verströmte jedoch eine ungewöhnliche und faszinierende Reife.

»Kannst du aufstehen?«

»Ja«, antwortete ich leise.

Behutsam umfasste er meine Hände, erhob sich mit einer geschmeidigen Bewegung aus dem Sand und zog mich zu sich hoch. Dabei kamen wir uns so nah, dass ich die im Zwielicht glänzenden Salzwassertropfen auf seiner unbehaarten Brust erkennen konnte. Als ich zu ihm aufsah, neigte er den Kopf ein wenig zur Seite und wischte mit seinem Daumen die Tränenspuren aus meinem Gesicht – eine zärtliche Berührung, die mich erschauern ließ. Danach ergriff er meinen rechten Arm und bewegte die Gelenke. »Tut das weh?«, wollte er wissen.

Ein schwaches »Nein« schaffte es über meine Lippen, während er die Rötungen an meinem Oberarm und meinem Handgelenk begutachtete.

»Die Abdrücke könnten blau werden«, stellte er leise fest. In seiner Stimme lag etwas Bitteres. »Und du solltest deine Hand kühlen.«

Ich nickte mechanisch.

»Wo wohnst du?«, fragte er so vertrauenswürdig, dass ich trotz aller Warnungen meines Vaters wahrheitsgemäß antwortete.

»In einem der Strandapartments kurz vorm Beach Club.«

»Ich werde dich begleiten.«

»Musst du nicht«, murmelte ich, obwohl ich mich nach dem Vorfall in seiner Nähe sehr viel sicherer fühlte.

»Ich weiß.« Er schenkte mir den Hauch eines Lächelns und ließ meinen Arm los, um sein Board aufzuheben und es neben ein paar Kleidungsstücken in den Sand zu rammen. Vermutlich waren es seine Sachen, denn er griff gezielt nach einem Handtuch. Wortlos legte er es mir um die Schultern, und ich war ihm überaus dankbar dafür. Mein vom Laufen erhitzter Körper war nach dem heftigen Adrenalinkick viel zu schnell ausgekühlt, und mittlerweile fror ich trotz der sommerlichen Abendtemperaturen.

»Danke«, flüsterte ich.

»Nicht dafür«, erwiderte er leise. Dabei streiften seine Finger meine Hand, und es fühlte sich verwirrend gut an.

»Wer hat dir beigebracht, dich so zu verteidigen?«, fragte er nach ein paar Schritten am Ufer entlang.

»Mein Dad.« Bei dem Gedanken an ihn und Mom musste ich lächeln. Gleichzeitig wurde mir bewusst, wie sehr ich sie vermisste. Gerade jetzt. »Er arbeitet beim LAPD und wittert überall Gefahr. In der Elementary School konnte ich schon deutlich größere Jungs aufs Kreuz legen. Aber das eben … das … das war so anders … Ich hätte es einfach weiter mit Reden versuchen und nicht so schnell zuschlagen sollen. Dann wäre die Situation vielleicht nicht eskaliert, und du hättest nicht eingreifen müssen.«

»Dich trifft keine Schuld«, erwiderte er. »Im Gegenteil. Du hast alles richtig gemacht. Nur dein erster Schlag war nicht hart genug.«

Mir war klar, dass er recht hatte, doch zwischen theoretischen Selbstverteidigungsübungen und deren Anwendungen im Ernstfall lagen mehrere Universen. »Es … hat sich so falsch und unwirklich angefühlt.«

»Ja, ich weiß, was du meinst.« Seine Stimme klang rau und brüchig, als er weitersprach. »Egal, wie oft du dazu gezwungen wirst: Jemanden zu verletzen, ist niemals leicht, auch wenn er es nicht anders verdient hat.«

Die bittere Erkenntnis seiner Worte hallte in mir nach, und ich fragte mich, ob die East Side New Havens etwas Hässliches hinter ihrer malerischen Fassade verbarg. »Lebst du schon lange hier?«

»Seit ich denken kann.«

»Und wie oft ist so was schon passiert?«

»Noch nie«, sagte er leise. »Aber seit ein paar Tagen lungern diese Typen hier rum und suchen Ärger. Deshalb solltest du das Ende der Bucht nach Sonnenuntergang lieber meiden.«

Selbst am helllichten Tage hätten mich vorerst keine zehn Pferde mehr dorthin gezogen, aber das konnte er nicht wissen.

»Welche Hausnummer?«, fragte er, nachdem wir für mein

Empfinden viel zu schnell die Strandwohnungen erreicht hatten.

»101.«

Vom Ufer aus überquerten wir den breiten Strand und blieben vor der Treppe zum Apartment stehen. Er sah mich an, und sein Blick kroch mir tief unter die Haut. Ich wollte nicht, dass er fortging, doch ich traute mich nicht, ihn zu fragen, ob er bleiben würde. Um irgendetwas zu tun und ihm nicht weiter einfach nur sprachlos gegenüberzustehen, griff ich nach dem Handtuch, das er mir um die Schultern gelegt hatte. Bevor ich es abnehmen konnte, kam er mir näher, und ich erstarrte in meiner Bewegung.

»Behalte es«, flüsterte er ganz nah an meinem Ohr und küsste mich auf die Schläfe. Überraschend schnell wandte er sich zum Gehen von mir ab.

Mein Herz schlug wie verrückt. Reflexartig griff ich nach seiner Hand. Unsere Finger verwoben sich wie von selbst miteinander, und er verharrte auf der Stelle, drehte sich aber nicht um.

»Danke, dass du mir geholfen hast«, wisperte ich.

»Was für ein Mensch wäre ich, wenn ich es nicht getan hätte?«, erwiderte er leise, löste seine Finger ganz langsam von meinen und verschwand im Dunkel des Strandes.

Hoffnungslos überfordert von allem, was binnen kürzester Zeit geschehen war, musste ich gleichzeitig lachen und weinen, stand schluchzend am Fuße der Treppe, bis meine Beine mich endlich die Stufen hinauftrugen.

Ein Bewegungsmelder schaltete die Außenbeleuchtung der Haustür an. Erschöpft zog ich den kleinen Schlüsselbund aus dem Laufgürtel, dessen Klettverschlüsse glücklicherweise dem Übergriff standgehalten hatten. Alles war sandig, aber noch da, wo es sein sollte. Mein Smartphone schien keinen Schaden genommen zu haben, die Sportkopfhörer waren allerdings ziemlich verbogen.

Ich schloss die Tür auf und zog sie hinter mir zu.

»Wo warst du?«, hörte ich Sarah von der Wohnküche aus rufen.

»Laufen«, antwortete ich, setzte ein Lächeln auf und wollte an ihr vorbei in mein Zimmer gehen, damit sie meinen aufgewühlten Zustand nicht bemerkte. Doch Sarah etwas vorzumachen, war ein Ding der Unmöglichkeit.

»Moooment«, kam es sogleich aus ihrem Mund. Sie sprang von der Couch und stellte sich mir in den Weg. Binnen Sekunden wechselte ihre Miene von amüsiert zu extrem besorgt. »Was ist passiert?« Sie strich mir ein paar zerzauste Haarsträhnen aus dem Gesicht. »Hast du etwa geweint? Warum klebt so viel Sand an dir? Bist du gestürzt?«

Mein Kopfschütteln wurde zu einem Nicken. Dann fing es wieder an. Lachen und Weinen. Einfach so. Ich konnte es weder zurückhalten noch kontrollieren.

»Komm her, Millimaus«, flüsterte Sarah bestürzt, ergriff meine Hand und zog mich mit sich auf das Mammutsofa. Sie umarmte mich und streichelte beruhigend über meinen Rücken. Es dauerte einen Moment, bis ich mich ausgeweint hatte und in der Lage war, ihr alles zu erzählen.

»Diese verdammten Scheißärsche!«, schimpfte sie. »Wenn ich die armseligen Scheißkakerlaken in die Finger kriege, werde ich die verkümmerten Kleinteile zwischen ihren Beinen langsam und qualvoll filetieren! Wir sollten die Pissbacken sofort anzeigen. Die gehören eingesperrt!«

»Ich habe sie ja nicht mal richtig gesehen. Nur diesen blonden Sonnyboy und der sah aus wie mindestens fünfzig Prozent aller Surfer. Wahrscheinlich würde ich ihn jetzt schon nicht mehr wiedererkennen. Bloß das Wellentattoo an seinem Arm habe ich noch vor Augen, und an seine Stimme kann ich mich erinnern. Die werde ich wohl nie vergessen …«

»Vielleicht reicht die Tätowierung, um den Scheißarsch zu finden.«

»Dann steht Aussage gegen Aussage, und ich wette, er würde von irgendwem ein wasserfestes Alibi geliefert bekommen. Es gibt Tausende solcher Fälle, und die meisten bleiben ungeklärt.«

»Ja, ich weiß, die Kriminalstatistiken in dem Bereich sind echt mies. Was für ein Glück, dass *Aquaman* aufgetaucht ist und dieses oberwiderliche Scheißarschloch mit seinem Board umgenietet hat. Oh Mann! Den Typen feiere ich total! Wie heißt er eigentlich?«

»Keine Ahnung.«

»Wie jetzt? Du kennst seinen Namen nicht?«, fragte Sarah irritiert.

Sie hatte noch nicht ganz ausgesprochen, da klingelte mein Handy. Hastig zog ich es aus der Kletthülle an meinem Laufgürtel und starrte total überfordert auf das Display – ein Videocall meiner Eltern. Ich hatte völlig vergessen, mich nach unserer Ankunft bei ihnen zu melden. »Oh nein! Wenn mein Dad mich so sieht, bin ich schneller exmatrikuliert, als ich Yale aussprechen kann, und sitze spätestens morgen früh in einem Flieger nach L. A.«

»Ich mache das schon.« Sarah streckte die Hand nach meinem Smartphone aus. »Und du … du solltest sowieso duschen gehen, also verzieh dich am besten ins Bad. Ich improvisiere einfach. Vielleicht kann ich sie mit einer Live-Wohnungsbesichtigung bei Laune halten.«

»O-okay«, wisperte ich hektisch, gab Sarah das Telefon und huschte ins Badezimmer.

»Hi, Mrs und Mr L, wie geht's?«, hörte ich Sarah noch fröhlich trällern, bevor ich die Tür hinter mir schloss.

Tief durchatmend lehnte ich mich mit dem Rücken gegen das weiße Holz. Was für ein heftiger Tag. Im guten wie im schlechten Sinne. Ich zog das Handtuch von meinen Schultern und vergrub die Nase in dem weichen Frottee. Es roch nach Sand, Wind und Meer. Genau wie er. Bewegte Bilder tauchten in meinen Gedanken auf, vertrieben alles Negative. Ich sah ihn vor mir stehen, mit nassem Haar, den im abendlichen Zwielicht glitzernden Salzwassertropfen auf seiner Haut, fühlte, wie er meine Tränen wegwischte, und plötzlich traf mich ein kleiner Blitz mitten ins Herz.

Kapitel 4

Die Sache mit dem Koffer

Sarah hatte es tatsächlich geschafft, meine Eltern dermaßen um den Finger zu wickeln, dass ich sie nach dem Duschen nicht zurückrufen musste. Zum dringend notwendigen Einkaufen waren wir wegen der Nachwehen des Zwischenfalls nicht mehr gekommen. Stattdessen hatten wir aus den kläglichen Resten unseres vordergründig süßen Reiseproviants ein eher ungesundes Soulfood-Picknick vor dem Fernseher veranstaltet, bis ich irgendwann, umringt von aufgerissenen Snacktüten, zwischen den dicken Sofakissen eingeschlafen war.

Entsprechend gerädert und magengrummelig erwachte ich am nächsten Vormittag. Mit schalem Schokoladengeschmack im Mund trottete ich aufs Klo, gleich danach ins Bad und sofort wieder zurück, weil sich mit Nichts einfach nicht die Zähne putzen ließ. Das heillose Chaos in der Fernsehecke blendete ich aus, ging in mein Schlafzimmer, um nach meiner Kulturtasche zu suchen, und startete den zweiten Anlauf, Morgenhygiene zu betreiben. Währenddessen kehrten langsam meine Lebensgeister zu mir zurück. Deutlich wacher rief ich nach Sarah, bekam keine Antwort, witterte aber dezenten Kaffeeduft und schnupperte mich in den Wohnbereich. Auf der

Esstheke entdeckte ich ein ofenfrisches Croissant und einen Coffee to go. Der lauwarmen Temperatur nach zu urteilen, stand der Becher schon länger dort. In meinem zombieähnlichen Zustand kurz nach dem Aufstehen hatte ich ihn bloß nicht gesehen. Mit halbem Po setzte ich mich auf einen der beiden Hocker an die kleine Küchentheke, nahm den Deckel ab und trank einen großen Schluck. Hmmm. Milchkaffee. Schön süß. Als Nächstes war mein Lieblingsfrühstücksgebäck dran. Ich biss ein Stück des Blätterteigs ab, kaute es genüsslich und las den mit Sarahs Handschrift vollgekritzelten kleinen Zettel, der danebenlag.

Bin einkaufen. Zu Fuß.
Damit Otto genau wie du
noch ein bisschen schlafen kann.
Hab dich lieb!

»Hab dich auch lieb, Sasu«, murmelte ich lächelnd. Sarah konnte anstrengend hoch zwanzig sein, laut, überdreht und sprunghaft, doch ihr Herz bestand aus purem Gold.

Nach der Frühstücksüberraschung tauschte ich mein Schlafshirt gegen frische Unterwäsche, schlüpfte in ein kurzes Blümchenkleid und sortierte danach sämtliche Klamotten aus meinen Reisetaschen in den Schrank. Im obersten Regal fand ich zwei schlichte grauweiße Garnituren Bettwäsche und bezog den Queensize-Traum. Die Hausverwaltung hatte wirklich an alles gedacht. Fünf Sternchen mit Zuckerguss und Streuseln für dieses studentische Rundum-sorglos-Paket.

Was nichts im Kleiderschrank zu suchen hatte, platzierte ich dort, wo es nach meinem Empfinden hingehörte, und verpasste dem schicken Zimmer damit eine persönliche Note. Die Mila-Note. Zum Schluss setzte ich Schweinebacke – mein knallpinkes, superflauschiges Prüfungsglücksschweinchen, das mich bereits zu meinem ersten Buchstabierwettbewerb in der Elementary School begleitet hatte – neben mein technisches Equipment auf den Schreibtisch.

Da Sarah den Einkauf übernommen hatte und ihr Gepäck noch im Flur stand, brachte ich es in ihr Zimmer und bezog ihr Bett gleich mit. Das Einräumen konnte ich ihr nicht abnehmen, weil sie sich in einer ganz speziellen Form von gemütlichem Chaos am wohlsten fühlte, das allein sie beherrschte. Deshalb ließ ich ihre Taschen unberührt und ging runter zu Otto, um Sarahs »Kosmetikgedöns-und-so-Koffer« aus dem Wagen zu holen. Das antiquarische, grottenhässliche dunkelbraune Ding mit der defekten Schließe war sauschwer. Schon bei unserer Abreise hatte ich mich gefragt, welche Beauty- und Hygieneartikel wohl solch ein Gewicht haben könnten.

Sicherheitshalber kontrollierte ich, ob das launische Schnappschloss auch richtig eingerastet war. War es.

Also wuchtete ich Sarahs Gepäckstück aus dem Auto und machte mich daran, es leise fluchend die Treppenstufen zum Apartment hochzuschleppen. Auf halber Höhe vernahm ich ein verräterisches Klicken. Noch ehe ich in irgendeiner Form reagieren konnte, rumpelte es, und das Gewicht des Koffers ließ nach. Als ich mich umdrehte, sah ich die beschissene Bescherung und fühlte mich wie eine dieser dumm aus der Wäsche guckenden Figuren in Sarahs heiß geliebten Slapstick-Filmen. Eine ganze Armada von *Walt Disneys lustigen Taschenbüchern* hatte sich polternd in Bewegung gesetzt, dicht gefolgt von einem Aromaöldiffuser samt Dutzender Duftölfläschchen, diversen Kosmetikartikeln, einem erstaunlich großen Vorratspack Tampons und einer Blechkeksdose, die mindestens genauso Retro war wie der dämliche Koffer, dessen eigenwillige Schließe trotz vorheriger

Kontrolle urplötzlich beschlossen hatte, ihren Dienst aufzugeben. Der gesamte Inhalt hüpfte, rollte und purzelte die Treppe hinunter, während ich dem Spektakel bewegungsunfähig zusah. Bis zu diesem Zeitpunkt hatte ich nicht die leiseste Ahnung davon gehabt, wie wild Tampons herumspringen konnten, wenn sich die Pappschachtel durch einen Aufprall öffnete. Parallel dazu klirrte der Diffuser, dann ploppte die Keksdose auf. Zig viereckige rosa- und orangefarbene Tütchen stoben wie XXL-Konfetti durch die Gegend und entpuppten sich zu allem Überfluss bei genauer Betrachtung als Kondome in zwei verschiedenen Geschmacksrichtungen.

Mir war zum Heulen zumute.

Und zum Schreien.

»Du dämliches Kackding!«

Reflexartig verpasste ich dem scheißblöden Koffer einen gewaltigen Tritt. Der hatte nichts Besseres zu tun, als sich von seinem Griff zu verabschieden und im hohen Bogen über das von ihm ausgelöste Chaos zu fliegen. Mit einem lauten Knall landete er einige Meter von mir entfernt auf dem Bürgersteig, rutschte die Bordsteinkante hinunter und kam auf der Fahrbahn zum Liegen. Eine Millisekunde später hörte ich das Quietschen von Reifen.

Entsetzt starrte ich einen mattschwarzen Porsche Speedster mit einem Surfbrett als Beifahrer an, der gerade noch rechtzeitig zum Stehen gekommen war und dessen schwarzhaariger Fahrer mich stirnrunzelnd aus dem offenen Cabrio heraus mit seinen tiefbraunen Augen musterte. »Kann ich dir irgendwie helfen?«, fragte er mit angenehm dunkler Stimme.

Mir rutschte das Herz in die Knie und nach einer Ehrenrunde durch meinen Magen wieder zurück in die Brust. Abgesehen davon, dass mir vor ein paar Jahren im Beisein meines damaligen Schwarms wegen eines blöden Sarahspruchs vor Lachen Cola aus der Nase gesprudelt war, war das gerade der mit Abstand unangenehmste Auftritt meines bisherigen Lebens. Dabei zählte ich in keiner Weise zur tollpatschig ungeschickten Sorte Mensch, die mit zwei linken Händen und Füßen durch die Gegend rannte.

Inständig wünschte ich mich an einen anderen Ort. Jeder entlegene Winkel auf diesem Planeten wäre mir recht gewesen. Nur hier wollte ich gerade nicht sein, denn *so* hatte ich mir das Wiedersehen mit ihm garantiert nicht vorgestellt. Dann sah er bei Tageslicht in diesem megacoolen Oldtimer auch noch so doppeltverdammt gut aus. Optisch verdiente er eine glatte Zwölf auf meiner Traummannskala – von eins bis zehn, zuzüglich Heldenbonus. Und hätte ich nicht gerade in einer Kulisse aus lustigen Taschenbüchern, Körperpflegeprodukten, Tampons und Kondomen auf dem Bürgersteig vor Sarahs gemeingefährlichem Koffer gestanden, wäre mir bestimmt ein netter Spruch eingefallen, um mit ihm ins Gespräch zu kommen. Aber so wollte ich einfach bloß, dass er Gas gab und auf Nimmerwiedersehen davonfuhr.

Er tat es nicht.

Mit dem Hauch eines schiefen Lächelns um seine Lippen sah er mich immer noch an. »Kann ich dir irgendwie helfen?«, wiederholte er seine Frage.

Ich schüttelte den Kopf, ging auf den Koffer zu und hob ihn von der Straße auf. »Tut mir leid«, murmelte ich zerknirscht und suchte nach einer Erklärung, die mich nicht noch blöder dastehen lassen würde. Keine Chance. »Tut mir wirklich leid.«

»Schon gut«, erwiderte er gelassen. »Ist ja nichts passiert.«

Überfordert drehte ich mich um und marschierte zurück zum Haus.

Am liebsten wäre ich in meinen Käfer gesprungen, um nonstop nach L.A. ins gute alte San Fernando Valley zu flüchten.

Aber es half alles nichts. Ich konnte die Sachen unmöglich hier draußen liegen lassen, bis Sarah irgendwann zurückkam. Resigniert stöhnend ließ ich den kaputten Koffer auf eine freie Stelle neben der Treppe fallen, stellte die zerbeulte Keksdose neben die deformierte Pappschachtel und machte mich daran, zuerst die ziemlich intimen Kleinteile aufzusammeln. Irgendwie seltsam, dass es in der aufgeklärten Zeit, in der wir lebten, immer noch gewisse Dinge gab, die Schamgefühle auslösten, obwohl sie weltweit zum täglichen Gebrauch zählten. Aus meiner Verzweiflung heraus musste ich allerdings auch ein bisschen lachen – was für eine bescheuerte Situation. Und eben die wurde noch skurriler, als eine gepflegte Männerhand vor meiner Nase auftauchte und seelenruhig eine Ladung Tampons in die offene Schachtel fallen ließ.

Ich wusste sofort, zu wem die Hand gehörte. Mir wurde heiß und kalt. »Kannst du mich nicht einfach würdevoll und allein vor Scham sterben lassen?«

Ein kurzes kehliges Lachen erklang. »Unterlassene Hilfeleistung lässt sich beim besten Willen nicht mit meinem Medizinstudium vereinbaren.«

Großartig. Er studierte Medizin. Garantiert in Yale. Ein weiteres Wiedersehen war also relativ wahrscheinlich, und ich wusste gerade nicht, wie ich das finden sollte.

Widerstrebend hob ich meinen Blick, um ihn anzusehen, was mir unter den gegebenen Umständen alles andere als leichtfiel. Zumal er im Hellen, aus nächster Nähe betrachtet, sogar eine glatte Sechzehn plus Heldenbonus war. Aber ich wollte nicht den Eindruck erwecken, ein scheues Mädchen zu sein, das hilflos durchs Leben stolperte und permanent Unterstützung von außen brauchte. Denn das war ich nicht. »Ich schaffe das wirklich allein.«

»Schon klar«, sagte er schmunzelnd und sammelte weiter

die Bio-Baumwolle mit den hellblauen Fäden auf, als hätte ich nichts gesagt.

»Okay. Gut«, seufzte ich. »Wenn du dich schon nicht davon abbringen lässt, mir zu helfen, lass mich wenigstens die Dinger allein aufsammeln.«

»Verstehe.« Er verkniff sich ein Grinsen, stand auf und machte sich daran, die deutlich unverfänglicheren *lustigen Taschenbücher* aufzuheben.

Nachdem ich alle Tampons vom Boden gepflückt hatte, stopfte ich die volle Vorratspackung in den Koffer und klaubte die Kondomtütchen auf. Zumindest den Teil, der um die Treppe herum verteilt war. Die meisten lagen blöderweise auf den Stufen, wo sich auch der Medizinstudent mit Sarahs Comicbüchern befand.

Ein beherztes Einatmen, dann trat ich erhobenen Hauptes den Walk of Shame auf der Treppe an und widmete mich zunächst, die Erdbeer- und Tuttifruttigeschmack-Gummis um ihn herum so cool wie möglich ignorierend, dem zerbrochenen Aromaöldiffuser. Der war so was von hin. Ein irreparabler Totalschaden.

»Lass mich das machen, sonst verletzt du dich noch an den Scherben.«

Er wollte mir das kaputte Glas aus der Hand nehmen, doch ich zog sie trotzig zurück. »Weil du mich für ungeschickt hältst?«

»*Das* hast du gesagt.«

»Ich krieg das schon hin, schließlich bin ich kein Kind mehr.«

»Hm.« Er warf einen vielsagenden Blick auf die verstreuten Kondomtütchen. »Das sehe ich.«

»Die gehören mir nicht.«

»Natürlich nicht«, erwiderte er bemüht ernst. Seine Gesichtsmuskeln zuckten, und er schaffte es kaum, ein Grinsen zu unterdrücken.

In diesem Moment war es vorbei mit den hemmenden Schamgefühlen und meinem Widerstand gegen seine Hilfe. »Oh, mein Gott.« Seufzend ließ ich die Diffuserscherben fallen, sank daneben auf die Stufe und schlug mir eine Hand vor die Stirn. »Es ist … es ist sooo …«

»Kann man so sagen.« Mein Helfer schaffte es nicht länger, ernst zu bleiben, und setzte sich lachend neben mich. »Ich bin übrigens Easton.«

»Mila«, stellte ich mich ebenfalls vor und atmete auf.

»Erstsemester?«

Ich nickte. »Gestern angekommen.«

»Dann bin ich jetzt schon gespannt, wie es hier in ein paar Tagen aussehen wird, wenn du dich richtig eingelebt hast. In puncto Vorgartengestaltung bist du jedenfalls unschlagbar.«

»Oh Mann!« Ich vergrub mein Gesicht in beiden Händen und schaute ihn durch eine schmale Lücke zwischen Zeige- und Mittelfinger schräg von der Seite an. »Du hältst mich bestimmt für absolut lebensunfähig.«

Easton schenkte mir ein herzerwärmendes Lächeln, und ich glaubte, ein ganz leichtes Kopfschütteln zu erkennen. Aber vielleicht hatte ich mir das auch nur eingebildet. »Wie geht es deiner Hand?«, fragte er, den Blick auf die leichte Schwellung gerichtet.

»Ganz gut.«

»Du hättest auf mich hören und sie kühlen sollen«, stellte Easton fest, bevor er aufstand, die zerbrochenen Überreste des Aromadiffusers einsammelte und die Stufen hinabstieg.

Erst jetzt bemerkte ich, dass er ein steingraues Shirt und schwarze Jeans trug. Verstohlen beobachtete ich die geschmeidigen Bewegungen seines athletischen Körpers und musste ein weiteres Mal meine Traummannskala nach oben korrigieren. Easton war definitiv eine glatte Zwanzig zuzüglich Heldenbonus.

Er ging um die Treppe herum und entschwand meinem Sichtfeld.

»Was machst du da?«

»Den Müll wegbringen«, hörte ich ihn sagen, ehe ein Scheppern ertönte und Easton kurz darauf wieder auftauchte. Im Vorbeigehen schnippte er zwei Kondomtütchen in die offene Keksdose.

»Wohnst du auch in einem der Häuser hier?«

»Nein. Ich bin oft am Strand. Da bekommt man einiges mit.« Anscheinend sogar, wo sich die Mülltonnen verbargen.

»Was ist mit dem Koffer? Soll der auch weg?«, fragte Easton.

»Von mir aus sofort, aber meine Freundin hängt aus unerfindlichen Gründen an ihm.«

»Dann sind das wirklich nicht deine Sachen?«

Ich zuckte mit den Schultern. »Habe ich doch gesagt.«

Easton lächelte bloß und räumte weiter auf.

Ich erhob mich von der Stufe und tat es ihm gleich. Binnen kürzester Zeit sammelten wir die restlichen Kleinteile ein und packten sie in den Koffer. Ganz selbstverständlich nahm er danach das demolierte Gepäckstück vom Boden, klemmte es sich unter den Arm und schritt gemächlich die Treppe hinauf zur offen stehenden Haustür.

»Wohin damit?«, fragte er.

»Flur«, murmelte ich, abgelenkt von seinem unübersehbar gut trainierten Hintern, der mir fünfzehn Stufen lang keine Chance ließ, woanders hinzugucken, obwohl ich es wirklich versuchte.

Easton stellte den Koffer an der Badezimmertür ab, als wäre ihm das Apartment bestens vertraut. Er hatte sich noch nicht ganz umgedreht, da ging der Schnappverschluss wieder auf, und der Koffer klappte polternd auseinander.

Wir mussten beide lachen.

Diesmal hielt sich das Chaos glücklicherweise in Grenzen.

»Wenn das so weitergeht, komme ich heute gar nicht mehr hier weg.«

»Du hast mir schon genug geholfen«, erwiderte ich, obwohl ich mir wünschte, er würde noch bleiben. »Danke!«

»Nicht dafür.« Lächelnd kam er auf mich zu. Einen Schritt von mir entfernt blieb er stehen und sah mich an wie am Abend zuvor. Vor Aufregung stockte mir der Atem. Grundlos, denn anders als am Vorabend wahrte er eine gewisse Distanz. »Es war schön, dich zweimal kennenzulernen, Mila.«

»Wirklich?«, fragte ich skeptisch.

»Na ja, schön ist vielleicht nicht ganz das passende Wort dafür, aber du hast sehr bleibende Eindrücke hinterlassen.«

»Gute oder schlechte?«

»Das wirst du selbst herausfinden müssen«, sagte er im Gehen und verließ das Apartment.

Kapitel 5

All the Boys we've loved before
oder Verliebtsein und wir

Was für eine verrückte zweite Begegnung, wo die erste es schon beinahe filmreif in sich gehabt hatte. Ich konnte immer noch nicht ganz glauben, was alles binnen kürzester Zeit nach unserer Ankunft geschehen war und dass Sarahs furchtbarer Koffer tatsächlich meinen bis dahin namenlosen Retter ausgebremst hatte. Seinem Wagen nach zu urteilen musste er aus reichem Haus stammen. Idealstandardstudenten aus der Mittelschicht fuhren in der Regel nicht mit solch hochpreisigen Sportschlitten durch die Gegend.

Ich folgte ihm nach draußen und beobachtete von der Treppe aus, wie er lässigen Schrittes zu seinem Speedster ging und einstieg.

»Kann ich den Käfer zuparken?«, rief er. Mit einem Blick, der etwas von einem draufgängerischen Welpen hatte und höchst Seltsames mit mir anstellte, schaute er an seinem Surfboard vorbei zu mir nach oben.

Nein sagen war bei dem Bild, das sich mir bot, genauso wenig drin wie einen lockeren Spruch bringen. »Mach ruhig« war alles, was aus mir herauskam.

Easton startete den Motor, legte den Rückwärtsgang ein und gab Gas. Knapp hinter Otto blieb er stehen. Nachdem der durchdringend röhrende Motorsound verstummt war, stieg er wieder aus und drückte die Fahrertür zu. Interessiert musterte er Otto, während er um seinen Porsche herum zur Beifahrerseite ging und sich das Surfboard samt eines Handtuchs schnappte. »Ist das deiner?«, wollte er wissen.

»Ja.«

»Schicker Wagen!«, stellte er anerkennend fest und schlenderte von der Zufahrt aus seitlich des Hauses entlang Richtung Strand. Kurz vor den flachen Dünen sah er noch mal zu mir nach oben. »Ich bin zwar in der Nähe, aber mach lieber einen großen Bogen um den Koffer, sonst stürzt das Haus noch ein.«

Ich musste lachen und nickte augenrollend.

Oh Mann! An diesen Tag würde ich mich garantiert für den Rest meines Lebens erinnern.

Easton setzte seinen Weg zum Silver Sands Beach fort. Beschwingt wie überrumpelt von meinen Gefühlsregungen, ging ich zurück ins Apartment und schloss die Tür hinter mir. Ich durchquerte den Wohnraum und trat durch die geöffnete Glasfront hinaus auf die Hochterrasse. Während ich mich langsam der Balustrade näherte, um zu sehen, wohin es Easton zog, fragte ich mich, warum er unabhängig von seinem Aussehen eine solche Faszination auf mich ausübte. War es möglich, dass ich mich Hals über Kopf in ihn verliebt hatte, obwohl ich ihn faktisch überhaupt nicht kannte?

In Ufernähe blieb Easton stehen, rammte sein Surfboard in den hellen Sand, ließ das Handtuch fallen und entkleidete sich seelenruhig. Lediglich eine schwarze Schwimmshorts, die bis zur Mitte seiner Oberschenkel reichte, behielt er an.

Es gelang mir nicht, mich vom Anblick seines wohldefinierten Körpers zu lösen. Zumindest bis Sarah plötzlich wie aus dem Nichts mit zwei prall gefüllten Jutebeuteln über den Schultern auftauchte und meinen Mehrfachhelfer im Vorbeigehen abcheckte. Als sie mich auf der Terrasse entdeckte, wedelte sie mit zwei Biobechern in den Händen und stapfte sichtlich vergnügt durch den Sand zur seitlichen Haustreppe.

Unterdessen schweifte mein Blick noch mal zu Easton, der bereits mit seinem Board aufs Meer hinauspaddelte. Ich hätte ihn gerne weiter ungestört beobachtet, weil ich sehen wollte, wie er die Wellen nahm, aber mit einer sichtlich energiedurchfluteten Sarah im Anmarsch würde das ein Ding der Unmöglichkeit werden. Widerwillig wandte ich mich von ihm ab, um meiner Freundin zu helfen.

Ich hatte die Tür noch nicht ganz geöffnet, da lugte Sarah auch schon mit großen Augen wimpernklimpernd um die Ecke und hielt mir etwas unter die Nase. »Hmmm … Icequeenberries … yummy.«

Ihre Miene war einfach göttlich. Lachend nahm ich den Becher aus ihrer Hand, der fast bis zum Rand mit einer knallroten, slusheisähnlichen Masse gefüllt war, und setzte ihn an den Mund. Gefrorenes Fruchtmus zerging auf meiner Zunge und gab den himmlischen Geschmack von Waldbeeren frei. Damit hatte Sarah mal wieder einen Geschmacksvolltreffer gelandet.

»Uuund?«, fragte sie erwartungsvoll.

»Superlecker.«

»Ha!« Sie grinste breit. »Ich wusste, dass du es magst!« Ohne Überleitung sprang sie zu ihrem zweiten Lieblingsthema nach Musik-, Film- und Serienklassikern. »Hast du vorhin eigentlich den heißen Typen mit dem Surfboard am Strand bemerkt? Groß. Schwarze Haare. Megabody. Dylan-McKay-Blick. Den kannst du von der Terrasse aus nicht übersehen haben.«

»Wer bitte ist Dylan McKay? Muss ich den kennen?«

»Was für ein Frevel!«, stieß Sarah theatralisch aus. »Natürlich musst du *den* kennen. Jeder kennt Dylan McKay. *Beverly Hills 90210*. Kultserie aus den 90ern«, half sie mir auf die Sprünge.

Es machte tatsächlich klick. »Ist das der, von dem du dieses Best-of-Video monatelang zum Einschlafen geguckt hast?«

»Jep!«, bestätigte sie. »Allerdings nicht zum Einschlafen, sondern für besonders süße Träume. Aber jetzt sag schon, hast du den Typ am Strand gesehen?«

»Was denkst du, wessen Wagen hinter Otto parkt?«, antwortete ich mit einer Gegenfrage.

»Häh?« Sarah wirbelte von Neugier getrieben herum und lehnte sich über das weiß gestrichene Treppengeländer. »Oh, mein Gott!«, kreischte sie wie eine überdrehte Dreizehnjährige. »Der hat nicht nur Dylans Blick drauf, der fährt auch fast den gleichen Wagen. Was für ein krasser −« Mitten in ihrer Euphorie verstummte sie und wandte sich wieder mir zu. »Moooment! Wieso parkt der kackdreist hinter Otto, und woher weißt du, dass es sein Porsche ist?« Sie neigte ihren Kopf zur Seite und schaute mich prüfend mit ihrem unnachahmlichen Sarah-Röntgenblick an.

Gleichmütig zuckte ich mit den Schultern und nahm mehrere große Schlucke aus dem Becher, um nicht lachen zu müssen. Aber auch, weil die Icequeenberries saulecker schmeckten. »Wir sollten langsam mal die Einkäufe verstauen, bevor noch irgendwas schmilzt oder so.«

»Ach, komm schon, Millili, ein paar Minuten mehr oder weniger spielen jetzt auch keine Rolle. Ich werde auf der Stelle ohnmächtig vor Neugier − und das wird garantiert kein schöner Anblick werden −, wenn du mir nicht sofort verrätst, was passiert ist.«

Ein weiteres Mal setzte ich zum Trinken an. Über den Becherrand beobachtete ich, wie Sarah lippenkauend und mit gekräuselter Nase auf meine Antwort wartete − einfach herrlich.

51

»Na, mach schon! Trink aus! Hopsi-Hopsi!«, forderte sie mich ungeduldig auf.

Mein Lachen entlud sich in Icequeenberryblubberblasen, und ich verschluckte mich beinahe an den letzten Tropfen. Räuspernd deutete ich mit der recycelten To-go-Pappe auf Sarahs lädierten Koffer im Flur. »Seinetwegen.«

»Ach du Scheiße!« Sarah schlug sich beim Anblick ihres heiß geliebten Reisebegleiters die Hand vor den Mund. »Was hast du mit ihm gemacht?«

»Gar nichts.« Okay. Das stimmte nicht ganz. Ich hatte ihn beschimpft und getreten. Aber erst, nachdem er ohne Vorwarnung aufgegangen war und mich in eine extrem unangenehme Lage gebracht hatte. Reine Notwehr sozusagen. »Du solltest lieber fragen, was er mit mir gemacht hat.«

Sarah ging zu ihrem Koffer, stellte die Einkaufstaschen ab und setzte sich vor ihn auf den Boden. »Wo ist mein Aromaöldiffuser? Warum ist die Schachtel demoliert und die Blechdose so verbeult? Oh, mein Gott, du hast ihn samt Inhalt getötet.«

Spätestens jetzt bekam ich ein schlechtes Gewissen, obwohl ich im Grunde wirklich nichts dafürkonnte. Ich kniete mich neben sie, half beim Einräumen der herausgefallenen Kleinteile und erzählte, was genau während ihrer Abwesenheit passiert war. Anstatt böse wegen ihrer geschrotteten Sachen zu sein, kriegte sie sich vor Lachen kaum noch ein. Auch das war absolut typisch für Sarah und eine von unzählig vielen Eigenschaften, die ich so sehr an ihr schätzte.

»Ich kauf dir einen neuen Diffuser«, sagte ich abschließend.

»Musst du nicht, ist ja mein Koffer gewesen, der nicht die Klappe halten konnte«, sagte sie. »Aber hey, immerhin hat er nicht irgendeinen Lappen ausgebremst, sondern einen mega heißen Typen, und dann auch noch deinen bis dahin namenlosen Helden.«

»Stimmt! Geschmack hat er definitiv und ein absolut grandioses Timing«, kicherte ich.

»Denkst du, Easton wird es drauf anlegen, dich wiederzusehen?«

»Jein«, erwiderte ich. »Er meinte zwar, ich hätte bleibende Eindrücke bei ihm hinterlassen, aber ob die gut oder schlecht sind, hat er mir nicht verraten.«

»Du kannst nur gute Eindrücke hinterlassen«, erklärte Sarah aus tiefstem Herzen. »Wer das nicht sofort erkennt, hat dich sowieso nicht verdient, meine Hübsche.«

»Du bist lieb!«

»Dito«, sagte sie mit einem Lächeln und versuchte, ihren Koffer zu bändigen. Keine Chance. Die Schließe schnappte immer wieder auf. »Sieht ganz danach aus, als bräuchte ich nicht nur einen neuen Diffuser, sondern auch einen Spanngurt«, stellte sie nüchtern fest.

»Warum wirfst du das alte Ding nicht einfach weg und kaufst dir einen neuen?«

»Niemals! Wenn du wüsstest, wo der schon überall war, würdest du mir die Frage gar nicht erst stellen. Der Koffer ist ein Familienerbstück und hat schon meinen Urgroßvater auf seinen Reisen begleitet. Eines Tages wird bestimmt auch mein Kind das ein oder andere Abenteuer mit ihm erleben.«

Sarahs Familienplanung stand bereits seit der Highschool unumstößlich fest: Gleich nach dem Studium einen gut bezahlten Job an Land ziehen und totale Unabhängigkeit genießen. Danach auf ungewöhnliche Weise den Mann fürs Leben kennenlernen, der natürlich nicht nur höllisch heiß sein musste, sondern auch smart, witzig und ausgesprochen intelligent, vorzugsweise groß, breitschultrig, blond und blauäugig. Flitterwochen wegen der niedlichen schwimmenden Schweine auf den Bahamas. Und bevor sie dreißig werden würde, ein Kind.

Geschlecht egal. Keine Geschwisterkinder wegen der stetig zunehmenden Überbevölkerung. Einzige Ausnahme: Zwillinge.

»Und damit dieser eine Tag nicht schneller kommt, als es deine Zukunftsplanung vorsieht, musstest du auf Nummer übertrieben sicher gehen und einen Fünfjahresvorrat Kondome einpacken, weil es in New Haven keine zu kaufen gibt«, sinnierte ich.

Sarah kicherte. »So viele sind es ja gar nicht. Aber die waren am Tag vor unserer Abreise im Supersonderspezialangebot, da konnte ich unmöglich widerstehen.«

»Gefühlt waren es mindestens tausend«, stöhnte ich augenrollend.

»Es sind exakt einhundertachtundneunzig«, klärte sie mich auf.

»Einhundertachtundneunzig? Komisches Supersonderspezialangebot«, murmelte ich stirnrunzelnd, da ich die Stückzahl ungewöhnlich fand und mir absolut sicher war, dass Sarah in L. A. niemanden für Abschiedssex am Start gehabt hatte. Von einem spontanen One-Night-Stand hätte sie mir gleich am Morgen danach erzählt. Womöglich sogar schon währenddessen.

»Na ja, eigentlich waren es zweihundert zum Preis von fünfzig, also ein Megaschnapper. Aber eins von jeder Sorte habe ich angeleckt, weil ich wissen wollte, ob sie überhaupt schmecken uuund um sicherzustellen, dass ich nicht allergisch dagegen bin. Bin ich glücklicherweise nicht, sonst hätte ich sie ja nicht mit hierher genommen«, quasselte sie wie ein Wasserfall. »Ich meine, wer will schon eine monströs angeschwollene Zunge oder Lippen wie Schlauchboote oder beides haben und in der Notaufnahme erklären müssen, dass Erwachsenenfruchtgummis daran schuld sind. Ganz zu schweigen von dem Kerl, der gerade in so einer Tüte steckt und plötzlich zwischen seinen Beinen von Jabba the Hutt angeglotzt wird. Stell dir das mal vor. Der würde bei dem Anblick einen Schock fürs Leben kriegen, schreiend davonlaufen und danach erst mal therapiert werden müssen. Womöglich bekäme er ein gestörtes Verhältnis zu Frauen, ginge vielleicht als Jack the Ripper 2.0 in die Kriminalgeschichte ein, und ich würde für den Rest meines Lebens an der Frage verzweifeln, ob er unter normalen Umständen mein Mr Right gewesen wäre. Da bin ich so was von raus. Zu viele unkalkulierbare Risiken für mich. Die konnte ich unmöglich eingehen. Ich hatte also keine andere Wahl und musste sie anlecken.«

»Du, ähm …« Sarah hatte mich mit ihren kruden Theorien total schwindelig geredet. »… warum hast du nicht einfach welche ohne Geschmack genommen?«

»Die waren nicht im Supersonderspezialangebot und auch nicht so schön bunt.« Sarah erhob sich mit ihrem Koffer unterm Arm vom Boden und tänzelte in ihr Zimmer. »Kümmerst du dich um die Taschen?«

»Ja. Na klar.« Kopfschüttelnd rieb ich mir über die Stirn, stand ebenfalls auf und schnappte mir die Einkäufe.

Zur Feier unseres ersten richtigen Tages in New Haven kochte Sarah am Abend Spinatnudeln. Mein absolutes Leibgericht, das sie eigentlich immer nur auf den Tisch zauberte, wenn sie mich durch ihre Sprunghaftigkeit in die Bredouille gebracht oder wegen irgendeines Akutspleens schlichtweg vergessen hatte. Diesmal gab es die Entschuldigungspasta à la Sasu ausnahmsweise zum Start in unser Studentenleben, das schon morgen mit der Begrüßungswoche seinen offiziellen Anfang nehmen würde.

Während ich nach dem Essen das Küchenchaos bändigte, besorgte Sarah zwei weitere Icequeenberries – zur Abwechslung als Cocktailvariante mit einem Schuss Malibu. Als sie zurückkam, brachten wir die beiden Liegestühle auf der Hochterrasse in Sonnenuntergangsposition, machten es uns auf den Polstern gemütlich und genossen unsere eiskalten Drinks.

»Sooo lecker«, seufzte ich im Rausch der Geschmacksexplosion auf meiner Zunge.

»Totaler Suchtfaktor«, murmelte Sarah.

»Woher hast du das Zeug eigentlich?«

»*SandWitchBar*. Am anderen Ende vom Beach. Ist ein ziemlich cooler Laden.«

»Wie bist du denn da gelandet?«

»Zufallsfund. Hab mich von meinem Bauchgefühl leiten lassen.«

»Warum hast du die schweren Einkaufstaschen nicht vorher nach Hause gebracht?«

»Ging leider nicht, sonst hätte ich meinen Zukünftigen aus den Augen verloren.«

»Easton?«

Sie schüttelte den Kopf. »Übelst heiß, keine Frage, aber nicht mein Beuteschema«, sagte sie schmunzelnd.

Alles andere hätte mich auch gewundert.

»Groß, dunkelblond, breitschultrig: Wie ein nordischer Halbgott«, schwärmte Sarah. »Auf den ersten Blick scheißarrogant, aber mit einem Lächeln, das selbst Julia Roberts vor Neid erblassen lässt. Nur in maskulin. Du weißt schon.«

So viel zum Thema Bauchgefühl. »Und wegen dem bist du in dieser *SandWitchBar* gelandet?«

Sie nickte. »Sein Lächeln hat mich irgendwie geblitzdingst, und da konnte ich einfach nicht anders, ich musste ihm folgen.«

»Geblitzdingst hat er dich also.«

»Hoach«, stöhnte sie kichernd. »Ich bin jetzt nicht schockverliebt oder so, aber … keine Ahnung … er hatte was Herausforderndes an sich, und da konnte ich einfach nicht widerstehen.«

»Ach, wirklich?« Auf Anhieb fielen mir mindestens fünf attraktive blonde Herausforderungen aus unserer Highschoolzeit ein – und die damit einhergehenden Dramen.

Sarahs Lachen ging gurgelnd in Icequeenberries unter, während ich der Reihe nach ihre größten Liebesfails aufzählte, die mitunter zu Zerreißproben unserer langjährigen Freundschaft geworden waren. Und das bloß wegen ein paar Dopaminen, Pheromonen und was der Körper sonst noch alles bei solchen Begegnungen an Hormonen freisetzte.

»Hör auf«, gluckste Sarah. »Ich weiß, ich weiß.«

»Dann hätten wir das ja geklärt.« Ich stieß mit meinem Becher gegen ihren. »Cheers!«

Nachdem wir beide einen kräftigen Schluck getrunken hatten, beugte Sarah sich zu mir rüber, drückte mir drei dicke Schmatzküsschen auf die Wange und sank zurück in das Polster ihres Liegestuhls. Sie richtete ihren Blick auf das traumhaft schöne Abendrot und seufzte inbrünstig. »Gerade fühle ich mich irgendwie total … jungfräulich.«

Im Extremthemenwechsel war Sarah absolut unschlagbar, und manchmal haute sie die schrägsten Vergleiche raus. »Bist du aber nicht mehr«, stellte ich schmunzelnd fest.

Sarah verpasste mir einen leichten Ellenbogenstüber. »Du weißt genau, wie ich das meine. Seit Josh Hartwick bist du das übrigens auch nicht mehr. Just saying …«

War ja klar, dass sie meine bisher einzige Liebe aus dem Hut zauberte, mit der ich über das erste Date hinaus in der Abschlussklasse drei Monate, zwei Wochen und einen Tag so etwas wie eine Beziehung geführt hatte. Mehr oder weniger. Genau genommen eher weniger. »Wenn aufgerundete 60 Sekunden Rein-Raus mit abschließender *Wie-war-ich-Babe*-Frage zählen, kann ich dir leider nicht widersprechen.«

»Nein!« Schockiert schlug sie sich eine Hand vor den Mund und starrte mich mit großen Augen an.

»Doch.«

»Oh, mein Gott!« Sarah rollte vor Lachen fast vom Liegestuhl und verschluckte sich an ihrer eigenen Spucke. »Ach, komm schon, das hast du aus irgendeinem Teenie-Film.«

»Leider nein«, gab ich schulterzuckend zurück.

»War es echt so schlimm?«, fragte sie, als sie ihren Lachflash halbwegs unter Kontrolle hatte.

»Schlimm jetzt nicht unbedingt. Eher komisch … nichts Besonderes und … keine Ahnung. Enttäuschend? Ein atemberaubendes Liebesleben hatte ich mir jedenfalls anders vorgestellt.«

»Hast du mir deshalb fast nichts davon erzählt, obwohl ich so schrecklich neugierig war?«

»Wo fast nichts passiert, gibt es auch fast nichts zu erzählen.«

»Hach jaaa«, seufzte Sarah, immer noch sichtlich amüsiert, »Liebesroman-Protagonistin müsste man sein. Bei denen läuft nach ein paar dramatischen Missverständnissen alles superglatt … jeder einzelne Kuss ist nahezu magisch und löst ein wahres Gefühlsfeuerwerk aus, während tief im Innern sämtliche Organe im- und explodieren … das will ich auch.«

»Lässt sich eben besser verkaufen. Wer will schon von einem Kerl lesen, der seine Muskeln faszinierender findet als seine Freundin?«

»Ach herrje«, kicherte Sarah. »Dann haben wir ja beide schon übelst ins Klo gegriffen. Das muss und wird sich ändern. Du wirst sehen. Genau hier und jetzt liegen diese unglaublich vielen anderen ersten Male vor uns, weil wir das nächste Level unseres Lebens erreicht haben. Alles ist sooo neu und nervös machend aufregend. Spürst du nicht auch dieses permanente Kribbeln im Bauch?«

»Nein«, flunkerte ich halb. Ein permanentes Kribbeln im Bauch verspürte ich zwar tatsächlich, doch lag das weniger an all den ersten Malen, die auf uns warteten, sondern zweifellos an Easton. Seit unserer ersten Begegnung ging er mir nicht mehr aus dem Kopf, und jeder noch so kleine Gedanke an ihn löste ein sehnsüchtiges Ziehen in meinem Herzen aus. Dabei wollte ich mich nicht verlieben. Vor allem nicht dermaßen schnell. Schon gar nicht in einen Unbekannten, über den ich so gut wie nichts wusste und der zufällig im passenden Moment aus dem Meer aufgetaucht war. Retter hin oder her. Derart heftige Gefühlsregungen waren mir neu und … machten mir auf verwirrende Weise Angst.

»Die Begrüßungswoche ist bestimmt mindestens genauso aufregend«, redete Sarah unterdessen munter weiter. »Aber weißt du, was ich immer noch total schade finde? Dass es keine öffentlichen Verbindungspartys gibt. Wie blöd ist das denn bitte?! Ob *Skull & Bones*, *Delta Kappa Epsilon*, *Scroll and Key* oder wie sie sonst noch heißen. Alles Geheimgesellschaften, die sich von niemandem außerhalb ihrer Reihen in die Karten gucken lassen. *Phi Beta Kappa* soll zwar nicht ganz so super streng geheim sein, aber die nehmen maximal zehn Prozent der Frischlinge auf. Ein echter Skandal, und wir beide mittendrin.« Sarah blies eine Locke aus ihrem Gesicht. »Immerhin gibt es eine Erstsemesterparty, und es heißt, dort wären Mitglieder aller großen Studentenverbindungen anwesend. Da müssen wir also unbedingt hingehen und einen extrem guten Eindruck hinterlassen, sonst ist unsere Chance, getapt zu werden, gleich null.«

»Von mir aus können die Geheimgesellschaften ruhig geheim bleiben. Du kennst meine Haltung dazu«, murmelte ich.

»Aber du hast versprochen, dass wir wenigstens mal rein-
schnuppern, falls wir die Gelegenheit dazu bekommen, Millili.«

Ich seufzte in mich hinein. Leider hatte sie recht, und ich
gab meinen Widerstandsversuch auf. Zum einen, weil es Sarah
aus unerklärlichen Gründen wichtig war, und zum anderen, weil
ich ohnehin davon ausging, dass keines der geschichtsträchtigen
großen Verbindungshäuser ernsthaft an unserer Mitgliedschaft
interessiert sein würde. »Versprochen ist versprochen. Sollten
wir auf welchem Weg auch immer eingeladen werden, sehen
wir uns die Verbindung genauer an.«

»Vielleicht begegnest du ja auf der Erstsemesterparty noch
mal Easton«, trällerte sie zuckersüß euphorisch. »Und ich womöglich sogar Yves.«

Yves?

Ich war mir sicher, den Namen schon mal gehört zu haben,
nur in welchem Zusammenhang fiel mir nicht sofort ein. Während Sarah weiter vom uns bevorstehenden La-Dolce-Stu-
denten-Vita schwärmte, klickte es plötzlich. Einer der Jungs
am Strand hatte den Namen erwähnt, nachdem Easton aufgetaucht war. Beim Gedanken an seine bedrohlich klingenden
Worte kroch ein kalter Schauer über meinen Rücken. *Das ist
Yves' Cousin. Glaub mir, Bro, mit dem willst du dich garantiert
nicht anlegen, das würdest du nicht überleben ...«*

Fragte sich nur, mit wem man sich besser nicht anlegen sollte.
Mit Yves? Mit Easton? Oder mit beiden?

Kapitel 6

Begrüßungswoche

Lux et Veritas – Licht und Wahrheit. Unmittelbar nach der Willkommensrede für die Frischlinge bestaunten Sarah und ich ehrfürchtig das in Stein gemeißelte Motto der Universität auf dem Old Campus, dessen geschichtsträchtigen Gebäude und Fakultäten allesamt durch ihre außergewöhnliche Architektur im gotischen Stil bestachen.

Freshman.

In Yale.

Eine der weltbekannten Ivy-League-Unis.

Unfassbar.

Alles war so viel größer, als ich es mir jemals hätte vorstellen können – eine zweite Stadt in der Stadt –, und die Neuankömmlinge wurden gefeiert wie Hollywoodstars auf dem roten Teppich der Oscarverleihung. Umgeben von einem Teil der amerikanischen Studentenelite, atmete ich tatsächlich lebendige Geschichte ein. Was mich gefühlt zu einer nervösen Hauptdarstellerin vorm Drehbeginn eines Blockbusters machte, die ihren Text vergessen hatte.

»Kneif mich mal«, murmelte Sarah.

»Dito«, erwiderte ich im Flüsterton.

»Sollen wir einfach wieder nach Hause fahren und so tun, als wären wir nicht da? Mein Selbstbewusstsein ist schon auf Amöbengröße geschrumpft. Das packe ich nie im Leben.«

»Den Gedanken hatte ich auch gerade«, gab ich leise zu, besann mich jedoch gleich wieder auf das, was meine Eltern mich von frühester Kindheit an gelehrt hatten: Aufgeben ist keine Option, wenn man es vorher nicht wenigstens einmal versucht hat. Würde ein Kleinkind beim Laufenlernen nach jedem Hinfallen nicht immer wieder aufstehen, hätte die gesamte Menschheit niemals laufen gelernt – das Lieblingsbeispiel meiner Mom. »Aber ...«, ich atmete tief durch und straffte die Schultern, »... wir haben die Aufnahmeprüfung bestanden und bringen alle Voraussetzungen mit, um unser Studium zu schaffen. Affirmation ist das Zauberwort.«

»Was war das noch mal?«

»Visualisierung deiner Wünsche und Träume. Stell dir einfach die Abschlussfeier vor und wie du deine Bachelor-Urkunde überreicht bekommst.«

»Eigentlich wollte ich den Master machen.«

»Dann eben, wie du deine Master-Urkunde bekommst.«

»Und das soll funktionieren?«

»Keine Ahnung.«

»Na ja, schaden wird es wohl nicht«, sinnierte Sarah, und ihre Miene wechselte von hoffnungslos überfordert zu hoch konzentriert.

»Alles okay?«

»Hmmm«, murmelte sie. »Ich affirmiere gerade unsere erfolgreichen Abschlüsse, die ersten Dates mit Easton und Yves, wie ich den Pulitzer Preis für spektakulären Enthüllungsjournalismus erhalte, meine Traumhochzeit mit Mr Alwaysright uuund ...«

Ich musste lachen. »Überfordere das Universum nicht, sonst

fliegen dir deine Affirmationen noch um die Ohren und enden in einer chaotischen Vollkatastrophe.«

»Das würde ich nie tun. Du kennst mich.«

»Und genau deswegen …«, ich hakte mich bei ihr ein und zog sie von der Yale-Motto-Inschrift weg, »… konzentrieren wir uns besser auf die unmittelbar bevorstehende Zukunft, besorgen uns schnellstmöglich einen Uni-Plan, damit wir uns zurechtfinden, und erledigen die letzten Formalitäten.«

»Jetzt hast du all die schönen Bilder in meinem Kopf ruiniert.«

»Die kommen garantiert wieder, sobald wir hier fertig sind.«

»Ist Vernünftigsein auf Dauer nicht wahnsinnig anstrengend?«

»Nur wenn man wie ich eine Freundin hat, die dazu neigt, ihre Bodenhaftung zu verlieren.«

»Hältst du mich etwa für abgehoben?«

»Nein, nur deine Fantasie. Und jetzt los: Auf in den Ernst des Lebens.«

Grob gerechnet studierten in Yale 12 000 Menschen, und gefühlt trieben sie sich zur Begrüßung der Erstsemester vollzählig auf dem Old Campus herum. Unsere Taschen quollen vor Infomaterialien und gratis Yale-Merch über. *Handsome Dan* – das Maskottchen der Yale Bulldogs und somit aller Uni-Sportteams – hatten wir auch schon in Lebensgröße kennengelernt und waren von seiner im Plüschkostüm steckenden Variante mit der Fan-Grundausstattung in Form von Basecaps und Fähnchen versorgt worden. An nahezu jedem Stand hielt uns irgendwer auf und verwickelte uns in mehr oder weniger spannende Gespräche. Insgesamt viel zu viel Input für mich, der ab einem gewissen Punkt rechts rein und links gleich wieder ungefiltert rausging. Von dem ganzen Gerede, der verschiedenartigen Musik und den internationalen Essensgerüchen schwirrte mir der Kopf.

Trotz meiner heillos überforderten Wahrnehmung studierte ich unter einer alten Eiche ein wenig abseits des Begrüßungsjahrmarkts sicherheitshalber den Uni-Plan, um mich zu vergewissern, wenigstens die Wegbeschreibung zum Central ID-Center richtig abgespeichert zu haben. Unterdessen verdrückte Sarah, im Takt einer vorbeiziehenden Blasmusikkapelle wippend, einen fetten Burrito und hielt bereits nach der nächsten Fressbude Ausschau.

»Oh, mein Gott, … ich tick aus … da hinten gibt's Pizza … hoffentlich mit Cheesy Crust«, seufzte sie inbrünstig zwischen zwei Bissen. »Willst du auch eine?«

Ich schüttelte den Kopf. »Wenn ich noch länger hier rumhänge, platzt mir der Schädel. Iss dich ruhig weiter durch den Campus. Ich fahre jetzt zum ID-Center und warte dort auf dich.«

»Okay«, kam es ohne weitere Überredungsversuche von Sarah. »College Street. Richtig?«

Ich nickte.

»Spätestens in einer halben Stunde bin ich da«, versprach sie und spazierte fröhlich Richtung Pizzastand.

Beinahe fluchtartig ließ ich das Tohuwabohu hinter mir, ergriff mechanisch einen Flyer, der mir unter die Nase gehalten wurde, stopfte ihn zu all den anderen in meine Tasche und machte mich auf den Weg zum Parkplatz.

Im Schatten eines Laubbaumes wartete Otto auf mich. Ich wollte gerade einsteigen, da hörte ich einen herannahenden brummigen Motorsound.

»Mila?«

Irritiert drehte ich mich um und beäugte skeptisch den Fahrer des fetten schwarzen Dodge Ram mit dem Nummernschild *Quin*.

»Mila Lewis?«, fragte der Fahrer freundlich. Bei laufendem Motor stieg er aus und zog das Basecap mit dem Yale-Logo von seinem Kopf. Ein mittelblonder, leicht gewellter Schopf ohne erkennbaren Haarschnitt kam zum Vorschein. Lächelnd steuerte er auf mich zu, während mein Hirn versuchte, den großen, athletischen Typen einzuordnen. Als er nur noch wenige Schritte von mir entfernt war und blaue Augen nebst einer kleinen Stirnnarbe sichtbar wurden, wusste ich, wer vor mir stand. »Davy … Quinlan?«

Er nickte. »Aber vergiss Davy, hier nennen mich alle Quin.« Im nächsten Moment schloss er mich in seine Arme, und ich hob ein Stück vom Boden ab. »Schön, ein bekanntes Gesicht aus dem Valley zu sehen, und dann noch so ein hübsches dazu«, raunte er mir ins Ohr.

Unweigerlich versteifte ich mich in seiner Umarmung. Nach der lockeren Begrüßung war ich mir nicht mehr sicher, ob mich tatsächlich der unsichere, teils nerdige David Quinlan in seinen Armen hielt. Seit ich mich erinnern konnte, hatte er am Ende der Straße einer beschaulichen Reihenhaussiedlung mit seinen Eltern nebst Großeltern unter einem Dach gelebt und war seinen Kleinjungennamen Davy selbst als Senior auf der Highschool nicht losgeworden. Im vergangenen Jahr hatte er seinen Abschluss gemacht, wegen seiner hervorragenden Leistungen die freie Elite-Uni-Auswahl gehabt und sich für Yale entschieden. Dass dieses eine Jahr eine solche Wandlung hervorbringen würde, damit hätte wohl niemand gerechnet. Wo war der schlaksige Junge mit dem stets akkuraten Kurzhaarschnitt geblieben, der meistens mit hängenden Schultern und gesenktem

Kopf unterwegs gewesen war, um möglichst unsichtbar zu bleiben?

Behutsam ließ er mich los, und ich spürte wieder festen Boden unter den Füßen. Ich war völlig perplex wegen des überraschenden Wiedersehens. Nicht mal eine hohle Phrase kam mir über die Lippen, bloß ein irritiertes »Heyyy …« in Kombination mit einem steifen Lächeln.

»Was ist?«, fragte er stirnrunzelnd.

»Hast …« Ich musste mich räuspern, um deutlich sprechen zu können. »Hast du trainiert?«

Er lachte leise. »Mehr oder weniger. Ich bin im Leichtathletik-Team.«

»Steht dir«, erwiderte ich etwas weniger krampfig. »Ich wusste gar nicht, dass du Locken hast.«

»Wahrscheinlich wussten das nicht mal meine Eltern, weil sie mich alle drei Wochen zum Friseur geschleift haben«, schmunzelte er. »Hab sie wachsen lassen.«

»Steht dir auch. Richtig gut sogar.«

»Was für Komplimente!« Er schenkte mir ein weiteres Lächeln, wirkte allerdings trotz seines coolen Auftretens ein wenig verlegen. »So etwas aus dem Mund der Abschlussballkönigin zu hören, geht runter wie Öl.«

»Wie kommst du darauf, dass ich Abschlussballkönigin geworden bin?«

»Liegt das nicht auf der Hand? Du warst eines der hübschesten und beliebtesten Mädchen der Schule.«

»Nach meiner Trennung von Josh Hartwick ging es auf der Beliebtheitsskala rapide abwärts. Ich hatte nicht mal ein Date für den Abschlussball.«

»Du warst mit Hartwick zusammen?«

»Nur ein paar Wochen nach den Sommerferien, aber die haben mich definitiv die Krone gekostet«, erwiderte ich gleichmütig.

»War sowieso ein hässliches Ding. Viel zu protzig«, stellte der ehemalige Davy fest, zu dessen neuem Ich der Name Quin tatsächlich besser passte. Ob ich mich je daran gewöhnen würde, wusste ich allerdings nicht.

»Genau und vor allem todeskitschig.«

»Jep!«, bestätigte er mit einem gequälten Nicken.

Wir mussten beide lachen. Von jetzt auf gleich war sie wieder da: die alte Vertrautheit zwischen mir und dem Jungen vom Ende der Straße – ein schönes Gefühl.

»Hast du Lust, mich zum Old Campus zu begleiten? Ich könnte dir ein paar Leute vorstellen«, schlug Davy aka Quin vor.

»Lieb von dir, aber da komme ich gerade her, und offen gestanden bin ich froh, dass der offizielle Begrüßungsteil vorbei ist. Freiwillig kriegt mich da heute keiner mehr hin.«

»Kann ich nachvollziehen.« Davy grinste wissend. »Die Begrüßungswoche hat es in sich. Aber keine Sorge, der erste Tag ist der wildeste von allen.«

Ein lang gezogenes Hupen ertönte und beendete unseren Wiedersehens-Small-Talk. »Wird das heute noch was?«, rief der Fahrer eines etwas älteren Ford Pick-ups, der wegen des mehrere Parktaschen blockierenden Dodge Ram nicht losfahren konnte.

»Bin sofort weg«, entgegnete Davy beschwichtigend und umarmte mich flüchtig zum Abschied. »Ich hoffe, wir sehen uns bald wieder«, sagte er im Gehen.

»Das hoffe ich auch.«

Er kletterte in seinen Wagen. »Was macht eigentlich Sarah?«

»Folge einfach dem Pizzageruch auf dem Old Campus und frag sie.«

»Studiert sie auch hier?«

»Du weißt doch, nichts und niemand kann uns trennen. Nicht einmal knallharte Aufnahmeprüfungen.«

»Die Unzertrennlichen«, sagte Davy schmunzelnd. »Hätte ich mir eigentlich denken können.« Er zog die Wagentür zu, bevor er langsam losfuhr und der sichtlich genervte Zugeparkte im rasanten Tempo den Parkplatz verließ.

Ich winkte Davy nach, stieg in meinen Käfer und schlug den Weg zum ID-Center ein.

Das Uni-Gelände war glücklicherweise gut ausgeschildert, und so fand ich mit Leichtigkeit die College Street. Nach einer gefühlten Ewigkeit lief endlich wieder meine Playlist im Auto und keine Best-of-Sammlung der 70er, 80er und 90er. Wenngleich der blecherne Handysound mangels technischer Verbindungsmöglichkeiten nicht wesentlich besser klang als der von Sarahs Uralt-Tapes. In voller Lautstärke hörte ich meinen Lieblings-Ed und sang wahrscheinlich schmerzhaft schief, aber voller Leidenschaft im Duett mit ihm *Shape of you*. So leidenschaftlich, dass ich versehentlich einem helmlosen Motorradfahrer die Vorfahrt nahm. Kurz darauf rauschte er links an mir vorbei und warf mir einen Blick über seine Schulter zu, der mir genauso sehr durch Mark und Bein ging wie der Adrenalinstoß, den mein unachtsames Verkehrsvergehen ausgelöst hatte.

Schwarzes Haar.

Tiefdunkle Augen.

Easton.

Er musste Otto erkannt haben. Da war ich mir absolut sicher. Schließlich hatte er ihn gestern erst zugeparkt und mich wissen lassen, dass ich einen schicken Wagen fuhr. Einen Oldie mit auffälliger petrolgrüner Metalliclackierung und einem kalifornischen Kennzeichen sah man in New Haven bestimmt nicht alle Tage.

»Verdammt, verdammt, verdammt … das darf echt nicht wahr sein«, stöhnte ich selbstmitleidig. »Nicht schon wieder …«

Tiefenfrustriert schaltete ich die Musik aus und drosselte

das Tempo, damit Easton zu allem Überfluss nicht auch noch dachte, ich würde ihn verfolgen. Erst der Vorfall am Beach, danach das unfreiwillige Koffer-des-Schreckens-Attentat, und vor ein paar Sekunden hätte ich ihn beinahe von seinem fetten Bike gekickt. Spätestens jetzt musste er mich für eine gemeingefährliche Vollkatastrophe halten. Großartig.

An der nächsten Kreuzung schickte ich ein Stoßgebet gen Himmel, Easton möge nach rechts oder links abbiegen – von mir aus auch umdrehen und in die entgegengesetzte Richtung fahren –, doch das tat er nicht. Stattdessen stoppte er seine Maschine auf der Parkfläche neben dem ID-Center und stieg ab. Bis auf den mattweißen Tank mit dem unverkennbaren Harley-Davidson-Logo war die Fat Boy vollkommen schwarz gehalten und ließ vermutlich jedes Motorradfahrerherz ein paar Takte schneller schlagen. Mein Dad fuhr in seiner Freizeit ein etwas älteres und nicht ganz so stylishes Modell. Ihm wäre bei dem Anblick garantiert die Kinnlade heruntergeklappt. Ähnlich wie mir. Bloß aus anderen Gründen.

Easton sicherte sein Bike und betrat das Gebäude. Ausgerechnet. In Sekundenschnelle spulten sich sämtliche mögliche Ausweichszenarien in meinem Kopf ab. Allesamt eher mäßig und vor allem nicht langfristig. Früher oder später würden wir uns ohnehin wieder begegnen, wo das Universum gerade seinen Spaß daran entdeckt hatte, uns in den schrägsten Situationen aufeinandertreffen zu lassen. Augen zu und durch war also die Devise. Eine zweite Chance für einen ersten Eindruck gab es bekanntlich sowieso nicht.

In mich hinein grummelnd parkte ich Otto sicherheitshalber weit, weit weg von Eastons Motorrad und steuerte ebenfalls das ID-Center an.

Auf der kurzen Fahrt hierher war mir bereits aufgefallen, wie wenig Verkehr für eine Universität dieser Größenordnung auf den Straßen herrschte. Dasselbe überraschend ruhige Bild bot sich mir auch im Inneren des Gebäudes – ein Umstand, den ich mir bloß damit erklären konnte, dass der Großteil aller Studenten gerade auf dem Old Campus unterwegs war.

Zwei Mitarbeiter standen hinter dem Empfangstresen. Einer redete mit Easton, der andere winkte mich zu sich, nachdem er einem Mädchen mehrere Formulare ausgehändigt hatte.

»Was kann ich für Sie tun?«, fragte er freundlich.

Easton stand kaum zwei Armlängen entfernt von mir. Das machte mich ein bisschen nervös. »Hi ... ähm, ... ich würde gerne meinen Studentenausweis abholen.«

»Dafür bräuchte ich den Zulassungsbescheid und Ihre ID.«

Ich legte beides auf den Tresen zwischen uns.

Der Uni-Mitarbeiter checkte meine Unterlagen. »Margret Isabel Lucille Alexandra Lewis«, las er meinen ellenlangen Namen laut vor und wandte sich einem Karteiregister zu. Innerlich verfluchte ich die Lewis'sche Familientradition, sämtlichen Nachkommen die Vornamen der Groß- und Urgroßeltern beider Seiten zu verpassen. Glücklicherweise waren meine Eltern bereits vor meiner Geburt auf das Akronym dieser Namensabfolge gekommen und hatten mich stets Mila genannt. Allein dafür liebte ich sie noch viel mehr.

Der Uni-Mitarbeiter gab mir meine Unterlagen zurück und händigte mir nach dem Unterzeichnen der Empfangsbestätigung meine Yale-ID-Card aus. Unterdessen ging Easton an mir vorbei, als wären wir uns noch nie begegnet, und verließ das Gebäude. Die Freude, anstelle des altertümlichen Taufnamens meinen deutlich schlichteren Rufnamen auf dem Ausweis stehen zu sehen, erstickte sofort im Keim.

Nachdenklich bedankte ich mich bei dem freundlichen Mitarbeiter, machte mich auf den Weg nach draußen und atmete tief durch. In der Nähe des Eingangs setzte ich mich auf eine

Bank am Bürgersteig, um dort auf Sarah zu warten. Mit einem Foto meines nigelnagelneuen Yale-Ausweises brachte ich meine Eltern auf den aktuellen Stand der Dinge und bekam prompt eine supersüße Voicemail von Mom, die ich nur halb verstehen konnte, weil Easton in diesem Moment mit seiner Maschine an mir vorbeibretterte. Noch während ich ihm nachsah, wendete er sein Bike und kam an der Bordsteinkante vor mir zum Stehen.

Mir rutschte das Herz in den Magen, und meine Knie wurden im Sitzen weich. Damit hatte ich absolut nicht gerechnet.

»Ich würde dich gerne auf den besten Hot Dog der Stadt einladen«, rief er mir zu, »aber ich habe Dienst im Medical Center und bin viel zu spät dran.«

»Und ich würde deine Einladung gerne annehmen, aber ich bin hier mit meiner Freundin verabredet, und die ist nie pünktlich.« Immerhin war meine Schlagfertigkeit nicht genauso überrascht wie ich.

Er lachte und warf mir einen Blick zu, der mir tief unter die Haut ging.

»Trägst du eigentlich immer Blümchenkleider, Margret Isabel Lucille Alexandra Lewis?«

Obwohl es mir wahnsinnig peinlich war, dass er meine Vornamenkatastrophe mitgehört hatte, überspielte ich sämtliche Anzeichen von Verlegenheit. »Nicht immer, aber meistens. Und was ist mit dir? Trägst du immer Schwarz und Grau?«

»Nicht immer, aber meistens«, erwiderte er mit einem verboten süßen Grinsen und rauschte Richtung Medical Center davon.

Kapitel 7

Louis Costellos Good Old Lady

»Noch eine Info-Veranstaltung mehr und ich wäre komplett durchgedreht«, stöhnte ich am Ende des letzten Tages der Begrüßungswoche. Wie ein nasser Sack fiel ich aufs Sofa. »Wer soll sich das bitte alles merken?«

Davy hatte recht behalten: Auf dem Old Campus war es insgesamt sehr viel ruhiger geworden. Aber in meinem Hirn herrschte trotzdem noch ein absoluter Overload, der kaum Raum für irgendetwas anderes ließ.

»Keine Ahnung«, erwiderte Sarah schulterzuckend und plumpste neben mich. »Nach einer halben Stunde habe ich auf Durchzug gestellt, weil ich im Cheesecake-Törtchen-Himmel gelandet bin. Mann, waren die gut! Aus kulinarischer Sicht ist Yale schon mal die einzig richtige Entscheidung gewesen.«

»Hauptsache, die kleine Sasu bekommt genug zu essen. Alles andere ist unwichtig.«

»Du hast es erfasst«, kicherte sie. Im nächsten Moment schmachtete sie mich hingebungsvoll von der Seite an.

»Lass das.«

»Was?«

»Du weißt genau, was ich meine.«

Aus den Augenwinkeln bemerkte ich, wie sie vom Schmacht-modus auf den Shrek-Kater-Blick wechselte, und wäre es Sarah möglich gewesen, ihre Ohren hängen zu lassen, hätte sie es garantiert getan, um auch den allerletzten Rest an Niedlich-keitsfaktor aus der Reserve zu holen. »Kommst du denn heute Abend trotzdem mit?«

»Für kein Geld der Welt!«

»Es ist nur eine klitzekleine Erstsemesterparty. Wir bleiben auch nicht lange. Wirklich nur ganz kurz. Aber ich sterbe, wenn ich die Möglichkeit verpasse, von den wichtigsten Verbindungs-mitgliedern gesehen zu werden.« Sie stupste mehrfach mit ihrer Stirn gegen meinen Arm. »Hmmm … Millili? Was sagst du?«

»Dass du mit unfairen Mitteln kämpfst.«

»Und was noch?«

Genau das war eine dieser Situationen, in denen ich mir wünschte, nicht sofort einzuknicken, wenn ich mein Gegen-über mochte. Doch ich hätte mich wie die mieseste Ärschin auf diesem Planeten gefühlt, wäre ich trotz Sarahs klebrig-süßer Charmeoffensive bei meinem Nein geblieben. Und dann kam noch mein leidiges Versprechen dazu, dieser Verbindungssache eine Chance zu geben. »Okay. Gut«, lenkte ich widerwillig ein. »Maximal zwei Stunden. Solltest du mehr trinken, als du ver-trägst, und Otto vollkotzen, rede ich den Rest des Jahres kein Wort mehr mit dir.«

»Aye, Ma'am«, salutierte Sarah freudestrahlend, sprang vom Sofa auf und startete sogleich eine chaotische Modenschau mit Best-of-Wham-Hintergrundmusik.

Geduldig, teils augenrollend und immer wieder lachend schaute ich Sarah bei ihren überdrehten Catwalks zu, bis sie schließlich sämtliche Kombinationsmöglichkeiten mit dem überschaubaren Inhalt ihres Kleiderschranks ausgeschöpft hatte und unsere Wahl einstimmig auf ein knielanges Jeans-Hemdkleid gefallen war. Abschließend humpelte sie mit zwei verschiedenen Schuhen an den Füßen durch den Wohnraum.

»Und? Was meinst du?«

Ich neigte den Kopf zur Seite und vollführte gedanklich den von ihr gewünschten Style-Check. Der Stiletto an ihrem rechten Fuß ließ ihre ohnehin tollen Beine noch länger wirken. Dem knöchelhohen Chuck links fehlte zwar der Wow-Effekt, trotzdem passte er zu dem Outfit.

»Beide sehen gut aus.«

»Hmmm … finde ich auch. Was ziehst du an?«

»Das schwarze Shirt mit dem U-Ausschnitt, einen kurzen Blümchenrock und meine Docs.«

Sie grinste wissend. »Deine aktuellen Lieblingspartyklamotten also.«

»Jep! Unspektakulär und bequem.«

»Du bist niemals unspektakulär. Schon allein, weil du eben du bist.« Sarah warf mir ein Luftküsschen zu. Ich fing es auf und drückte es an mein Herz. Sie schenkte mir ein zuckersüßes Lächeln, ehe sie noch mal prüfend auf die Schuhe an ihren Füßen schaute. »Entscheidung gefallen: Ich trage die hohen und parke die anderen sicherheitshalber in Ottos Kofferraum.«

Unvermittelt klatschte Sarah sich mit einer Hand gegen die Stirn, und ich sah sie irritiert an. »Hätte ich beinahe total vergessen. Können wir heute Abend Mel und Rose mitnehmen?«

»Wer bitte sind Mel und Rose?«

»Die beiden unter uns«, erklärte sie.

»Wann hast du die denn kennengelernt?«

»Gleich am ersten Tag auf dem Old Campus am Pizzastand. Rose ist total aufgeschlossen, und ja … Mel stellt charakterlich das absolute Gegenteil von ihr dar, aber sie ist auch sehr nett. Du wirst die zwei bestimmt mögen. Und? Was sagst du?«

»Puh … ähm …« Da mir kein triftiger Grund einfiel, *Nein* zu sagen, willigte ich ein.

»Du bist die beste Millimaus auf diesem Planeten.« Grinsend drückte Sarah mir einen Kuss auf die Stirn, schnappte sich ihr Handy und tippte eine Nachricht. »Wann fahren wir los?«, fragte sie.

»Um acht?«

»Perfekt!«

»Zwei Stunden«, erinnerte ich sie.

»Ja, schon klar«, erwiderte Sarah, »Mel und Rose fahren sowieso nicht mit uns zurück. Die wollen noch auf eine DC-Convention.«

»DC-Convention?«

»Du weißt schon. Superhelden und so.« Sarah warf ihr Handy aufs Sofa und humpelte mit ihren unterschiedlich hohen Schuhen aus dem Wohnraum. »Lass dich einfach überraschen«, rief sie vom Flur aus. »Bin eben duschen.«

Ungefähr eine Stunde dauerte die Fahrt zur Partylocation. Entlang der Küste kurvten wir mit meinem voll besetzten Käfer zum alten Leuchtturmhaus – dem Morgan Point Light, der sowohl vom Meer als auch vom Mystic River gesäumt wurde.

Obwohl Sarah mit ihrer Tape-Auswahl das Beste der 80er abspielte und mich damit zumindest ein bisschen in Feierstimmung versetzte, wollte der Funke nicht gänzlich überspringen. Die Sicht durch den Rückspiegel irritierte mich immer wieder aufs Neue. Eine quietschbunte *Harley Quinn* aka Mel und eine eher wenig bekleidete *Wonder Woman* aka Rose saßen hinter mir auf Ottos Rückbank. Während sich Sarah und *Wonder Woman* schräge Gesangsduelle lieferten, starrte *Harley Quinn*, das Kinn auf einen Baseballschläger gestützt, Kaugummi knatschend vor sich hin. Alle paar Minuten formte sich eine große weiße Blase vor ihrem Mund, die sie zum Platzen brachte. Ganz schön schräg. Und irgendwie gruselig.

Umso erleichterter fühlte ich mich, als wir endlich die Pearl Street im historischen Distrikt von Noank passierten und das große Anwesen mit dem alten Leuchtturmhaus zu sehen war.

Am Ende der Straße parkte ich Otto zwischen den unzähligen anderen Wagen. Nachdem ich ausgestiegen war, atmete ich erst mal tief durch. Was für ein seltsamer Trip. Noch ein paar geplatzte Kaugummiblasen mehr und ich wäre wahrscheinlich mit *Harley Quinns* Baseballschläger Amok gelaufen. Aber irgendwie musste ich auch lachen. Die besten Geschichten schrieb eben immer noch das Leben. Sollte ich meiner Mom davon erzählen, würde sie daraus garantiert eine Szene für ihr nächstes Buch basteln.

»Wow! Was für eine megacoole Location!«, stellte Sarah begeistert fest.

Rose pflichtete ihr bei und strahlte in ihrem umwerfend aussehenden Originalkostüm mit den zahlreichen Lampions, die über das gesamte Anwesen verteilt waren, um die Wette. Indes kletterte Mel samt ihres Baseballschlägers aus dem VW. Mit großen Augen und völlig regungsloser Miene schaute sie sich um und brachte dabei zum gefühlt tausendsten Mal eine riesige Kaugummiblase zum Platzen. Unangenehmes Schweigen entstand. Ich brauchte eine kurze Auszeit. Dringend. Aber wie?

»Meine Schuhe bringen mich jetzt schon um«, sagte Sarah wie aufs Stichwort. »Geht ruhig vor. Wir finden euch.«

Rose verstand den unmissverständlichen Wink mit dem Zaunpfahl sofort. »Danke fürs Mitnehmen.«

Mel blieb weiterhin stumm. Vor ihrem Mund formte sich wieder eine Blase.

»Willst du dich nicht wenigstens bedanken?«, zischte Rose ihrer Mitbewohnerin zu.

»Danke«, brummte Mel und verdrehte ihre unterschiedlich geschminkten Augen.

Rose lächelte verkrampft. »Dann … bis später.« Sie hakte sich bei ihrer Freundin ein und zog sie mit sich fort.

»Sag nichts«, flüsterte Sarah.

»Mir fehlen gerade echt die Worte«, erwiderte ich und öffnete Ottos Mini-Kofferraum, damit Sarah ihre Schuhe wechseln konnte. »Das Platzen der Kaugummiblasen hat mich total kirre gemacht.«

Leise lachend tauschte Sarah ihre Stilettos gegen die knöchelhohen Chucks, und ich drückte die Motorhaube wieder zu.

»Ist Mel immer so?«, hakte ich nach.

»Nein … eigentlich doch … schon«, druckste Sarah rum, bevor sie auf den Punkt kam. »Richtig kenne ich sie ja noch nicht, aber Mel ist wohl generell eher gegen alles und ein bisschen nerdig mit Emo-Tendenzen. Rose hat sie überredet, vor der Convention auf die Party zu gehen, und das scheint sie ziemlich ätzend zu finden.«

»War nicht zu übersehen.«

»Ein Pokerface hat sie definitiv nicht.«

Sarah lachte, und ich stimmte mit ein. Sich zu verstellen, war offensichtlich nicht Mels Ding, und das machte sie wiederum irgendwie sympathisch.

»Scheiße, Mann«, stöhnte Sarah unvermittelt und schaute auf ihre bequemen Schuhe. »Da wollte ich endlich mal einen atemberaubenden Auftritt hinlegen, und jetzt *das*.« Sie zog einen frustrierten Flunsch. »Zum Vamp wird es wohl nie reichen.«

»Du bist auch so hübsch genug, Sasu.«

»Findest du?«

Ich nickte. »Außerdem zählen die inneren Werte.«

»Die da wären?«

»Puh, ähm … du, … du weißt schon.« Ich bemühte mich, ernst zu bleiben, aber Sarahs einsetzendes Gekicher steckte mich an.

»Lass uns lieber gehen, bevor du dich komplett um Kopf und Kragen redest«, gluckste sie. »Oder deine Pseudo-Komplimente mein Selbstbewusstsein ruinieren.«

Nachdem ich Otto abgeschlossen hatte, ließen wir ihn allein auf unbekanntem Terrain zurück.

Nebeneinander spazierten wir über das wasserbegrenzte, weitläufige Anwesen mit dem beeindruckenden Leuchtturmhaus und folgten den anderen Partygästen. Auf den Rasenflächen hatte sich mittlerweile ein feierfreudiger Menschenstrom zusammengefunden, den es zum Mystic River zog, wo ein romantisch beleuchteter Schaufelraddampfer vor Anker lag, aus dem eher unromantischer Clubsound drang.

»Ich habe übrigens recherchiert«, sagte Sarah, als wir uns dem ungewöhnlichen Haus samt seiner Anbauten näherten.

»Noch mehr?«

»Du kennst mich doch. Ich muss einfach alles und jeden durchleuchten, sonst finde ich keine Ruhe.«

Aus bekannten Gründen konnte ich das so nicht unterschreiben. »Wirklich jeden?«

Sarah lachte entwaffnend. »Na ja, vielleicht nicht jeden. Wenn meine Hormone mit mir durchgehen, vergesse ich es manchmal.«

Ich warf ihr einen eindeutigen Blick zu.

»Immer manchmal«, korrigierte sie sich schmunzelnd und sprang ohne Übergang zu ihren Nachforschungen. Schwerpunkt: Gebäudehistorie. »Der Turm ist ziemlich genau 7,60 Meter hoch und stammt wie der Rest des Granitquaderbaus aus dem Jahr 1831«, startete sie mit der Ausführung ihrer Rechercheergebnisse. »Für einen Leuchtturm etwas klein, wenn du mich fragst. Das fanden übrigens auch die Schiffer. Deshalb wurde ein größerer errichtet, und dieser hier ging in den Privatbesitz einer sehr einflussreichen Familie über, deren Namen ich bisher noch nicht herausgefunden habe. Aber ich arbeite daran.« Ein selbstzufriedenes Grinsen breitete sich auf ihrem Gesicht aus. »Uuund? Beeindruckt?«

»Total.«

Spontan ergriff Sarah meine Hand und zog mich von dem Lampion gesäumten Weg in eine andere Richtung, bis wir seitlich des historischen Baus stehen blieben. »Sieh dir das an«, flüsterte sie. »Die müssen echt stinkreich sein.«

Ich staunte nicht schlecht, als ich den beeindruckend großen Flachbau samt Poolanlage erblickte, der durch einen geschlossenen Laubengang mit dem ehemaligen Leuchtturmhaus verbunden war. Zwei Steinwürfe entfernt von dem Traumhaus lag ein hochmodernes Motorboot neben einer Anlegestelle im Wasser. Wer auch immer hier wohnte, brauchte sich in diesem Leben garantiert keine Sorgen um seine Finanzen zu machen.

»Und sie müssen verdammt gut drauf sein, wenn sie einer Horde Studenten erlauben, einen Teil ihres Anwesens für eine Erstsemesterparty zu stürmen«, murmelte ich.

»Habt ihr euch verlaufen?«

Die männliche Stimme hinter unseren Rücken schockfrostete Sarah und mich für den Bruchteil einer Sekunde, bevor wir uns schuldbewusst umdrehten. Wie kleine Kinder, die mit ihren Fingern im warmen Pudding erwischt worden waren.

Vor uns stand ein dunkelhaariger, sportlicher Typ in Jeans und Shirt, der mir irgendwie bekannt vorkam.

Sarah versuchte es mit einem entwaffnenden Lächeln, das von unserem Gegenüber mit skeptischem Blick quittiert wurde. »Live-Faktencheck fürs Architekturstudium«, log sie.

»Ah ja …«, erwiderte der Dunkelhaarige wenig überzeugt. »Die Party findet auf der anderen Seite am Mystic River statt.« Mit einer knappen Kopfbewegung deutete er zu dem beleuchteten Schaufelraddampfer, der auch mit größter Ignoranz unübersehbar gewesen wäre.

Plötzlich machte es Klick, und ich erinnerte mich wieder, woher ich ihn kannte. Der Zwischenfall am Strand. Easton war zuerst aufgetaucht. Danach ein Freund von ihm. Lance. Und genau der stand uns todernst gegenüber. Sein Verhalten wunderte mich, da ich ihn eigentlich unter der Kategorie *freundlich und hilfsbereit* abgespeichert hatte.

Das peinliche Schweigen hielt an, und selbst Sarah, der ungekrönten Königin des letzten Wortes, fiel rein gar nichts mehr ein, außer einen ratlosen Flunsch zu ziehen. Mein zweifaches Studium in Jura und Kriminalpsychologie hatte zwar noch nicht richtig begonnen, aber als Tochter eines Polizisten und einer Thriller-Autorin hatte ich im Laufe der Zeit einiges mitbekommen, das nicht nur mein Interesse geweckt, sondern auch meine Studienwahl beeinflusst hatte. Nüchtern, faktisch und aus kriminalistischer sowie juristischer Sicht betrachtet, bewegten wir uns gerade auf einem sehr schmalen Grat zwischen Haus- und Landfriedensbruch. Ein Vergehen, das den Eigentümern des Anwesens in etwa dreißig anderen Bundesstaaten wegen der Stand-your-Ground-Gesetzgebung das Recht gegeben hätte, uns einfach so zu erschießen. Mitten auf dem frisch gesprengten Rasen. In unseren Partyklamotten. Gut, dass es dieses überaus fragwürdige Selbstjustizgesetz in Connecticut nicht gab, sonst hätten wir nämlich ein ganz anderes Problem gehabt als nur peinliches Schweigen.

»Tschuldigung«, murmelte ich, »kommt nicht wieder vor.« Ich ergriff Sarahs Hand und schob mich mit ihr an Lance vorbei.

Kaum waren wir außer Hörweite, fand Sarah ihre Sprache wieder. »Wie kann man bitte dermaßen gut aussehen und gleichzeitig so scheißernst sein? Der war doch nicht viel älter als wir.«

»Na ja, ich würde wahrscheinlich auch keinen witzigen Smalltalk mit Fremden führen, die nachts durch unseren Garten schleichen.«

»Stimmt. Darüber habe ich gar nicht nachgedacht«, erwiderte Sarah mit einem niedlichen Glucksen in der Stimme, bevor wir die Gangway betraten und mit unseren gezückten Einladungen nach einem knappen Nicken der Security den nostalgischen Dampfer *Louis Costellos Good Old Lady* enterten.

Kapitel 8

Schein und Sein

An Bord erstreckte sich, einer oscarwürdigen Hollywood-Kulisse gleich, das Flair der Roaring Twenties vor uns. Spätestens jetzt war ich Sarah fast ein bisschen dankbar für ihre nervige Beharrlichkeit, unbedingt auf diese Party gehen zu wollen. Im Heckbereich, unmittelbar vor dem großen Schaufelrad, befand sich eine gut besuchte Champagner-Bar im Great-Gatsby-Stil. Insgesamt betrachtet wäre das Ambiente prädestiniert für eine Motto-Party sondergleichen gewesen.

Umgeben von dunklem und weißem Holz, das im warmen Licht Abertausender Leuchtdioden glänzte, folgten wir dem Verlauf des ausgerollten roten Teppichs. Er führte uns die Reling entlang zum Bug des restaurierten ehemaligen Mississippi-Dampfers und über eine breite Treppe nach oben aufs zweite Deck. An der Austrittsstufe endete der feierliche Bodenbelag vor einer weit geöffneten Doppelflügeltür. Dahinter lag ein Saal, von dem vor lauter Partypeople und wegen des diffusen Lichts kaum etwas zu erkennen war. Bis auf den DJ hinter seinem Pult und eine Bar. Alle bewegten sich zum Sound der Musik.

Sarah stupste mich an und sagte etwas, doch ich konnte sie wegen der Lautstärke beim besten Willen nicht verstehen.

Schließlich deutete sie nach oben, und ich nickte. Um uns in dem Gedränge außerhalb des Saales nicht zu verlieren, hielten wir einander fest an den Händen und bahnten uns den Weg zu einer weiteren Treppe im Heckbereich des Dampfers, die hinauf zum dritten Deck führte. Dort bot sich beinahe dasselbe Szenario mit etwas weniger Gedränge, wobei davon auszugehen war, dass der winzige Platzluxus und die etwas geringere Lautstärke nicht von allzu langer Dauer sein würden, denn über den Rasen des Anwesens strömten nach wie vor Studenten zum Partyboot.

Immer noch fasziniert von dem nostalgischen Dampfer, schaute ich mich nach allen Seiten um. »Ob man mit dem Ding wohl noch übers Wasser schippern kann?«

»Kann man.« Sarah grinste breit und setzte ihre Frag-ein-fach-Sasu-denn-sie-weiß-alles-Miene auf. »Bereit für eine krass kriminelle Erfolgsgeschichte?«

Der Beat war durchdringend und so ansteckend, dass ich kaum die Füße stillhalten konnte, und die tanzende Menge zog mich an. Nach dem Vortrag über das ehemalige Leuchtturm-haus hatte ich eigentlich schon mehr als genug geschichtlichen Input für einen Abend bekommen. Um Sarah nicht zu verletzen, nickte ich. Zumal sie mir auch ohne vorherige Zustimmung die Infos um die Ohren gehauen hätte. Im Zweifel sogar mitten auf der Tanzfläche.

»Das gute Stück, auf dem wir uns gerade befinden, wurde 1903 unter großem Tamtam auf den Namen *Good Old Lady* getauft.«

Trotz des viktorianischen Flairs wirkte der Dampfer nicht, als wäre er bereits 120 Jahre alt.

»Zu Beginn des Zweiten Weltkriegs«, sprach Sarahpedia weiter, »flüchtete ein Vollwaise namens Louis Costello als blinder Passagier von Italien nach New York und nahm einen Job als Laufbursche für Meyer Lansky an.«

»Wichtigster und klügster Kopf der Cosa Nostra? Finanzgenie mit außergewöhnlichem Gedächtnis, dem das FBI nie etwas nachweisen konnte? *Der* Meyer Lansky?«

»Genau der«, bestätigte Sarah augenbrauenwippend und weckte damit endgültig mein Interesse. Kriminalgeschichte, wie heftig sie auch sein mochte, war natürlich genau mein Ding. »Dieser Louis muss von Lansky ziemlich viel gelernt haben, denn fünf Jahre später zog es ihn nach Connecticut, und die *Good Old Lady* brachte ihn geradewegs nach New Haven, wo er seine eigenen Geschäfte im Stil von Lansky aus dem Boden stampfte.«

»Lass mich raten: illegales Glücksspiel, Drogenhandel, Prostitution.«

Sarah zwinkerte mir zu. »Cleveres Mädchen.«

Besonders clever brauchte man für diese Verknüpfung leider nicht zu sein, denn was Mitte des 19. Jahrhunderts auf blutige Weise entstanden war, funktionierte bis heute verdammt gut.

»Wie ging es mit ihm weiter?«, wollte ich wissen.

»Kurz danach verliert sich seine Spur. Ich tippe auf eine Namensänderung. Das war damals bei Einwanderern nicht unüblich. Wahrscheinlich hat er im zarten Alter von achtzig Jahren genug Geld zusammengehabt, um die *Good Old Lady* vor der Verschrottung zu retten, restaurieren und umtaufen zu lassen«, ergänzte Sarah lächelnd. »Hach jaaa, eine schöne Vorstellung.«

Der Gedanke gefiel mir. »Sehr romantisch, Sasu, aber jetzt …«, ich schob sie von der Reling weg zum zweiten Saal, »… lass uns tanzen, bevor deine Zeit abläuft.«

»Wann fangen die zwei Stunden eigentlich an? Jetzt?«

»Ticktack, die Uhr läuft schon seit dreißig Minuten.«

»Das ist total unfair«, maulte Sarah. »Ich muss doch erst noch den DJ von richtig guter Musik überzeugen.«

»Könnte knapp werden.«

»Womit habe ich bloß so eine spaßbremsende Freundin verdient?«, stöhnte sie theatralisch und fingerte an ihrer Umhängetasche herum.

»Ernsthaft?«, fragte ich lachend, denn ich wusste genau, was als Nächstes kam.

Schulterzuckend kräuselte Sarah ihre Nase und setzte sich zufrieden grinsend kleine Kopfhörer auf, deren Verbindungskabel zu einem Uralt-Walkman in ihrer Tasche führte. Während ich mich wie alle anderen Tanzenden dem Rhythmus des seelenlosen Bumbums aus den Boxen anpasste, schwebte Sarah zum 70er-Jahre-Hit *Dancing Queen* der schwedischen Popgruppe Abba in ihrem ganz eigenen Musikuniversum übers Parkett und hatte Spaß mit sich selbst.

Aus zwei Stunden wurden vier. Wir tanzten uns die Seele aus dem Leib, Sarah auf ihre Art und ich auf meine, bis wir kurz vor einer Dehydration standen und zwingend eine Pause einlegen mussten.

»Cocktail«, japste meine Freundin.

»Luft«, keuchte ich, und wir ließen die Tanzfläche hinter uns.

Die Bars auf dem ersten und zweiten Deck waren hoffnungslos überfüllt, und so stiegen wir die Treppe zum dritten hinauf. Fehlanzeige. Die Getränke schienen zwar zum Greifen nah, der Andrang hielt uns jedoch auf mehrere Meter Abstand.

»Siehst du, was ich sehe?«, fragte Sarah. Ihren Kopf in den Nacken gelegt sondierte sie auf Zehenspitzen stehend die Umgebung.

»Ich sehe nur Hinterköpfe, Rücken, Ärsche und Beine.«

Sarah deutete nach oben zum Dach des Dampfers, wo die Reling nicht aus weißem Holz bestand, sondern aus Rauchglas, hinter dem üppige Pflanzen zu erahnen waren. Sie ergriff meine Hand und bahnte uns einen Weg durch das Gedränge zu einer weiteren Treppe, die hinter einer Effekt-Wasserwand verborgen lag und somit einen totalen Stilbruch einläutete. Die Goldenen Zwanziger trafen auf stylische Moderne.

Von einer dunkelroten Trennkordel nebst stattlichem Security-Mann wurden wir ausgebremst und zückten automatisch unsere Einladungen. Reden oder gar lächeln konnte der Hüne anscheinend nicht, dafür hatte er ein recht unmissverständliches Kopfschütteln drauf und einen echt coolen Seitenblick auf ein mit dem Schriftzug *V-Lounge* bedrucktes Schild. Vermeintliche VIPs gab es also auch auf einer Erstsemesterparty, und ich wusste nicht, wie ich das finden sollte. So viel zum Thema außenwirksam zelebrierter Diversität, in der alle unabhängig von ihrer Herkunft oder Gesinnung gleich waren. Nach wie vor galt vielerorts George Orwells Anti-Utopie-Motto: *Alle sind gleich. Aber manche sind gleicher als die anderen.* Doppelmoral par excellence.

»Ich verdurste, wenn ich nicht sofort was zu trinken bekomme«, stöhnte Sarah, und wir waren schon im Begriff, zurück zur Bar zu gehen, als sich ein äußerst gepflegter mittelblonder Typ in feinstem Designerzwirn an uns vorbeischob.

»Mr Saint«, begrüßte der Security-Mann ihn freundlich und öffnete die Trennkordel.

Der Warum-auch-immer-VIP nahm die erste Treppenstufe, blieb stehen und drehte sich in unsere Richtung. Ein herausforderndes Funkeln lag in seinen blauen Augen, und seine im starken Kontrast zu den markanten Gesichtszügen stehenden, weich geformten Lippen verzogen sich zu einem schiefen Lächeln. »Die beiden gehören zu mir, Fairchild.«

Wie angewurzelt verharrten wir auf der Stelle, bis der Mittelblonde seinen Blick gezielt auf Sarah richtete. »Was ist? Ich dachte, du würdest gleich verdursten.«

Unterdessen gab uns Fairchild auf dieselbe Weise, wie er uns

86

zuvor den Zugang zur V-Lounge nonverbal untersagt hatte, zu verstehen, wir durften nun den abgesperrten Bereich betreten.

Ich schnappte nach Luft. Wahnsinnig viele fiese Wörter wollten aus mir heraussprudeln. Ehe ich auch nur eines davon losgeworden war, flüsterte Sarah mir mit verklärten Sternchenaugen »Das ist Yves« zu. Bis zu den Ohren strahlend hakte sie sich bei mir ein und zog mich an dem skeptisch dreinblickenden Security-Mann vorbei die Treppe hoch, ihrem nordischen Halbgott aus der *SandWitchBar* hinterher.

Wenig überraschend strotzte das oberste Deck vor Luxus und erinnerte an die stylische Rooftop-Bar eines 5-Sterne-Hotels. Mein erster Gedanke: Rich Kids unter sich. Alle weiteren stellten sofort wieder das Werteprinzip infrage und wirkten sich suboptimal auf meine ohnehin nur noch semigute Laune aus. Sarah zuliebe machte ich trotz meines Unmuts über das Zweiklassengehabe gute Miene zum bescheuerten Spiel. Dabei rief ich mir in Erinnerung, dass es glücklicherweise viele privilegierte Menschen gab, die Gutes mit ihrem Geld taten und über den vergoldeten Tellerrand hinausschauten. Wie zum Beispiel die Lara-Bay-Stiftung, der wir es zu verdanken hatten, in dem schicken Beach-Apartment zu wohnen. Toleranz sollte also auch für mich keine engstirnige Einbahnstraße sein. Langsam beruhigte sich die Weltverbesserungsqueen in mir. Manchmal wünschte ich mir, über bestimmte Dinge einfach hinwegsehen zu können, ein bisschen wie Cinderella zu sein und anstatt von einer guten Fee von einer Ist-mir-alles-scheißegal-Fee verzaubert zu werden.

Während ich Sarah und Yves zu einer nicht überfüllten halbrunden Bar folgte, schaute ich mich genauer um und musste mir wohl oder übel eingestehen, dass mir auf den zweiten Blick gefiel, was ich sah. Bis auf die in Rauchglas gefasste Reling mit den großen Pflanzen waren der Deckboden, ein ovaler

Pool sowie sämtliche Aufbauten, Sitzmöbel, Tische und sogar die Trinkgläser in reinem Weiß gehalten. Was nicht weiß war, bestand aus Klar- oder Milchglas und verschiedenen Begrünungen. Das gesamte Deck wurde von unterschiedlich hohen, ebenfalls weißen Segeltüchern überspannt, die mit unzähligen kleinen Leuchtdioden bestückt waren. Wer auch immer der Veranstalter dieser Erstsemesterparty war, hatte sich unfassbar große Mühe gegeben und mit viel Liebe zum Detail dekoriert.

Aus den Augenwinkeln bekam ich mit, wie Yves kurz mit einem der Barkeeper sprach und ihm per Fingerzeig verdeutlichte, wohin die Drinks gebracht werden sollten. Da Sarah immer noch mit verklärtem Blick den attraktiven Uptown-Boy anschmachtete, blieb mir nur, den beiden weiter über das Schiffsdeck Richtung Bug, vorbei an vollständig besetzten Loungebetten und Sonneninseln zu folgen. Auf Höhe des Pools, in dem eine auffallend hübsche Rothaarige schwamm und an dessen Rand einige Mädchen mit Prosecco-Gläsern saßen, steuerte Yves die letzte noch freie Sitzgruppe an. Im Gegensatz zu allen anderen gemütlichen Spots stand sie ein wenig versteckt zwischen zwei begrünten Wasserwänden und kam somit einem Séparée gleich.

Sarah und Yves setzten sich auf das Ecksofa an der Reling. Derweil machte ich es mir auf einem der vier klobigen Sessel gemütlich, obwohl ich viel lieber nach einer kurzen Verschnaufpause weitergetanzt hätte. Unter uns tobte die Erstsemesterparty. Ein mitreißender Club-Mix jagte den nächsten, während ich als drittes Rad am Wagen die Anstandsdame meiner Freundin spielte, damit sie sich nicht Hals über Kopf in ein unberechenbares Liebesabenteuer mit einem Typen stürzte, den wir beide nicht kannten. Doch Sarah die Tour zu vermasseln, brachte ich einfach nicht fertig. Dafür strahlte sie viel zu sehr beim unübersehbaren Flirt mit dem Objekt ihrer Begierde.

Nach einer gefühlten Ewigkeit kamen die von Yves georderten Getränke. Ich staunte nicht schlecht, als er dem Barkeeper beim Auftischen vermeintlich unauffällig einen 100-Dollar-Schein in die Manschette seines weißen Hemdes schob.

Drei verschiedene Drinks, drei leere Gläser und eine Wasserkaraffe mit flirrenden Blattgoldpartikeln standen vor uns auf dem Tisch. Yves schob mir einen Cocktail zu, der einen weißlichen Perlmuttschimmer aufwies. Bei Sarah war es ein Hauch von Lila. Etwas Vergleichbares hatte ich bisher noch in keinem Club und keiner Cocktailbar gesehen.

»Cheers«, prostete Yves uns mit rauchiger Stimme zu und nahm einen kräftigen Schluck Gin Tonic.

Sarah tat es ihm gleich, hauchte ein verträumtes »Cheers« und nippte ohne jegliches Misstrauen an ihrem Drink. »Hmmm …« Sie leckte sich über die Lippen. »Was ist das?«

Yves lächelte. »Demon Kiss.«

»Und das?«, fragte sie mit Blick auf den weiß schimmernden Cocktail und die gold flitternde Karaffe.

»Angel Wings und Fairy Dust«, sagte er schmunzelnd.

Das erklärte zwar in keiner Weise, woraus sich die Getränke zusammensetzten, aber Sarah schien mit der Antwort zufrieden zu sein und trank ein weiteres Mal von dem unbekannten Cocktail, dessen Farbe mich an ein Disney-Hexengebräu erinnerte.

»Trinkst du nichts, Mila?« Yves sah mich an, und ich fragte mich kurz, woher er meinen Namen kannte, aber es war naheliegend, dass er ihn von Sarah wusste.

»Don't drink and drive«, erwiderte ich und gab damit unbeabsichtigt den Slogan einer weltweit bekannten Kein-Alkohol-am-Steuer-Kampagne zum Besten. Ich rang mir ein entwaffnendes Lächeln ab, nahm eines der leeren Gläser und schenkte mir etwas von dem Glitzerwasser ein.

»Vernünftig«, bemerkte Yves.

»Cheers«, murmelte ich in seine Richtung. Als ich zum Trinken ansetzen wollte, spürte ich plötzlich Nässe in meinem Rücken. Von einer Sekunde auf die andere stand die Rothaarige aus dem Pool neben dem Sessel und entriss mir das Glas. Im selben Moment packte mich von der anderen Seite jemand am Handgelenk, zog mich vom Sitz und vorbei an zwei groß gewachsenen Typen, die sich aus dem Nichts an unserem Tisch aufgebaut hatten. Völlig perplex und mit rasendem Puls schaute ich zurück zu Sarah, die mich entsetzt anstarrte.

»Gibt es ein Problem?«, hörte ich Yves ruhig fragen und bekam noch ein harsches »Sobald du gehst, Saint, hat sich das Problem erledigt« mit, bevor die Stimmen von der Geräuschkulisse überlagert wurden. Aus den Augenwinkeln bemerkte ich einen kleinen Tumult an der Bar, doch niemand schien Notiz davon zu nehmen oder sich darüber zu wundern, dass ich gegen meinen Willen über das Deck gezerrt wurde. Adrenalin schoss durch meine Adern, verdrängte meine Schockstarre, und ich versuchte, mich aus dem festen Griff des Dunkelhaarigen zu befreien. »Lass mich sofort los!«, knurrte ich. Als mich mein Kidnapper über seine Schulter ansah, blickte ich in Eastons zornig funkelnde Augen. Sein Griff um mein Handgelenk lockerte sich, und seine Finger glitten langsam zwischen meine. Urplötzlich wandelte sich meine Wut in eine heftige Mischung aus wild galoppierendem Herzschlag und totaler Überforderung. Ich verstand gar nichts mehr und folgte ihm ohne weitere Gegenwehr die Stufen hinab bis zu den Effektwasserwänden, von denen der V-Lounge-Bereich begrenzt wurde.

»Fairchild«, sagte Easton freundlich, aber bestimmt.

Der Security-Mann verstand sofort und ließ uns allein hinter den sprudelnden Glasbegrenzungen zurück.

Ich hatte mir so sehr gewünscht, den Medizinstudenten wiederzusehen, aber bestimmt nicht auf diese Art und Weise.

Easton kam mir so nah, dass ich das Wasserspiel hinter mir in seinen Augen sehen konnte. »Manche Grenzen sollten nicht überschritten werden«, sagte er mit einem gänsehautauslösenden Timbre in der Stimme, sein Blick eindringlich auf mich gerichtet. »Du gehörst nicht hierher, Mila, und je eher du das verstehst, desto besser ist es für dich.«

Ich wusste nicht, was mehr schmerzte. Seine harten Worte, die mir unmissverständlich klarmachten, dass ich unerwünscht war, oder das beklemmende Gefühl, einem vollkommen Fremden gegenüberzustehen, wegen dem mein Herz bei jeder Begegnung schneller schlug.

Easton ließ meine Hand los und ging, bevor ich wieder in der Lage war, einen klaren Gedanken zu fassen. Zurück blieb die Wärme seiner Finger zwischen meinen und die Ungewissheit, was auf dem vierten Deck mit Sarah passierte.

Kapitel 9

Verkehrte Welt

»Sie müssen gehen, Miss«, sagte Fairchild. »Alle anderen Decks stehen Ihnen weiter zur freien Verfügung.«

Ich fühlte mich dermaßen vor den Kopf gestoßen, dass ich nicht einmal mitbekommen hatte, wohin Easton gegangen war. Im Grunde spielte es auch keine Rolle, weil ich einfach nur zurück zu Sarah wollte. »Aber meine Freundin ist noch –«

»Gehen Sie jetzt bitte«, unterbrach er mich tonlos und wies mir mit seinem ausgestreckten Arm die Richtung.

In meinem Inneren braute sich ein Gemisch aus Unverständnis, Enttäuschung, Hilflosigkeit und Wut zusammen. Aufgewühlt bis in die Haarspitzen ließ ich den abgesperrten Bereich samt Fairchild hinter mir und quetschte mich durch die fröhlichen Partypeople des dritten Decks zur Backboard-Reling. Auf den Zehenspitzen stehend verrenkte ich mich nach allen Seiten, um die V-Lounge einsehen zu können, und rief nach Sarah. Doch es war zwecklos. Wegen der Rauchglasbegrenzungen blieb mir die Sicht versperrt, und meine Stimme schaffte es nicht, die Lautstärke der Musik zu übertönen. Mein Puls raste immer mehr. Mit zittrigen Fingern zog ich mein Smartphone aus der kleinen Umhängetasche, tippte hektisch auf die Kontaktfavoriten und danach auf Sarahs Nummer. Fünf Freizeichen, bevor die Mailbox ansprang. »Sarah hier, Sarah da, Sarah überall …«, hörte ich das quirlige Geplapper meiner Freundin und legte auf. »Shit!«, stieß ich verzweifelt aus.

Der lang gezogene Schrei eines Mädchens ließ mir das Blut in den Adern gefrieren. Abermals rief ich nach Sarah, beugte mich über die Reling und bemerkte aus den Augenwinkeln einen fallenden Körper, der platschend im dunklen Mystic River landete. Und wieder schien es niemanden auf dem Boot zu interessieren, was um ihn oder sie herum geschah. Aus einem Reflex heraus wollte ich über die Reling klettern und von Bord springen, um meiner Freundin zu helfen. Bevor ich meinen waghalsigen wie kopflosen Plan in die Tat umsetzen konnte, sprangen schrill kreischend zwei Mädchen und ein lauthals grölender Kerl ins Wasser – der typische Partywahnsinn unter Alkoholeinfluss und keine vom vierten Deck aus in den Fluss geworfene Sarah. Ich wusste nicht, ob ich hysterisch lachen oder weinen sollte, zumal ich mich in keiner Weise erleichtert fühlte, denn meine Ausgangsposition war immer noch dieselbe. Fieberhaft überlegte ich, wie mein Vater sich wohl in einer solchen Situation verhalten würde. Ruhe bewahren und nicht in Panik verfallen, stand in allen Lebenslagen stets ganz oben auf seiner Liste. Ich konzentrierte mich auf das Wesentliche und bahnte mir einen Weg zur Treppe, die aufs zweite Deck führte. Fairchild war schließlich nicht der einzige Security-Mann. An der Gangway stand ebenfalls Wachpersonal, das für die Einlasskontrolle zuständig war. Dort musste einfach jemand sein, der mir helfen würde. Und wenn nicht, blieb mir immer noch ein Anruf bei der Polizei.

Ich drängte mich zur nächsten Treppe, zwängte mich nach unten, bekam einen Schubser verpasst, stolperte von der letzten Stufe und prallte gegen ein knutschendes Pärchen.

»Kannst du nicht aufpassen?«, fuhr mich der weibliche Part genervt an.

Ich hob beschwichtigend die Hände, murmelte im Weitergehen »Tschuldigung« und spürte, wie mich jemand am Arm zurückhielt. Als ich mich umdrehte, erkannte ich, dass mich der heiße Flirt des Mädchens daran hinderte, meinen Weg fortzusetzen. Davy Quinlan.

Mit gerunzelter Stirn zog er mich näher zu sich heran. »Alles okay, Mila?«

Ich schüttelte den Kopf.

Davy ließ das Mädchen los und wandte sich vollends mir zu.

»Dein Ernst?«, giftete sie ihn an.

»Bin gleich wieder da.«

»Leck mich, Quin!«

»Später vielleicht«, erwiderte er, und ich konnte nicht glauben, dass er das wirklich gesagt hatte. Ausgerechnet Davy, der schüchterne Junge vom Ende der Straße. »Wohin wolltest du gerade?«

»Gangway.«

Beschützend legte er einen Arm um meine Schultern, brachte mich zum ersten Deck und von dort aus an Land. »Was ist passiert?«

Ich atmete tief ein und lieferte ihm eine Zusammenfassung der Ereignisse.

»Die Security lassen wir erst mal aus dem Spiel. Ich kümmere mich darum«, sagte er, nachdem er mir aufmerksam zugehört hatte. »Seid ihr mit Otto hier?«

Ich nickte.

»Gut, dann warte an deinem Wagen, falls Sarah dort auftauchen sollte. Ich gehe zurück aufs Boot und suche nach ihr. Mach dir keine Sorgen, Mila, alles wird gut. Ich finde sie.«

Bevor ich etwas erwidern konnte, war er schon wieder auf dem Schiff, und ich fühlte mich entsetzlich verloren auf dem großen Anwesen. Zur Untätigkeit verdonnert, schickte ich Sarah eine Nachricht, damit sie wenigstens wusste, wo ich auf sie wartete, sollte Davys Suche erfolglos bleiben.

Das Smartphone wog schwer wie ein Stein zwischen meinen verkrampften Fingern, während ich mit verrücktspielenden Gedanken zur Parkfläche lief. Kleinere und größere Studentengruppen saßen an den Strandausläufern des Anwesens. Musik, Gelächter, Spaß und die Leichtigkeit des Seins erfüllten die Nachtluft. Hier und da standen hemmungslos knutschende Pärchen unter den Bäumen, vereinzelt kamen mir späte Partygäste entgegen, aber so gut wie niemand machte sich schon auf den Weg nach Hause. Ich hoffte inständig, Sarah würde an Otto gelehnt auf mich warten, doch aus einigen Metern Entfernung konnte ich bereits erkennen, dass sich keine Blondine mit wild gelocktem Pagenkopf in seiner Nähe aufhielt. Stattdessen bemerkte ich halb versteckt hinter dem mächtigen Stamm eines Ahorns drei gestikulierende Silhouetten: den Staturen nach eindeutig zwei Männer und eine Frau. Je näher ich meinem Käfer kam, desto deutlicher vernahm ich ihre Stimmen.

»Wenn ich dich noch mal in ihrer Nähe erwische, bist du ein toter Mann!«

»Ich mache, was ich will, mit wem auch immer ich will. Gewöhn dich besser daran, und irgendwelche Grenzen interessieren mich sowieso nicht.«

Ein wirres Handgemenge brach aus, und dumpf klatschende Geräusche waren zu hören. Um nicht entdeckt zu werden, ging ich instinktiv in die Hocke und beobachtete das Szenario über Ottos Kotflügel hinweg. Mir blieb der Atem im Brustkorb stecken, als ich die hübsche Rothaarige aus dem Pool, Yves und Easton erkannte.

»Ich warne dich zum letzten Mal! Halte deine Jungs von der East Side fern!«, hörte ich Easton mit vertrauter und gleichermaßen fremd klingender Stimme sagen.

Yves lachte. Rau und hart. Beiläufig wischte er sich Blut von der Nase. »Und was passiert, wenn ich es nicht tue? Rennst du zu deinem Daddy? Oder zu meinem? Sind wir dann keine Familie mehr?«, spottete er.

»Waren wir das je?«, erwiderte Easton tonlos.

»Lass uns gehen, Baby.« Die Schönheit mit den endlos langen Beinen im nunmehr gold schimmernden Minikleid legte ihren Arm um Eastons Taille. »Er ist es nicht wert.« Sie hauchte einen zärtlichen Kuss auf seine Wange und wandte sich zum Gehen.

Ohne ein weiteres Wort zu verlieren, folgte Easton ihrer Aufforderung. Er ließ Yves allein am Ahorn zurück und bewegte sich mit seiner Begleiterin auf einen sündhaft teuren schwarzen Maybach Exelero zu, der neben seinem unverkennbaren Porsche stand. Lance, zwei weitere Modelmädchen und der unbekannte Typ aus der V-Lounge warteten an den beiden auffälligen Wagen.

»War das alles?«, rief Yves ihnen nach. »Komm schon, East! Zeig, was du wirklich draufhast!«

Ungerührt stieg die Luxustruppe in den Maybach, nur Easton schaute noch mal zurück. Nicht zu Yves, sondern zu mir. An seiner rechten Braue klebte ein Rinnsal geronnenen Bluts. Schwer zu sagen, ob es seins oder das seines Cousins war. Der zornige und gleichermaßen zerrissene Ausdruck in seinen Augen, während sich unsere Blicke sekundenlang verbanden, brach mir ein Stück weit das Herz. In diesem Moment wirkte er wie ein gefährlich dunkler Schatten des charmanten Medizinstudenten, der mich am Strand beschützt und mein ungewolltes Kofferattentat einfach weggelächelt hatte.

Mit regungsloser Miene wandte er sich von mir ab, stieg zu der Rothaarigen in seinen Oldtimer und fuhr los. Die Limousine folgte ihm.

Mein emotionaler Overload suchte ein Ventil. Anstelle eines Schreis aus meiner Kehle löste sich ein bitterer Tränenschwall aus meinen Augen. Leise schluchzend, den Rücken an Otto gelehnt, sackte ich auf den staubigen Boden. Binnen kürzester Zeit war viel zu viel passiert. Ein Fragezeichen nach dem nächsten tanzte durch mein Gehirn, und über den verwirrenden Fetzen aus Gesehenem, Gehörtem und Gefühltem schwebte zu allem Überfluss die große Ungewissheit über den Verbleib meiner Freundin. Das einzig Vernünftige wäre gewesen, meinen Vater anzurufen. Wer, wenn nicht er, wusste, was in solchen Situationen die beste Vorgehensweise war? Aber das Chaos in meinem Kopf überlagerte nicht meinen gesunden Menschenverstand, der mir unablässig zuflüsterte, mein Studium in Yale wäre vorbei, bevor es richtig begonnen hatte, sobald ich ihn um Hilfe bitten würde. Ins Erwachsenenleben zu starten, unabhängig zu sein und eigene Entscheidungen zu treffen, hatte ich mir wesentlich leichter vorgestellt.

Mein Smartphone vibrierte und riss mich aus meinem konfusen Gemütszustand. Eine Nachricht von Sarah: *Bleib bei Otto, bin gleich da.*

Mehrere Steine fielen mir gleichzeitig vom Herzen, und vor Erleichterung brach ein weiterer Tränenschwall aus mir heraus. Tief durchatmend wischte ich mir die feuchten Spuren aus dem Gesicht, stand vom Boden auf und klopfte den Staub von meinem Rock. Dann sah ich endlich einen kleinen und einen deutlich größeren Schatten auf mich zukommen. Ich eilte ihnen entgegen. Kurz darauf fand ich mich in den Armen meiner Freundin wieder.

»Wo bist du gewesen? Ich habe überall nach dir gesucht«,

stieß Sarah aus und drückte mir etliche Schmatzküsschen auf die Wange.

Verdrehte Welt.

»*Du* hast *mich* gesucht? *Ich* habe *dich* überall gesucht.«

»Warum? Du bist doch von dem scheißarroganten und leider ziemlich heißen Typen im Eiltempo aus der V-Lounge geschleppt worden. Bis ich kapiert hab, was da passiert, warst du schon weg. Alles ging so wahnsinnig schnell.«

»Das war Easton.«

»Easton war das? Ich fasse es nicht! Was für ein mieser Arsch!«, schimpfte sie.

»Ist er nicht wieder nach oben gekommen?«

»Nein, bloß seine abgefuckten Freunde waren noch da. Die haben mir den Flirt des Jahrhunderts ruiniert und hätten Yves beinahe –«

»Ladys«, fuhr Davy Sarah in die Quasselparade, »ich unterbreche euch wirklich nur ungern, aber auf dem Dampfer wartet ein wutschnaubendes Date auf mich, für das ich mich geschlagene drei Monate mächtig ins Zeug gelegt habe.«

»Wie?«, Sarah grinste. »Du lässt mich für irgendeine dahergelaufene Collegebraut einfach stehen?«

Davy lachte und verabschiedete sich mit einer lockeren Umarmung von mir.

Ich flüsterte ihm ein schlichtes »Danke« ins Ohr.

»Kein Ding«, erwiderte er leise, bevor er sich Sarah zuwandte und sie fest an sich drückte.

»Hast du nicht irgendwann mal gesagt, ich wäre deine Traumfrau?«, zog sie ihn auf.

»Daran hat sich nichts geändert, du warst und bist meine Traumfrau«, bekräftigte Davy das seit unserer Highschoolzeit offenkundige Geheimnis und sah sie mit einem superniedlichen schiefen Lächeln an. »Eines Tages werden wir beide ein unvergessliches Date haben, Sarah Jones«, sagte er in verführerischem Tonfall, und ich konnte kaum glauben, dass er meiner total perplexen Freundin einen Kuss auf ihre vor Verwunderung leicht geöffneten Lippen drückte. »Und du wirst feststellen, dass ich genau der Richtige für dich bin.« Ehe sie begriffen hatte, was gerade geschehen war, befand sich Davy schon auf dem Rückweg zum Dampfer.

»Ha–« Sarah starrte ihm nach und schüttelte den Kopf. »Hast du das gesehen?«

»Ich stand die ganz Zeit neben euch.«

»Ach so. Ja …« Mit gerunzelter Stirn ging sie zur Beifahrerseite, drehte sich noch mal Richtung Davy um, der mittlerweile nur noch als Schatten zu erkennen war, und schüttelte wieder den Kopf.

Schmunzelnd schloss ich Otto auf, stieg ein und öffnete Sarah von innen die Tür. Immer noch völlig überrumpelt plumpste sie auf den Sitz neben mir. »Hast du das wirklich gesehen?«

Davys mutige Kussattacke zeigte nachhaltige Wirkung.

»Er hat sich ganz schön verändert«, stellte ich das Offensichtliche fest.

»Und wie«, murmelte Sarah, machte die Beifahrertür zu und schnallte sich an. »Er hat ein Date am Start, und dann so was? Hättest du gedacht, dass unter seiner süßen, nerdigen Schale ein gar nicht mal so uncooler Playboy lauert?«

Ich musste lachen. »Nein, definitiv nicht.«

»Und dann nennen ihn auch noch alle Quin.«

»Für mich wird er immer Davy bleiben.«

»Keine Ahnung.« Sarah zuckte mit den Schultern. »Quin passt eigentlich besser zur neuen Davy-Version«, sinnierte sie und biss sich grinsend auf die Unterlippe. »Vielleicht haue ich ihm dafür nachträglich noch eine rein. Vielleicht lasse ich es aber auch einfach mal auf ein Date mit ihm ankommen … Oh

Mann! Ich fasse nicht, dass er das wirklich getan hat. Der Offensivflirtschock muss erst mal kurz sacken, und dann sollten wir beide uns dringend über die schräge V-Lounge-Aktion von Easton und seinen Zu-schön-für-diese-Welt-Freunden unterhalten. Irgendwas stimmt da ganz gewaltig nicht. Aber jetzt brauchen wir ganz dringend vernünftige Musik.«

Sarah wechselte das Tape in meinem Autoradio. Unterdessen zog ich die Fahrertür zu, legte den Gurt an und startete den Motor.

»Bereit?«, fragte sie, als ich losfuhr.

»Total bereit!«

Sie drückte auf Play, drehte den Lautstärkeregler bis zum Anschlag auf, und ein schneller, harter Upbeat drang dröhnend aus Ottos Boxen – *Love is a Battlefield*. Noch bevor ich auf die Straße nach New Haven abbog, packte Sarah ihre gefürchteten wie geliebten Airdrums aus, nahm den Rhythmus auf, und wir sangen Pat Benatar synchron in Grund und Boden.

»Whoa whoa whoa whoa whoa whoa whoa whoa whoaaaa we are strong! No one can tell us we're wrong …«

Kapitel 10

Afterglow

Was für andere das Vorglühen in einer Partynacht darstellte, bedeutete für Sarah und mich das Nachglühen am nächsten Morgen. Unser gemütliches Ritual hatte meine Mutter vor ungefähr drei Jahren eingeläutet, als Sarah regelmäßig von Freitag- bis Sonntagabend bei uns eingezogen war und Mom unseren jämmerlichen Zustand nach den durchtanzten Nächten in Los Angeles nicht länger mitansehen wollte. Seitdem zelebrierten wir unser ewig langes Afterglowfrühstück: ungewaschen, ungekämmt, mit Erdnussbutter-Marmeladen-Sandwiches, Frenchtoast, knusprigem Bacon, Ei, Milchkaffee oder Kakao, guter Musik und viel Gequatsche in meinem Bett. Diese Tradition führten wir nun auch im Strandapartment auf dem hellgrauen Queensizetraum fort, während der lauwarme Sommerwind die hauchdünnen Gardinen aufbauschte. Leider ohne Moms liebevollen Rundum-verwöhn-Zimmerservice.

»Hmmm …«, seufzte Sarah, stellte ihren leeren Teller auf den Nachttisch und sank zurück auf mein zweites Kopfkissen, »bester Start in den Samstag. Genau das habe ich jetzt gebraucht.«

»Dito«, murmelte ich, hoffnungslos überfressen. »Aber Moms Frühstück ist um Welten besser.«

»Oh ja, vor allem ihre Frenchtoasts … die sind echt legendär«, schwärmte Sarah. »Zweitbeste Mommy auf diesem Planeten.«

Für mich war sie zwar die beste überhaupt und würde es auch immer bleiben, doch für meine Freundin stand natürlich ihre eigene unangefochten auf Platz eins der Müttercharts. »Sollen wir eigentlich weiter so tun, als wären wir gestern auf einer ganz normalen Erstsemesterparty ohne besondere Vorkommnisse gewesen, oder reden wir darüber?«, fragte Sarah.

»Mir gefällt unsere Verdrängungstaktik ziemlich gut«, erwiderte ich – wohl wissend, dass sich unsere kleine Afterglow-Idylle dem Ende zuneigte, denn Sarah würde die rätselhaften Ereignisse zur Sprache bringen. Ob jetzt, in einer halben Stunde oder später am Tag. Also entschied ich mich für jetzt, um das Thema schnellstmöglich abhaken zu können. »Aber egal, schieß einfach los, dann haben wir es hinter uns.«

Zunächst ließen wir die Party insgesamt Revue passieren, bis wir schließlich in der V-Lounge landeten, wo alles aus dem Ruder gelaufen war und Sarah mit dem mir unbekannten Teil fortfuhr. »Yves kennt die drei, da bin ich mir absolut sicher. Dieser Typ, der uns schon am alten Leuchtturmhaus quergekommen ist, heißt übrigens Lance. Die Rothaarige Lucy. Den anderen hat er Alex, manchmal auch Vazquez genannt. Aber die wollten nicht mit sich reden lassen. Keine Chance, sag ich dir. Die waren so aggressiv drauf, dass dieser Lance Yves irgendwann beinahe über die Reling geworfen hätte, wenn Vazquez nicht dazwischengegangen wäre.« Sarah schnappte nach Luft und sprach danach etwas ruhiger weiter. »Kurz darauf hat Lucy mich mehr oder weniger gebeten, aus der V-Lounge zu verschwinden. Auf dem Weg nach unten bin ich Quin in die Arme gelaufen, und den Rest kennst du ja. Echt blöd, dass Yves und ich nicht mehr dazu gekommen sind, unsere Nummern auszutauschen. Ich mache mir nämlich Sorgen um ihn.«

»Musst du nicht. Als ich ihn zuletzt gesehen habe, war er zwar stinksauer, aber es schien ihm ganz gut zu gehen.«

»Du hast ihn noch mal gesehen?«

Ich nickte. »Auf dem Parkplatz. Er hatte eine heftige Auseinandersetzung mit Easton, und mindestens einer hat zugeschlagen, wenn nicht sogar beide.«

»Heilige Scheiße!« Sarah war sichtlich schockiert. »Wie ärgerlich ist das denn bitte? Da bekommen wir praktisch eine perfekte Liebeslieferung vom Universum, lernen zwei heiße Cousins kennen, und die haben nichts Besseres zu tun, als sich gegenseitig fertigzumachen.«

»Tja, das mit der Affirmation sollten wir lieber noch mal üben.«

»Sorry, meine Schuld.« Sarah saugte grinsend ihre Unterlippe ein. Dann bildeten sich winzige Grübelfalten auf ihrer Stirn. »Ich verstehe immer noch nicht, was genau da abgegangen ist. Und das ärgert mich, weil ich nicht aufhören kann, darüber nachzudenken. Wie soll ich mich auf meine Vorlesungen konzentrieren, wenn ich mit den Gedanken die ganze Zeit woanders bin?«

»Ein echter Skandal!«

»Ja, oder?!«

»Absolut!« Ich musste lachen.

»Du verarschst mich gerade.«

»Würde ich nie tun.«

»Böse, böse, böse Mila.« Sarah kicherte, wurde jedoch schnell wieder ernst. »Über Easton willst du wirklich nicht reden?«

Ich atmete tief durch. »Nein.«

»Warum nicht?«

»Weil ich ihn mag. Vielleicht sogar mehr als das. Ich dachte, er wäre etwas ganz Besonderes. Je länger ich über alles nachdenke und versuche, die vielen widersprüchlichen Puzzleteile zusammenzusetzen, desto mehr Risse bekommt mein Idealbild von ihm. Und wenn wir weiter darüber reden, was letzte Nacht passiert ist, werde ich mir zwangsläufig eingestehen müssen, dass er nicht halb so perfekt ist, wie ich dachte, und ihn wahrscheinlich auch nicht mehr ganz so sehr mögen. Aber das will ich nicht, solange ich die Hintergründe seines Verhaltens nicht kenne. Obwohl er garantiert irgendwas mit dieser Lucy am Laufen hat. Klingt ganz schön verrückt, oder?«

Sarah nickte mit gekräuselter Nase. »Ein bisschen schon. Hätte ich gestern nicht gesehen, wie er mit dir umgegangen ist und was seine Freunde mit Yves abgezogen haben, würde ich dich gerne ermutigen, an deinem Kurs festzuhalten. Doch so dankbar ich ihm bin, dass er dir am Strand geholfen hat, so offensichtlich ist es auch, dass Easton Ärger bedeutet.«

Ein recht merkwürdiger Rollentausch vollzog sich gerade. Normalerweise war ich diejenige, die in verworrenen Gefühlslagen an Sarahs Vernunft appellierte. Wenngleich mir überhaupt nicht danach zumute war, verzogen sich meine Lippen zu einem Lächeln. Natürlich hatte sie in allem recht.

»Okay … wir versuchen es jetzt einfach mal vollkommen emotionsfrei.« Sarah bemühte sich angestrengt, einen neutralen Gesichtsausdruck zu bewahren. »Was sagt dein kriminalpsychologisches Juristenhirn dazu?«

»Konzentrier dich auf deinen Doppelbachelor, und mach einen großen Bogen um alles, was mit Easton zu tun hat.«

»Und dein Herz?«

»Stolpert jedes Mal, wenn ich ihm begegne, und pocht darauf, ihn so schnell wie möglich wiederzusehen.«

»Herzen sind wirklich fragwürdige Ratgeber, da spreche ich leider aus Erfahrung. Bleib einfach bei deinem Verstand. Der lässt sich nicht so leicht blenden. Vor allem unterliegt er nicht irgendwelchen verwirrenden biochemischen Reaktionen und ist definitiv hormonresistent …«

Es klingelte an der Tür, und Sarah verstummte.

»Erwartest du Besuch?«, fragte ich irritiert.

»Nicht, dass ich wüsste. Du?«

»Nein.«

»Ich geh mal nachsehen, wer es ist.« Sarah rollte sich aus meinem Bett. »Vielleicht will Mel ja noch mal ein paar Kaugummiblasen in deinem Beisein zum Platzen bringen, oder Rose braucht ein Ei«, rief sie auf dem Weg zur Tür.

Kurz darauf hallte ein spitzer Schrei durchs Apartment, und mir blieb vor Schreck beinahe das Herz stehen. Blitzschnell warf ich die Bettdecke zurück, sprang von der Matratze, schnappte mir geistesgegenwärtig einen meiner Docs – bereit, ihn als hartes Wurfgeschoss einzusetzen – und rannte voller Panik zur Haustür.

Kapitel 11

Die Philosophen

»Oh, mein Gott!«, kreischte Sarah im Kreis hüpfend und wedelte mit zwei Briefumschlägen herum. »Sieh dir das an … sieh dir das an!«

»Du hast echt den Schuss nicht gehört. Ich dachte, du hättest einen über den Schädel gezogen bekommen«, keuchte ich und ließ den Schnürboot fallen.

»Hihi – nein, da stand niemand, aber diehiii haben vor der Tür gelegen.« Sarah vollführte weiter ihren Fächertanz mit den beiden Umschlägen und freute sich ein Loch in den Bauch.

Ich für meinen Teil kämpfte mit dem heftigen Adrenalinstoß, meinem rasenden Puls und donnerndem Herzschlag. Einerseits fühlte ich mich erleichtert, dass nichts Schlimmes passiert war, andererseits wollte ich sie ein bisschen schütteln, ein bisschen schlagen und ein bisschen in den Hintern treten.

»Was ist das überhaupt?«, fragte ich, nachdem mir der Schreck einigermaßen aus den Gliedern gewichen war.

»Post.«

»Ach.« Stöhnend verdrehte ich die Augen. »Und wegen zwei läppischen Briefen schreist du mich in einen halben Herzinfarkt?«

»Das sind nicht einfach nur irgendwelche läppischen Briefe. Die kommen von den *Philosophen*, der aktuell angesagtesten Studentenverbindung überhaupt.« Sarah wippte mit den Augenbrauen und setzte ein Lächeln auf, das die Grinsekatze aus *Alice im Wunderland* vor Neid hätte erblassen lassen. Süß. Aber auch irgendwie gruselig.

»Und das weißt du woher?«

»Stempel«, flüsterte Sarah, als würde sie mir etwas Verbotenes anvertrauen, und tippte mit ihrem Zeigefinger auf das Logo des Absenders.

»Das meine ich nicht.«

»Oh. Ach so. Mein Fehler.« Sie schmunzelte. »Ist ein offenes Geheimnis. Alle reden hinter vorgehaltener Hand über die *Philosophen*, obwohl niemand etwas Genaues über die Gründer oder die Mitglieder weiß, weil Regel Nummer eins und zwei wohl ›Ihr verliert kein Wort über die *Philosophen*‹ lauten.«

»Erinnert mich verdächtig an *Fight Club*.«

»Mit dem entscheidenden Unterschied, dass in dieser Verbindung niemand geschlagen wird.«

»Weiß man's?«

»Sei nicht immer so pessimistisch. Das wird bestimmt super werden, falls sie uns wirklich aufnehmen.«

›Realistisch‹ traf's zwar eher, doch es lag mir fern, meiner Freundin die Euphorie zu nehmen, obwohl ich einen solchen Aufriss wegen ein paar Fetzen Papier nicht nachvollziehen konnte. Seufzend lehnte ich mich mit dem Rücken an die Flurwand und rutschte daran runter, bis ich den Fußboden unter meinem Po spürte. »Du machst mich echt fertig, Sasu.«

»Tut mir leid, Millili.« Sarah setzte sich neben mich und stupste mehrfach mit ihrer Nasenspitze gegen meine Wange. »Ich wollte dich vorhin echt nicht erschrecken, aber vor lauter Freude sind mir sämtliche Sicherungen durchgebrannt. Du weißt, wie sehr ich mir gewünscht habe, Verbindungsluft zu schnuppern.«

»Natürlich weiß ich das, und jetzt gib endlich den bescheuerten Umschlag her.«

Sarah gab mir den Brief, auf dem zu meiner Verwunderung neben unserer Adresse mein vollständiger Name stand: Margret Isabel Lucille Alexandra Lewis.

»Bei drei«, haspelte sie vorfreudig. »Eins, zwei …« Sarah riss den Umschlag auf. »… drei!«

Ihr Drei war wie immer mein Zwei, und so steckte ihre Nase bereits in dem Anschreiben, als ich noch mit dem Öffnen beschäftigt war. Das Papier wirkte wie altes Pergament, war dem Geruch nach jedoch keins. Ich entfaltete es und las, was in verschnörkelter Schrift darauf geschrieben stand.

Liebe Mila,

wir haben dich beobachtet und für würdig befunden, eine Philosophin zu werden. Der erste Eindruck ist zwar meistens der Richtige, dennoch bitten wir dich, uns einige Fragen zu beantworten, damit wir uns ein noch genaueres Bild von dir machen können, bevor wir dich entweder auf ein romantisches Blind Date mit Romeo einladen oder zu einem Dinner in the Dark entführen. Antworte mit Bedacht.

1. Süßes oder Saures?
2. Sonne oder Mond?
3. Tag oder Nacht?
4. Der Herr der Ringe oder Die Chroniken von Narnia?
5. Scarlett O'Hara oder Julia Capulet?
6. Rhett Butler oder Romeo Montague?

7. Champagner oder Whiskey?
8. Wahrheit oder Pflicht?
9. Rock oder Hose?
10. Chips oder Schokolade?
11. Schwarz oder Weiß?
12. Regen oder Schnee?
13. Yin oder Yang?
14. Tee oder Kaffee?
15. Filme oder Bücher?
16. Romanze oder Thriller?
17. Pferd oder Einhorn?
18. Fahren oder Fliegen?
19. Biene oder Hummel?
20. Küssen oder Zerstören?

Stecke den Brief zurück in den Umschlag und steige mit Sarah in deinen petrolgrünen Käfer. Danach fahrt ihr stadtauswärts bis zum dritten Meilenstein und werft dort, ohne anzuhalten, die Briefe aus dem Fenster.

Wir finden dich zu gegebener Zeit.

Die Philosophen

Wäre Sarah nicht zwischenzeitlich aufgesprungen, wie *E. T.* auf Ecstasy in ihr Zimmer gewatschelt, um zwei Stifte zu holen, und von dort aus ähnlich überdreht ins Wohnzimmer geflitzt, hätte ich den Brief gleich nach dem Lesen des ersten Satzes zerrissen und das gesamte Apartment bei der Suche nach versteckten Kameras auf den Kopf gestellt. Aber bekanntlich konnten ein und dieselben geschriebenen Wörter von verschiedenen Lesern nicht nur extrem unterschiedlich wahrgenommen werden, sondern lösten mitunter auch völlig gegensätzliche Gefühle aus. Was bei mir alle Alarmglocken gleichzeitig losschrillen ließ, versetzte Sarah in höchste Vorfreude und regelrechte Entzückung. Zwei Extreme prallten also aufeinander. Fragte sich bloß, was richtig und was falsch war. Falls es in dieser speziellen Situation überhaupt ein Richtig und ein Falsch gab.

»Worauf wartest du noch, Mila? Komm endlich ins Wohnzimmer, damit wir die Fragen gemeinsam beantworten können.«

Hin- und hergerissen zwischen meinem pauschal misstrauischen Verstand und meinen schwesterlichen Gefühlen für Sarah, erhob ich mich vom Boden, ging ins Wohnzimmer und setzte mich neben sie aufs Sofa.

»Hier.« Sarah gab mir einen Stift. »Bereit?«

Ich hatte nicht die leiseste Ahnung, wie ich ihr beibringen sollte, dass ich alles andere als bereit für diesen Verbindungsmist war und es wohl auch niemals sein würde. Ob vernünftig oder unvernünftig, ich brachte es nicht übers Herz, ihr den Spaß an der Freude zu nehmen. Dann war da noch mein Versprechen, wenigstens einer der supergeheimen Geheimgesellschaften eine Chance zu geben. Deshalb behielt ich meine Gedanken für mich. »Kann losgehen.«

»Sollen wir strategisch antworten? Dinner in the Dark ist nicht so mein Ding. Ich würde lieber auf ein Blind Date mit Romeo gehen.«

»Bei mir ist es genau umgekehrt.«

»War ja klar«, glückste Sarah und konzentrierte sich wieder auf den Brief. »Wenn ich mich immer für die romantischste Antwortmöglichkeit entscheide, könnte das die Wahrscheinlichkeit auf ein Blind Date erhöhen.«

»Wäre das nicht zu einfach für Philosophen, die unphilosophische Fragen stellen?«

»Hmmm …« Sarah tippte mit dem Stift gegen ihre Lippen. »Ich probier's einfach. Süßes oder Saures? Eindeutig Süßes!«

»Saures.«

»Du liebst Schokolade und bestellst Burger grundsätzlich ohne Gurken.«

»Sagt die Frau mit der Romantikstrategie.«

»Touché«, lenkte Sarah ein. »Ab jetzt bleibe ich mucksmäuschenstill und verkneife mir sämtliche Kommentare. Sonne oder Mond? Mond.«

»Dito.«

»Tag oder Nacht? Nacht.«

»Dito.«

»*Der Herr der Ringe* oder *Die Chroniken von Narnia*? Ganz klar *Narnia*, wenn ich an Prinz Kaspian denke«, schwärmte Sarah.

»Eindeutig *Der Herr der Ringe* …« Ich konnte schon nicht mehr ernst bleiben, bevor ich es ausgesprochen hatte. »… wenn ich an Gollum denke.«

Sarah kringelte sich vor Lachen, und es dauerte eine ganze Weile, bis wir uns wieder beruhigt hatten. Sie räusperte sich. Kicherte. Räusperte sich abermals und las mit zuckenden Lippen weiter. »Scarlett oder Julia? Julia.«

»Scarlett.«

»Rhett oder Romeo? Romeo.«

»Dito.«

»Häh? Scarlett und Romeo? Das passt null. Warum nicht Rhett?«

»Romeo ist für die Liebe seines Lebens gestorben und Rhett irgendwann einfach abgehauen.«

»Stimmt! Das ist echt richtig blöd gelaufen.«

»Deswegen Romeo.«

»Aber ein Blind Date möchtest du nicht mit ihm.«

»Nur wenn der jüngere Bruder von Leonardo di Caprio mit nassem Haar und in silberner Rüstung bei dem Date auftauchen würde.«

»Leo hat keinen Bruder.«

»Sarah?«

»Ja?«

»Über den nicht vorhandenen Bruder von Mr di Caprio unterhalten wir uns später, sonst werden wir nie fertig.«

»Na gut«, seufzte sie und zog dabei einen kleinen Flunsch. »Champagner oder Whiskey? Champagner.«

»Keins von beidem.«

»Das steht nicht zur Auswahl.«

»Ist aber meine Antwort.«

»Und wenn sie dich deshalb disqualifizieren?«

»Dann ist das eben so, aber davon gehe ich nicht aus, weil es in dem Brief heißt, wir sollen mit Bedacht antworten und nicht, dass wir uns zwingend für eine der beiden Möglichkeiten entscheiden müssen.«

»Stimmt auch wieder«, pflichtete sie mir bei und las die nächste Frage vor: »Wahrheit oder Pflicht? Pflicht.«

»Wahrheit.«

»Rock oder Hose? Rock.«

»Kleid.«

Sarah biss sich auf die Unterlippe, damit ihr nicht wieder ein Kommentar rausrutschte. »Chips oder Schokolade? Schokiiii.«

»Dito.«

»Schwarz oder Weiß? Weiß.«

»Schwarz.«

»Regen oder Schnee? Regen.«

»Schnee.«

»Yin oder Yang? Yin.«

»Beides.«

»A–« Sarah erstickte ihren versuchten Einwand mit einem Räuspern. »Kaffee oder Tee? Tee.«

»Kaffee.«

»Filme oder Bücher? Filme.«

»Bücher.«

»Romanzen oder Thriller? Ro-man-zen! Sag das bloß nicht deiner Mom, sonst lässt sie mich nicht mehr ihre Rohmanuskripte lesen.«

Auch das war eine von vielen schrullig-liebenswürdigen Eigenarten meiner Freundin. Sie würde niemals auf die Idee kommen, sich einen Thriller anzusehen, verschlang sie jedoch in gedruckter Fassung. Bei Romanzen hingegen verhielt es sich genau umgekehrt.

»Du hast vielleicht Sorgen. Ich wäre gar nicht auf die Idee gekommen, meiner Mom davon zu erzählen, aber jetzt …«

»Untersteh dich.« Lachend stand sie auf und ging in mein Zimmer. »Soll ich deinen Kaffee mitbringen?«

»Ist er kalt?«

»Lauwarm.«

»Dann ja.«

An ihrem Becher schlürfend kam Sarah zurück in den Wohnraum, gab mir meine Tasse und hockte sich wieder neben mich auf die Couch.

Ich nahm einen Schluck Kaffee. »Der ist ja doch kalt.«

»Vielleicht ein bisschen«, schmunzelte sie. »Wo waren wir?«

»Thriller«, knirschte ich, würgte die kalte Brühe runter und stellte die Tasse ab.

»Pferd oder Einhorn? Einhorn.«

»Pferd.«

»Fahren oder Fliegen? Fliegen.«

»Fahren.«

»Biene oder Hummel? Auf jeden Fall Bienchen, die sind so schön fleißig und sorgen für jede Menge leckeren Honig.«

»Ich nehme Hummel, die sehen flauschig aus, stechen so gut wie nie, und obwohl sie aus rein anatomischer Sicht nicht fliegen können, tun sie es trotzdem einfach.«

»Jetzt, wo du es sagst.« Sarah strich die Biene fein säuberlich durch und schrieb Hummel daneben. Unterdessen schielte ich auf ihren Brief und überflog den Inhalt. Von der Anrede abgesehen waren beide Schreiben bis zur letzten Frage identisch. Nur der untere Abschnitt unterschied sich minimal von meinem.

»Küssen oder Zerstören? Definitiv Küssen!« Sarah sah mich grüblerisch an. »Das passt irgendwie überhaupt nicht, und wer bitte würde Zerstören dem Küssen vorziehen?«

»Da gibt es bestimmt einige.« Ich wippte unkontrolliert mit den Augenbrauen. »Zerstören. Ha!«

»Milaaa.«

»Dinner-in-the-Dark-Taktik«, flüsterte ich verschwörerisch, faltete das Schreiben zusammen und steckte es zurück in den Umschlag. »Wann sollen wir losfahren?«

»Jetzt?«

Ich schaute an mir herunter. Wollsocken, kurze Pyjamahose, Shirt, knielange Grobstrickjacke. Schick war anders. »So?«

»Sieht ja niemand außer uns.«

»Wenn du kein Problem damit hast, habe ich auch keins.«

Während Sarah ihren Brief eintütete, holte ich die Wagenschlüssel aus meinem Zimmer, band meine ungekämmten Haare zusammen und schlüpfte in einen meiner Docs. Den anderen zog ich im Flur an. Sarah warf sich eine verwaschene Denim-Jacke über ihr *Wham*-Schlafshirt und die Boxershorts.

»Was ist mit Schuhen?«, fragte ich im Rausgehen.

»Die paar Schritte schaffe ich auch mit denen«, erwiderte sie mit einem kurzen Blick auf die *Snoopy*-Pantoffeln an ihren

Füßen. Ihre wilden Locken standen wie Sprungfedern in alle Himmelsrichtungen.

Wir verließen das Apartment. Ich schloss die Tür zweimal ab, bevor ich meiner Freundin nach unten folgte, den Wagen öffnete und wir beide einstiegen.

»Nimmst du den?« Ich hielt Sarah meinen Brief hin.

»Hm«, murmelte sie beim Anschnallen, nahm den Philosophenwisch aus meiner Hand und beschäftigte sich mit Ottos Autoradio.

Ich gurtete mich ebenfalls an und startete Ottos Motor. »Lust auf *Wham*?«, fragte Sarah, während ich aus der Einfahrt fuhr.

»Na klar, warum nicht?!«

Als ich das erste »Jitterbug« vernahm, wusste ich, dass es *Wake Me Up Before You Go-Go* war und stellte mich mental auf fröhliche Dauerbeschallung ein. Mindestens bis zum dritten Meilenstein.

Auf den Straßen New Havens hielt sich der Verkehr in Grenzen, und so kamen wir recht schnell voran. Je weiter wir stadtauswärts fuhren, desto zappeliger wurde meine ohnehin hoffnungslos überdrehte Beifahrerin. Beim Passieren des ersten Meilensteins stieß sie einen spitzen Freudenschrei aus. Nach dem zweiten legte sie noch eine Schippe drauf, dann setzte langsam Panik ein.

»Fahr langsamer«, forderte Sarah mich hektisch auf und kurbelte die Seitenscheibe runter. »Noch langsamer, ich sehe ihn schon.« Sie schnallte sich ab, lehnte ihren Oberkörper weit aus dem geöffneten Fenster und streckte beide Arme in die Luft. Die Papiere in ihrer Hand flatterten genauso wild wie ihre Locken. »Und jetzt: Vollgas!«

Sarahs pure Lebensfreude war in diesem Augenblick dermaßen ansteckend, dass ich meine letzten Bedenken über Bord warf und einfach lachend aufs Pedal trat.

Ein lang gezogenes »Wuhuuuu« ertönte. Sie ließ die Briefe los und rief aus Leibeskräften: »Zieht euch warm an, ihr *Philosophen*, wir kommen!«

Durch den Rückspiegel beobachtete ich, wie die Umschläge im Fahrtwind abhoben und durch die Luft wirbelten. Wo sie landen würden, blieb ungewiss. Genauso ungewiss wie das, was unsere Antworten auslösen würden.

Kapitel 12

Several Ways to Kill and Die

Der Rest des Wochenendes verlief ruhig, wobei es eigentlich nie richtig still war, wenn man sich mit Sarah unter einem Dach befand. Auch die darauffolgende Woche gestaltete sich insgesamt recht unauffällig. Die Vorlesungen hatten es allerdings wie erwartet ganz schön in sich, und es lag auf der Hand, dass ich mich jeden Tag mehrere Stunden mit dem neu erlangten Wissen befassen musste, um nicht gleich zu Beginn meines Studiums den Überblick zu verlieren. Kriminalpsychologie entpuppte sich rasch als der spannendere Teil meines Doppelbachelor-Vorhabens. Jura hingegen, mit all den Paragrafen, die es vordergründig auswendig zu lernen galt, gestaltete sich staubtrocken. Aber da musste ich zwangsläufig durch, weil ich für meine noch schwankenden Berufswünsche beide Abschlüsse brauchte.

Meine Tagesabläufe hatten was von den Filmen, in denen die Hauptcharaktere aus verschiedenen Gründen in einer Zeitschleife festhingen und gezwungen waren, denselben Tag immer wieder zu durchleben. Aufstehen, frühstücken, zur Uni fahren, von einer Vorlesung zur nächsten hetzen und danach bis spät am Abend in der Bibliothek meine Notizen ausarbeiten, Fachlektüre wälzen, ausleihen oder Inhalte abfotografieren.

Morgens nahm ich Sarah zwar mit – und kassierte sie meistens nach Sonnenuntergang wieder irgendwo auf dem Campus ein –, doch tagsüber sahen wir uns kaum, weil wir an verschiedenen Fakultäten lernten und Yale insgesamt eine Kleinstadt für sich war, in der man sich nicht wie auf der Highschool permanent über den Weg lief.

Am Ende unserer zweiten Woche in New Haven stand mir der Sinn nach Umgebungserkundung. Sowohl die East als auch die West und North Side hatten laut dem Begleitmaterial, das uns von der Lara-Bay-Stiftung mit dem Mietvertrag fürs Apartment zugeschickt worden war, einige coole Spots zu bieten. Etwas anderes zu sehen und zu hören, zählte für mich neben Laufsport ohnehin zu den besten Mitteln, den Kopf frei vom Alltagsbrei zu kriegen. Sarah zog es indes vor, von der Hochterrasse aus Recherche aller Art zu betreiben, nebenbei mit Davy zu texten und auf ein Zeichen der *Philosophen* zu warten.

Voller Vorfreude auf meinen kleinen Sightseeing-Trip schlüpfte ich nach dem Frühstück in ein leichtes Sommerkleid und bequeme Keilabsatz-Schuhe. Anschließend warf ich mir eine mit Handy, Portemonnaie und Wasserflasche bepackte Korbtasche über die Schulter und schnappte mir die Schlüssel. Vom Meer her wehte eine leichte Brise, die das sanfte Rauschen der Wellen in sich trug. Ich atmete die herrliche Seeluft tief ein, bevor ich meinen Käfer aufschloss und die Tasche auf den Beifahrersitz warf. Dem wolkenlosen Himmel nach wartete ein ungetrübter Sommersonnentag auf mich – genau das richtige Wetter für mein Vorhaben.

Schon ein Bein im Wagen, das andere noch draußen, hörte ich, wie eine Tür auf- und wieder zuging. Ich drehte mich halb um und bemerkte, dass ein schwarzhaariges Mädchen aus dem unteren Apartment gekommen war und zu den beiden Fahrrädern ging. Als sich unsere Blicke begegneten, hob sie ihre Augenbrauen und runzelte kurz die Stirn, ehe sie ein zurückhaltendes Lächeln aufsetzte und die beiden Drahtesel links liegen ließ. Zögernd näherte sie sich Otto.

»Hey«, sagte sie leise. »Mila. Richtig?«

Ich nickte. Die Stimme hatte ich schon mal gehört, und einen Atemzug später wusste ich, wer vor mir stand: Mel. Ohne Kostüm, blonde Perücke, grelles Make-up, Baseballschläger und riesiger Kaugummiblase vor dem Mund. Stattdessen trug sie ein schwarzes Shirt mit der bunten Comic-Aufschrift *Mr J is my Puddin*.

»Hey«, erwiderte ich zeitverzögert.

»Sorry wegen meines schrägen Auftritts letztes Wochenende«, murmelte sie ein wenig verlegen und kratzte sich am Hinterkopf. »Der Freitag war ein einziger Höllentrip. Morgens Uni, Gelaber ohne Ende, anschließend die DC-Convention, von da aus zur Erstsemesterparty und danach wieder zurück zur Convention wegen einer anderen Party. Das waren viel zu viele Menschen an einem Tag für mich, aber Rose muss überall dabei sein, und ich wollte sie nicht hängen lassen.«

»Kommt mir bekannt vor.«

»Dann ziehen sich Gegensätze wohl nicht nur in Sachen Liebe an.« Als sie lachte, wurde ein niedliches Grübchen auf ihrer rechten Wange sichtbar. Mel hatte ungeschminkt eine tolle Ausstrahlung. Kategorie: natürlich schön. Was ihr überhaupt nicht bewusst zu sein schien. »Auf jeden Fall wollte ich mich noch mal vernünftig bei dir fürs Mitnehmen bedanken. Das war echt nett von dir.«

»Kein Thema. Immer wieder gerne. Aber nur ohne Kaugummi.«

Mel lachte leise. »Ist notiert.« Sie wandte sich ihrem Fahrrad zu. »Wir sehen uns.«

»Bis bald«, verabschiedete ich mich, stieg in meinen Käfer und fuhr los.

Da ich die East Side in den vergangenen zwei Wochen schon weitestgehend kennengelernt hatte, schlug ich den Weg zur West Side ein, parkte Otto an einem relativ zentralen Punkt und spazierte zu Fuß zur Chapel Street – einer Einkaufsstraße, die man laut der Begrüßungsunterlagen gesehen haben musste. Wirklich unterschreiben konnte ich das vor Ort nicht, da es dort gar nicht so viele Geschäfte gab, wie ich der blumigen Beschreibung nach erwartet hatte. Dennoch stöberte ich mich durch die urigen kleinen Läden. Im *Book Trader Café* schnupperte ich Gebrauchtbücherluft und trank einen Milchkaffee. Danach ging es weiter zu *Uni Home Life*. Während ich an den Regalen mit den quietschbunten Gebrauchs- oder auch Nichtgebrauchsgegenständen vorbeilief, musste ich an Sarah denken. Sie wäre bei den Auslagen ein echtes Vermögen losgeworden. In dem Zusammenhang fiel mir auch wieder ein, dass ich ihr einen Diffuser schuldete, und kaufte direkt einen neuen, ehe ich zum Wooster Square in *Little Italy* schlenderte, um bei *Frank Pepe Pizzeria Napoletana* die mit Abstand beste Pizza meines Lebens zu essen. Unweigerlich machte sich Sarahs kleine Geschichte rund um Louis Costello in meinen Gedanken breit, und ich fragte mich, ob er womöglich der Gründer dieses Stadtteils gewesen sein könnte. Zeitlich wäre es laut den Beschreibungen in den Broschüren genau hingekommen.

The Boulevard Flea Market – ein täglich stattfindender Flohmarkt, der ganz wundervolle Wohlfühl-Hippie-Vibes verströmte – bildete den krönenden Abschluss meines West-Side-Trips. Tiefenentspannt schlenderte ich an den Ständen vorbei, blieb immer wieder stehen, probierte Klamotten an, setzte Hüte und Sonnenbrillen auf und fasste gefühlt mindestens hunderttausend Gegenstände an. Dabei dachte ich nicht ein einziges

Mal an irgendwelche Paragrafen, Eastons rätselhaftes Verhalten oder die Sache mit den *Philosophen*. Genau genommen dachte ich an gar nichts, außer an mich und die reizüberflutenden Warenangebote der Händler, bis sie am späten Nachmittag langsam ihre Stände schlossen.

Mit einem weiteren Blümchenkleid und herrlich duftendem Orangenöl für Sarahs neuen Diffuser in der Korbtasche spazierte ich gemütlich zurück zu Otto. Auf dem Rückweg steuerte ich noch die Shopping Mall *North Haven Crossing* an. Das Gebäude zählte nicht unbedingt zu den riesigen Einkaufszentren, und die Anzahl der Geschäfte war recht überschaubar, dafür gab es dort aber einen großen *Barnes & Noble*, und genau da zog es mich hin.

Die Buchhandlung war gut besucht, jedoch nicht überfüllt. Gleich beim Betreten des Ladens schienen die Uhren anders zu ticken. Egal an welchem Ort, das Phänomen setzte ein, sobald ich Buchluft schnupperte. Unbeschreiblich. Und vor allem unverständlich für nicht begeistert lesende Menschen, denn dieses spezielle Gefühl ließ sich nicht mit Worten beschreiben, es musste erlebt werden.

Schon vom Eingang aus sah ich den beachtlichen Pappaufsteller. Wie angewurzelt blieb ich stehen, machte auf dem Absatz kehrt, lief wieder nach draußen und realisierte, dass ich vor lauter Sightseeing-Dopamin an meiner Mom vorbeigelaufen war, die mich nicht nur von der Mitte der Buchhandlung aus anlächelte, sondern auch in Überlebensgröße aus zwei Schaufenstern. Sofort schlug mein Gewissen zu, weil ich tatsächlich ihren großen Tag vergessen hatte. Zum Glück war es noch nicht zu spät, ihr zu gratulieren. Ich kramte mein Smartphone aus der Tasche und schoss ein Foto von den beiden Schaufenstern, danach ging ich zurück in den Laden, um ein Bild von dem Pappaufsteller zu machen, vor dem im Halbkreis alle nunmehr sieben Teile der *Several-Ways-to-Kill-and-Die*-Reihe aufgetürmt waren. Wenngleich beim letzten und gerade releasten Band von Türmen nicht mehr die Rede sein konnte, eher von Mini-Stapeln. Spontan entschied ich mich für ein kurzes Selfie-Video, brachte mich neben meiner Papp-Mom in Position und drückte auf den roten Punkt. »Happeeee Bookbirthday, Mummy!« Bewusst zu lächeln, war nicht nötig, das passierte von ganz allein. Ich drehte mich einmal um mich selbst, fing die geplünderten Buchstapel ein und verharrte schließlich vor dem *New-York-Times*-Bestseller-Schild, das Unglaubliches zeigte. Auf den Plätzen 1–7 der heiß begehrten Rangliste war ihre Thriller-Serie verewigt. Was für ein grandioser Jackpot! »Und allerherzlichsten Glückwunsch zu #1 bis #7! Wer hat's vorausgesagt? Ich hab's vorausgesagt! Du hast es verdient und noch viel mehr!« Nach einem dicken Luftküsschen stoppte ich die Aufnahme und schickte sie postwendend an Mom. Rundum zufrieden steckte ich das Handy zurück in meine Tasche und ließ die Buchszenerie richtig auf mich wirken. Wäre es möglich gewesen, vor Stolz zu platzen, hätte es einen lauten Knall gegeben.

Mom sah wunderschön auf ihrem offiziellen Autorinnenfoto aus, und ich wusste noch ganz genau, wann es entstanden war. Dad hatte es aufgenommen, unmittelbar nachdem sie von ihrer Verlagslektorin erfahren hatte, dass der erste Teil ihrer Lindon-B.-Reihe auf Platz 1 der *New-York-Times*-Bestsellerliste eingestiegen war. Obwohl ich damals mitten in der Pubertät gesteckt, meine Welt also praktisch nur noch aus mir selbst, Sarah, süßen Jungs und ständig wechselndem Verliebtsein bestanden hatte, erinnerte ich mich an Moms Anfänge als Autorin. Unrealistische Romanzen. Oder wie mein Dad stets zu sagen pflegte: Seufz- und Schmachtromane. Mit recht überschaubarem Erfolg hatte ihre Autorinnenreise begonnen. Einige Zeit später waren Moms Geschichten etwas realistischer und dramatischer geworden, bis sie schließlich ihr wahres Talent entdeckte und mit dem ersten Band ihrer nunmehr internationalen Megaseller-Serie *Several-Ways-to-Kill-and-Die* prompt den totalen Hit landete. Lindon B., ihr grobschlächtiger, hochintelligenter und natürlich höllisch heißer Antiheld, der für mich eine gelungene Mischung aus *Sherlock*, *Deadpool* und *Hancock* darstellte, rockte mit der Erscheinung jedes weiteren Teils aufs Neue die Charts, schoss direkt am Veröffentlichungstag an die Spitze. Und ein Ende war noch lange nicht in Sicht, da Mom in meinem Dad den wohl mit Abstand verlässlichsten, aber vor allem unerschöpflichsten Inspirations- und Recherchepool an ihrer Seite hatte.

»Du bist ein Reese-Lewis-Fan?«

Die Stimme des Mannes riss mich aus meinen Gedanken, und ich spürte, dass sich mein Herz durch den angenehm dunklen Klang sogleich überschlug.

Easton stand direkt neben mir und schnappte sich eines der letzten Bücher des brandaktuellen siebten Teils. Ich hasste meine körperlichen Reaktionen in seiner Nähe. Auf der Erstsemesterparty hatte er sich wie ein typischer Bad-Boy-Arsch verhalten und binnen Sekunden mein vielleicht etwas zu überromantisches Heldenbild von ihm demoliert.

»Der größte überhaupt«, erwiderte ich distanziert und sah ihn widerwillig an, da ich wusste, wenn er mich anlächeln würde, könnte ich nicht länger so wütend auf ihn sein, wie ich sollte.

Und so war es auch. Easton schenkte mir ein knieerweichendes Lächeln. »Das bezweifle ich, der bin nämlich ich.«

Damit hatte ich nicht gerechnet. Es fühlte sich seltsam an, ihm gegenüberzustehen, während er das Buch meiner Mutter in den Händen hielt und sich als ihr größter Fan outete. Aus der Nummer musste ich schleunigst raus.

Eigentlich wollte ich das Feld räumen, doch es wurmte mich, ihm das letzte Wort zu lassen. »Hast du all ihre Bücher gelesen?«

Easton nickte.

»Auch die Liebesromane?«

Seine Augen weiteten sich. »Sie hat Liebesromane geschrieben?«

»Tja, so viel zum Thema größter Fan«, konterte ich selbstzufrieden und wollte ihn einfach stehen lassen, konnte mir aber einen weiteren Seitenhieb nicht verkneifen: »Wenn du mich fragst, hat sie sich mit Band sieben selbst übertroffen – ein Pageturner der Extraklasse.«

Easton runzelte die Stirn. »Das Buch ist heute erst erschienen und fast überall ausverkauft. Selbst wenn du es per Midnight-Express geordert hättest, kannst du den Wälzer unmöglich schon gelesen haben.«

»Habe ich aber.«

»Moment …« Die feinen Linien auf Eastons Stirn vertieften sich. »… Reese Lewis«, sagte er konzentriert. »Seid ihr … verwandt?«

»Kann man so sagen.« Pokerface ade. Ein ertapptes Grinsen schlich sich ungewollt in mein Gesicht, während Eastons Blick mehrmals von mir zu dem Pappaufsteller schweifte.

»Ihr habt dasselbe Lächeln«, stellte er fest. »Ist … sie deine Mutter?«

»Hat für einen Elite-Studenten ganz schön lange gedauert«, sagte ich einen Hauch zu bissig und ärgerte mich über all die widersprüchlichen Gefühle, die sich durch seine Nähe in mir regten. »Wie auch immer, ich bin mir sicher, du wirst begeistert sein. Gleich am Anfang gibt es eine ziemlich heiße Szene zwischen Lindon und einer mysteriösen Fremden, die –«

Als ich Eastons leichtes Kopfschütteln bemerkte und seine

Finger auf meinen Lippen spürte, verstummte ich. Die zarte Berührung jagte mir eine Gänsehaut über den Körper. Unweigerlich beschleunigte sich mein Herzschlag noch mehr.

»Keine Spoiler«, bat er mich leise. »Damit verdirbst du mir die Vorfreude.« Seine Finger lösten sich von meinem Mund, glitten langsam über mein Kinn und von dort aus zu meinem Hals, ehe er sie zögernd zurückzog.

Wow.

Ich schluckte, atmete tief durch, wollte den schönen Moment nicht zerstören, gerade weil mir nun wieder der anziehende Medizinstudent gegenüberstand, den ich am ersten Tag in New Haven kennengelernt hatte. Doch sein Verhalten am vergangenen Wochenende ließ sich beim besten Willen nicht verdrängen. »So wie du mir die Freude an der Erstsemesterparty verdorben hast?«, kam es vorwurfsvoll über meine Lippen, die er kaum einen Atemzug zuvor noch auf elektrisierende Weise berührt hatte.

Eastons Brustkorb hob und senkte sich. »Es tut mir aufrichtig leid, wie sich die Dinge an diesem Abend entwickelt haben, Mila. Das hätte nicht passieren dürfen.«

»Was war denn los?«

»Yves hängt im Moment mit Typen ab, die überall Ärger machen.«

»Und das wolltest du unterbinden, indem *du* Ärger machst?«

»Nein, es ist nur –« Easton rieb sich angespannt über die Stirn, bevor er weitersprach. »Mir sind die Sicherungen durchgebrannt, als ich dich bei ihm gesehen habe. Aber auch das hätte nicht passieren dürfen.«

»Verlierst du oft die Beherrschung?«

Er schüttelte leicht den Kopf. »Eigentlich bin ich die Ruhe in Person. Glaub mir, Mila, ich wünschte, du hättest von all dem nichts mitbekommen.«

Eine doppelte Entschuldigung hätte ich ihm nach den jüngsten Ereignissen nicht zugetraut, eher fadenscheinige Ausreden. Das eigene Fehlverhalten auf Biegen und Brechen schönzureden, war mittlerweile zu einem recht weitverbreiteten Phänomen unserer Zeit geworden und gesunde Selbstreflektion kaum noch vorhanden. So sehr ich seine offenen Worte auch schätzte, erklärten sie noch lange nicht alles.

»Du hast mich ziemlich deutlich spüren lassen, wohin ich gehöre und wohin nicht. Denkst du wirklich, du und deine Freunde … ihr wärt etwas Besseres?«

»Nein.« Abermals hob und senkte sich sein Brustkorb. Schwerer als zuvor. »Ich wollte nur nicht, dass du dich mit den falschen Leuten umgibst, und an diesem Abend war die V-Lounge voll davon.«

Die Studenten auf dem vierten Deck des Dampfers hatten bei mir keinen besonders schlechten Eindruck hinterlassen, sondern vielmehr gleichgültig und wie eingeschworene Grüppchen aus reichem Hause gewirkt. Deshalb mussten sie aber nicht zwangsläufig zur falschen Sorte Mensch zählen. Allerdings wusste ich auch nichts über die Oberschicht New Havens.

»Hat mein Vater dich beauftragt, meinen Aufpasser zu spielen?«

Easton lachte leise. »Keine Sorge, ich stehe nicht auf seiner Gehaltsliste.«

Und da war er wieder. Der kleine Blitz, der mich aus heiterem Himmel traf, obwohl sich alles in mir dagegen sträubte. Doch so war das nun mal, wenn der Verstand gegen das Herz ankämpfte und final der Gefühlsgewalt unterlag.

»Das beruhigt mich.« Sein Blick ging mir tief unter die Haut und stellte Seltsames mit mir an. »Wenn du jetzt noch akzeptierst, dass ich gerne selbst entscheide, mit wem ich meine Zeit verbringe und mit wem nicht, könnte ich dich wieder genauso sehr mögen wie nach unserer ersten Begegnung.«

Er biss sich auf die Unterlippe, um ein weiteres Lachen zu unterdrücken, und räusperte sich verhalten. »Würdest du deine Zeit denn auch gerne mit mir verbringen?«

Überfordert starrte ich ihn an. Damit hatte er mich eiskalt erwischt. Ich war versucht, einen möglichst coolen Spruch zu bringen, das Herz auf meiner Zunge reagierte jedoch deutlich schneller als meine völlig aus der Bahn geworfenen Gedanken. »Wann immer du willst.« Hatte ich das gerade wirklich laut ausgesprochen?

Sein schelmisches Grinsen gab mir eine recht deutliche Antwort. »Wie wäre es jetzt?«

»Du meinst genau *jetzt*?«

Er nickte.

»Also *jetzt* sofort? *Hier?*«

»Klingt das so abwegig für dich?«

»Nein … ich bin bloß …« *Überrascht* war das simple Wort, das mir in diesem Moment nicht einfallen wollte.

Easton lachte leise. »Wo bist du nur so lange gewesen, Margret Isabel Lucille Alexandra Lewis?«

Um mich nicht noch dämlicher zu fühlen, verbuchte ich den Spruch als Kompliment. Womöglich sollte es sogar eins sein. Wer wusste das schon so genau? Ich für meinen Teil wusste gerade gar nichts mehr.

»Jetzt. Sofort. Und genau hier«, sagte Easton und beendete damit meinen peinlichen Moment. Sein Blick huschte zu dem kleinen *B & N-Café* am hinteren Ende des Ladens. »Der Kaffee und die Muffins sind echt gut.«

Obwohl ich bis zur Oberkante mit Pizza und Milchkaffee abgefüllt war, willigte ich ein und folgte Easton in den gemütlich eingerichteten Coffeeshop. An einem Ecktisch mit Blick in den Buchladen nahm ich Platz.

Easton blieb stehen und legte Moms Buch ab. »Was möchtest du haben?«

Besonders gern trank ich die stärkste aller italienischen Kaffeevariationen zwar nicht, aber mehr als 35 Milliliter traute ich meinem überfüllten Magen echt nicht mehr zu. »Espresso mit viel Zucker.«

Er schenkte mir ein charmantes Lächeln, ging zur Theke und gab die Bestellung auf.

Wenig später stellte Easton zwei Espressi auf unserem Tisch ab, setzte sich neben mich und schob mindestens zehn süße Tütchen an den Rand meines Untertellers. »Ist das genug Zucker für dich?«

Ich musste lachen. »Dir ist schon klar, dass höchstens drei in die Tasse passen.«

»Zwei«, korrigierte er mich amüsiert. »Beim dritten läuft der Espresso schon über. Da spreche ich aus Erfahrung.«

Verrückter Kerl.

Zeitgleich rissen wir jeweils zwei Zuckerstreifen auf und streuten den Inhalt in unsere Tassen. Danach ergriffen wir die kleinen Löffel, rührten exakt fünf Mal um, leckten die daran haftende Crema ab, legten sie wieder zurück in die Ausgangsposition und setzten zum Trinken an.

Eastons Schmunzeln, während er den ersten Schluck trank, verriet, dass er unsere verblüffende Choreografie ebenfalls bemerkt haben musste.

»Und ich dachte, du wärst ein ungesüßter Schwarztrinker«, murmelte ich über den Tassenrand hinweg.

»Stark und süß ist genau mein Ding«, erwiderte er und sah mich dabei so intensiv an, dass ich unfähig war, den Blick von seinen dunklen Augen abzuwenden. Darüber vergaß ich, an meinem Espresso zu nippen, bis mich die unangenehme Hitze des Porzellanrandes in die Realität zurückzwang.

Ich stellte die Tasse auf den Unterteller und befeuchtete meine überhitzten Lippen. »Was sagt eigentlich deine Freundin dazu, wenn du dich mit anderen Frauen in Buchhandlungen herumtreibst?«

Manchmal war es einfach besser, den Mund zu halten. Das wusste ich genau, doch gelang es mir in den seltensten Fällen. Eigentlich nie.

Ein raues Lachen drang aus seiner Kehle. »Lucy ist *eine* Freundin, nicht *meine* Freundin und –« Easton verstummte sofort, als das Display seiner Smartwatch aufleuchtete. Mit ernster Miene las er die eingegangene Kurznachricht, deren Inhalt mir verborgen blieb. Er presste die Lippen zu zwei schmalen Strichen zusammen, und seine Kiefermuskulatur zuckte angespannt. »Tut mir leid, Mila, ich muss los.« Er beugte sich zu mir rüber, hauchte einen Kuss auf meine Stirn und stand auf. »Wenn du willst, wiederholen wir das ein anderes Mal.«

Überrumpelt von seinem plötzlichen Aufbruch nickte ich mechanisch. »Aber was ist denn passiert?«

»Familie«, erwiderte er knapp und nahm Moms Werk vom Tisch. Schnellen Schrittes durchquerte er den Laden, zeigte den Einband im Vorbeigehen der Kassiererin und verließ ohne Bezahlung die Buchhandlung. Spätestens jetzt verstand ich überhaupt nichts mehr.

Die Sonne neigte sich langsam gen Westen und schien bereits in einem warmen Orange, als ich ins Apartment zurückkehrte.

»Bin wieder daaa«, rief ich vom Flur aus und streifte die Schuhe von den Füßen. »Hab dir was mitgebracht, Sasu.«

Das erwartete Freudekreischen blieb aus. Entweder schlief sie tief und fest, oder sie war nicht da.

Auf Zehenspitzen schlich ich in die Wohnküche. Keine schlafende Sarah vor laufender Flimmerkiste auf der Couch. Dafür hörte ich Stimmen durch die offene Schiebetür, sah aber niemanden. Im Vorbeigehen legte ich meine Korbtasche auf der Küchentheke ab und trat hinaus auf die Veranda. »Sarah?«

Eine Antwort bekam ich zwar nicht, dafür sah ich sie mit Mel und Rose am Ende der Hochterrasse nahe meinem Zimmer stehen. Die drei lehnten mit den Ellbogen auf der Balustrade, verrenkten ihre Köpfe und redeten wild durcheinander.

»Hast du das gesehen?«, sagte Rose.

»Oh, mein Gott! Da kommen noch mehr«, stellte Mel fest.

»Was für ein krasser Scheiß!«, stieß Sarah aus.

Während ich die Holzdielen überquerte, bemerkte ich aus den Augenwinkeln, dass sich am Strandufer ebenfalls kleinere Menschentrauben gebildet hatten. Allesamt starrten sie in dieselbe Richtung wie Mel, Rose und Sarah. Vermutlich lieferten irgendwelche Hardcore-Surfcracks eine geniale Show zwischen den Wellen ab. Anders konnte ich mir das Erstaunen zunächst nicht erklären, bis ich neben meiner Freundin stehen blieb und mit einem »Hey, Millili, auf Kelly Island ist die Hölle los. Sieh dir das an« begrüßt wurde. Sie legte den Arm um meine Schultern und zog mich näher an sich heran. Von jetzt auf gleich wurde mir klar, warum so viele Menschen innehielten. Die große Privatinsel war von Rettungsschiffen umlagert, Schnellboote rasten übers Meer zum Festland, und mindestens ein Dutzend Helikopter zogen am Himmel ihre Kreise. Etwas Vergleichbares hatte ich bisher noch nie gesehen.

»Da wird bestimmt ein Action-Blockbuster gedreht«, mutmaßte ich.

»Ohne Witz. Daran hab ich auch schon gedacht«, sagte Rose,

die ich ohne *Wonder-Woman*-Kostüm und dunkle Perücke beinahe nicht wiedererkannt hätte. Als DC-Superheldin war sie bereits eine echte Augenweide gewesen, aber mit ihrem langen kupferroten Naturhaar und dem luftig-leichten pastellrosa Sommerkleid mit den breiten Rüschenträgern hatte sie etwas bezaubernd Elfenhaftes an sich. »Wenn das wirklich so sein sollte, muss ich unbedingt zur Premierenfeier ins Kino.«

»Du wieder«, stöhnte Mel. »Keine Party ohne Rose Flemming. Als würde es im Leben nichts anderes geben.«

»Klar gibt es im Leben auch etwas anderes, doch deshalb muss ich nicht auf Partys verzichten. Die machen das Leben nämlich sehr viel bunter«, verteidigte Rose ihren Lifestyle.

Es folgte ein kurzer Schlagabtausch zwischen den beiden, dem ich allerdings nicht folgen konnte, weil Sarah im selben Moment ihre Theorie äußerte. »Also, wenn du mich und mein Sensationsreporterinnenbauchgefühl fragst, wird da garantiert kein Film gedreht. Auf der Insel oder zumindest in der Nähe muss was passiert sein. Vielleicht ein Bootsunglück …«

»Hoffentlich ist keine Leiche angespült worden«, keuchte Rose entsetzt.

»Aber womöglich Leichenteile«, sagte Mel. Dabei verzog sie ihren Mund zu einem schelmisch bösen Grinsen. »Und sie suchen jetzt überall nach den restlichen Teilen.«

»Iiiih.« Rose würgte. »Hör bloß auf, sonst kriege ich Albträume und kann nie wieder im Meer schwimmen.«

»Damit solltest du wegen der Haie sowieso vorsichtig sein«, legte Mel nach.

»Wie? Was? Hier gibt's Haie?«

Mel kicherte. »Schieb keine Panik, war nur 'n Scherz, hier gibt's keine Haie.«

»Puuh«, stöhnte Rose erleichtert.

»Da bin ich mir leider nicht so sicher«, sagte Sarah todernst.

»An der Westküste ist neulich einer gesichtet worden. Ein ziemlich großer sogar.«

»Nein!«

»Doch!«

»Nein!«

»Wenn ich es dir sage …«

Sie plapperten chaotisch durcheinander und lachten sich schief. Mel und Sarah hatten sichtlichen Spaß daran, Rose aufzuziehen. Normalerweise wäre ich in das mehr witzige denn gruselige Durcheinander eingestiegen, aber mit meinen Gedanken war ich bei Easton und hoffte inständig, dass sein plötzlicher Aufbruch bei *Barnes & Noble* nichts mit dem zu tun hatte, was sich gerade auf Kelly Island abspielte.

Kapitel 13

The SandWitchBar

Den Sonntag verbrachte Sarah damit herauszufinden, was auf der Privatinsel geschehen war, und stieß dabei zum ersten Mal, seit sie ihr Recherchefaible entdeckt hatte, an ihre Grenzen. Wo auch immer sie im Netz suchte – auf Social Media, vertrauenswürdigen Webseiten oder denen von Verschwörungstheoretikern sowie Aluhutträgern – und egal durch welche nationalen wie internationalen Nachrichtenkanäle sie sich zappte, das Ergebnis war immer dasselbe: nichts. Somit schied zumindest meine Blockbuster-Theorie aus, denn Dreharbeiten in einer solchen Dimension hätte niemand dermaßen verheimlichen können.

Mindestens genauso oft, wie Sarah auf Nichts stieß, hörte ich sie »Verdammt! Das gibt's doch nicht!« sagen, schimpfen und kreischen. Parallel dazu rannte sie immer wieder zur Tür, weil sie auf eine Nachricht von den *Philosophen* wartete, und lachte sich beim stundenlangen Nachrichtenaustausch mit Davy kringelig. Im Gegensatz zu mir machte sie das Beste aus der Info-Misere und dem letzten Wochenendtag, den ich mit halbherzigem Paragrafenschubsen und Dauergrübeln rund um Easton verbrachte.

In den darauffolgenden zwei Wochen konzentrierte ich mich von montags bis freitags so gut es ging auf meine Vorlesungen und den stetig wachsenden Notizordner in meinem Tablet. Die Pausen verbrachte ich draußen, lief über den Campus und hielt Ausschau nach Easton. Nachmittags steuerte ich so oft ich konnte North Haven an und hielt mich mindestens eine Stunde in dem kleinen Café bei *Barnes & Noble* auf. Abends joggte ich mit Pfefferspray im Laufgürtel den Strand entlang. Zum einen, weil mir die Bewegung guttat, zum anderen, weil ich hoffte, ihn vielleicht unter den Surfern zu entdecken. Keine Chance. Er blieb unauffindbar, und mit jedem weiteren Tag, der ohne ein Lebenszeichen von ihm verstrich, nahm das mulmige Gefühl in meinem Bauch zu.

Ausgehen war so ziemlich das Letzte, wonach mir der Sinn stand. Ganz im Gegensatz zu Sarah, die mein Gammellook-Streberdasein irgendwann nicht länger ertrug. Am zweiten Samstagabend, den ich pseudolernend in meinem Zimmer vorm Schreibtisch verbrachte und gedankenverloren aus der geöffneten Schiebetürenfront hinaus auf die Terrasse starrte, stürmte sie mit einem lang gezogenen »Sooo« mein einsiedlerisches Reich.

»Jetzt ist mal gut mit dem stummen Vor-sich-hin-Leiden.« Sie klappte meinen Laptop zu. »Davon wird es nämlich A nicht besser, B steht dir Trübsalblasen überhaupt nicht – weil das nämlich allein meine Königsdisziplin ist – und C … muss ich mir noch überlegen.« Sie zog mich vom Stuhl und komplimentierte mich von meinem Zimmer aus bis ins Bad. Ich ließ es einfach geschehen. Ohne Widerrede oder auch nur einem minimalen Ansatz von Gegenwehr. Im Grunde meines Herzens war mir klar, dass sie vollkommen recht hatte, und mein Verstand wusste es sowieso.

»Von mir willst du solche Ratschläge bestimmt nicht hören, weil ich ja selbst nicht in der Lage bin, sie zu beherzigen, aber die Welt dreht sich auch ohne Easton weiter. Genauso wie sie es früher in L.A. getan hat, wenn uns irgendwelches Liebesgedöns in die Quere gekommen ist.« Sarah ließ mich los, nahm ein Badetuch aus dem Schrank und drückte es mir in die Hände. »Und jetzt ab unter die Dusche. In der Zwischenzeit suche ich dir was zum Anziehen raus, und sobald du fertig bist, gehen wir mit Mel und Rose in die *SandWitchBar*. Das wird super werden. Ich fühle es!« Sarah schloss die Tür hinter sich, und ich blieb allein im Bad zurück, mit einem flauschigen Stück Frottee, das nach Weichspüler duftete, und der unflauschigen Gewissheit: Wann immer meine Freundin etwas Superes fühlte, passierte meistens etwas Unsuperes. Dennoch duschte ich.

Ich hatte mich gerade eingecremt und mir das Handtuch umgewickelt, da hörte ich durch die geschlossene Badezimmertür das lange Intro von *Now that we found Love*, einem späten 70er-Jahre-Song der Band *Third World*.

Kopfschüttelnd ging ich in mein Zimmer. Auf dem Bett lag eines meiner Lieblingsausgehkleider, und so tauschte ich das Handtuch gegen frische Unterwäsche, zog das Kleid an und meine Keilabsatzsandalen gleich mit. Danach wollte ich eigentlich noch mal zurück ins Bad, um wenigstens einen Hauch von Make-up aufzulegen, wurde aber von meiner laut in ein Kochlöffelmikrofon singenden Freundin ausgebremst, die mir zu allem Überfluss einen Schneebesen zuwarf und ernsthaft auf meinen musikalischen Einsatz wartete. Sarah in Höchstform. Sie zog sämtliche Register.

Ich fing den bescheuerten Schneebesen auf und warf ihn direkt weiter aufs Mammutsofa. Sarah verschluckte sich an ihrem Gekicher, ließ den Kochlöffel fallen und tanzte mich übertrieben an. Ihre inbrünstige Mimik ließ kein Auge trocken. Auch meins nicht, zumal sie dieses unfassbar ansteckende Lachen besaß, in das ich nur einstimmen konnte. Im mitreißenden Rhythmus der Reggea-Beats tanzte ich mit ihr durchs Apartment, bis der Sound langsam verstummte und Sarah in ihr Zimmer spurtete, um die Musik auszuschalten. Als sie zurückkam, trug sie ebenfalls Schuhe an den Füßen und eine Umhängetasche quer über der Schulter. »Siehst du«, strahlte sie mich an. »War gar nicht so schlimm. Oder?«

»Nein, war es nicht«, gestand ich ihr und erwischte mich dabei, immer noch zu lächeln.

»Können wir?«

»Ich hole nur noch eben ein paar Sachen aus meinem Zimmer, dann bin ich startklar.«

»Liegt schon alles da«, erwiderte sie. Dabei huschte ihr Blick zur Kommode unter dem Spiegel im Flur, auf der meine kleine von Sarah gepackte schwarze Umhängetasche lag.

»Schlüssel?«, hakte ich nach.

»Wohnungsschlüssel ja. Wagenschlüssel nein. Die brauchst du nicht.«

»Was ist los? Eigentlich bist du doch gar nicht so sortiert.«

»Bin ich auch nicht gerne. Das stresst mich nämlich. Aber wenn du wegen Liebeskummer ausfällst, bleibt mir ja praktisch keine andere Wahl.«

»Ich habe keinen Liebeskummer«, widersprach ich ihr, nahm meine Tasche von der Kommode und öffnete die Haustür.

»Sehe ich anders.« Sarah schob mich nach draußen und verriegelte die Tür hinter uns.

»Ich mache mir bloß Sorgen um Easton, weil er so schnell abgehauen ist und ich ihn seitdem nirgendwo mehr gesehen habe. Das ist alles.« Ich hängte mir meine Tasche quer über die Schulter und ging neben Sarah die Treppe hinunter.

Vor dem Apartment von Mel und Rose blieben wir stehen,

und Sarah klopfte an. »Für mich klingt das verdammt nach Liebeskummer.«

»Geschenkt«, seufzte ich und war heilfroh, als unsere Nachbarinnen endlich rauskamen, wir gemeinsam den Strand entlangspazierten und Sarah von Rose in ein Klamottengespräch verwickelt wurde.

»Der Uni-Stoff knallt ganz schön rein, was?«, fragte Mel, die wie ich ein paar Schritte hinter den beiden Quasselstrippen blieb und sich immer mal wieder bückte, um Muscheln aufzuheben.

»Und wie …«

Mel schien eins mit der Natur zu sein und verströmte mit ihrer unkomplizierten Art eine ganz besondere Ruhe, die sich wohltuend auf mich übertrug.

Ich nahm einen tiefen Atemzug der salzigen Meeresbrise in mich auf und spürte, wie langsam der Druck von mir abfiel. Es tat gut, nach den vierzehn Tagen des permanenten Lernens und Suchens Belanglosigkeiten auszutauschen. Auf dem Weg zur *SandWitchBar* gelang es mir sogar, nicht ein einziges Mal über den Verbleib Eastons nachzudenken. Als ich schließlich sah, wovon ich bisher bloß in den schillerndsten Tönen gehört hatte, war vor Erstaunen ohnehin an nichts anderes mehr zu denken. Vom Ufer aus näherten wir uns der hinter einer üppigen Palmengruppierung versteckt liegenden, schräg zusammengezimmerten Bar, die in aller Munde war. Das windschiefe Holzgebäude erinnerte mich auf den ersten Blick an ein Hexenhaus, wie es in den Märchenbüchern der Brüder Grimm beschrieben wurde. Allerdings ohne Süßigkeiten oder unheimlichen Krimskrams an der Fassade. Dafür dampfte es aus sämtlichen Ritzen. Seitlich des Eingangs prangte neben dem aus einzelnen Lettern zusammengesetzten Logo ein tropfender Zauberkessel, der grünen Schaum und Rauch ausspuckte. Platschend landete der schleimige Auswurf in einem kleinen Sumpf, der die gesamte Bar wie ein Burggraben umgab.

»Und? Was sagst du, Millili?«

»Wow.«

»So ging es mir auch beim ersten Mal«, äußerte Rose. »Das Konzept ist wirklich ein totaler Knüller.«

Dem konnte ich nur zustimmen. In L.A. gab es auch einige außergewöhnliche Bars, aber so was hatte ich tatsächlich noch nie gesehen.

»Lasst uns reingehen«, sagte Mel. »Vielleicht haben wir ja Glück und finden noch einen freien Tisch.«

Das bezweifelte ich zwar bei der Menge an Gästen, die sich im und um den Laden herum befanden, aber auch ohne Sitzgelegenheit wäre ich gerne geblieben. Schon allein wegen des wortwörtlich zauberhaften Ambientes.

Über einen der Bambusrohrstege betraten wir die extrem gut besuchte Bar. Das märchenhafte Flair setzte sich im Innenbereich fort. Charthits vermischt mit Strand- und Sumpfgeräuschen, heiteres Geplauder, ausgelassenes Gelächter und köstliche Gerüche erfüllten die Luft. Anstelle von festem Boden spürte ich immer noch Sand unter meinen Schuhen, wenn auch nicht so tief wie am Strand. Die Wände bestanden aus einem Pflanzendschungel, der von unzähligen grünen Leuchtdioden minimal erhellt wurde, was einen mystischen Kontrast zur restlichen blassvioletten Beleuchtung bildete. Sowohl die Theke als auch die Tische, Stühle und Hocker bestachen durch Shabby-Treibholz-Chic. Bequem sah die Einrichtung nicht unbedingt aus, dafür zum Ausflippen cool.

Mel stellte sich auf die Zehenspitzen und sondierte den Laden. »Hab was gefunden«, sagte sie kurz darauf, ergriff die Hand ihrer Freundin, und Sarah verband uns zu einer kleinen Kette, damit wir uns in dem Gedränge nicht verloren.

Kaum hatten wir den Tisch erreicht und uns auf die freien Plätze verteilt, kam ein Kellner im *SandWitchBar*-Logo-Shirt mit einem falsch herum aufgesetzten Basecap zu uns. »Wisst ihr, was ihr haben wollt? Oder braucht ihr die Karte?«, fragte er.

»Ich nehme einen *Wizzard of Oz* und den *Herby Witch Potion*«, sagte Mel.

»Für mich dasselbe«, kam es von Rose.

»Ich schwanke noch«, erklärte Sarah.

»Was ist mit dir?« Er sah mich auffordernd an.

»Kann ich die Karte haben?«

»Na klar.« Er zog etwas aus dem Bund seiner Halbschürze und legte es vor mir auf den Tisch. »Dein erstes Mal?«, fragte er.

Mel, Rose und Sarah schüttelten ihre Köpfe. Als ich es bemerkte, war mein »Ja« schon raus.

»Okay«, sagte der Kellner, »such dir was aus. Ich bin in fünf Minuten wieder da.« Er wandte sich von uns ab und rief quer durch den Laden: »Spot on, Abe! Newbie in the House!«

Dann wurde es verdammt hell am Tisch und doppeltverdammt peinlich für mich. Denn Abe, der DJ am pflanzenüberwucherten Mischpult, richtete einen grellgrünen Scheinwerferspot auf uns, raunte mit dunkler Stimme ein »Welcome … to *The SandWitchBaaar*« ins Mikro und spielte den Refrain des Songs *Hip-Hop Hooray* von Naughty by Nature an. So gut wie alle Gäste grölten mit, während sie ihre Arme hoben und im Takt der Musik schwangen. Sarah, Mel und Rose natürlich auch, um die Aufmerksamkeit von sich ab und vollends auf mich zu lenken. Ich wollte nur noch eins: auf der Stelle im Erdboden versinken.

Kapitel 14

Unverhofft kommt oft
oder meistens läuft es anders,
als man denkt

Als der Spot erlosch und das sekundenlange Spektakel endlich vorbei war, löste sich meine Schockstarre, und ich sackte auf meinem Stuhl zusammen. Am Tisch brach Kicheralarm aus.

»Du hättest dein Gesicht sehen sollen, Millili«, gluckste Sarah.

»Das war echt zum Schießen!«, pflichtete die immer noch sichtlich amüsierte Rose ihr bei.

»Freut mich, dass ihr auf meine Kosten Spaß hattet. Mir wäre fast das Herz stehen geblieben.«

»Wir haben versucht, dich zu warnen«, sagte Mel. Sie zuckte mit den Schultern und bemühte sich, nicht mehr zu lachen. »Mach dir nichts draus, so geht es jedem, der sich als Neuling outet.«

»Läuft das echt jedes Mal so, wenn hier ein neuer Gast auftaucht?«, fragte ich in die Runde.

»Nein«, klärte Rose mich auf. »Nur samstagabends.«

»Aber wenn du denkst, das wäre schon alles gewesen, was

140

der Schuppen an Peinlichkeiten draufhat, solltest du lieber keinen Drink für *Non Magicians* bestellen. Dann geht nämlich ein blinkendes Rotlicht an, und Abe legt *Creep* von Radiohead auf.«

»Ernsthaft?«

Rose und Mel nickten, und ich bekam ein bisschen Schiss vor der außergewöhnlichen Karte.

»Nur keine Panik«, versuchte Mel mich zu beruhigen, »alles andere kannst du nehmen, ohne großes Aufsehen zu erregen.«

»Allerdings sind die hier immer für ne Überraschung gut«, warf Sarah in den Raum, als hätte ich das nicht eben erst am eigenen Leib erfahren.

»Genau den Spruch habe ich jetzt gebraucht, Sasu«, murmelte ich und überflog die Karte, um zu sehen, was die Bar außer den Bestellungen von Mel und Rose sonst noch zu bieten hatte.

The SandWitchBar

Snacks & Sweets

Magic Wand – Baguette mit Salat und Überraschungseffekt-Kräutercreme	$ 8
Good Fairy – Brownie mit Vanillefüllung	$ 5
Bad Fairy – Blondie mit Schokoladenfüllung	$ 5
Snowwhite's Apple Dream – XXL-Muffin mit saftigen Apfelstücken	$ 6

Hot & Cold Drinks

Icequeenberries – Beerenmus Slush	$ 5
Honeytrap Tea – Wildhonig-Tee mit Wabe	$ 6
Sparkling Water of Truth – Tafelwasser mit glitzernden Zitronenperlen	$ 6

Longdrinks

Mufasa's Blood – Sodawasser, Grenadine, goldener Tequila	$ 10
Curse of Dragon – Bayleys-Tequila Shot	$ 5
Vampire Bite – Malibu, Rum, Sahne, Kokosmilch, schwarzer Johannisbeersaft	$ 14

Drinks 4 Non Magicians

Simply Water – Wasser .... For free

Sickly sweet Softdrinks – Cola, Fanta, Sprite .... $ 3

Boring Beer – Bier .... $ 5

Saturday Night Special (0 bis 2 Uhr)

Demon Kiss, Angel Wings & Fairy Dust

Beim Saturday Night Special blieb ich kurz hängen. Die Drinks mit den seltsamen Namen hatte Yves für uns auf der Erstsemesterparty bestellt und schienen demnach wohl gerade voll angesagt zu sein.

Als der Kellner zu uns zurückkam, bestellte ich sicherheitshalber, wie Mel und Rose, einen *Wizzard of Oz*, hinter dem sich ein Toast mit Avocadocreme, Frischkäse und Thunfisch verbarg, damit ich schlimmstenfalls nicht wieder allein blöd aus der Wäsche gucken musste. Obwohl ich lieber ein einfaches Wasser oder einen Softdrink getrunken hätte, orderte ich dazu ein *Sparkling Water of Truth*. Sarah wählte indes den *Magic Wand* und einen *Mufasa's Blood*.

Auch wenn ich nach dem echt schrägen Begrüßungsritual vorübergehend befürchtet hatte, im falschen Laden gelandet zu sein, entwickelte sich der Abend doch noch zu einem richtig schönen Highlight.

Das Essen und die Getränke schmeckten einfach nur köstlich. Der Kräutercreme-Überraschungseffekt auf Sarahs Zauberstab-Baguette entpuppte sich als extreme Knisterbrause, wie wir sie sonst nur von Schokolade kannten. Sie knallte mitunter so laut in ihrem Mund, dass ich es trotz der Lautstärke um uns herum hören konnte, da ich direkt neben ihr saß.

Gegen Mitternacht wurden die ersten weiß und lila fluoreszierenden Drinks bestellt, auch das Glitzerwasser, das ich schon von der Erstsemesterparty kannte, machte unter den Gästen die Runde, und die Stimmung in der Bar veränderte sich, wurde noch lockerer und irgendwie intimer. Rose ließ sich an der Theke auf einen recht heißen Flirt mit einem süßen Typen ein, und Mel ging mit einer Kommilitonin runter zum Strand, weil es ihr zu voll wurde. Sarah war indes kaum noch ansprechbar für mich, als Yves auftauchte, sich zu uns an den Tisch setzte und meine Freundin in seinem Charme ertränkte. Mitten im Getümmel entdeckte ich zwar Davy und hoffte kurz, mich dem gegenseitigen Angeschmachte von Sarah und Yves entziehen zu können, aber er war ausgerechnet mit dem Date gekommen, das er meinetwegen auf dem Schaufelraddampfer stehen gelassen hatte, und ein weiteres Mal wollte ich nicht dazwischengrätschen.

Da ich Sarahs liebesrauschähnliche Zustände gewohnt war, beschloss ich, einfach das Beste daraus zu machen, und gönnte mir einen *Vampire Bite*, der seinem Namen alle Ehre machte und es nicht nur geschmacklich in sich hatte. Nach dem ersten kräftigen Schluck entschuldigte ich mich mit einem kurzen »Bin gleich wieder da«, von dem weder Sarah noch Yves etwas mitbekamen, stand auf und ging mit meinem Longdrink nach draußen. Wesentlich leerer war es im äußeren Sandhexen-Sumpfgebiet nicht, aber die Luft dafür deutlich besser. Ich nahm mehrere tiefe Atemzüge, lehnte mich an den Stamm einer schief hereinwachsenden Palme, blickte hinaus aufs Meer und nippte gedankenverloren an meinem Cocktail. Es dauerte nicht lange, da bekam ich Gesellschaft.

»Hey.« Der Klang seiner Stimme beschleunigte sogleich meinen Puls, und die Tatsache, dass sich unsere Oberarme berührten, weil er gleich neben mir an der schrägen Kokospalme lehnte, setzte meinem Herzen gewaltig zu. Es hämmerte viel zu schnell gegen meinen Brustkorb. »Alles gut bei dir?«

Nicken und Schlucken wurden eins, bevor ich meine Sprache wiederfand. »Bist … du schon lange hier?«

»Nein, erst seit ein paar Minuten.«

»Wo hast du gesteckt?«, fragte ich einen Hauch zu vorwurfsvoll. Dabei konnte Easton überhaupt nicht wissen, was er mit seinem plötzlichen Abgang bei *Barnes & Noble* losgetreten hatte. Und generell war er mir sowieso keinerlei Rechenschaft schuldig.

»Hawaii.«

So sehr ich mich freute, ihn wiederzusehen, so sehr ärgerte es mich, mir zwei Wochen lang völlig umsonst einen Kopf um ihn gemacht zu haben.

»Surfen?«, hakte ich nach.

»Das auch.« Ein leichtes Lächeln umspielte seine Lippen. »Hast du dir Sorgen um mich gemacht, Margret Isabel Lucille Alexandra Lewis?«

Ich hasste es, wenn mich jemand bei meinem vollen Namen nannte, bemühte mich aber, mir nichts anmerken zu lassen, weil ich es bei Easton irgendwie auch mochte. Der Kerl machte mich total verrückt. »Warum sollte ich mir deinetwegen Sorgen machen?«

»Vielleicht weil du mich magst.«

Volltreffer. Einer der extrem unangenehmen Sorte. »Ich mag viele Menschen«, erwiderte ich so locker wie möglich.

»Autsch.« Easton lachte leise. »Guter Konter.«

Bevor ich etwas darauf erwidern konnte, ging die hübsche Rothaarige von der Erstsemesterparty an mir vorbei. Lucy.

»Lance hat alles bekommen, was wir wollten. Er wartet im Wagen auf uns«, sagte sie mit einem Augenaufschlag, der selbst mir ein gedankliches »Wow« entlockte, und ergriff ganz selbstverständlich Eastons Hand. Ein Anblick, der mir die Kehle zuschnürte und gehörig infrage stellte, was er im Café über sie gesagt hatte.

144

»Es war schön, dich wiederzusehen … Mila«, raunte er mir zu, stieß sich vom Stamm der Palme ab und verließ gemeinsam mit Lucy die Bar.

Nach der Nummer war die Luft endgültig raus und der Abend für mich gelaufen. Ich wollte nur noch ins Bett. Den Rest meines Longdrinks stellte ich irgendwo ab und ging zurück zu Sarah, die sich immer noch von Yves' triefendem Charme einlullen ließ. Recht deutlich gab ich ihr zu verstehen, dass ich keine Minute länger bleiben würde. Nicht mal eine halbe.

Sarah sprang sofort auf und verabschiedete sich von ihrem nordischen Halbgott, was für ihre eingeschränkte Wahrnehmung in flirtigen Situationen ungewöhnlich war. Zumal ich ihr ansah, wie schwer es ihr fiel, sich von ihm zu trennen. Per Definition zählte Yves durchaus zur überdurchschnittlich attraktiven Sorte Mensch, doch halbgöttlich wirkte er in keiner Weise auf mich, was vermutlich auch daran lag, ihn weder einschätzen noch irgendwie greifen zu können. Zu meiner Verwunderung erhob Yves sich ebenfalls von seinem Sitzplatz.

»Ich geh mal eben rüber zu Rose und frag, ob sie mitkommt«, ließ Sarah mich wissen und kämpfte sich zur Theke durch.

Yves sah ihr nach. »Sie ist wirklich süß«, stellte er beiläufig fest.

»Ja, das ist sie«, erwiderte ich, »und falls du auf die Idee kommen solltest, ihr wehzutun, wirst du das bitter bereuen.«

Er lachte leise. »War das gerade eine Drohung?«

»Eher eine Tatsache.«

Abermals drang sein Lachen an mein Ohr. »Wirklich schade, dass du schon gehen willst«, sagte er unvermittelt.

»Du meinst wohl Sarah«, korrigierte ich ihn irritiert.

»Nein, ich meine es genauso, wie ich es gesagt habe. Und ich hoffe, wir sehen uns bald wieder, Mila.« Yves schenkte mir ein schiefes Lächeln und bedachte mich mit einem Blick, der Sarah garantiert zum Seufzen gebracht hätte, bevor er sich auf den Weg zur Außengastro machte.

Ehe ich richtig begriffen hatte, was gerade passiert war, stand Sarah wieder neben mir. »Ist er schon weg?«

»Wer?«

»Na wen könnte ich bloß meinen?«

»Yves?«

Sarah klopfte mit ihren Fingerknöcheln auf meine Stirn. »Jemand zu Hause, *McFly*?«

Obwohl mir überhaupt nicht mehr nach Spaß zumute war, musste ich lachen.

»Er hätte sich ja wenigstens von mir verabschieden können«, schmollte Sarah, verfiel aber gleich wieder in ihren unverbesserlichen Optimistenmodus. »Immerhin haben wir unsere Nummern ausgetauscht, also muss ich nicht mehr aufs launische Zufallsprinzip hoffen.« Und Schwupps wechselte sie das Thema. »Sollen wir wirklich gehen oder noch einen Freundinnenabsacker trinken? Nur wir zwei Hübschen. Ganz allein. Was sagst du?«

»Lass uns den Absacker zu Hause trinken.«

»Gute Idee.«

Wir zwängten uns zum Ausgang durch. Draußen angekommen, gingen wir runter zum Ufer und spazierten gemütlich Richtung Strandapartments.

»Was ist eigentlich mit Rose?«, fragte ich nach einigen Schritten.

»Die ist total drüber und so was von verknotet mit ihrem Flirt. Das wird mindestens ein One-Night-Stand. Da gehe ich jede Wette ein.«

»Kennt sie den Typen?«

»Keine Ahnung.«

»Sollen wir nicht lieber –«

»Mach dir nicht immer so viele Gedanken um Gott und die Welt«, unterbrach Sarah mich. »Rose ist alt genug, um auf sich selbst aufzupassen, außerdem treibt Mel sich noch irgendwo in der Nähe rum. Die wird bestimmt ein Auge auf sie haben.« Im Gehen drehte sich Sarah mit ausgestreckten Armen einmal um sich selbst und schaute hinauf zu den Sternen. »Was für eine herrliche Nacht«, seufzte sie aus der Tiefe ihres Herzens und richtete ihren Blick wieder nach vorne. »Warum war deine Laune eigentlich auf einmal im Keller? Weil Easton aufgetaucht ist?«

»Hast du ihn gesehen?«

»Den kann man nicht übersehen, selbst wenn man es versucht.«

»Obwohl dir der leibhaftige Prince Charming gegenübersaß?«

»Nicht ablenken«, gluckste sie.

Sich in- und auswendig zu kennen, konnte Segen und Fluch gleichermaßen sein. Sarah etwas vorzumachen oder sie auf irgendeine falsche Fährte zu führen, funktionierte praktisch nie. Umgekehrt verhielt es sich ähnlich, deshalb machte ich mir keine weitere Mühe mehr, es zu versuchen.

»Ich kann dir gar nicht sagen, woran es genau gelegen hat«, gab ich leise zu. »Wir haben uns unterhalten, bis Lucy gekommen ist. Kurz danach sind sie gegangen. Ich werde echt nicht schlau aus ihm. Ständig habe ich das Gefühl, er verheimlicht etwas vor mir, und dann frage ich mich, warum er das tun sollte. Nichts von all dem ergibt auch nur ansatzweise einen Sinn. Ich meine, wenn er mit Lucy zusammen ist, kann er es doch sagen. Schließlich ist es kein Verbrechen, jemanden zu lieben, und ich dachte wirklich, er wäre ein grundehrlicher Kerl. Aber seine Interpretation von Ehrlichkeit scheint sich mit meiner nicht zu decken.«

147

»Womöglich zieht er einfach nur eine bescheuerte Bad-Boy-Arsch-Masche durch und verhält sich deshalb so. Hast du dir darüber mal Gedanken gemacht?«

»Daran habe ich auch schon gedacht. Vielleicht sollte ich langsam mal mein romantisches Ideal von ihm als dumme Schwärmerei ohne Substanz abhaken und mich wieder auf das Wesentliche konzentrieren.«

»Genau! Fokus, Baby, Fokus!« Sarah umarmte mich und drückte mir einen dicken Schmatzer auf die Wange. »Meine beste Freundin pflegt übrigens in solchen Fällen zu sagen –«

»… du kannst sie nicht alle therapieren«, beendete ich den Satz für sie. Wieder gab sie mir meine eigene Medizin zu schlucken, was mich trotz meiner komischen Laune zum Schmunzeln brachte.

»Irgendwo da draußen«, sagte Sarah feierlich und vollführte eine ausladende Armbewegung, »wartet dein einzig wahrer Mister Absolutrichtig auf dich. Du musst bloß weiter mit offenen Augen durchs Leben gehen, und ihr werdet euch finden.«

»Vorausgesetzt, Mister Absolutrichtig läuft ebenfalls mit offenen Augen durchs Leben.«

»Und vor allem sollte er nur in eine Richtung sehen, nämlich in deine«, ergänzte sie. »Hach jaaa, genau so und nicht anders wird es kommen. Das fühle ich.«

»Du und deine untrüglichen Gefühle, Sasu.«

»Sind legendär?«

»Ja, das auch.« Ich musste lachen, und Sarah stimmte mit ein. Als die Strandapartments nur noch wenige Meter von uns entfernt waren, gingen wir vom Ufer aus quer über den Sandstrand. Eine kleine Windböe wirbelte unsere Haare durcheinander, und während wir sie zu bändigen versuchten, fiel mein Blick auf etwas flatterndes Weißes.

»Da steckt was in deiner Tasche«, stellte ich fest.

»In deiner auch«, sagte Sarah und zog das Papier aus ihrer Schultertasche.

Während ich es ihr gleichtat, stieß sie plötzlich einen spitzen Freudenschrei aus, rannte das letzte Stück bis zum Haus und spurtete in einem Affentempo die Treppe hoch. Mir war sofort klar, wer diese Reaktion bei meiner Freundin ausgelöst hatte. Ich machte mir gar nicht erst die Mühe, nach dem Absender des Briefs zu suchen, denn es konnte nur Post von den *Philosophen* sein, die unbemerkt in unseren Taschen gelandet war, obwohl wir sie den ganzen Abend über am Körper getragen hatten.

Die Haustür stand offen, als ich nach oben kam. Ich ging ins Apartment und schloss gleich hinter mir ab. Langsam lösten die Nachrichten der Studentenvereinigung ein mulmiges Gefühl in meiner Magengegend aus.

Bereits im Flur hörte ich das anhaltend freudige Quieken meiner Freundin und stöhnte auf, weil ich jetzt schon wusste: Sie würde alles mitmachen, was die *Philosophen* verlangten, egal wie unvernünftig es auch sein mochte. Nachdenklich streifte ich meine Schuhe von den Füßen und öffnete den Umschlag. Neben dem fein säuberlich gefalteten Brief enthielt er einen goldumrandeten schneeweißen Chip mit der beidseitigen Aufschrift *Heaven*. Zwiegespalten las ich, was auf dem Papier geschrieben stand:

Liebe Mila,

eine Challenge gilt es noch zu bewältigen, bevor wir unsere finale Entscheidung fällen. Wenn du Zerstörung wirklich einem Kuss vorziehst, wollen wir das sehen.
Samstagabend.
22 Uhr.

Heaven & Hell.
Weiß, Beige, Gold und Silber sind die Farben der Nacht.

Weitere Instruktionen folgen vor Ort.
Die Philosophen

Kapitel 15

Fuck-you-all-Gefühle

Wie erwartet war Sarah aufgrund der heiß ersehnten Nachricht völlig aus dem Häuschen. Gegen jede Vernunft schaltete sich ihr sonst so messerscharfer, wenngleich häufig überdrehter Verstand komplett ab. Bei mir hingegen stießen die Zeilen auf totale Ablehnung und ließen sämtliche Alarmglocken gleichzeitig schrillen. Sarahs pure Freude über die *Einladung* – die für mein Empfinden eher einem Befehl gleichkam – konnte ich mir nur mit dem entscheidenden kleinen Unterschied in dem Brief erklären. Denn Sarah hatte den Kuss gewählt, und dementsprechend hieß es in ihrem Schreiben: *Wenn du einen Kuss wirklich der Zerstörung vorziehst, wollen wir das sehen.* Vielleicht betrachtete sie deshalb die ganze Aktion als einen riesigen Verbindungsspaß, während ich mich fragte, ob die *Philosophen* ernsthaft von mir erwarteten, ich würde einfach nur, weil sie es wollten, irgendetwas zerstören. Dann wäre ich ja blöder, als die Polizei erlaubte, und mein Vater erlaubte so was garantiert nicht. Er hatte verdammt großes Verständnis für alle und jeden. Für rücksichtsloses Verhalten wider besseres Wissen allerdings nicht.

Trotz meiner misstrauischen Abwehrhaltung brachte ich es

nicht übers Herz, Sarah die Freude an der höchst merkwürdigen Verbindungssache zu nehmen. Es gab jedoch noch einen zweiten Grund für mich, die Füße stillzuhalten und den bescheuerten Affenzirkus weiter mitzumachen. Denn nur wenn ich an der Seite meiner Freundin blieb, konnte ich sie im Auge behalten und bestmöglich auf sie aufpassen.

Von der Sache mit Yves, die für mich immer noch keinen Sinn ergab, erzählte ich Sarah nichts, was zusätzlich gemischte Gefühle in mir auslöste. Einerseits war Ehrlichkeit die unumstößliche Basis einer jeden zwischenmenschlichen Beziehung. Andererseits wollte ich nicht grundlos ihre Traumwelt zertrümmern, da ich ohnehin schon genug damit beschäftigt war, durch meine eigenen Gefühlsruinen zu irren. Außerdem bestand durchaus die Möglichkeit, dass Yves bloß einen belanglosen Spruch gebracht hatte, in den ich mehr hineininterpretierte, als wirklich dahintersteckte.

Was den heißen Flirt von Rose betraf, hatte Sarah mit ihrer Vermutung richtig gelegen. Es war tatsächlich ein One-Night-Stand daraus geworden, von dem sich unsere Nachbarin mehr erhofft hatte. Schon als Rose erstmalig seinen Namen erwähnte, ahnte ich, dass sie ihn nicht wiedersehen würde. Martin Riggs war der Name eines fiktiven *Lethal-Weapon*-Charakters, der vor ewigen Zeiten mal von Mel Gibson verkörpert worden war – ein merkwürdiger Zufall, den es natürlich nicht gab, wie sich hinterher herausstellte. Niemand mit diesem Namen war in Yale eingeschrieben, und zu allem Überfluss hatte der Kerl auch noch ihre Handtasche mitgehen lassen.

Bei den allabendlichen Videocalls mit meinen Eltern behielt ich die Sache mit den *Philosophen* für mich. Von dem, was sich rund um meine Herzgegend abspielte, erzählte ich ihnen ebenfalls nichts. Ich liebte sie über alles, deshalb mussten sie aber noch lange nicht alles wissen. Mein Vater hingegen ließ mich jedes Mal wissen, ich sollte vorsichtig sein und vor allem stets wachsam bleiben, weil New Haven laut einer National Crime Statistik vor acht (!) Jahren an dritter Stelle der gefährlichsten Städte in den Vereinigten Staaten gestanden hatte. Wen wunderte es da, dass ich manchmal leicht paranoide Tendenzen entwickelte?

Der Uni-Alltag startete Montagmorgen mit einer Vorlesung und endete Freitagnachmittag mit einer. Je näher das Datum der Einladung rückte, dem Sarah ungeduldig entgegenfieberte, desto negativer wurde meine Einstellung zu diesem ominösen Verbindungsblabla. Dennoch hielt ich an meinem Vorhaben fest, sie zu begleiten, in der Hoffnung, Sarah würde nach dem Abend vielleicht erkennen, wie dämlich die ganze Sache war.

Um den Kopf frei zu kriegen und Sarahs Lieblingsthema-Nr.-1-Hölle vorübergehend zu entkommen, schlüpfte ich Freitagabend spontan in meine Laufklamotten, obwohl ich mich viel lieber vor den Fernseher gehauen, mit Schokolade vollgestopft und irgendeinen anspruchslosen Blödsinn geguckt hätte. Doch meine übelst miese Grundhaltung wäre durch hirnloses Rumgammeln wahrscheinlich noch zusätzlich verstärkt worden. Falls es überhaupt eine Steigerung zu dem brodelnden Anti-alles-Feeling tief in mir gab, das mich ungemein stresste, weil ich seit dem Abend in der *SandWitchBar* einfach ständig dieses Fuck-you-all-Gefühl mit mir herumschleppte. Dagegen konnten definitiv nur noch Bewegung, Ed, Harry und vor allem Eminem in Dauerschleife helfen. Noch während ich meine Laufschuhe anzog, stellte ich mein Smartphone auf maximale Lautstärke, um mit *River* den nervigen *Girls-just-wanna-have-Fun*-Singsang von Sarah zu übertönen.

Entgegen meiner Gewohnheiten nahm ich schon die Stufen nach unten im Laufschritt und gab richtig Gas, als ich den Sand unter meinen Schuhen spürte. Mehrfach lief ich den Silver Sands Beach hinauf und hinunter, bis der Großteil des erdrückenden Ballasts von mir abfiel, ich mein Tempo verlangsamte und schließlich am Ufer stehen blieb. Die schier endlose Weite des Meeres, das gleichmäßige Rauschen der Wellen und die salzige Seeluft wirkten wie Balsam für meine mit mir selbst überforderte Seele. Zum ersten Mal seit Tagen stellte sich das Gefühl ein, wieder richtig atmen zu können, und genau das tat ich. Als ich nach einer Weile die Trinkflasche von meinem Laufgürtel lösen wollte, griff ich ins Leere. »Bitte nicht«, stöhnte ich frustriert und sah mich genauer um. Gerade befand ich mich am Endpunkt der Bucht. Die Strandapartments lagen in entgegengesetzter Richtung und wirkten aus der Entfernung so winzig wie Legosteine. Dazwischen befanden sich einige Restaurants und der *Silver Sands Beach & Tennis Club*. Theoretisch wäre die Strecke kein Problem gewesen, schließlich war ich sie gerade erst mehrfach rauf- und runtergerannt. Praktisch fehlte mir jedoch der Treibstoff in Form von Wasser oder einem anderen Getränk, weil mir aus sämtlichen Poren der Schweiß lief.

Auf halber Strecke befand sich die *SandWitchBar*, und ich überlegte, ob ich mit meinem 20-Dollar-Notgroschenschein im Gürtel zwei Icequeenberries kaufen sollte. Einen für mich zum Wegexen, den anderen als kleine Entschuldigung für Sarah wegen meiner unterirdisch schlechten Laune in den letzten Tagen. Mittlerweile regte sich nämlich mein Gewissen. Und das war nicht sonderlich gut auf mich zu sprechen. Schließlich konnte meine Freundin überhaupt nichts dafür, dass ich gerade so ein übellaunisches Gefühlsopfer war.

Spontan entschied ich mich dazu, an der nächstbesten Stelle etwas zu trinken und danach erst die Icequeenberries zu besorgen. Ich steuerte ein nur wenige Meter entferntes Restaurant an und traf im schön gestalteten Außenbereich auf eine freundliche Kellnerin meines Alters, die gerade einen der Tische neu eindeckte. »Darf ich dich kurz stören?«

»Na klar.«

»Gibt es hier vielleicht auch Getränke zum Mitnehmen?«, fragte ich, da ich mich mit meinen verschwitzt-sandigen Klamotten nicht zwischen gut gekleidete essende Menschen setzen wollte.

Sie schüttelte den Kopf. »Aber wenn du einen Moment wartest, bringe ich dir ein Wasser raus.«

»Das wäre großartig!«

Die Kellnerin verschwand im Restaurant und kam kurz darauf wieder nach draußen. Lächelnd reichte sie mir die erfrischend kühle Flüssigkeit.

»Danke!« Hastig trank ich alles auf einmal und gab ihr das leere Glas zurück. »Du hast mich echt vor dem Verdursten gerettet. Was bekommst du dafür?«

»Schon gut«, wiegelte sie ab, »wir Studentinnen müssen doch zusammenhalten.«

In diesem Moment fiel mir wieder ein, woher ich das süße Gesicht mit dem blondgesträhnten Schopf und den blassblauen Augen kannte. Sie hieß Laura Silverman. In einer der Juravorlesungen vergangene Woche hatte sie neben mir gesessen und sich einen Stift von mir geliehen.

»Danke noch mal!«

»Sehr gerne.«

»Wir sehen uns.«

»Bestimmt«, erwiderte sie, und wir gingen unserer Wege. Laura ins Restaurant und ich zurück zum Strand. Es gab also auch unkomplizierte Menschen in New Haven, und das stimmte mich irgendwie glücklich.

Am Ufer angekommen, wollte ich zur *SandWitchBar* joggen, aber das viel zu schnell getrunkene Wasser machte mir mit seinem fiesen Gluckern in meinem Bauch einen Strich durch die Rechnung. Mehr als normales Gehen war nicht mehr drin. Also spazierte ich an den Wellenausläufern entlang und beobachtete die Surfer, die auf den Wogen trieben und dort ausharrten, um eine möglichst perfekte Welle zu erwischen – ein Schauspiel, das mich immer wieder aufs Neue faszinierte.

Die Sonne hüllte sich langsam in ihren Abendrot-Pyjama. Wie immer um diese Zeit bei schönem Wetter tummelten sich am Strand und in sämtlichen Außengastronomiebereichen illustre Menschen, die den Tag mit einem der herrlichsten aller Naturschauspiele ausklingen lassen wollten. Da es in der *SandWitchBar* keinerlei Etikette zu beachten galt, betrat ich den Laden ohne irgendwelche Bedenken. Abgesehen von zwei Tischen und einer ganzen Horde Kellner, die mit ihren Tabletts hin- und herrannten, war die Bar an sich noch leer. Ich ging zur Theke, wartete eine Weile, bestellte zwei Icequeenberries to go und bezahlte sie mit meinem Reserve-20-Dollarschein.

»Dauert ein paar Minuten«, erklärte ein Barkeeper.

Um die Laufwege der Kellner zum Außenbereich nicht zu blockieren, sah ich mich nach einem Warteplatz um. Dabei fiel mein Blick auf ein mir wohlbekanntes Gesicht, das mich sogleich auf eine emotionale Achterbahnfahrt schickte. Ich hasste es, dass Eastons Anwesenheit immer noch derlei Gefühlswallungen mit sich brachte. Aus unerklärlichen Gründen wollte ich zwar daran festhalten, ihn zu mögen, doch was sich bei seinem bloßen Anblick in mir regte, ging weit über simples Mögen hinaus. Mein Verstand riet mir eindringlich, mich einfach irgendwo hinzusetzen und ihm keinerlei Beachtung zu schenken. Mein Herz hingegen pochte darauf, mich ihm zu nähern und die Gunst der Stunde zu nutzen, da er augenscheinlich ohne Begleitung gekommen war. Gedankenverloren drehte er ein Glas *Sparkling Water of Truth* in seiner Hand. Sarah hätte es als unmissverständlichen Wink des Universums betrachtet, ihn allein mit dem glitzernden Wasser der Wahrheit anzutreffen. Seufzend schickte ich ein Stoßgebet gen Himmel, die simpel verquere Weltanschauung meiner Freundin möge einen großen Bogen um mich machen. Schlimm genug, dass sie mich im Laufe der Zeit bereits oldiefiziert hatte und ich fast alle Songs längst vergangener Jahrzehnte aus dem Stehgreif mitsingen konnte. Dennoch musste ich schmunzeln, da sich eine gewisse Situationskomik nicht leugnen ließ. Der amüsante Impuls versetzte mir einen imaginären Schubs, und ohne wirklich Kontrolle über mein Handeln zu haben, ging ich auf Easton zu.

»Hey«, begrüßte ich ihn locker.

Er hob den Kopf, sah mich mit einer hochgezogenen Braue an, erwiderte aber nichts. Seine Miene wirkte seltsam leblos. Dennoch fasste ich all meinen Mut zusammen. »Ich warte auf meine Bestellung. Darf ich mich so lange zu dir setzen?«

Easton nickte. »Du kannst sitzen, wo auch immer du willst.«

Während ich auf dem freien Stuhl neben ihm Platz nahm, stellte er das glitzernde Wahrheitswasser ab und erhob sich. »Ich muss sowieso los.«

Normalerweise wäre mir die eiskalte Abfuhr wahrscheinlich sonst wo vorbeigegangen, aber auf diese bescheuerten Heiß-und-kalt-Spielchen reagierte ich schon seit der Highschool allergisch. »Sag mal, was läuft eigentlich falsch bei dir?«

»Alles«, erwiderte er tonlos und verließ, ohne mich eines weiteren Blickes zu würdigen, die Bar.

Wie vor den Kopf geschlagen, starrte ich ihm nach und traute meiner Wahrnehmung kaum, als er draußen eine hübsche Brünette auf die Wange küsste, die definitiv nicht Lucy war, und gemeinsam mit ihr über den Strand spazierte. Wutränen bildeten sich in meinen Augen, die ich mit aller Gewalt zurückzwang, weil ich mir keine Blöße geben wollte. Scheiß auf mein däm-

liches Herz. Wie sollte dieses hirnfreie, ausnahmslos von Gefühlen gesteuerte Organ denn auch nur ansatzweise dazu fähig
sein, vernünftige Entscheidungen zu fällen? Das Thema Easton
hatte sich nach der Nummer endgültig für mich erledigt.

Kapitel 16

Heaven & Hell

Überdreht. Überdrehter. Am überdrehtesten. Sarah. Keine 24 Stunden nach meiner desillusionierenden Begegnung mit Easton gewährte uns die Security des angesagtesten Clubs New Havens wegen unserer weißen Chips Einlass. Allerdings nur in den Himmel. Die Hölle blieb uns verschlossen, weil wir für deren Zutritt entweder einen schwarz-weißen, rein schwarzen oder All-in-Chip gebraucht hätten. Neben mir stieg meine superzappelige Freundin im goldenen Pailletten-Partykleid und erstmalig auf Stilettos die gefühlt tausend Himmelsstufen hinauf. Sarah sah auffallend hübsch und vor allem sehr sexy aus. Ich hingegen – in meinem wollweißen Boho-Kleidchen und auf flachen Spitzen-Espadrilles – fühlte mich neben ihr wie die kleine Mila, die darauf wartete, von ihren Eltern aus dem Bälleparadies abgeholt zu werden. Doch das störte mich nicht weiter, weil es Sarahs Nacht werden sollte und nicht meine.

Trockeneisnebel kroch über die gesamte Treppe und wurde durch den Aufstieg eines jeden neuen Gastes aufgewirbelt. Die Flügel der ebenfalls weißen Himmelspforte standen weit offen und wurden von täuschend echt aussehenden Living-Doll-Engeln bewacht. Obwohl ich dem Abend äußerst kritisch gegenüberstand, begeisterte mich das detailverliebte Innendesign des Clubs ungemein. Sogar noch mehr als das magische Konzept der *SandWitchBar*, und das wollte echt was heißen.

Nebelverschleiertes, gleißendes Licht empfing uns gleich hinter der Pforte, und ich musste meine Augen zusammenkneifen, um nicht geblendet zu werden, bis die Luft nach ein paar Schritten aufklarte und aus der grellen Helligkeit eine wohlfühlend angenehme wurde.

»Oh, mein Gott«, flüsterte Sarah beinahe ehrfürchtig. »Hast du so was Schönes schon mal gesehen?«

»Nein«, gab ich beeindruckt zurück und vergaß vorübergehend, weshalb wir in den Club gekommen waren.

Der Sound aus den Boxen war ansteckend, nahezu verführerisch, und schien unablässig »Lass alles hinter dir und tanze für den Rest deines Lebens …« zu wispern.

Berauscht von der unwirklichen Schönheit des Ganzen bildete sich eine prickelnde Gänsehaut auf meinem Körper, während wir einen breiten Steg passierten, der über dampfendes Goldwasser führte, das die gesamte Halle spielerisch umgab und eine gewisse Grenzenlosigkeit vermittelte. Unter meinen Schuhen gab der gold glitzernde Boden nach, als bestünde er aus Watte. Sarah war nicht die erste und nicht die letzte Frau, die ihre Stilettos auszog, sie in die Hand nahm und barfuß weiterlief.

»Wenn's im Himmel nur annähernd so aussehen würde, hätte ich vorm Tod echt keinen Schiss mehr«, flüsterte sie mir zu.

»Vorausgesetzt, du kommst eines Tages auch wirklich in den Himmel«, zog ich sie auf.

»Davon gehe ich einfach mal aus. Auf diesen Kleinigkeiten, mit denen ich mein Umfeld manchmal an den Rande des Wahnsinns treibe, werden die da oben hoffentlich nicht rumreiten. Sonst bin ich ganz schön im Arsch.«

Ich musste lachen und Sarah sowieso.

»Stand in deinem Brief, wo genau wir hinmüssen?«

»Nein«, antwortete Sarah. »Aber die *Philosophen* werden es uns schon noch wissen lassen.« Sie machte eine kurze Pause und schaute sich um. »Ich weiß ja nicht, wie es dir gerade geht, aber mich zieht's nach ganz hinten zu dieser Wolkenbar.«

»Mich auch.«

Ein wenig reizüberflutet durchquerten wir den Raum und entdeckten mit jedem Schritt weitere neue Details. Weiß, Gold und Silber dominierten das himmlische Farbschema. Kellner und Kellnerinnen trugen geflügelte Gewänder. Drei gewundene Treppen führten auf eine scheinbar frei schwebende Zwischenetage in der Form von gigantischen Engelsflügeln. Ob sich hoch über uns eine Art VIP-Lounge, eine besondere Bar oder eine Chillout-Area befand, ließ sich nicht erkennen, aber auch ohne zu wissen, was genau sich dort verbarg, kam ich aus dem Staunen gar nicht mehr richtig raus. Phänomenal traf nicht mal annähernd, was sich vor uns an schier grenzenloser Kreativität und innenarchitektonischen Meisterleistungen erstreckte.

Sarah verhielt sich selten still, aber sie gab keinen Mucks mehr von sich, bis wir unser Ziel erreicht hatten und den letzten freien Barhocker mit jeweils einer Pobacke besetzten.

Sogleich sprach uns einer von mindestens zehn Barkeepern an: »Welche Chips habt ihr?«

»Weißgoldene«, antwortete Sarah und kramte in ihrer Tasche herum.

Da meine Clutch ziemlich klein war, fischte ich meinen gleich beim ersten Versuch heraus und zeigte ihn vor. Unterdessen war auch Sarah fündig geworden und schnippte ihren auf die Theke.

»Dann habt ihr freie Auswahl«, stellte der Barkeeper fest und legte eine Getränkekarte im Design unserer Chips auf den Tresen. »Alle Drinks sind schon bezahlt.«

Um einen klaren Kopf zu behalten, bestellte ich ein überteuertes Glas Tafelwasser mit einem Spritzer Tahiti-Zitrone für 25 Dollar. Ich war heilfroh darüber, nicht selbst zahlen zu müssen, denn die nach oben hin offenen horrenden Preise hätten empfindlich an meinem Studententaschengeld gekratzt, das ich lieber in andere Sachen investierte. Sarah wählte einen Fruchtcocktail für schlappe 65 Dollar, der wie mein Wasser im unteren Preisbereich lag.

»Zwei Drinks für neunzig Dollar?«, stieß meine Freundin schockiert aus. »Davon schmeißt manch einer zu Hause ne coole Party mit zwanzig Gästen«, setzte sie im Flüsterton nah an meinem Ohr nach. »Cheers, Millimaus, auf eine unvergesslich schöne Nacht!«

»Cheers, Sasu, ich hoffe für dich, es wird eine.«

Ich trank einen Schluck Tahiti-Zitronenwasser, das völlig normal nach Standardzitrone von sonst woher schmeckte, stellte das Glas zurück auf den Tresen und schaffte es, mich auf der halben Sitzfläche umzudrehen, ohne runterzurutschen. Minütlich füllte sich die Halle mehr, und ich glaubte, in der Menge ein paar bekannte Gesichter zu entdecken. »Weißt du, ob Mel und Rose auch hier sind?«

»Keine Ahnung. Ich habe ihnen auf jeden Fall nichts von der Einladung erzählt, weil wir ja nicht drüber reden dürfen.«

Die Verschwiegenheitskiste hätte ich beinahe vergessen, wobei ich fest davon ausging, dass es neben uns noch einige andere *Auserwählte* gab, die von den *Philosophen* in den Himmel zitiert worden waren. Oder in die Hölle. Warum sollten also Mel und Rose, die ich meinte, gesehen zu haben, nicht ebenfalls dazu zählen? Schließlich waren sie genauso ahnungslose Erstsemester wie wir, mit denen die Verbindungshäuser ihren Schabernack treiben konnten.

Nur nicht weiter reinsteigern lautete die Devise des Abends, wenn ich die Aktion einigermaßen locker hinter mich bringen wollte. Deshalb atmete ich tief durch und wandte mich wieder der Theke zu.

Indes stellte der Barkeeper zwei Shots auf kleinen Servietten neben unsere Longdrink-Gläser. »Mit den besten Grüßen der *Philosophen*«, ließ er uns wissen, zwinkerte verschwörerisch und zog sich zurück. Die Flüssigkeit schimmerte in fluoreszierendem Lila.

»Wie nett!«, bemerkte Sarah hocherfreut, nahm ihren Shot und hielt ihn mir anstoßbereit entgegen.

»Du kannst doch nicht ein −« Die Clutch vibrierte in meiner Hand. Ich öffnete sie und holte mein Smartphone raus. Eine SMS zu WhatsApp-Zeiten war ungewöhnlich und von einer unbekannten Nummer sowieso.

> Trinkt nichts, was leuchtet oder glitzert!

Kapitel 17

Küssen oder Zerstören

Aus einem Impuls heraus sprang ich vom Hocker und schaute mich nach allen Seiten um, obwohl es keinen Sinn ergab, denn der Himmel war mittlerweile hoffnungslos überfüllt. Selbst wenn ich in der Menge jemanden mit einem Handy gesehen hätte, wäre die Wahrscheinlichkeit praktisch gleich null gewesen, den Absender der kryptischen SMS auf frischer Tat zu ertappen.

Die nächste Reflexhandlung galt Sarah, deren gleichmütiges »Okay, dann trinke ich eben allein« wie durch Watte an meine Ohren drang.

»Trink das n–« Zu spät. Das Gläschen war bereits leer. Keine Ahnung, ob es sich bei der Nachricht in Wahrheit um einen schlechten Scherz handelte, doch ich war viel zu sehr die Tochter meines Vaters, um die merkwürdige Warnung aus dem Off zu ignorieren.

Es lag mir fern, Sarah wegen der SMS in Panik zu versetzen, zumal sie sich garantiert nicht wegen sechs Wörtern eines Unbekannten darauf einlassen würde, auf der Toilette den Drink rauszuwürgen. Mir blieb also nichts anderes übrig, als sie im Auge zu behalten, schlimmstenfalls in eine Notaufnahme zu bringen und vor allem daran zu hindern, meinen Shot womöglich gleich hinterherzukippen.

»Sooo lecker. Den habe ich auf der Erstsemesterparty schon probiert, aber der hier war noch viel besser«, schwärmte sie und leckte sich genüsslich über die Lippen. »Suchtfaktor hoch zehn!«

Jetzt, da sie es erwähnte, erinnerte ich mich wieder, dass sie das Zeug bereits in der V-Lounge getrunken hatte. Zumindest einen Schluck. Der helleren Farbe nach wahrscheinlich verdünnt. Besonders auffällig war ihr Benehmen danach nicht gewesen. Vielleicht malte ich auch einfach nur den Teufel an die Wand. Trotzdem würde ich das Shot-Glas nicht an die Lippen setzen.

»Na dann …«, erwiderte ich so unbefangen wie möglich, griff nach dem Gläschen und stieß es *versehentlich* um. Die fluoreszierende Flüssigkeit verteilte sich zu einer kleinen Pfütze. »Oh … der wollte wohl nicht von mir probiert werden.«

Der Barkeeper für unseren Thekenbereich erschien prompt, entfernte mein umgekipptes Glas sowie das leere von Sarah und wischte um die beiden kleinen Servietten herum den Tresen trocken. »Ich bring dir einen neuen.«

»Alles gut, ich bleibe sowieso lieber bei meinem Tahiti-Zitronenwasser.«

»Sicher?«, fragte er verwundert.

Ich konnte seine Reaktion verstehen, schließlich lehnten nur die wenigsten einen Gratisdrink ab – in dem überteuerten Schuppen wahrscheinlich niemand.

Ich nickte. »Aber danke.«

»Wie du willst«, sagte er und wandte sich den anderen Gästen seines Bereichs zu.

»Warum hast du nicht Ja gesagt?«, beschwerte sich Sarah. »Der Shot war wirklich gut. Ich hätte ihn für dich trinken können.«

165

»Sorry«, entschuldigte ich mich. »Daran habe ich gar nicht gedacht.«

»Egal, der Fruchtcocktail tut's auch.« Sarah nahm einen Schluck. »Waren das eben deine Eltern?«

»Was?«

Ihr Blick huschte zu meinem Smartphone, das ich immer noch mit einer Hand umklammert hielt. »Ach so … du kennst sie ja, der übliche Sei-vorsichtig-Wochenend-Spam.«

Damit war das Thema vom Tisch. Ich fühlte mich ein bisschen mies, weil ich gerade die Wahrheit extrem ausgedehnt hatte – eine Unart, die ich bei anderen aufs Schärfste verurteilte –, doch ich wusste mir in diesem Moment nicht anders zu helfen.

Im höchsten Maße angespannt rutschte ich mit einer Pobacke wieder auf den Hocker und bemerkte seltsame Bewegungen an Sarah, was meine inneren Alarmglocken sogleich zum Schrillen brachte.

»Was machst du da?«

»Ich streichle die Theke«, schwärmte sie. »Mach auch mal, die ist unterm Tresen total flauschig.«

Wie sollte ich bei dem Spruch ernst bleiben? Kopfschüttelnd klatschte ich mir die Hand vor die Stirn, drehte mich um und nippte an meinem Wasser. »Du machst mich echt fertig, Sasu.«

»Fühl mal«, forderte sie mich erneut auf.

In solchen Situationen war jeder Widerstand zwecklos, also gab ich ihrem kindlichen Drängen nach und befühlte möglichst unauffällig das, was meine Freundin derart faszinierte. Die Thekenverkleidung war kühl und glatt. Von Flauschigkeit fehlte jede Spur. Das beunruhigte mich. Obwohl Sarah in vielerlei Hinsicht für Überraschungen gut war, die mitunter ganz schön anstrengend und wenig nachvollziehbar sein konnten, gab mir dieses schräge Verhalten massiv zu denken. Ich fragte mich, ob der Shot dafür verantwortlich war, ihr Longdrink, vielleicht auch die Kombination aus beidem, vermischt mit ihrer Aufregung wegen der Einladung. So oder so. Irgendwas stimmte hier nicht.

Im nächsten Moment stand sie auf, kicherte ohne ersichtlichen Grund und umarmte mich kurz. »Bis gleiheich«, trällerte sie.

»Wohin willst du?«

»Tan-zen.«

»Okay?« Skeptisch beobachtete ich Sarah dabei, wie sie sich einen Weg durch die Menge zum Dancefloor bahnte. Ich wusste zwar, dass sie ein gutes Rhythmusgefühl hatte, aber sie derart losgelöst zu dem von ihr gehassten seelenlosen Clubsound-Bumbum tanzen zu sehen, gab mir noch mehr zu denken. Vor allem, weil sie den Uralt-Walkman mit ihren Lieblingsoldies bei sich trug.

Meine Handlungsmöglichkeiten waren begrenzt. Nie und nimmer würde ich Sarah dazu bewegen können, den Club vorzeitig zu verlassen. Dafür war sie A viel zu drüber und steckte B ohnehin bis zum Hals in philosophischen Erwartungen fest. Mir blieb keine andere Wahl, als weiterhin die Aufpasserin in einem Spiel zu spielen, an dem ich von Anfang an nicht hatte teilnehmen wollen.

Es dauerte eine ganze Weile, bis Sarah sich ausgetanzt hatte und zu mir an die Theke zurückkehrte.

»Diese Musik … einfach himmlisch«, gluckste sie und plumpste neben mich auf den Hocker. »Hach, Millimaus, warum sind wir hier nicht schon viel früher aufgelaufen?« Mit einer Hand fuhr sie durch ihre verschwitzte Lockenmähne, trank den Rest ihres Fruchtcocktails und orderte gleich einen neuen. »Denkst du, es wäre sehr unverschämt, noch einen dieser leckeren Shots zu bestellen?«

»Wenn du einen guten Eindruck hinterlassen möchtest, solltest du dich bei den Preisen lieber ein bisschen zurückhalten«, gab ich zu bedenken und hoffte inständig, sie würde trotz ihrer kaum zu bändigenden Euphorie entsprechend reagieren.

Eine Antwort bekam ich zwar nicht, weil Sarah damit beschäftigt war, im Takt der Musik zu wippen und dabei mit den immer noch vor uns liegenden Servietten zu spielen, aber sie bestellte auch keinen weiteren Shot beim Barkeeper, der ihr zwischenzeitlich einen neuen Cocktail gemixt hatte.

»Da steckt was drin«, sagte Sarah unvermittelt und kicherte überdreht. »Whooo … wie aufregend!« Sie zog eine fein säuberlich beschriftete Visitenkarte zwischen den Serviettenlagen hervor. »Du hast bestimmt auch eine.«

Tatsächlich. Auch in meiner steckte eine, die wegen des umgekippten Shots nicht mehr ganz so perfekt aussah wie Sarahs.

Willst du wirklich etwas zerstören, Mila?
Nichts ist leichter als das.
Nimm dein Glas und wirf es in das Flaschenregal hinter der Theke.

Ich traute meinen Augen kaum, als ich las, was sie von mir verlangten. Sachbeschädigung. Vorsätzlich. In einem Club, dessen Einrichtung mehrere Millionen Dollar wert war. Das konnten sie unmöglich ernst meinen. Ich stand auf und ließ meinen Blick auf der Suche nach potenziellen Beobachtern durch die Menge schweifen. Fast im selben Moment vibrierte abermals mein Handy, und ich richtete mein Augenmerk auf das Display.

> Den Klauen der *Philosophen* entkommst du nicht so leicht. Wähle den Kuss.

Was zur Hölle? Ich verstand gar nichts mehr. Von einem Kuss war überhaupt nicht die Rede gewesen. Oder doch?

Sarah nuckelte glückselig an ihrem Longdrink, während ich ein weiteres Mal die Karte las und beim genaueren Betrachten drei kleine Pünktchen am unteren Rand bemerkte. Stirnrunzelnd drehte ich das Pappkärtchen um.

Oder bist du gar nicht so skrupellos, wie du vorgibst zu sein?
Dann küsse den ›Nächsten‹, der in schwarzer Kleidung den Himmel betritt, und deine Karten werden neu gemischt.

Langsam wurde mir die Sache unheimlich. Ich kam mir vor wie eine Marionette, die an unsichtbaren Fäden hing. Wir mussten unter Beobachtung stehen. Anders ließ sich das alles nicht erklären. Ich hatte keine Ahnung, wer dahinterstecken könnte, und noch viel weniger verstand ich die Sinnhaftigkeit dieses bescheuerten Verbindungsspielchens.

Sarahs albernes Gekicher zog meine volle Aufmerksamkeit auf sich. Nach eineinhalb Cocktails war es eigentlich unmöglich, ein solch losgelöstes Level zu erreichen. Seit sie vom Dancefloor zurückgekommen war, tanzte sie im Sitzen auf dem Hocker. »Wir verwirren sie einfach«, trällerte sie und vertauschte unsere Karten.

Würdest du einen Fremden küssen, Sarah?
Wenn das wirklich so ist, schnapp dir den Kellner mit den goldenen Flügeln und küsse ihn, als wäre er die Liebe deines Lebens.

Stand auf der einen Seite geschrieben. Ich drehte das Kärtchen um und las weiter.

Oder steckt viel mehr als nur eine romantische Seele in dir? Dann verpasse dem Nächsten, der in Begleitung einer Frau den Himmel betritt, eine Ohrfeige und mache ihm eine Szene, die er niemals vergisst.

»Und jetzt verwirren wir sie noch mehr!« Breit grinsend vertauschte Sarah mehrmals unsere Karten und wirkte dabei wie ein äußerst ungeschickter Hütchenspieler, der seine eigenen Tricks nicht beherrschte.

»Genug ist genug, ich bin raus!« Gereizt nahm ich die beiden Karten, zerriss sie und ließ die Fetzen auf den Glitzerboden fallen.

Sarah schürzte ihre Lippen. »Was machst du denn da?« Sie kletterte vom Barhocker und ging allen Ernstes auf die Knie, um die Papierschnipsel aufzulesen.

Ein genervtes Stöhnen entwich mir. Das konnte doch alles nicht wahr sein. Ich war schon im Begriff, sie auf die Füße zu ziehen, da vibrierte zum dritten Mal mein Smartphone.

> Wenn du jetzt gehst, wird es nur noch schlimmer, Mila. Nichts geschieht rein zufällig. Alles ist geplant. Wähle den Kuss, warte auf den nächsten Song und befolge die Anweisungen der Philosophen. Vertrau mir. Ich finde dich im richtigen Moment.

Hin- und hergerissen überlegte ich, was ich tun sollte: Einfach gehen, wie ich es vorgehabt hatte? Oder jemandem vertrauen, der nicht nur meine Telefonnummer, sondern auch meinen Namen kannte, mich zweifellos überwachte und mir rätselhafte Nachrichten schickte? War er ein Teil des zwielichtigen *Philosophen*-Spiels? Oder wusste er über deren Machenschaften Bescheid und wollte mir tatsächlich den einzigen Weg zeigen, ungeschoren davonzukommen? Was auch immer dahintersteckte, Sarah und ich konnten unter keinen Umständen bleiben. Aber vorher musste ich herausfinden, wer sich hinter der unbekannten Nummer verbarg.

Sarah setzte sich auf den Barhocker. Die Papierschnipsel breitete sie auf dem Tresen vor sich aus und versuchte, die Fetzen zusammenzusetzen. Im Hintergrund gingen verschiedene Beats fließend ineinander über, und ein sehr cooler Mix aus zwei Songs von Selena Gomez und Eminem drang aus den Boxen. Der DJ verstand was von seinem Job und gab mir damit unwissentlich das Zeichen, auf das ich gewartet hatte.

»In fünf Minuten bin ich wieder da. Warte hier auf mich.«

Sarah nickte abwesend. Obwohl sie gerade intensiv mit puzzeln beschäftigt war, ließ mir ihr seltsamer Zustand keine Ruhe. Sie einfach mitzunehmen, war in ihrer Verfassung – und vor allem ihrer Starrköpfigkeit – aber auch nicht drin.

»Wenn du tanzen gehen willst oder so, behalte ich deine Freundin so lange im Auge«, sagte der dunkelhaarige Model-Typ im hellen Anzug neben uns unvermittelt, der die Chose schon die ganze Zeit über mitbekommen hatte.

Ganz geheuer war mir die Sache nicht, doch mittlerweile verhielt sich um mich herum absolut nichts mehr normal, und so stimmte ich zähneknirschend seinem Angebot zu.

»Eins solltest du allerdings wissen: Mein Dad ist Lieutenant beim LAPD, und glaub mir, dem willst du garantiert nicht begegnen! Der nimmt nämlich nicht nur dich hoch, sondern den ganzen verschissenen Laden hier gleich mit!«

»Okayokayokay.« Er hob beschwichtigend die Hände. »Reg dich ab! Ich weiß zwar nicht, was gerade dein Problem ist, aber du kannst dich auf mich verlassen.«

»Aufpassen! Nicht anfassen!«, gab ich ihm noch mal deutlich zu verstehen.

»Schon kapiert. Und jetzt zisch ab, bevor ich es mir anders überlege.«

Tief durchatmend entfernte ich mich von der Wolkentheke und zwängte mich durch das Gedränge zu dem gebogenen Steg. Über das vergoldete Gewässer ging ich in den gleißend hellen Nebel, der teilweise so dicht war, dass ich meine Hand kaum noch vor Augen sehen konnte. Ein Adrenalinschub brachte meine Hände zum Zittern, und mein Herz schlug viel zu schnell, während ich zwischen den Kommenden und Gehenden umherirrte. Nichts und niemand ließ sich in dem Dunst richtig erkennen. Schemenhaft nahm ich eine dunkle Silhouette wahr, die auf mich zukam. Zeitgleich spürte ich einen Körper dicht hinter mir und ein gänsehautauslösendes Flüstern drang an mein Ohr: »Küss mich.«

Die gesichtslose, dunkle Gestalt näherte sich langsam von vorne. In meinem Rücken fühlte ich die Atembewegungen eines harten Brustkorbs. Mein Herz schlug nicht mehr, es raste. Mir war, als würde ich mich zwischen zwei gefährlichen Gewitterfronten befinden, vor denen es kein Entrinnen gab. Fingerspitzen glitten über meinen Arm, und wieder hörte ich das eindringlich raue Flüstern ganz nah an meinem Ohr. »Jetzt, Mila.«

Der Mann in Schwarz war fast zum Greifen nah, dennoch wandte ich mich aus einem Impuls heraus dem Fremden mit der vertrauten dunklen Stimme zu. Mein Atem geriet ins Stocken. Easton. Ich wollte weg von ihm, doch eine gewaltige Gefühlswelle rauschte durch meine Adern und riss jegliche Vernunft, alle Fragen und Halbwahrheiten mit sich fort. Der eindringliche Blick seiner dunklen Augen fesselte mich, und ich war nicht fähig, mich von der Stelle zu bewegen. Tränen brannten in meinen Augen. Nebel wirbelte um uns herum, ließ alles noch unwirklicher erscheinen. Ein dunkler Schatten streifte mich. Im selben Moment legten sich Eastons Finger um mein

Handgelenk, hielten mich fest und zogen mich eng an ihn. Ein elektrisierendes Knistern kroch über meine Haut. Kaum einen Wimpernschlag später fühlte ich seine Hand in meinem Nacken und seinen Mund auf meinem. Warm. Weich. Sündhaft unschuldig. Ihm auf diese Weise näherzukommen, hatte ich mir so sehr gewünscht. Gleichzeitig machte es mir Angst, denn ich wusste, würde ich dem drängenden Verlangen nachgeben, wäre ich verloren. Aber es war zu spät. Unsere Lippen teilten sich, und noch ehe ich begriff, wie mir geschah, verfiel ich gänzlich dem Rausch seiner Berührungen. Die durchdringenden Beats der Musik umschmeichelten meine Sinne. Pure Leidenschaft glomm auf und verbrannte das letzte bisschen Unschuld. Ich wollte mehr. So viel mehr. Instinktiv spürte ich, die heile Welt, in der ich wohlbehütet aufgewachsen war, würde durch diesen Kuss unwiderruflich in Schutt und Asche versinken. Noch nie in meinem Leben hatte sich etwas Falsches so verflucht richtig angefühlt.

Kapitel 18

Zwischen Himmel und Hölle

Unwillig löste sich Easton von mir, und ich landete in der Realität. In einer recht unruhigen, wie ich feststellen musste. Anscheinend war die Stimmung im Himmel gekippt. Gläserklirren und Gekreische überlagerten die leiser gewordene Musik. Scharenweise strömten Gäste und Security durch den Nebel. Easton und ich mittendrin.

»Bist du mit deinem Wagen hier?«, fragte er.

»Nein.« Ausgerechnet heute hatte ich mich von Sarah breitschlagen lassen, Otto eine Pause zu gönnen und mit einem Taxi zu fahren.

»Ist vielleicht auch besser so«, erwiderte er. »Such deine Freundin, und dann nichts wie raus hier. Vor der Tür steht ein schwarzer Maybach. In den steigt ihr ein. Fairchild wird euch nach Hause bringen.«

»A-aber –«

»Kein Aber, Mila«, schnitt er mir das Wort ab, »für Erklärungen ist jetzt nicht die richtige Zeit.« Er umfasste mein Gesicht mit beiden Händen. »Danke für dein Vertrauen«, raunte er ganz nah an meinem Mund. »Und für diesen Wahnsinnskuss.« Sanft drückte er seine Lippen auf meine. »Du musst gehen. Jetzt!«

Von einer Sekunde auf die andere verschwand er im Nebel, und ich rannte los, um Sarah zu finden. Im Himmel war die Hölle ausgebrochen. Ich erkannte den Laden kaum wieder. Demolierte Möbel. Umgekippte Hocker. Zerbrochene Gläser und Flaschen. Hektisch lief ich zur Wolkenbar, fand jedoch nur Sarahs Stilettos, die neben den Kartenschnipseln auf dem Tresen standen. Von ihr fehlte jede Spur. Ich schnappte mir ihre Schuhe und entdeckte am anderen Ende der Theke den Kerl, der mir angeboten hatte, auf sie aufzupassen. Er wollte gehen.

Auf halbem Weg zum Steg fing ich ihn ab. »Wo ist meine Freundin?«

»Zuletzt habe ich sie an der Empore gesehen.«

»Ist das dein Scheißernst?«

»Was denn? Die ist komplett durchgedreht, hat zuerst mit nem Goldengel rumgemacht und gleich danach irgendeinem Typ ne Ohrfeige verpasst. Von der Szene, die sie ihm vor seiner Freundin gemacht hat, will ich gar nicht erst anfangen«, stieß er aufgebracht aus und ließ mich stehen, was ich ihm nicht einmal verübeln konnte. Jemandem Vorwürfe zu machen, dem ich aus dem Nichts heraus die Verantwortung für Sarah überlassen hatte, passte überhaupt nicht zu mir. Was hatte ich mir nur dabei gedacht, sie irgendeinem Wildfremden anzuvertrauen, wo es ganz klar meine Aufgabe gewesen wäre, auf sie aufzupassen?

Zwei Stufen auf einmal nehmend lief ich die Treppe zur Flügelempore hoch, blieb auf der Hälfte stehen und schaute mich über das unruhige Szenario hinweg nach allen Seiten um. Als ich Sarah an einem der Stege mit den Füßen im Wasser sitzen sah, hätte ich beinahe vor Erleichterung geweint.

Ich flitzte die Stufen hinunter und eilte zu ihr. Sie wirkte völlig fertig.

»Wo warst du?«, schniefte sie, als sie mich bemerkte. »Du hast mich einfach allein gelassen.«

175

Ein dicker Kloß bildete sich bei ihrem lädierten Anblick in meinem Hals. »Es tut mir schrecklich leid, Sasu, ich werde dich nie wieder einfach so allein lassen.«

»Versprochen?«, schluchzte sie.

Ich nickte und half ihr auf die Beine. »Riesengroßes Bestefreundinnenehrenwort.«

Sie schenkte mir ein verrutschtes Lächeln. »Bringst du mich jetzt nach Hause?«

»Ja.«

Ungelenk hakte sie sich bei mir ein und legte den Kopf auf meine Schulter. Auch wenn ich keine Ahnung hatte, wie ich sie in dem Zustand rausschaffen sollte, versuchte ich mein Bestes, aber es gelang mir nur mäßig, weil Sarah kaum noch Körperspannung besaß. Als Lance plötzlich auftauchte, um uns zu helfen, hätte ich vor Erleichterung gleich noch mal heulen können. Er sagte nichts, dennoch wusste ich, wer ihn geschickt hatte. Lance hob Sarah hoch und trug sie behutsam aus dem Himmel, der vor wenigen Stunden noch so unsagbar perfekt gewirkt hatte und nunmehr wie ein Schlachtfeld aussah, das vor Security wimmelte. Vor der Tür herrschte ebenfalls totales Chaos, aber dafür hatte ich weder einen Blick, noch kümmerte mich, was um uns herum geschah. Ich wollte einfach nur Fairchild finden. Der auffällige Maybach parkte einen Steinwurf entfernt vom *Heaven & Hell*, und der Chauffeur, dem ich in Gestalt eines brummigen Sicherheitsmanns bereits vor der V-Lounge begegnet war, erwartete uns mit offenen Türen.

Lance setzte Sarah auf die Rückbank und schnallte sie an. Ich stieg von der anderen Seite ein.

»101 Caroline Road«, hörte ich Lance noch sagen, ehe sich die hinteren Wagentüren schlossen. Fairchild ging um die Limousine herum und nahm auf dem Fahrersitz Platz. Während er sich abfahrbereit machte, sank Sarahs Kopf kraftlos auf meine Schulter. Ihr Gesicht war blass und verschwitzt.

»Ist dir schlecht, Sasu?«, fragte ich besorgt.

Ich spürte eine schwache Bewegung in meiner Halsbeuge, die auf ein »Nein« hindeutete, dennoch hoffte ich inständig, sie würde sich nicht auf die feinen Ledersitze des Maybachs übergeben, denn selbst in der schmeichelhaften Ambientebeleuchtung des Innenraums erweckte Sarah den Eindruck, sie stünde kurz davor, ihren gesamten Mageninhalt auszuspucken.

Im Vorbeifahren bemerkte ich, wie sich die aufgewühlte Menschenmenge vor dem Club langsam auflöste. Eine ganze Armee von Sicherheitsleuten stellte die Ordnung wieder her. Drei Rettungswagen standen vor der Tür. Von der Polizei war zu meiner Verwunderung weit und breit nichts zu sehen.

Die Fahrt zu den Strandapartments dauerte nicht allzu lange. Fairchild stoppte die Limousine gleich vor der Einfahrt und stieg aus. Eigentlich war ich davon ausgegangen, er würde uns lediglich die Türen öffnen, aber danach beugte er sich zu uns in den Innenraum. »Wenn Sie erlauben, Miss Lewis, trage ich Ihre Freundin ins Haus.«

Ich nickte. »Danke, Mr Fairchild.«

Der Chauffeur erwiderte nichts darauf, lächelte jedoch, bevor er Sarah abschnallte und von der Rückbank hob.

Unterdessen kletterte ich aus dem Wagen, machte die schweren Türen zu, weil Fairchild alle Hände voll zu tun hatte, und stieg vor den beiden die Treppenstufen hoch, um das Apartment aufzuschließen.

»Wohin soll ich Ihre Freundin bringen, Miss Lewis?«

»Am besten in mein Zimmer«, entschied ich spontan.

Der bullige Mann, der durchaus als Körperdouble von Dwayne Johnson hätte durchgehen können, folgte mir vom Flur aus durch den Wohnraum in mein kleines Reich und legte

Sarah behutsam auf dem Bett ab. Derweil streifte ich meine Schuhe von den Füßen, ließ die von Sarah achtlos fallen und entledigte mich meiner Tasche.

»Kann ich sonst noch irgendetwas für Sie tun, Miss Lewis?«, fragte Fairchild in formvollendeter Höflichkeit.

»Nein«, sagte ich leise. »Sie haben schon genug für uns getan, und dafür bin ich Ihnen unendlich dankbar.«

Abermals lächelte er kaum merklich und nickte mir zu, bevor er das Apartment verließ.

Sarah schlief tief und fest. Sie atmete gleichmäßig, die Schweißperlen auf ihrer Haut waren verschwunden, das beruhigte mich ein wenig. Ich ließ sie liegen, wie sie war, befreite sie bloß von ihrer Umhängetasche und deckte sie trotz ihrer gold glitzernden Füße zu. Hygiene spielte heute Nacht keine Rolle. Auch für mich nicht. Ich wollte einfach nur meine Freundin im Auge behalten.

Als ich mich neben Sarah ins Bett legte, fiel die Anspannung von mir ab. Dennoch war an Schlaf nicht zu denken, dafür war ich viel zu aufgewühlt. Hinzu kamen bittere Vorwürfe, die ich mir selbst machte, weil ich Sarah allein gelassen hatte. Und das, wo alle Zeichen schon im Vorfeld auf eine Vollkatastrophe hingedeutet hatten. Unfassbar, wie dämlich es von mir gewesen war, mich überhaupt auf diesen Verbindungsmist einzulassen. Mit meiner Teilnahme an ihren kaputten Spielchen brauchten die *Philosophen* nach diesem Desaster nicht mehr zu rechnen. Ohne mich. Und ohne Sarah.

Es gab aber noch eine Sache, die mich mindestens genauso sehr beschäftigte. Auf andere und prickelnd herzschlagerhöhende Weise. Der Kuss. Dieser unfassbar berauschende Kuss, dessen Intensität ich noch fühlen konnte und den ich bis zum Ende meines Lebens nicht vergessen würde. Wie eine Hauptprotagonistin in Moms übertriebenen Unsterbliche-Liebe-Lie-

besromanen hatte ich mich gefühlt und war von einer regelrechten Emotionslawine überrollt worden. Implodiert war mein
Herz zwar nicht, aber es hatte verrücktgespielt wie noch nie,
bevor ich es endgültig verloren hatte. An Easton.

Kapitel 19

Meinungsverschiedenheiten und Spinat-Pasta

Von Kaffeeduft und einem fröhlichen »Guten Morgen, Milli-maus« wurde ich am nächsten Vormittag geweckt. Während ich noch versuchte, mich an das helle Sonnenlicht zu gewöhnen, das durch die dünnen Gardinen in mein Zimmer drang, wirkte Sarah wie das blühende Leben. Anscheinend steckte sie voller Tatendrang, denn sie hatte schon unser Afterglow-Frühstück vorbereitet.

Ich richtete mich auf und rieb mir den Schlaf aus den Augen. »Morgen.«

»Hmmm … miam-miam.« Sarah positionierte einen Teller mit Erdnussbutter-Marmeladen-Sandwiches in der Mitte des Bettes und machte es sich daneben gemütlich. »Hast du gut geschlafen?«

Mehr als ein Schulterzucken war vor dem ersten Schluck Kaffee noch nicht drin.

»Nachttisch«, sagte Sarah auf meinen suchenden Blick hin.

Gähnend reckte und streckte ich mich, bevor ich die Tasse mit dem dampfenden Inhalt wie einen kleinen Rettungsanker umklammerte und schlückchenweise daraus trank.

Sarah ließ mir Zeit, bis sie ihr erstes Sandwich verdrückt hatte. »Und? Hast du gut geschlafen?«

»Geht so«, krächzte ich und räusperte mich gleich danach, um das allmorgendliche Trockenheitsgefühl aus meinem Hals zu vertreiben. Langsam beschlich mich die Vermutung, Sarah würde sich an die gestrige Nacht nicht vollumfänglich erinnern. »Und du?«

»Wie ein Baby«, seufzte sie glücklich.

Okay, das war seltsam und gab mir noch mehr zu denken. Wunderte es sie denn gar nicht, in meinem Bett aufgewacht zu sein, noch ihr Partykleid zu tragen und gold glitzernde Füße zu haben? »Hast du … einen Filmriss oder so?«, fragte ich vorsichtig.

»Vielleicht ein bisschen«, gab sie leise zu. »Ich hab keine Ahnung, wie wir nach Hause gekommen sind. Die Fruchtcocktails und die Shots hatten es ganz schön in sich.«

Sie sprach von beidem in der Mehrzahl. Meines Wissens waren es zwei Longdrinks und ein Kurzer gewesen. »Hast du noch einen zweiten Shot getrunken?«

Sarah bejahte mit einem Nicken. »Dieser eine Typ an der Bar, der die ganze Zeit neben uns gestanden hat, wollte mich wohl aufmuntern oder so und hat mir einen ausgegeben. Was danach passiert ist, weiß ich gar nicht mehr.«

»Er hat was?!«

Sarah wirkte leicht irritiert und wiederholte zögernd, was sie gesagt hatte. »Na ja … er hat mir noch einen von den Shots ausgegeben, die wir zur Begrüßung bekommen haben. Ich fand das eigentlich sehr nett von ihm.«

Was für ein Arsch! Und wie ausgesprochen dumm von mir, das Wohlergehen meiner Freundin ausgerechnet in die Hände dieses Kerls zu legen. Ich hätte mich selbst ohrfeigen können. Eins stand fest: Diese unüberlegte, selten idiotische Aktion würde mir noch eine ganze Weile nachhängen.

»War's sehr schlimm?« Sarah biss sich auf die Unterlippe und wartete auf eine Antwort, die ich nicht einfach so parat hatte.

Schwierige Frage. Irgendwie ja, aber auch nein, weil wir trotz allem mehr Glück als Verstand gehabt hatten. Die Clubbesitzer eher weniger. Es brauchte kein Rechengenie, um festzustellen, dass ein verdammt hoher Schaden entstanden sein musste. Der Nichtspaß kostete garantiert mehrere Hunderttausend Dollar, und ich war heilfroh, dass sich Sarah mit an Sicherheit grenzender Wahrscheinlichkeit nicht an der Sachbeschädigung beteiligt hatte.

»Jein«, lautete meine zeitverzögerte Antwort auf ihre Frage.

»Hmmm«, brummte Sarah und blies zwei gelockte Haarsträhnen aus ihrer Stirn. »Will ich wissen, was passiert ist?«

Ich schüttelte den Kopf. »Nein, bestimmt nicht, aber du solltest es wissen.«

Sarah schaute mich mit großen Augen und nach oben gezogener Stirn an. »Oh …«, murmelte sie.

Nach einem weiteren Schluck Kaffee stellte ich die Tasse zurück auf den Nachttisch und überlegte, wo ich am besten ansetzen könnte. Da laut meiner Mom der Anfang immer der beste Einstieg war – eine Aussage, deren Sinnhaftigkeit mir tatsächlich erst in diesem Augenblick bewusst wurde –, begann ich an dem Punkt, wo Sarahs Erinnerungen aufhörten. Ich erzählte ihr alles, was nach meinem Wissen und dem ihres vermeintlichen Aufpassers geschehen war.

»Ich … ich habe mit einem Goldengel geknutscht?«, fragte Sarah sichtlich überrascht. »Und jemanden grundlos geohrfeigt?«

»Hat der Typ von der Bar erzählt. Gesehen habe ich das nicht.«

»Ach du Scheiße!« Sarah schlug eine Hand vor den Mund und blieb sekundenlang still. »Ich habe genau das getan, was auf der Karte stand? Dann war das ja gar kein verrückter Traum.«

»Sieht nicht danach aus.«

»Und ich dachte, mein Unterbewusstsein hätte mir einen Streich gespielt.«

»Anscheinend nicht.«

»Wie peinlich ist das denn bitte?! Ich kann echt keinen Alkohol vertragen.«

Kopfschüttelnd nahm Sarah ein weiteres Sandwich vom Teller zwischen uns und biss herzhaft hinein. Zunächst dachte ich, sie würde noch was sagen, doch sie aß einfach weiter und wackelte mit ihren Glitzerfüßen im Takt der Musik. Mein Verständnis dafür hielt sich in Grenzen. Zumal ich mir ernsthafte Sorgen um ihren Zustand gemacht hatte und Sarah den Vorfall mit einer simplen Alkoholunverträglichkeit abhakte.

»Damit ist die Sache für dich vom Tisch?«

»Ich kann's ja nicht rückgängig machen.«

»Darum geht es doch gar nicht. Du warst total neben der Spur, und das hat bestimmt nicht allein an zwei Drinks gelegen.«

»Vier«, korrigierte sie mich und leckte sich einen Klecks Marmelade aus dem Mundwinkel.

Manchmal brachte mich Sarahs Ignoranz unangenehmer Begebenheiten echt auf die Palme. »Es gab schon Partys, da hast du wesentlich mehr und alles durcheinandergetrunken. Deswegen hattest du aber noch lange keinen Filmriss. Da muss was anderes im Spiel gewesen sein.«

Sie schluckte den Rest ihres Sandwichs runter und sah mich mit zusammengezogenen Brauen an. »Wie meinst du das?«

»Kommt es dir denn überhaupt nicht komisch vor, dass wir von den *Philosophen* in den angesagtesten Club der Stadt eingeladen werden, zur Begrüßung ominöse Shots bekommen, in Servietten versteckte Nachrichten die Runde machen, plötzlich die halbe Einrichtung in Trümmern liegt und du dich einen Tag später an fast nichts erinnern kannst?«

»Für mich klingt das eher nach einer Reihe betrüblicher Ereignisse. Du weißt schon. Chaostheorie und so. Wahrscheinlich haben die *Philosophen* den Clubabend perfekt geplant, dann ist durch eine geringfügige Veränderung des Ablaufs ihr schöner Plan nicht aufgegangen und alles aus dem Ruder gelaufen.«

Ich richtete mich auf und blickte fassungslos auf meine Freundin. »Dein Ernst?«

Sarah zuckte mit einer Schulter und nickte. »Nehmen wir zum Beispiel … dich.«

»Mich?« Das wurde ja immer besser.

Sie nickte noch mal. »Hast du dich an den Plan gehalten?«

»Nein, natürlich nicht.«

»Siehst du!«

»Willst du mir jetzt wirklich sagen, nur weil ich mein Glas nicht ins Flaschenregal hinter der Theke geworfen oder keinen fremden Mann in Schwarz geküsst habe, wäre alles so gekommen, wie es letztendlich gekommen ist?«

»Ja, genau das meine ich. Vielleicht ist es auch meine Schuld, weil ich zu viel getrunken habe und nicht mehr wusste, was ich tue. Wer weiß das schon so genau?«

Das war einer dieser Momente, die mich vorübergehend sprachlos machten. Niemand verstand es besser als Sarah, sich etwas offensichtlich Hässliches wunderschön zu reden, nur weil sie an ihrer ursprünglichen Vorstellung mit aller Gewalt festhalten wollte. Ähnlich wie ich mich gerade dagegen sträubte, meinen Traum von Easton der Realität anzupassen. Allerdings ging es hier nicht um irgendwelche Gefühlsirrungen und -wirrungen, sondern um Fakten, die sich selbst mit verbundenen Augen nicht leugnen ließen. Wer auch immer hinter dieser Verbindung steckte, führte garantiert nichts Gutes im Schilde.

»Wie kann man nur so verbohrt sein?«, stieß ich eine Spur zu heftig aus.

184

»Bin ich doch gar nicht, Millimaus«, erwiderte Sarah, und sofort tat es mir leid, dass ich mich im Ton vergriffen hatte. »Ich kann bloß deine Verschwörungstheorien nicht teilen.«

Unser Gespräch ging in eine Richtung, die mir nicht gefiel. Zum einen, weil ich weit davon entfernt war, irgendwelche kruden Hirngespinste zu verbreiten, und zum anderen, weil Sarah stoisch ihren Kurs hielt. Sie zog nicht einmal ansatzweise in Erwägung, das Gebaren der *Philosophen* infrage zu stellen, bloß um auf Teufel komm raus Mitglied einer Studentenverbindung zu werden. Vom Faktenchecken war sie gerade genauso meilenweit entfernt wie bei ihren bisherigen katastrophalen Liebschaften. Wenn sie sich etwas in den Kopf gesetzt hatte und zu allem Überfluss auch noch ihr Herz dafür in Flammen stand, verhielt sie sich wie eine Zeitreisende aus der Zukunft, die in der Vergangenheit unterwegs war und die Jungfernfahrt auf der Titanic mitmachte, wohlwissend, das Schiff würde nie wieder in den Hafen zurückkehren, sondern an einem Eisberg zerschellen und sinken. Für Sarah zählten die Anweisungen der *Philosophen* zu den üblichen fragwürdigen Aufnahmeritualen, die von potenziellen Mitgliedern schlichtweg absolviert werden mussten. Seit der Aufforderung zur Sachbeschädigung hatten sich eindeutig kriminelle Tendenzen gezeigt. Ganz zu schweigen von den ständigen Andeutungen, wir würden beobachtet werden, und spätestens seit gestern war mir klar, dass sie uns tatsächlich im Visier hatten, bloß noch nicht, wie ihr Netzwerk funktionierte.

In unserem verfahrenen Meinungsdiskurs fiel es mir schwer, die richtigen Worte zu finden, ohne Sarah zu verletzen oder ihre zweifellos vorhandene Intelligenz zu beleidigen. Aber ich wäre auch keine besonders gute Freundin gewesen, hätte ich einfach alles geschluckt und ihre Haltung stillschweigend hingenommen.

»Ich weiß, wie wichtig dir diese Verbindungssache ist. Auch wenn ich es überhaupt nicht nachvollziehen kann, Sasu, bin ich bestimmt die Letzte, die dir deinen Spaß nicht gönnt«, begann ich. »Doch wir leben in einer Zeit, in der sich aus einem Haufen Scheiße Gold machen lässt, wenn er in Glitzerpapier gewickelt und als Must-have gepriesen wird. Keine Ahnung, wieso, aber da setzt bei einem Großteil unserer Altersgruppe das Hirn komplett aus, und ich mache mir verdammt große Sorgen, dass du blindlings den Lemmingen nachlaufen und irgendwann den viel besagten Abgrund hinunterstürzen könntest.«

Sarah setzte einen herzerwärmenden Welpenblick auf und klimperte mich mit ihren noch vom Vorabend getuschten Wimpern an. »Du bist sooo süß, Millili!« Sie drückte mir einen dicken Schmatzer auf die Wange. »Mach dir nicht so viele Sorgen, sonst kriegst du frühzeitig eine runzelige Grüblerstirn. Ich bin schon groß und weiß, was ich tue.«

Wenig überzeugt schaute ich sie an.

»Na ja.« Sarah grinste und lupfte ihre Augenbrauen. »Nicht unbedingt immer.« Sie krabbelte aus dem Bett. »Iss was«, forderte sie mich auf und ging durch meine offene Zimmertür in die Wohnküche.

»Was hast du vor?«, rief ich ihr nach.

»Duschen. In einer Stunde treffe ich mich mit Yves.«

Damit war für Sarah unser rituelles Afterglow-Frühstück vorbei, und ich zog mir stöhnend die Bettdecke über den Kopf.

Bis zum nächsten Wochenende verliefen die fünf Uni-Tage wie alle anderen davor. Sämtliche Abläufe wiederholten sich. Lediglich inhaltlich unterschieden sich die Vorlesungen voneinander. Eine gewisse Alltagsroutine hatte sich bereits eingeschlichen, und mittlerweile fand ich mich auf dem riesigen Campus ohne Orientierungshilfen bestens zurecht. Meine gewählten Studiengänge brachten mich mit ihrer Stoffmasse regelmäßig an meine Grenzen. Theoretisch hatte sich alles locker machbar angehört. Praktisch sah das jedoch mitunter ganz anders aus. Die weitläufig verbreitete Meinung, Studenten würden mehr feiern als lernen, bestätigte sich leider nicht. Ich für meinen Teil musste täglich am Ball bleiben, um nicht den Anschluss zu verlieren, saß meistens bis spät in den Abend hinein entweder in der Bibliothek oder am Schreibtisch in meinem Zimmer. An Feiern war also kaum zu denken, und selbst wenn ich unter der Woche ein erhöhtes Partybedürfnis verspürt hätte, wäre ich viel zu müde gewesen, mich ausgehfertig zu machen und das Apartment zu verlassen. Ganz zu schweigen von meiner Konzentration, die mich wie ein mieser Verräter permanent im Stich ließ, weil ich fast pausenlos an Easton denken musste. Wann immer meine Gedanken abschweiften, fand ich mich im himmlischen Nebel wieder, sah sein schönes Gesicht vor mir, spürte das kaum aushaltbare Herzflattern, den atemberaubenden Moment, kurz bevor sich unsere Lippen berührten, und dieses nach so viel mehr verlangende Ziehen in meinem Bauch, während wir uns geküsst hatten. Jeden Morgen und jeden Abend galten mein erster und mein letzter Blick dem Display meines Smartphones, um nachzusehen, ob er mir eine Nachricht geschickt hatte. Doch er meldete sich nicht.

Sarah hingegen schien einen richtigen Lauf zu haben. Zwischen den Vorlesungen hatte sie jede Menge Freizeit, und die verbrachte sie, da ich meistens nur körperlich anwesend war, vorwiegend mit Mel und Rose, Davy und natürlich ihrem Megaschwarm Yves. Über die Vorfälle im *Heaven & Hell* hatten wir nach unserem Afterglow-Ritual nicht mehr gesprochen. Ich hoffte einfach nur, die *Philosophen* würden sich nicht mehr bei uns melden. Dabei war mir vollkommen klar, dass sie den ganzen Aufwand nicht betrieben hatten, um uns einfach so wieder vom Haken zu lassen.

Glücklicherweise fand auch diese überaus stressige Woche am Freitagabend ihr Ende. Abgesehen von Ausschlafen und den üblichen Videocalls mit meinen Eltern hatte ich fürs Wochenende keine Pläne, und das fühlte sich nach fünf doppelt vollgepackten Tagen einfach großartig an. Wie schnell die viel zu kurze Pause vorbei sein würde, daran wollte ich gar nicht erst denken.

Als ich nach der letzten Spätvorlesung auf dem Parkplatz bei Otto ankam, klemmte etwas längliches Weißes unter seinem Scheibenwischer auf der Fahrerseite. Genervt stöhnend und ein richtig, richtig unflätiges Schimpfwort fluchend zog ich den Umschlag unter dem Wischblatt hervor. Auch ohne den Brief genauer anzusehen, wusste ich: Er konnte nur von den *Philosophen* sein. Die hatten mir gerade noch gefehlt. Achtlos stopfte ich die unliebsame Post in meine Tasche, stieg in den Käfer und fuhr zum Strandapartment.

Beim Betreten des Flurs strömte mir ein köstlicher Duft in die Nase, und mir lief das Wasser im Mund zusammen – Spinat-Pasta à la Sasu mit einer extra großen Prise Freundinnenliebe.

»Das Essen ist gleich fertig«, rief sie mir entgegen, »setz dich schon mal auf die Terrasse.«

Ich war hundemüde und hätte aus dem Stand auf die Couch fallen können, um mindestens zwölf Stunden am Stück zu schlafen, aber das wollte ich Sarah bei all der Mühe, die sie sich gemacht hatte, nicht antun. So gut wie möglich unterdrückte ich ein Gähnen. »Was für eine schöne Überraschung! Brauchst du Hilfe?«

Sarah sah kurz vom Herd auf und schenkte mir ein Lächeln. »Mach's dir einfach bequem«, erwiderte sie und widmete sich wieder der Pasta.

Ich ging hinaus auf die Terrasse und setzte mich an den mit mehreren flackernden Windlichtern dekorierten Tisch. Die Tasche mit dem Uni-Kram legte ich auf dem Stuhl neben mir ab.

Mein Blick schweifte durch die Hölzer der Balustrade in die Ferne. Wie jeden Abend versammelten sich die Romantiksüchtigen am Strand, um den Sonnenuntergang zu bewundern. Die meisten von ihnen waren Pärchen, die ineinander das gefunden hatten, wonach fast alle strebten: einen Hafen für ihre Herzen. Lieben und geliebt zu werden, war wohl das größte Glück, das uns zuteilwerden konnte und vermutlich sogar der einzige Sinn des Lebens.

»Tadaaa«, trällerte Sarah, als sie nach draußen kam, und riss mich aus meinen bedeutungsschweren Gedanken. »Meine Icequeenberries-Eigenkreation«, erklärte sie strahlend und drückte mir ein beerenfarbenes Getränk in die Hand. »Selbstverständlich ohne Alkohol, damit du nicht am Tisch einschläfst und mit deinem hübschen Gesicht in der Spinat-Pasta landest.« Ein schelmisches Funkeln lag in ihrem Blick. »Ist zwar nicht ganz so lecker wie das Original geworden, aber ich finde, es hat was.« Sie stieß mit ihrem Glas gegen meins. »Cheers, meine Süße.«

Ich prostete ihr ebenfalls zu und kostete den Drink, der ein wenig anders, jedoch nicht weniger gut als das Original schmeckte und mir nebenbei einen energetischen Frischekick verpasste. »Hmmm.« Genießerisch leckte ich die frostigen Beerenmusspuren von meinen Lippen. »Hast du Vanille reingetan?«

Sarah nickte lächelnd. »Und ein bisschen Vanillinzucker.«

»Megalecker! Wer braucht da noch die *SandWitchBar*?!«

Vor Freude über mein Kompliment war sie versucht, in die Hände zu klatschen, bemerkte aber gerade noch rechtzeitig, dass sie in der rechten den Drink hielt. »Oh«, stieß sie im nächsten Moment aus, stellte ihr Glas ab und flitzte zurück in die Küche. »Noch mal gut gegangen«, rief sie nach draußen, »ist nur an einer Stelle angebrannt.«

Ich musste lachen. Perfektes Timing zählte zu den Dingen, die Sarah nicht sonderlich gut beherrschte. Meistens hatte sie immerhin das große Glück, gerade noch einigermaßen rechtzeitig zu kommen.

»Puuhuu«, stöhnte sie erleichtert auf, als sie mit zwei Tellern wieder zu mir zurückkehrte. »Das nenne ich mal: richtig Schwein gehabt.«

Sie stellte die Pasta ab und setzte sich mir gegenüber an den Tisch. »Lass es dir schmecken, Millimaus.«

»Danke, Sasu, genau das habe ich nach dieser Woche gebraucht.«

»Ich weiß.« Sie zwinkerte mir lächelnd zu. »Und jetzt iss, bevor das gute Zeug kalt wird.«

Nach dem Essen räumte Sarah das Geschirr ab und brachte aus der Küche Getränkenachschub mit nach draußen. Von der Sonne war nichts mehr zu sehen, bis auf das zauberhafte Abendrot, mit dem sie sich am westlichen Horizont verabschiedete und gleichzeitig die aufziehende Nacht mit all ihren funkelnden Sternen willkommen hieß.

»Auch wenn es gerade ein schwieriges Thema zwischen uns ist …«, sagte Sarah nach einer Weile zögernd, und ich wusste sofort, worauf sie hinauswollte. »… aber hast du heute Post bekommen?«

Ich nickte.

»Meine Taktik scheint nicht aufgegangen zu sein.«

»Dinner in the Dark?«

Sie presste ihre Lippen zusammen und verdrehte die Augen. »Leider ja, dabei habe ich mir so sehr gewünscht, auf ein ultra-romantisches Date mit Romeo zu gehen.«

»Vielleicht gefällt es dir besser, als du dir gerade vorstellen kannst, und wenn nicht, gehst du einfach nach Hause.« Es fiel mir schwer, meine negative Haltung gegenüber der Verbindung zu zügeln. Unsere Standpunkte diesbezüglich waren klar, absolut gegensätzlich und in keiner Weise kompatibel miteinander.

»Was … stand in deinem Brief?«

»Keine Ahnung. Ich habe ihn noch nicht geöffnet.«

»Würdest du ihn denn mir zuliebe lesen, weil ich so schrecklich neugierig bin?«, fragte sie vorsichtig.

»Na klar.« Ich nahm den zerknitterten Umschlag aus meiner Tasche, riss ihn auf und zog das fein säuberlich beschriebene Papier heraus.

Ein wirklich netter Versuch, uns auf eine falsche Fährte locken zu wollen, um dich für das Dinner in the Dark zu qualifizieren, liebe Mila. Das Leben erfüllt dir allerdings nicht alle Wünsche, und schon gar nicht, wenn du dich nicht an die Regeln hältst. Also nimm die Zitronen und mache eine zuckersüße Limonade daraus. Du hast ein Blind Date mit Romeo!
Samstagabend.
20 Uhr.
Old Campus.

Die Philosophen

Wortlos schob ich den Brief über die Tischplatte zu Sarah, nachdem ich ihn gelesen hatte. Im flackernden Schein der Windlichter konnte ich an der Bewegung ihrer Augen sehen, wie sie den Inhalt förmlich aufsog. Auch der leichte Anflug von Enttäuschung in ihrem Gesicht entging mir nicht.

»Heute scheint Gegenteiltag zu sein«, bemühte ich mich, sie aufzumuntern. »Wir tauschen einfach. Du gehst zum Blind Date, und ich bleibe mit der Ausrede, ich hätte wegen der Dunkelheit nicht den richtigen Tisch gefunden, dem Dinner fern.«

»Nichts lieber als das, aber ich befürchte, wenn wir sie verarschen, sind wir beide raus.«

»Damit hätte ich nicht das geringste Problem.«

»Ich weiß«, murmelte Sarah bedrückt. »Du wirst nicht zu diesem Date gehen, oder?«

»Nur um zu sehen, wer am Old Campus auf mich wartet, und demjenigen persönlich zu sagen, dass mich die *Philosophen* mit ihrem Scheiß in Ruhe lassen sollen.«

Kapitel 20

Blind Date mit Romeo

Obwohl Sarah sich für ein Dinner in the Dark fertig machte, brauchte sie geschlagene zwei Stunden, bis sie mit ihrem Outfit zufrieden war. Das Endergebnis: schlichtweg wow. Sie sah umwerfend aus, und ich hoffte inständig, sie würde trotz meiner übergroßen Abneigung gegen die Sache als solches einen wundervollen Abend haben. Ich wünschte mir so sehr für Sarah, mit meinem Misstrauen total falschzuliegen. Auch wenn ich nach wie vor fest davon überzeugt war, dass es bei den *Philosophen* nicht mit rechten Dingen zuging.

Meine Klamottenauswahl hingegen stand binnen weniger Minuten fest. Ich schlüpfte in ein schlichtes Sommerkleid und ausgelatschte knöchelhohe Chucks, von denen ich mich bereits seit dem Ende der Highschoolzeit trennen wollte. Bisher hatte ich es aber noch nicht übers Herz gebracht, mich von ihnen zu verabschieden, weil ich so viele Erinnerungen mit den Tretern verband. Auf Make-up verzichtete ich, und da ich keine Lust hatte, mir noch großartig die Haare zu machen, ließ ich sie offen. Sarah nannte es Beachlook. Für mich waren sie einfach nur ungekämmt. Abschließend stopfte ich alles, was ich für meinen Kurztrip zum Old Campus brauchte, in eine Beuteltasche. Fertig.

Otto brachte uns sicher durch den Wochenendverkehr zum Universitätsgelände. Wegen der äußerst genauen Wegbeschreibung, die Sarahs Brief beigelegen hatte, fanden wir auf Anhieb das *Haus der vergessenen Bücher*, an dem ich schon zigmal vorbeigerannt war, ohne es wahrgenommen zu haben. Von ein paar Eichen umgeben wirkte es unscheinbar, sogar ein bisschen versteckt. Dabei stand es gleich an der College Street, bloß ein paar Hundert Meter vom Old Campus entfernt.

Als ich den Wagen anhielt, stellte sich ein ungutes Gefühl in meinem Bauchraum ein. »Tu mir einen Gefallen, Sasu, und trink bitte nichts, was leuchtet oder glitzert.«

»Häh?«, fragte sie irritiert.

Da sie die Hintergründe nicht kannte, konnte sie mit dem Spruch natürlich nichts anfangen. »Die Shots im *Heaven & Hell* haben geleuchtet, und du hast sie nicht besonders gut vertragen«, klärte ich sie teilweise auf.

»Und was, wenn alles Trink- und Essbare leuchtet, damit man es im Dunklen sieht?«

Ein Argument, das durchaus seine Berechtigung hatte. »Dann trink trotzdem nichts, und iss am besten auch nichts.«

Sarah lachte. »Hör endlich auf, dir ständig Sorgen um mich zu machen. Ich werde nichts Alkoholisches und nichts Leuchtendes zu mir nehmen, bis das Licht angeht.«

»Und danach?«

»Auch nicht, wenn es dich beruhigt. Und ja, nach dem Dinner werde ich mir ein Taxi rufen, das mich sicher und wohlbehalten nach Hause bringt.«

»Versprochen?«

»Jahaaa, Mom!« Kichernd schnallte sie sich ab und stieg aus meinem Käfer. »Wenn du auf dich aufpasst, passe ich auf mich auf.«

»Deal.«

»Bis später, Millili!«

»Sarah?«

»Ja?«

»Ruf mich sofort an, falls dir irgendetwas komisch vorkommen sollte.«

Theatralisch seufzend schlug Sarah die Wagentür zu. Ich nahm ihr den Abgang nicht übel, weil ich an ihrer Stelle sicherlich dasselbe getan hätte. Mit gemischten Gefühlen sah ich ihr durch Ottos Seitenscheibe nach, bis sie das *Haus der vergessenen Bücher* betreten hatte. Schon allein der Name des uralten Gebäudes, das im Abendrot auf den ersten Blick wie ein schaurig-schöner Lost Place wirkte, jagte mir ein noch schlechteres Gefühl durch den Magen. Und es wurde nicht besser, als ich losfuhr, um überpünktlich am Old Campus einzutreffen.

Exakt eineinhalb Minuten später und fünfzehn Minuten zu früh stieg ich in unmittelbarer Nähe des Treffpunkts aus meinem Käfer, schloss ihn ab und schaute mich nach allen Seiten um. Es war Samstagabend und dementsprechend kaum etwas auf dem geschichtsträchtigen Gelände los. Hier und da begegneten mir ein paar Studenten, die sich der Kleidung und ihrem Verhalten nach frühzeitig ins Nachtleben von New Haven aufmachten. Aus einem weit geöffneten Fenster drang Musik. Hin und wieder vernahm ich Gelächter.

Der Old Campus war groß und durch die knorrigen alten Bäume, Torbögen und Nischen der viktorianischen Backsteingebäude sowie den Bronzestatuen einiger wichtiger Persönlichkeiten Yales teilweise recht unübersichtlich. Ich fragte mich, warum Sarahs Brief eine detaillierte Wegbeschreibung beigelegen hatte und in meinem nicht mal erwähnt wurde, in welcher Himmelsrichtung Romeo auf mich wartete. Und überhaupt. Woher sollte ich wissen, welcher Romeo für mich bestimmt war, wenn es gleich mehrere Typen gab, die sich auf dem Old

Campus herumtrieben. Die bisher schwächste Leistung der *Philosophen*, wie ich feststellen musste. Wenigstens ein Erkennungszeichen hätten sie mir mit auf den Weg geben können, um sicherzustellen, dass wir einander fanden. So was wie eine typische Blind-Date-Rose. Oder ein Buch. Oder eine Rose im Buch. Oder eine Ausgabe von William Shakespeares *Romeo und Julia*. Das hätte sogar einen sehr süßen Charme gehabt.

Mal wieder ganz die Tochter meines Vaters, unterteilte ich das Areal in asymmetrische Planquadrate, orientierte mich dabei an den kreuz und quer verlaufenden Gehwegen zwischen den Rasenflächen, den historischen Gebäuden und Statuen. Milasystematisch spazierte ich über den Campus und hielt Ausschau nach einem wartenden Mann. Zumindest ging ich wegen der Bezeichnung des Dates davon aus, es würde einer sein. Den Großteil der Grünanlage lief ich ergebnislos ab und fragte mich, ob die *Philosophen* sich einen blöden Scherz mit mir erlaubten, weil ich mich laut Sarah nicht an die Spielregeln gehalten hatte. Doch dann bemerkte ich eine groß gewachsene männliche Gestalt, die seitlich an der Bronzestatue von Theodore Dwight Woolsey lehnte und genau wie der gute alte Theo etwas in der Hand hielt. Parallel dazu erblickte ich in einiger Entfernung aus dem Augenwinkel einen langsam herannahenden Wagen. Als das Fahrzeug stehen blieb, stieg der Silhouette nach ein junger Mann im dunklen Anzug aus und näherte sich dem Old Campus. Einen weiteren entdeckte ich am Torbogen der Phelps Hall. Instinktiv tastete ich in meiner offenen Tasche nach dem Taser, den ich sicherheitshalber eingesteckt hatte, und umschloss den Griff mit meinen Fingern. Der Typ aus dem Wagen war noch zu weit weg, um mir ein genaueres Bild von ihm machen zu können. Der am Torbogen ebenfalls. Von dem an der Statue trennte mich die kürzeste Distanz, und er stand völlig frei, inmitten des Campus. Da er den Kopf gesenkt hielt und anscheinend in ein Buch vertieft war, wirkte er auf mich am wenigsten mysteriös und irgendwie sympathischer als die anderen beiden – wobei der Schein natürlich trügen konnte. Mit meinem Daumen entsicherte ich den Taser in meiner Tasche, jederzeit bereit, das effektive Abwehrgerät im Ernstfall einzusetzen.

Trotz meines mulmigen Gefühls schlich sich ein Lächeln auf mein Gesicht, während ich mich dem dunkelhaarigen Mann näherte, was vermutlich daran lag, dass sich meine anfänglichen Erkennungszeichengedanken derartig lebendig manifestiert hatten. Auf den letzten Metern überlegte ich fieberhaft, wie ich ihm unmissverständlich klarmachen konnte, kein Interesse daran zu haben, den *Philosophen* in irgendeiner Form beizutreten. Ich entschied mich für die Einfach-geradeheraus-Methode. Die musste er schlucken. Ob er wollte oder nicht. Alles andere würde sich schon irgendwie finden.

Als ich nur noch wenige Meter von ihm entfernt war, klappte er das für seine Hände eigentlich viel zu kleine Buch zu, legte es an den Füßen der Bronzestatue ab und sah mich direkt an. Wie angewurzelt blieb ich stehen, und mein Herz begann zu rasen. Easton. Mit allem hatte ich gerechnet, aber ganz bestimmt nicht mit ihm. Sonst wäre ich nie und nimmer in diesem lieblos legeren Aufzug erschienen. Wieso war er mein Date, wo er mich erst vergangenes Wochenende vor den *Philosophen* gewarnt hatte?

Easton stieß sich vom Sockel der Bronzestatue ab und kam auf mich zu. »Können wir?«, fragte er entwaffnend charmant. Zur Begrüßung küsste er mich auf die Wange und griff ganz selbstverständlich nach meiner Hand. Ausgerechnet nach der, die in meiner Tasche steckte und den Elektroschocker umklammert hielt. Reflexartig ließ ich das Gerät los. Im nächsten Moment spürte ich seine Finger zwischen meinen, und aus seinem anfänglichen Schmunzeln wurde ein schiefes Lächeln.

»Wolltest du mich unter Strom setzen?«, fragte er mit einem kurzen Blick auf das, was nicht für seine Augen bestimmt gewesen war. »Dafür brauchst du keinen Taser, Margret Isabel Lucille Alexandra Lewis, das schaffst du mit deiner bloßen Anwesenheit.«

Ich wusste überhaupt nicht mehr, wo mir der Kopf stand oder an welcher Stelle gerade mein Herz pochte.

»Bist du schon mal Motorrad gefahren?«, fragte er und setzte sich langsam in Bewegung.

Ich nickte überfordert. Da er meine Hand festhielt, blieb mir nichts anderes übrig, als mit ihm zu gehen. Oder ihn loszulassen, doch das wollte ich nicht. Dafür fühlten sich unsere miteinander verwobenen Finger viel zu gut an. »Was ist mit deinem Buch?«, war das Einzige und wahrscheinlich auch Uncoolste, das mir nach der überraschenden Wendung des Abends über die Lippen kam.

»Shakespeare wird bestimmt schon bald ein neues Zuhause finden.«

»Romea und Julio?«

Ein kehliges Lachen erklang, und ich wäre am liebsten sonst wo versunken. »*Das* … soll zwar auch ganz gut sein, aber ich dachte, die klassische Variante würde besser zu unserem Date passen.«

Die Situation war so was von peinlich. Und auch irgendwie schräg, weil er sich ausgerechnet für das Buch entschieden hatte, das als perfektes Erkennungsmerkmal durch meine Gedanken spaziert war. Wen wunderte es da noch, dass ich seit unserer Begrüßung schlichtweg Brause im Hirn hatte, die glücklicherweise langsam in meinen Bauchraum rutschte, wo von ihr nur noch anhaltendes, prickelndes Kribbeln zurückblieb.

»Du hast nicht mit mir gerechnet«, stellte Easton immer noch sichtlich amüsiert fest.

Ich musste mir die Verlegenheit wegräuspern, sonst hätte ich keinen verständlichen Ton rausgebracht. »Nein.«

Er ließ meine Hand los, legte seinen Arm um meine Schultern und zog mich eng an sich. »Ich aber mit dir«, raunte er mir zu und hauchte einen zärtlichen Kuss auf meine Schläfe.

Um mich nicht allzu sehr in dem schönen Gefühl zu verlieren und einigermaßen Herrin meiner Sinne zu bleiben, schaute ich zum Torbogen der Phelps Hall. Der wartende Mann hatte mittlerweile Gesellschaft bekommen. Danach schweifte mein Blick nach rechts zu dem anderen, der vorhin aus dem Wagen gestiegen war. Er verharrte auf der Stelle und sah uns nach. Ein mulmiges Gefühl mischte sich unter das aufregend kribbelnde, und ich konnte nicht sagen, wieso.

Vor seiner Harley blieb Easton stehen und ließ mich los. Er nahm einen dieser modernen Jethelme vom Lenker und gab ihn mir. »Kommst du damit zurecht?«

»Na klar«, antwortete ich, während ich ihn aufsetzte und die Kinnschließe zudrückte. Er passte zwar nicht ganz optimal, aber ohne Kopfschutz zu fahren, war wegen diverser Gehirnwäschen meines Vaters in puncto Sicherheit keine Option für mich. »Was ist mit dir?«, fragte ich, da ich keinen zweiten Helm sehen konnte.

»Wird schon schiefgehen«, erwiderte er gleichmütig und stieg auf seine Maschine.

Einen Vortrag diesbezüglich sparte ich mir. Auch wenn es mir echt schwerfiel, den Mund zu halten. Schließlich war er alt genug, um eigene Entscheidungen treffen zu können.

Ich kletterte hinter ihn auf die Maschine und ärgerte mich einmal mehr über meine Klamottenwahl. Der Fahrtwind würde garantiert ein Supermini aus meinem Kleid machen. Für meine quer hängende Beuteltasche fiel mir keine gute Lösung ein. Ich hoffte einfach, der lange Trageriemen würde halten und nicht wie die Schließen von Sarahs Koffer plötzlich schlapp machen. Außerdem waren da noch meine Hände, mit denen ich nirgendwohin wusste. Dabei wusste ich genau, wohin sie gehörten. Nämlich um Eastons Taille. Eine Vorstellung, die mich noch nervöser machte, obwohl wir uns schon geküsst hatten. Erst knutschen, dann daten. Normalerweise lief das andersherum.

Durch den rechten Rückspiegel konnte ich am Zucken von Eastons Mundwinkel erkennen, wie sehr er sich bemühte, nicht zu lachen. Ich atmete tief durch, fasste all meinen Mut zusammen und wollte gerade meine Arme ausstrecken, da ergriff Easton meine Hände, drückte sie auf seinen festen Bauch und streichelte mit seinen Daumen über meine Handrücken. Unweigerlich wich der Großteil meiner Anspannung von mir, und ich rückte so nah an ihn heran, dass ich seine Rückenmuskulatur spürte. »Ich bin mindestens genauso nervös wie du, Mila«, flüsterte Easton mir über seine Schulter zu. Seine entwaffnende Ehrlichkeit kroch mir tief unter die Haut.

»Kann ich mir nicht vorstellen«, gab ich leise zurück.

»Ist aber so. Ich kann es bloß besser verstecken«, raunte er. »Versuch einfach, dich zu entspannen, und lass uns den Abend genießen, solange er andauert.«

Zittrig einatmend nickte ich.

Easton ließ meine Hände los, startete die Harley und fuhr in gemäßigtem Tempo über das Uni-Gelände stadtauswärts Richtung Lighthouse Point Park.

Kapitel 21

Hot Dogs, nostalgische Pferde und Zuckerwatte

Auf einem Parkplatz unweit des Lighthouse Point Parks stoppte Easton sein Bike und schaltete den Motor aus. Wie befürchtet hatte sich der Rock meines Kleides durch den Fahrtwind so weit nach oben verschoben, dass er praktisch nicht mehr vorhanden war. Ich kletterte von der Maschine, zupfte den Stoff zurecht und zog den Helm aus. Indes stieg Easton ebenfalls ab. Nachdem er die Harley aufgebockt und gesichert hatte, nahm er den Kopfschutz aus meiner Hand und befestigte ihn am Lenker.

Beinahe synchron brachten wir unsere Haare einigermaßen in Ordnung. Ihm stand der zerzauste Look echt gut. Wie ich gerade aussah, wollte ich lieber nicht wissen.

»Warst du schon mal am Lighthouse Point?«, fragte Easton.

»Nein, bisher noch nicht, aber der Park sieht echt schön aus.«

»Deswegen sind wir hier.«

Wie zuvor am Old Campus ergriff er meine Hand, und wir liefen entlang einiger Bäume und eines großen Spielplatzes zu einer L-förmigen Bucht. Auf dem feinkörnigen Sandstrand tummelten sich noch mehr Menschen als kurz vor Sonnenuntergang am Silver Sands Beach. Die Atmosphäre war locker und ansteckend fröhlich. Ich mochte diese Stimmung von schier grenzenloser Freiheit und Sorglosigkeit sehr – ein Phänomen, das vermutlich an jedem Strand der Welt zu beobachten und zu spüren war.

Kurz vor den Wellenausläufern blieben wir stehen. Mein Blick schweifte übers Meer und von dort aus weiter zum satten Grün des Parks rechts von uns. »Ist das der Leuchtturm, der den am Morgan Point abgelöst hat?«, fragte ich.

»Ja, das ist er«, bestätigte Easton und erzählte mir fast dieselbe Geschichte wie Sarah auf der Erstsemesterparty, während wir näher an den von dicken Steinen begrenzten Rand der Bucht spazierten und uns dort niederließen. Easton besaß ein faszinierendes Talent, trockene Fakten und historische Daten zu einer spannenden Geschichte zusammenzusetzen. Hinzu kam sein schier grenzenloses Wissen über New Haven, angefangen bei der recht rauen Gründerzeit. Für den Rest meines Lebens hätte ich mit ihm auf der flachen Steinmauer sitzen, ihm zuhören und immerzu sein schönes Gesicht ansehen können, ohne jemals müde davon zu werden. »Aber genug«, beendete er schließlich die unterhaltsame Reise in die Vergangenheit. »Ich bin schließlich kein Tourguide, sondern dein Romeo für diesen Abend. Außerdem ist es hier auf Dauer verdammt unbequem.«

Easton stand auf und zog mich mit sich hoch.

Entlang des Ufers spazierten wir weiter zum Leuchtturm, der tief stehenden Sonne entgegen, und ich erzählte Easton alles, was er von meinem bisherigen Leben im San Fernando Valley wissen wollte. Dabei interessierte ihn natürlich besonders, wie es für mich gewesen war, mit einer Bestseller-Mom und einem hartgesottenen LAPD-Dad unter einem Dach zu wohnen. Die meisten Menschen, die von meiner ungewöhnlichen Elternkombination auf Berufsebene erfuhren, gingen fest davon aus, jeder Tag unseres Familienlebens wäre wahnsinnig aufregend und würde eine Menge Überraschungen mit sich bringen, doch dem war nicht so. Meine Mom war eben eine typische Mutter, die sich um alles innerhalb des Hauses kümmerte, es sauber hielt, gemütlich machte und leidenschaftlich gerne für uns kochte. Im Laufe der Zeit war sie außerdem zur ungekrönten Kuchenkönigin bei Schulveranstaltungen geworden. Der Aufgabenbereich meines Dads konzentrierte sich eher aufs Grobe. Er schleppte die Einkäufe heran, kümmerte sich um den Garten, spielte regelmäßig Handwerker, wenn mal wieder irgendwo was tropfte, herunterfiel oder verstopfte, und zelebrierte Barbecues wie kein Zweiter. Die Zutaten seiner Spezialsoße wurden von ihm mindestens genauso geheim gehalten wie das Originalrezept von Coca-Cola.

Easton und ich lachten viel und redeten noch mehr. Ganz so, als würden wir uns schon eine Ewigkeit kennen, dabei waren wir uns erst vor ein paar Wochen über den Weg gelaufen.

An dem weiß getünchten Leuchtturm, über den ich mittlerweile einiges wusste, blieben wir stehen und schauten uns nach einer Sitzmöglichkeit um, die keine Pobackentaubheit auslöste. Auf den ersten Blick war alles besetzt, doch als wir um den Turm herumgingen, entdeckten wir eine freie Bank, der sich aus entgegengesetzter Richtung ein Pärchen näherte.

»Auf drei?«, fragte Easton herausfordernd.

Ich wusste sofort, was er meinte, und bestätigte meine Bereitschaft mit einem Nicken.

»Okay. Drei!« Er legte sogleich einen rekordverdächtigen Spurt über Stock und Stein hin – ein Moment, in dem sich mein fast tägliches Laufprogramm überaus bezahlt machte, weil ich sein beachtliches Tempo locker mithalten konnte – und auch musste, denn er hielt mich nach wie vor an der Hand. Lachend warfen wir uns nebeneinander auf die Bank, und das Pärchen drehte frustriert ab, um sich einen anderen Platz zu suchen.

»Über deine Interpretation von *Auf drei* sollten wir unbedingt noch mal reden.«

»Tut mir leid.« Easton lachte leise.

»Als ob.«

Schmunzelnd legte er seinen Arm um meine Schultern und zog mich näher an sich heran. »Aber findest du nicht, diese Aussicht hat unseren vollen Körpereinsatz verdient?«

»Sogar mehr als das«, flüsterte ich, meinen Blick auf das wundervolle Abendrot und die glutrote Sonne gerichtet. Das Rauschen der Wellen und die leichte Meeresbrise übertönten die Geräusche der Möwen, verströmten unendliche Leichtigkeit. Mein Verstand verabschiedete sich. Ich schmiegte verträumt meinen Kopf in Eastons Halsbeuge, während er mit seinem Daumen sanft meinen Oberarm streichelte – ein unbeschreiblich schönes und verwirrend vertrautes Gefühl, das mir ein kaum hörbares Aufseufzen entlockte. In meinen Tagträumen hatte ich bereits unzählige romantische Begegnungen mit Easton erlebt, aber nicht eine einzige hatte auch nur annähernd das in mir ausgelöst, was ich in diesem Augenblick fühlte. Ich war verliebt. Bis über beide Ohren und weit darüber hinaus. Wie noch nie zuvor in meinem Leben.

Als nach einer ganzen Weile die Sonne am Ende des Horizonts verschwunden war, durchbrach zuerst das leise Knurren meines Magens und gleich danach Easton die angenehme Stille zwischen uns. »Hast du Hunger?«

»Ein bisschen.« Das war die Untertreibung des Jahrhunderts, denn seit dem Frühstück hatte ich nichts mehr zu mir genommen. Im Apartment wartete schon recht lange eine übrig gebliebene Portion Spinat-Pasta vom Vorabend auf mich, weil ich eigentlich nur kurz zum Campus fahren und das Date absagen wollte. Doch das Wissen darum änderte nichts an meinem grummelnden Bauch.

»Dagegen wüsste ich was.«

»Lass mich raten: den besten Hot Dog der Stadt?«

»Genau den meine ich.«

Unwillig gab ich meine Kuschelposition auf.

»Wenn es dir lieber ist, können wir auch woanders hinfahren und ein gutes Restaurant suchen.«

Ein durchaus verlockendes Angebot, das ich ablehnen musste. So lange wie möglich wollte ich Easton für mich allein haben und nicht umringt von fremden Menschen an einem Tisch sitzen, der uns zwangsläufig auf Abstand hielt, wo wir uns doch gerade erst wieder nähergekommen waren.

»Schlicht und einfach wäre mir lieber.«

»Gute Wahl«, stellte er zufrieden fest und erhob sich von der Bank.

Ich stand ebenfalls auf, und wir ließen den Leuchtturm hinter uns. Auf dem Weg zum Hot-Dog-Stand berührten sich unsere Finger immer wieder, bis Easton zum wiederholten Mal meine Hand ergriff und mein ohnehin viel zu schnell schlagendes Herz überhaupt nicht mehr wusste, was es mit dem exorbitanten Endorphinüberschuss in meinem Körper noch anstellen sollte.

Easton hatte nicht übertrieben. Einen besseren Hot Dog gab es tatsächlich nirgendwo, zumindest nicht dort, wo ich bisher schon welche gegessen hatte. Ich musste mich extrem beherrschen, den Mund nicht so vollzustopfen, wie ich es in Sarahs Beisein getan hätte. An der Seite meiner Freundin wäre mir auch egal gewesen, wie ich dabei aussah, ob ich mich mit Soße beschmierte und mein Atem nach frischen Röstzwiebeln roch. In Eastons Gegenwart war es das nicht.

»Und? Habe ich dir zu viel versprochen?«

»Nein, absolut nicht.«

»Wie wär's zum Abschluss des Abends mit dem leckersten Nachtisch der Stadt?«

Zum Abschluss des Abends bedeutete wohl zwangsläufig, dass unser überraschendes Date deutlich schneller vorbei war, als ich gedacht hatte. Bevor meine Enttäuschung darüber Überhand gewann, willigte ich in seinen Vorschlag ein und beschloss, die restliche Zeit mit Easton zu genießen.

»Sehr gerne.«

»Dann sollten wir uns ein bisschen beeilen. Die Läden im Park schließen in ein paar Minuten.«

»Wieder auf drei?«

Er lachte leise. »Nein, ein Sprint reicht für heute. Lass uns nur ein paar Schritte schneller gehen, das dürfte genügen.«

Damit war unser gemütlicher Spaziergang vorbei. Gerade noch rechtzeitig erreichten wir das kleine Geschäft mit der Aufschrift *Antonios*, dessen süße Naschereien schon von Weitem zu erschnuppern waren.

»Churros?«, fragte ich erstaunt.

»Das sind nicht einfach irgendwelche Churros«, erklärte Easton, und ich war mir nicht ganz sicher, ob er sich gerade einen Spaß mit mir erlaubte. Mein Blick killte sein Pokerface. »Doch, es sind ganz normale Churros«, gab er postwendend zu. »Ich habe keine Ahnung, ob es die besten der Stadt sind, aber sie schmecken ziemlich gut, und ich dachte, nach dem Hot Dog wäre was Süßes nicht schlecht. Möchtest du welche?«

»Wer kann da schon Nein sagen?!«

»Meine Rede.« Easton bestellte zwei Portionen und bezahlte sie. Nachdem er mir eine der beiden Papiertüten gegeben hatte, spazierten wir weiter über einen befestigten Weg den Strand entlang, in die Richtung, aus der wir vor ein paar Stunden gekommen waren. »Die Möwen sind übrigens verdammt scharf auf das Zeug, also behalte sie lieber im Auge.«

»Gut zu wissen«, murmelte ich mit vollem Mund. Möwen gab es auch an den Stränden von Los Angeles, und sie konnten eine echte Plage sein, sobald jemand in ihrer Nähe mit Essen unterwegs war.

Ein großes und recht hohes weißes Gebäude, dessen schöne Beleuchtung plötzlich erlosch, zog meine Aufmerksamkeit auf sich. Und zack, hob mein letzter halber Churro ab. Easton lachte, und ich hätte es bestimmt auch getan, wenn ich nicht kurz darauf ein ekliges Flatschen auf meinem Kleid gespürt hätte.

»Oh nein«, murmelte ich zerknirscht, als ich die Bescherung auf dem Stoff entdeckte. XXL-Vogelscheiße brauchte echt kein Mensch. Und schon gar nicht, wenn man neben jemandem stand, dem man unbedingt gefallen wollte.

»Tut mir leid«, entschuldigte sich Easton.

»Du kannst ja nichts dafür.«

Er gab mir seine zuckerverklebte Serviette. Meine war genauso verschwunden wie der Churro und die blöde Möwe, die mich angeschissen hatte. »Ich glaube nicht, dass es viel bringt, wenn ich da jetzt mit Zucker drüber reibe.«

»Vielleicht sieht es dann aber ein bisschen hübscher aus«, bemühte Easton sich, mich aufzumuntern, und entlockte mir damit sogar ein klitzekleines Lächeln. Trotzdem hätte ich heulen können, zumal ich mir sicher war, keine Taschentücher dabeizuhaben.

»Mit oder ohne Zucker: Scheiße bleibt Scheiße.«

»Das stimmt allerdings«, räumte Easton ein, und ich rechnete es ihm hoch an, dass er ein weiteres Lachen unterdrückte und bloß seine Mundwinkel zuckten. »Warte kurz, ich bin gleich wieder da.«

Ich sah ihm dabei zu, wie er dem Mann nachlief, der gerade das schöne Holzgebäude abgeschlossen hatte. Mehr konnte ich von meiner Position aus nicht erkennen, da es mittlerweile schon recht dunkel geworden war und die wenigen Laternen den Strandbereich nicht ausreichend erhellten.

Wenig später kehrte Easton zurück, schloss das große Gebäude auf und winkte mich zu sich.

»Wie hast du das denn geschafft?«, fragte ich überrascht.

»Ich kenne den Besitzer.« Wir gingen hinein, und er zeigte mir im Anbau, wo sich die Toiletten befanden.

Erleichtert betrat ich den Waschraum und reinigte die versaute Stelle mit Flüssigseife. Unter einem Handgebläse trocknete ich sie notdürftig und ging wieder hinaus zu Easton, doch nirgendwo im Anbau konnte ich ihn finden. Als ich verunsichert das höhere Hauptgebäude im Renaissance-Stil betrat, durch das wir hineingekommen waren, erlosch das Licht, und mir rutschte vor Schreck das Herz in die Knie. Melodische Töne erklangen, und am anderen Ende erhellten die Lichter eines antiken Karussells den Saal. Klassisch-verspielte Musik, wie aus einer überdimensionalen Spieluhr, erfüllte den beeindruckenden hinteren Teil des Raums, der zuvor im Dunkeln gelegen hatte. Vergessen war die blöde Möwe.

Langsam näherte ich mich dem alten Fahrgeschäft, drehte mich mehrfach um mich selbst und erlag dem märchenhaften Charme, der mich umgab. Die zirkulierenden Lichtpunkte an der Decke und den Wänden wirkten zauberhaft und übten eine nahezu magische Anziehung auf mich aus. Ich hatte noch nie etwas Hübscheres gesehen und schon gar nicht allein für … mich. Eine Erkenntnis, die mein Innerstes noch mehr in den Ausnahmezustand versetzte und mein Herz sowieso.

»Gefällt es dir?«, hörte ich Eastons Flüstern hinter mir. Sein Atem traf auf meinen Nacken und löste einen prickelnden Schauer aus.

»Es ist wunderschön«, wisperte ich.

»Steig ein.«

»Dürfen wir das denn?«

»Wie gesagt, ich kenne den Besitzer, also können wir hier tun und lassen, was immer wir wollen.« Unvermittelt spürte ich seinen Arm an meinem, und eine übergroße Zuckerwatte tauchte vor meiner Nase auf. Wie hinreißend konnte dieser Mann denn noch sein? War das alles real, oder hing ich gerade in einem meiner überromantischen Tagträume fest? Um sicherzustellen, dass ich mich in der Wirklichkeit befand, zupfte ich ein Stück von der rosa Watte ab und steckte es mir in den Mund. Klebrig und süß, wie ich sie von Jahrmärkten kannte. Also musste das alles echt sein. Und falls ich wider Erwarten plötzlich im Strandapartment erwachen sollte, dann wenigstens mit dem Gefühl, etwas Unvergessliches erlebt zu haben.

»Los, trau dich!«, forderte Easton mich auf, drückte mir die Zuckerwatte in die Hand und schob mich näher an das stillstehende Karussell mit den nostalgischen Schnitzkunstwerken heran.

»Und du bist wirklich sicher —«

»Ja«, unterbrach er mich leise und nahm mir damit die allerletzte Sorge, etwas Verbotenes zu tun.

Ich öffnete das Törchen des weißen Holzzauns und kletterte auf die bewegliche Plattform. Fasziniert vom antiken Chic der Figuren und Kutschen strich ich über die auf Hochglanz polierte Flanke eines galoppierenden Pferdes, dessen Schweif aus täuschend echtem Kunsthaar gefertigt worden war. In allem steckte so viel Liebe zum Detail, dass ich über Stunden immer wieder Neues hätte entdecken können. Das prunkvolle Fahrgeschäft musste mindestens hundert Jahre alt sein, wenn nicht sogar noch älter, und ich bildete mir ein, das fröhliche Gelächter seiner Gäste aus längst vergangenen Zeiten zwischen den verspielten Tönen zu hören, die von ihm ausgingen.

Wegen der Zuckerwatte in meiner Hand entschied ich mich für eine der niedlichen offenen Kutschen und setzte mich hinein. Sobald ich auf der verschnörkelten Holzbank Platz genommen hatte, setzte Easton das Karussell in Bewegung, und ich fühlte mich in meine unbeschwerte Kindheit zurückversetzt. Nur war es nicht mein Dad, der mich vom Rand aus beobachtete, sondern Easton. Mit seinen funkelnden dunklen Augen musterte er mich, als wäre ich für ihn das einzig wichtige Geschöpf auf diesem Planeten. Über alle Maßen glücklich zupfte ich ein Stück nach dem anderen von der Zuckerwatte ab, ließ sie auf meiner Zunge zergehen und seufzte selig in mich hinein.

Am Ende meiner mehrminütigen Kutschfahrt war von der Zuckerwatte, bis auf das Holzstäbchen und ein paar klebrige Überreste, nichts mehr übrig. Ich stieg aus. Easton gab mir per Handzeichen zu verstehen, ich könnte noch eine weitere Runde drehen. Mein inneres Kind rannte sofort los, obwohl außer uns niemand sonst da war, und ich kletterte auf eines der größeren Pferde, die sich während der Fahrt an gold verzierten Stangen auf und ab bewegten. Kaum saß ich im breiten Sattel, startete Easton wieder das Karussell. Ich staunte nicht schlecht, als er sich vom Schaltpult entfernte, den Zaun hinter sich ließ und die rotierende Plattform betrat. Entgegen der Drehrichtung kam er auf mich zu, passte den richtigen Augenblick ab und schwang sich mit einer geschmeidigen Bewegung hinter mich auf das schwarz-weiße Pferd. Ich wollte nach vorne rücken, damit er mehr Platz hatte, doch er legte seinen Arm um meine Taille und hielt mich eng an sich gedrückt – ein weiterer Moment an diesem Abend, in dem ich meinen Herzschlag überall spürte. Ohne jegliche Berührungsängste lehnte ich mich an seine Brust, hob mein Kinn und sah ihn an.

»Danke«, sagte ich leise.

Easton neigte den Kopf ein wenig zur Seite und erwiderte meinen Blick. »Nicht dafür, Margret Isabel Lucille Alexandra Lewis.«

Ich schluckte nervös. Mein Herz schlug viel zu schnell, und

mein Kopf schwirrte. Ich wollte den intensiven Augenblick genießen, ihn auskosten, solange er anhielt. Doch meine Gedanken nahmen merkwürdige Formen an und bildeten Worte, die einfach so aus mir heraussprudelten. »Kommst du oft mit deinen Dates hierher?«

Easton biss sich auf die Unterlippe und war sichtlich bemüht, ein Schmunzeln zu verdrängen. Es gelang ihm eher mäßig. »Wer sagt, dass ich viele Dates habe?«

»Liegt das nicht auf der Hand?«

»Wird das ein Verhör?«

»Nein, ich würde nur gerne wissen, ob ich … ob ich mich besonders fühlen darf, o–«

Easton verschloss mir den Mund mit einem Kuss. So überraschend und so leidenschaftlich, dass es mir den Atem raubte. Durch das Drehen des Karussells und die sanfte Auf-und-ab-Bewegung des hölzernen Pferdes glaubte ich zu schweben, bis sich seine Lippen von meinen lösten. »Ich war noch nie mit einer anderen Frau hier«, raunte er mir mit bebender Stimme zu. »Nur mit dir.«

Kapitel 22

Bittere Wahrheit

Der siebte Himmel war nichts im Vergleich zu Eastons Motorrad, auf dem wir die Küste entlang zurück zum Campus fuhren. Selbst meine winzigsten Körperzellen schienen elektrisiert zu sein, und es fühlte sich an, als würde ich vor Glück abheben. Nicht allein deshalb hielt ich Easton fest umklammert, schmiegte meinen Kopf trotz des störenden Helms an seinen Rücken und nahm mit geschlossenen Augen alles, was von ihm ausging, tief in mich auf. Das aufregende Spiel seiner Rückenmuskulatur, wenn er sich auch nur minimal bewegte. Den Geruch seiner Kleidung nach Sonne, Sand und Meer, der sich mit der salzigen Seeluft vermischte. Die anziehend herbe Nuance *Sauvage*. Wann immer Easton an einer roten Ampel stehen bleiben musste, legte er eine Hand auf meinen vom Wind entblößten Oberschenkel und streichelte über meine Haut. Was für eine atemberaubende Nacht. Kitschig? Ja. Vielleicht. Aber genau richtig für mich. Perfekter hätte ich mir dieses Date in meinen fantasievollsten Träumereien nicht ausmalen können, und ich wünschte mir, der Old Campus würde am entgegengesetzten Ende der Vereinigten Staaten liegen. Doch dem war leider nicht so, und wir erreichten für mein Empfinden viel zu schnell den geschichtsträchtigsten Teil des Universitätsgeländes, obwohl Easton mehrere Umwege gefahren war.

Als er sein Motorrad hinter Otto stoppte, war es bereits weit nach Mitternacht und der Old Campus menschenleer. Das begrünte Gelände zwischen den historischen Gebäuden wurde bloß spärlich von Laternen erleuchtet. Vereinzelt brannten Lichter hinter den Zimmerfenstern des Studentenwohnheims. Alles andere lag im Dunklen.

Einige Sekunden lang verharrte ich regungslos hinter Easton. Es fiel mir schwer, ihn loszulassen, und er machte es mir nicht leichter, weil er seine Hand auf mein Bein und den Kopf tief durchatmend in den Nacken legte. Ganz so, als würde auch er mich nicht loslassen wollen. Widerwillig kletterte ich nach einer Weile von der Harley. Während ich den Helm abnahm, stieg er ebenfalls ab. Ich gab ihm den Kopfschutz zurück, und Easton hängte ihn achtlos an den Lenker. Stillschweigend legten wir die wenigen Schritte zu meinem Käfer zurück, und ich blieb unschlüssig an der Fahrertür stehen. Kaum einen Wimpernschlag später spürte ich seinen Körper nah an meinem, als er mich von hinten umarmte. Ich schmiegte meinen Hinterkopf an seine Brust und schluckte nervös. Abschiede waren nie schön, und das Ende eines Dates brachte immer eine gewisse Unbeholfenheit mit sich, die bedrückend sein konnte. Sekunde um Sekunde verstrich. Ich fühlte seinen aufgewühlten Herzschlag, der mindestens genauso schnell war wie meiner und ein durchdringendes Kribbeln in mir auslöste. »Ich will nicht, dass diese Nacht vorübergeht«, sagte ich leise.

»Aber das wird sie, und zum Abschied werden wir uns küssen, als gäbe es kein Morgen«, flüsterte er in mein Haar und lockerte seine Umarmung. »Denn den wird es für uns nicht geben. Weder jetzt noch irgendwann.«

Mit so ziemlich allem hatte ich gerechnet, aber sicher nicht damit. Stirnrunzelnd drehte ich mich um. Das musste ein derber Scherz sein. »Und das hast du einfach so beschlossen?«

Easton biss sich auf die Unterlippe und nickte ernst. »Glaub mir, Mila. Es ist besser für dich. Und für mich.« Ein zärtlicher, unschuldiger Kuss berührte meine Lippen. Der Zauber des Abends verpuffte. Seltsam gemischte Gefühle machten sich in meinem Bauchraum breit. Das konnte er unmöglich ernst meinen, nicht nach den innigen Stunden, die wir miteinander verbracht hatten. Niemand war in der Lage, sich über so einen langen Zeitraum zu verstellen. Oder doch?

»Es gibt da noch etwas, das du wissen musst«, flüsterte er mit belegter Stimme. Mir wurde heiß und kalt, als ich den entschlossenen und gleichermaßen schmerzerfüllten Ausdruck in seinem Gesicht bemerkte. »Eigentlich wollte ich es dir schon im Park sagen, aber dann ... hat der Abend diese Eigendynamik entwickelt, und ich habe den richtigen Moment verpasst.« Er schluckte und rieb sich angespannt über die Stirn.

»Du bist kein *Philosoph*«, sprach ich an seiner statt aus, was ich schon zu Beginn unseres Dates vermutet und letztendlich auch gehofft hatte.

Er nickte kaum merklich. »Und ich bin kein Romeo. Nicht der, der dich daten sollte. Und auch im wahren Leben nicht.« Easton schloss die Augen. Sein Brustkorb hob und senkte sich unter einem tiefen Atemzug, bevor er mich wieder ansah. In seinem Blick lag etwas, das mir einen eiskalten Schauer über den Rücken jagte. »All das habe ich nur getan, um dich vor den *Philosophen* zu schützen. Sie gehen immer nach demselben Muster vor. Sämtliche Erstsemester bekommen eine Einladung. Wer nicht darauf reagiert, ist sofort raus. Wer das Spiel einmal mitspielt, wird sie so schnell nicht wieder los. Es sei denn, man bricht die Regeln, und genau das hast du getan, indem du dich auf mich eingelassen hast. Die *Philosophen* suchen gefügige Mitglieder, keine unkontrollierbaren Gegenspieler in ihren eigenen Reihen. Sie werden dich nicht mehr kontaktieren.«

Ich öffnete den Mund, wollte etwas sagen, aber nicht der leiseste Ton schaffte es über meine Lippen. Völlig sprachlos stand ich ihm gegenüber, fühlte nichts mehr, außer das wilde Pochen meines Herzens.

»Also spiel nicht weiter mit dem Feuer, Mila, denn früher oder später wird es dich verbrennen. Halte dich fern von den *Philosophen*. Und von mir. Meide am besten alle Verbindungen, konzentriere dich auf dein Studium und suche dir einen anständigen Kerl, der dir geben kann, was du brauchst … und der dich genauso glücklich macht, wie du es verdienst.« Easton beugte sich zu mir und küsste mich. Berauschend süß. Verstörend intensiv. Bis unser beider Atem versagte. »Wenn du nicht nach mir suchst, werden wir uns nicht wiedersehen. Das verspreche ich dir«, raunte er mir ins Ohr und wandte sich ab. Während ich wie vom Blitz getroffen dastand, stieg er auf seine Maschine. Der dröhnende Sound des Motors vibrierte durch meinen Körper. Es fühlte sich an, als würde mir das Herz in Einzelteilen aus der Brust fallen und von den breiten Reifen der vorbeirauschenden Harley erbarmungslos in den Asphalt gewalzt werden.

Kapitel 23

Stillstand

Der Schock saß tief. Noch tiefer saß die Bestürzung über meine Naivität, wo ich doch der festen Überzeugung gewesen war, mit beiden Beinen stets auf dem Boden der Tatsachen zu stehen und mir grundsätzlich kein X für ein U vormachen zu lassen. Restlos alle Warnsignale hatten auf Rot gestanden. Es war so schrecklich leichtsinnig von mir gewesen, sie zu ignorieren, meine eigenen klugen Ratschläge zu missachten, Eastons Worten einfach Glauben zu schenken. Trotz der negativen Fakten, die mich regelrecht angeschrien hatten. Dann war da noch mein einfältiges Herz, das sich gegen jede Vernunft an ihn klammerte, mich dadurch zum unkontrollierten Spielball meiner zerklüfteten Gefühlswelt machte. Es zerriss mich förmlich in alle erdenklichen Emotionsrichtungen. Ich wollte Easton hassen. Wirklich und wahrhaftig. Je mehr ich es versuchte, desto größer wurde die Sehnsucht nach ihm. Und je mehr ich mich bemühte, die wirren, unbeantworteten Fragen, die permanent durch meine Gedanken irrten, zu ignorieren, desto mehr wurden es – ein Teufelskreis, von dem ich nicht wusste, wie ich ihm entkommen sollte. Egal, wie sehr ich mich auch anstrengte, aus den unzähligen Puzzleteilen ein Bild zusammenzusetzen:

Wann immer ich glaubte, zwei scheinbar passende gefunden zu haben, tauchten neue auf, die das Chaos vergrößerten.

Sarah gab ihr Bestes, mich aufzumuntern, und ich nahm es an, weil meine Melancholie sonst kaum auszuhalten gewesen wäre. Ohne Rücksicht auf meine aktuellen Befindlichkeiten von ihrem sonnigen Gemüt mitgerissen zu werden, tat mir unendlich gut. Auch wenn ich mich oft dabei erwischte, bloß körperlich anwesend zu sein. Denken war seit dem Date ohnehin eines meiner größten Probleme. Abends schlief ich gedankenüberladen viel zu spät ein, wachte mehrmals in der Nacht auf und krabbelte mit demselben Ballast viel zu früh am nächsten Morgen aus dem Bett. Ganz so, als hätte ich gar nicht geschlafen, sondern denkend vor mich hingedöst. Mein Gehirn ratterte praktisch nonstop, und ich bekam den Kopf nicht frei. Nicht einmal wenn ich mit Ed, Harry oder Eminem im Ohr bis zur völligen Verausgabung meine Laufrunden durch New Haven drehte.

Die *Philosophen* hatten Sarah in ihren erlesenen Kreis aufgenommen. Mich hingegen ließen sie in Ruhe, und zumindest dafür war ich Easton überaus dankbar. Generell lief bei meiner Freundin alles bestens, wenn man davon absah, wie wahnsinnig schwer ihr das Stillschweigen über die Aktivitäten ihrer Studentenverbindung fiel. Vor allem mir gegenüber.

Unmittelbar nach dem Dinner in the Dark war sie Davy und Yves in die Arme gelaufen, von deren Freundschaft sie genauso überrascht gewesen war wie ich, als sie mir davon erzählte. Vom Campus aus hatte es das Trio in die *SandWitchBar* verschlagen. Dort war sie ihrem nordischen Halbgott so nah gekommen, wie sie es sich herbeigesehnt hatte. Seitdem brannte Sarah lichterloh und traf sich beinahe täglich mit ihm. Auch in unserem Apartment. Wie ich das finden sollte, wusste ich nicht. Einerseits gönnte ich ihr alles von Herzen, was sie glücklich machte.

Andererseits war es für mich schwer auszuhalten, wenn ich die beiden hörte. Davy zog sich vollständig von Sarah zurück. Er war schon immer in sie verliebt gewesen. Mal mehr. Mal weniger. Aber er hatte nie die Hoffnung aufgegeben, eines Tages würde sie sich auf ihn einlassen. Nun war ihm ausgerechnet sein Freund in die Quere gekommen und hatte ihm das Mädchen vor der Nase weggeschnappt.

Eine Woche verstrich, in der das Leben der anderen weiterging und meines außerhalb der Uni zum wiederholten Mal vollkommen stillstand, bis ich am Samstagmorgen mit einem überraschend klaren Kopf erwachte. Und mit einer gehörigen Portion Angriffslust im Bauch, die mir deutlich lieber war als die fortwährende Niedergeschlagenheit. Ich fühlte mich wie ich selbst. Größtenteils. Aber vor allem verspürte ich meine gewohnte Energie und fasste den Entschluss, das Ende des Dates nicht einfach so stehen zu lassen. Easton hatte mir zwar die Gründe für sein Verhalten offengelegt und mir durch die Blume klargemacht, dass er nichts für mich empfand, mich also letztendlich bloß vor den *Philosophen* schützen wollte. Dafür hätte er allerdings nicht sämtliche Register ziehen und mir vormachen müssen, es wäre mehr zwischen uns. Sicher, nur weil wir ein paarmal geknutscht hatten, bedeutete das nicht zwangsläufig, seine große Liebe zu sein. Aber da waren auch seine Blicke gewesen, die Art, wie er mich berührt hatte, und das leichte Beben in seiner Stimme, während er mir die Abfuhr meines Lebens erteilt hatte. Dass ich Easton absolut nichts bedeutete, kaufte ich ihm nicht ab. Sein gesamtes Verhalten mir gegenüber strotzte nur so vor Widersprüchlichkeiten und ergab keinen Sinn.

Wäre Sarah an diesem Tag weniger verplant gewesen, hätte ich sie gefragt, ob sie mich zum Lighthouse Point Park begleitete. Am Nachmittag fand jedoch eine streng geheime Geheimveranstaltung der *Philosophen* statt, und für den Abend stand natürlich Yves auf ihrem Programm.

Am *Haus der vergessenen Bücher* ließ ich sie raus, verkniff mir jedweden Kommentar und fuhr danach in den Park, wo ich die bisher schönsten Stunden seit meiner Ankunft in New Haven verbracht hatte. Bis zum Sonnenuntergang hielt ich mich rund um den Leuchtturm auf, beobachtete die Kommenden, Bleibenden und Gehenden. Erfolglos. Easton tauchte nicht auf, und es wäre ohnehin mehr als bloß eine glückliche Fügung gewesen, wenn ich direkt beim ersten Anlauf einen Treffer gelandet hätte. Ein wenig desillusioniert machte ich mich auf den Rückweg, nahm dieselbe Strecke, die er nach unserem Date gefahren war, in der klitzekleinen Hoffnung, vielleicht irgendwo eines seiner auffälligen Fahrzeuge zu entdecken. Fehlanzeige auf ganzer Linie.

Im Apartment erwartete mich genau das, was ich befürchtet hatte. Sarah und Yves in Action. Nach einem kurzen Abstecher ins Bad lief ich schnurstracks in mein Zimmer, nahm mein Tablet vom Nachttisch, steckte mir AirPods in die Ohren und schaute zum x-ten Mal die *Netflix*-Serie *Never have I ever*, bis ich irgendwann darüber einschlief.

Als ich im Laufe des Sonntagvormittags die Augen aufschlug und mich an das helle Sonnenlicht gewöhnt hatte, das mich beinahe täglich mit seinen feinen Strahlen begrüßte, bemerkte ich einen vorbeihuschenden Schatten auf der Hochterrasse. Ich stand auf, um nachzusehen, wer sich hinter der Silhouette verbarg, und staunte beim Anblick des gedeckten Frühstückstischs nicht schlecht. Bloß der nackte halbgöttliche Oberkörper, der mit dem Rücken zu meinem Zimmer saß, störte die schöne Idylle.

»Nicht doch!«, stöhnte ich, grabschte nach meiner knielangen Gammelstrickjacke, die am Fußende des Bettes lag, und zog sie über meinen Kurzpyjama.

Ich wollte gerade mein Zimmer verlassen, da öffnete sich die Tür einen Spaltbreit, und Sarahs Kopf erschien dazwischen. »Hey, Millimaus, du bist ja schon wach«, stellte sie fröhlich fest.

»Morgen«, murmelte ich.

»Frühstück ist fertig«, gab sie lächelnd zurück.

»Habe ich gesehen«, miesmuschelte ich weiter, schaffte es aber gerade noch, ein einigermaßen annehmbares »Danke« hinterherzuschieben.

Begeisterung klang definitiv anders, und das blieb meiner Freundin natürlich nicht verborgen. »Alles okay?«, hakte sie mit zusammengezogenen Augenbrauen nach.

»Hat der kein T-Shirt?«, platzte es etwas zu harsch aus mir heraus. »Hoffentlich trägt er wenigstens ne Shorts oder so und sitzt nicht komplett nackt auf dem Stuhl.«

»Aaah, daher weht also der kühle Wind.« Sarah wedelte mit einem Shirt. »Ich wollte es ihm gerade rausbringen. Aber warum übernimmst du das nicht einfach, während ich mich weiter um die Pancakes kümmere? Und sei ja nett zu ihm. Egal, wie schwer es dir fällt.« Sie drückte mir den Stoffknubbel in die Hand und wandte sich der Küche zu.

Wenn das nicht der beste Start seit Langem in einen Tag war, wusste ich es auch nicht. Aber gut, dann würde ich Yves noch vor meinem ersten Schluck Kaffee Manieren beibringen. Brummbärig schlurfte ich aus meinem Zimmer, durch die Wohnküche an einer sinnigerweise *Relax*-singenden Sarah vorbei, hinaus auf die Terrasse. Im Vorbeigehen warf ich Yves das Shirt auf den faktisch nicht vorhandenen Bauch und ließ mich auf den einzigen Stuhl plumpsen, der noch im Schatten stand.

»Dir auch einen schönen guten Morgen, Mila«, sagte er gelassen, während er wohlweislich den Stoff auf seinem zugegebenermaßen wirklich beeindruckend ausgeprägten Eightpack ignorierte. Es war unschwer zu erkennen, dass er über ein hohes Maß an Selbstbewusstsein verfügte, was ich im Allgemeinen durchaus bewundernswert und vor allem sehr gesund fand. Aber bei ihm wirkte es fast schon narzisstisch, und das wiederum konnte ich überhaupt nicht ausstehen. »Reagiert da jemand allergisch auf nackte Haut?«, fragte er ruhig und kassierte dafür einen Serienkiller-auf-Koffeinentzug-Blick von mir, der ihm deutlich signalisierte, dass er sich seinen Sarkasmus sonst wohin stecken sollte.

»Nein, überhaupt nicht, Yves«, gab ich mit einem künstlichen Lächeln zurück. »Ich suche mir nur gerne selbst aus, mit wem ich halb nackt frühstücken möchte und mit wem nicht. Im Übrigen gibt es so etwas wie Anstands- und Benimmregeln. Falls du nicht weißt, was das ist oder wo sie nachzulesen sind: *Google* kann da wirklich sehr hilfreich sein.«

Er setzte ein schiefes Grinsen auf, und seine rechte Braue schob sich nach oben, ehe er das Shirt von seinem Waschbrettbauch nahm. Mit einer fließenden Bewegung zog er es an. »So bissig gleich nach dem Aufstehen, nur weil Easton dich abgeschossen hat?«

Ich schluckte hart. Wie sein Cousin mit mir umgesprungen war, konnte er nur von Sarah wissen. Deshalb schmerzte der Spruch noch mehr und löste ein unangenehmes Ziehen in meiner Brust aus.

»Hat da jemand ein Arschloch gefrühstückt?«, ätzte ich zurück.

»Noch nicht, aber wenn du darauf bestehst, lässt sich das jederzeit ändern.«

Schlagfertig war er. Hart im Nehmen noch dazu. Das musste ich ihm lassen. »Wer sagt überhaupt, dass Easton mich abgeschossen hat? Liegt es außerhalb deines snobistischen Vorstellungsvermögens, Frauen könnten genauso gut Männer in den Wind schießen?«

»Weil ich weiß, wie er tickt.«

»Tja, Familie kann man sich nun mal nicht aussuchen«, erwiderte ich gleichmütig, obwohl mir seine Antwort einen ordentlichen Stich versetzt hatte.

»Da kann ich dir leider nicht widersprechen.« Yves presste seine Lippen zu zwei schmalen Strichen zusammen, seine Mundwinkel zuckten auffällig. »Auch wenn ich es wirklich gerne tun würde. Kaffee?«

»Gerne.« Ich lächelte breit.

Prompt verlor Yves den Kampf gegen seine verkniffenen Lippen, und ein raues Lachen drang aus seiner Kehle, während er die Kaffeekanne vom Tisch nahm und meine Tasse füllte. »Bist du immer so?«

»Nur, wenn ich gleich nach dem Aufstehen einen halb nackten Fremden am Frühstückstisch sitzen sehe.«

»So fremd bin ich doch gar nicht mehr.«

Ich nippte an meinem Kaffee und sah ihn über den Tassenrand an. »Für mich bist du das schon.«

»Die Message ist angekommen, und ich gelobe Besserung.«

»Dann könnte das der Beginn einer wunderbaren Freundschaft werden. Es sei denn …«

»… ich tue Sarah weh«, beendete er den Satz für mich. »Keine Sorge, das werde ich nicht.«

»Sagen sie alle.«

»Aber ich meine es genau *so*, wie ich es sage. Brötchen?«

»Croissant.«

Yves schob mir die Tüte aus der Bäckerei zu und griff nach seiner Tasse. »Werde ich mir merken.«

»Schleimer.«

Er verschluckte sich vor Lachen an seinem Kaffee. Unterdessen kam Sarah mit einem Stapel herrlich duftender Pancakes zu uns nach draußen. »Wie schön!« Sie lächelte. »Ihr versteht euch.«

»Jaaa, totaaal«, antworteten Yves und ich wie aus einem Mund, und das Gelächter ging weiter.

»Weil ich weiß, wie er tickt ...« Damit hatte Yves indirekt meine Vermutung bestätigt, Easton würde die Frauen an seiner Seite stetig austauschen. Dennoch machte ich mich am Nachmittag erneut auf die Suche nach ihm. Wir waren uns schon an den verschiedensten Orten begegnet, aber aus einem unerklärlichen Grund zog es mich auch an diesem Tag zum Lighthouse Point Park.

Ich stellte Otto auf dem Platz ab, wo Easton zuletzt seine Harley geparkt hatte, und spazierte von dort aus dieselben Wege entlang, die ich mit ihm zurückgelegt hatte. Am Strand tobte das Leben, mittendrin die frechen Möwen. Bunte Sonnenschirme flatterten im Wind, der Geruch von Sonnencreme lag in der Luft, und eine gemischte Gruppe lieferte sich ein Beachvolleyball-Duell. Außer mir schien niemand an diesem Ort allein unterwegs zu sein. Auch abseits vom Strand in der Grünanlage, wo eine riesige Schlange für die besten Hot Dogs der Stadt anstand, waren die Menschen mindestens zu zweit unterwegs – kein schönes Gefühl. Zumal das Szenario widerspiegelte, wie es in meinem Inneren aussah, denn ein Stück weit fühlte ich mich genauso verloren und einsam, wie ich gerade auf der Suche nach Easton durch die Gegend irrte.

Als ich die Hoffnung aufgegeben hatte, ihn irgendwo am Strand oder im Park zu finden, schlug ich den Weg zurück zum

Parkplatz ein. Meine Intuition war leider nicht immer verläss-
lich, wie ich frustriert feststellte, während mir der süßliche Frit-
tiergeruch von Churros in die Nase kroch und sich mein Herz
bei der damit einhergehenden Erinnerung schmerzhaft zusam-
menzog. Tränen sammelten sich in meinen Augen, die ich blin-
zelnd zurückzwang. Keine Tränen mehr. Nicht wegen ihm.

Und dann sah ich ihn. In gewohnt dunklen Jeans und Shirt
fiel er zwischen den sommerlich hell gekleideten Menschen
sofort auf. Wie seine Freunde. Lance und Vazquez. Sie waren
zu sechst unterwegs. Jeder von ihnen in Begleitung einer auffallend hübschen Frau. Am meisten stach die blonde Schönheit
mit den strahlend blauen Augen an Eastons Seite hervor. Mir
wurde speiübel, als ich sah, wie vertraut und innig die beiden im
Umgang miteinander waren. Ich hatte ihn schon mit einigen
schönen Frauen zusammen gesehen, aber das hier war anders.
Auf jedwede Weise. Er hatte nur Augen für sie. Bei ihr war
eindeutig Liebe im Spiel. Tiefe, bedingungslose und aufrichtige
Liebe, die nicht einmal von unseren für ihn bedeutungslosen
Küssen überschattet werden konnte. Genau die Liebe, die ich
mir so sehr von ihm gewünscht hatte, aber die längst einer anderen gehörte.

Kapitel 24

TheOnlyRealMcBeal

Easton hatte mich nicht einmal bemerkt, so sehr war er bei und mit der Frau an seiner Seite gewesen. Ich fühlte nichts, bis ich in meinem Käfer saß und Ottos Lenkrad mit beiden Händen fest umklammerte. Dann brachen aus heiterem Himmel plötzlich sämtliche Emotionen der letzten Wochen gleichzeitig aus mir heraus, und ich glaubte, daran zu zerbersten. Schluchzend ließ ich meinen Tränen freien Lauf, machte mir gar nicht erst die Mühe zu versuchen, sie zurückzudrängen, weil es völlig zwecklos war. Zu lange hatte sich alles in mir aufgestaut und nun endlich ein Ventil gefunden. Mit jeder weiteren Träne, die über mein Gesicht perlte, wurde der Ballast, den ich schon die ganze Zeit mit mir herumgeschleppt hatte, erträglicher. Es war mir vollkommen gleichgültig, ob sich womöglich irgendwer darüber wunderte, warum ich bei herrlichstem Wetter an diesem wundervollen Hotspot heulend in meinem viel zu heißen Wagen saß. Was rauswollte, musste raus. Und aus mir wollte eine ganze Menge heraus.

Nachdem ich mich ausgeweint hatte und nur noch unkontrollierbare Nachschluchzer übrig geblieben waren, startete ich den Motor. Dabei rutschte mein Smartphone aus meiner Tasche auf dem Beifahrersitz. Das Display erhellte sich durch die ruckartige Bewegung, und meine Playlists wurden sichtbar. Mein Blick fiel auf die von Eminem, dessen Stimme und Beats jetzt das einzig Richtige waren, um meine Resttraurigkeit zu vertreiben. Ich tippte auf Play und drückte die Lautstärke bis zum Anschlag hoch, ehe ich langsam vom Parkplatz fuhr und auf offener Strecke richtig Gas gab. Aus vollem Hals rappte ich in Dauerschleife *Lose Yourself* mit und spürte tatsächlich recht schnell, wie alles Deprimierende von mir wich. Befreiende Wut machte sich in mir breit, genau wie Easton es verdient hatte. Er war nichts weiter als ein surfender, Porsche und Harley fahrender Player mit stinkreichen Eltern, der nebenbei Medizin studierte, sämtliche Schönheiten New Havens abschleppte und auch sonst alle gängigen Klischees bediente. Egal, wie sehr er die Blonde auch auf den ersten Blick lieben mochte, er hatte sie ähnlich an der Nase herumgeführt wie mich. Im Endeffekt war sie sogar noch beschissener dran, denn ich konnte mir beim besten Willen nicht vorstellen, dass er ihr von unserem Date, das eigentlich keines gewesen war, erzählt hatte. Oder sie führten eine offene Beziehung. Letztendlich spielte es jedoch keine Rolle. Hätte Easton nicht einfach nur heiß, intelligent, ehrlich und nett sein können? Langsam fragte ich mich, ob diese Kombi überhaupt existierte.

Als ich im Apartment ankam, war Yves nicht mehr da. Sarah saß allein mit ihrem Laptop auf der Terrasse. Ich trat die Schuhe von meinen Füßen und ging zu ihr nach draußen. Wie ein nasser Sack ließ ich mich auf einen Stuhl fallen und warf meine Tasche auf den freien neben mir.

Sarah hob ihren Blick und sah mich mit nach oben gezogenen Brauen an. »Schlechte Laune?«

»Warum sind eigentlich 75 % aller gut aussehenden Typen in unserem Alter Scheißplayer, 10 % verbal inkontinent und die restlichen 15 % entweder glücklich vergeben oder gleichgeschlechtlich orientiert?«

»Uuuh, wenn das keine voreingenommene, klischeetriefende Spontanstatistik war, weiß ich es auch nicht.«

Frustriert stöhnend lehnte ich mich nach hinten. »Ich hasse Männer!«

»Nein, tust du nicht, und ich auch nicht. Das ist ja unser Problem«, erwiderte Sarah. »Wobei ich mich gerade wirklich nicht beschweren kann.«

»Den dezenten Geräuschen aus deinem Zimmer nach hat sich dein Supersonderspezialangebot-Vorrat wahrscheinlich binnen kürzester Zeit halbiert.«

Sarah kräuselte ihre Nase und lachte. »Hach jaaa, was soll ich sagen? Yves ist einfach der absolute S–«

»Bitte erspar mir das«, unterbrach ich sie augenrollend. »Ich freue mich wirklich, dass du glücklich bist, Sasu. Sehr sogar. Aber die intimen Details darfst du gerne für dich behalten.«

»Na gut.« Sie zuckte gleichmütig mit den Schultern. »Fortan benehme ich mich wie eine Gentlewoman, indem ich einfach seehr viel genieße und noch mehr schweige.« Sarahs Mundwinkel zuckten unkontrolliert. »Bist du wirklich sicher, dass du nicht wissen willst, wie Yves –« Mitten im Satz wurde sie von ihrem eigenen Lachflash ausgebremst, der so ansteckend war, dass ich mich kaum noch auf dem Stuhl halten konnte. Sensationell.

Es brauchte eine ganze Weile, bis wir uns einigermaßen beruhigt hatten und Sarah mich schließlich prüfend anschaute. »Du siehst aus, als könntest du ein paar Riegel Schokolade vertragen.«

»Tafeln trifft's eher, aber so viele gibt es in ganz Connecticut nicht zu kaufen.«

»Na ja, ich habe zehn Dark Salted Caramel als Stressreserve gebunkert. Vielleicht helfen die ja für den Anfang? Und ich hätte noch Marshmallow-Kakao im Angebot.«

»Was würde ich bloß ohne dich machen, Sasu?«

»Immer nur lachen ist auf Dauer sowieso viel zu anstrengend. Außerdem ist Drama mittlerweile zu unserem Energy-Drink geworden. Und wir müssen ihn nicht mal kaufen, der wird uns in unregelmäßigen Abständen kostenlos zugestellt. Was will man mehr?!« Sarah stand auf und ging in die Küche. Manchmal beneidete ich sie um ihre Back-einfach-einen-Kuchen-aus-den-Scheißzutaten-und-streu-Zuckerkonfetti-drauf-Mentalität. Wenn nichts mehr ging: Schokolade und Kakao lösten beinahe jedes Problem. Und falls der Schoki-Zauber mal versagte fühlte man sich trotzdem glücklich. Zumindest temporär.

Wenige Minuten später kehrte Sarah mit einem Tablett zurück, auf dem tatsächlich zehn Schokoladentafeln neben zwei großen, minimarshmallowüberfüllten Tassen lagen. Sie stellte das Soulfood ab, reichte mir einen Kakao und parkte den Dark-Salted-Caramel-Stapel in greifbarer Nähe. Danach warf sie meine Tasche auf den nächstliegenden freien Platz und setzte sich mit ihrem Porzellanbecher auf den Stuhl neben mich. »Möge die Schokoladenmacht mit uns sein«, prostete sie mir zu.

Ich stieß mit meiner Tasse vorsichtig gegen ihre, bevor ich daran nippte und mit dem Mund einige Mini-Marshmallows einsaugte. Genüsslich ließ ich sie mir auf der Zunge zergehen.

»Ich bin ganz Ohr, Millili«, sagte Sarah. Hingebungsvoll leckte sie ihren Kakaoschnäuzer ab und sah mich auffordernd an.

»Mit Vanillinzucker?«

Sie nickte. »So wie du ihn am liebsten magst. Aber nicht ablenken, einfach raus mit dem Scheiß!«

Ein weiteres Mal saugte ich eine Ladung der winzigen Marshmallows auf, zerkaute sie langsam und überlegte, wo ich am besten anfangen könnte. Doch es gab nicht wirklich einen guten Anfang und schon gar kein gutes Ende. Ich schluckte die süße Pampe in meinem Mund runter und redete mir die Seele frei, erzählte ihr restlos alles, was mich belastete und an mir nagte, was ich nicht verstand und mich schier in den Wahnsinn trieb. Wie immer hörte Sarah mir geduldig zu. Sie unterbrach mich nicht ein einziges Mal. Erst nachdem wir Schokoladentafel Nummer eins gekillt hatten und mein gesamter Frust praktisch vor uns auf dem Tisch lag, gab sie wieder einen Ton von sich, der nicht besonders nett war.

»So ein scheißverdammter, mieser Arsch!«

Tja. Das hätte ich umgekehrt vermutlich auch nicht wesentlich besser ausdrücken können. Wenn es um Sarahs Gefühlswelt ging, war es mir genauso unmöglich, die Schweiz zu verkörpern. Neutralität? Totale Fehlanzeige. Ob das grundsätzlich richtig war, wagte ich manchmal zu bezweifeln, dennoch ließ sich unser bedingungsloser Zusammenhalt nicht abstellen.

»Okay … puh«, murmelte Sarah. »Eins muss man ihm lassen, so eine harte Nuss hatten wir bisher noch nie zu knacken. Wäre Easton pauschal einfach nur ein Arschloch, hätte ich bestimmt einen Rat auf Lager, aber der Typ ist ein einziger wandelnder Widerspruch.« Sie zog einen schiefen Flunsch und schob ihre Lippen im Wechsel von rechts nach links. Es war unverkennbar, wie angestrengt sie nachdachte. Derweil öffnete ich die zweite Tafel Schokolade, brach einen Doppelriegel ab und vernichtete ihn.

»Da hilft nur noch eins: Wir müssen ihn entglorifizieren und dich entverliebisieren«, sinnierte sie. »Wäre ja gelacht, wenn wir das nicht hinbekommen würden. Darin sind wir mittlerweile echt unschlagbar geworden.«

»Leider wahr«, stimmte ich ihr zu.

Sarah stellte die Tasse ab und schnappte sich ihren Laptop. »Jeder hat Leichen im Keller. Selbst Easton.« Sie loggte sich ein. »Wie heißt er eigentlich mit Nachnamen?«

»Keine Ahnung.« Ich zuckte mit den Schultern. »Aber Yves müsste es wissen, schließlich sind die beiden miteinander verwandt.«

»Das Naheliegendste ist nicht immer das Einfachste. Wenn es um seine Familie geht, schweigt er wie ein Grab.«

»Die scheinen wirklich kein besonders gutes Verhältnis zueinander zu haben.«

»Hmmm«, brummte sie. »Sieht ganz danach aus. Wird auch irgendwie ohne Hintergrundinfos gehen.« Konzentriert und beeindruckend schnell flogen ihre Finger über die Tastatur. »Jahrbuch? Fuckingfehlanzeige! Absolut jeder ist in diesen Kackbüchern verewigt. Warum nicht er?«, schnaubte sie. »Verlass dich drauf. Ich kriege dich.« Sarah rief Seite um Seite auf, ging restlos alles durch, was mit Easton in Verbindung stehen könnte. Doch das Internet schien ihn nicht zu kennen. Egal, wie viele Querverbindungen sie checkte. »Okayyy …«, flüsterte sie vor sich hin, »… dann fahre ich eben andere Geschütze auf. So gut kann sich niemand verstecken. Nicht einmal du, Easton ohne Nachnamen.« Sarah machte eine kurze Pause, trank die Hälfte ihres Kakaos, steckte sich ein großes Stück Schoki in den Mund und widmete sich wieder der Internetsuche. »Habe ich dir noch gar nicht erzählt, fällt mir gerade ein«, murmelte sie mit vollem Mund. »Mels Bruder ist ein ziemlich begabter Hacker. Sie hat mir unter anderem gezeigt, wie ich ins Darknet komme und wie es funktioniert.« Sarah wippte bedeutungsschwer mit ihren Augenbrauen.

»Ist das nicht kriminell?«, hakte ich nach, da ich unter keinen Umständen wollte, dass sich Sarah meinetwegen in irgendeiner Form strafbar machte.

»Nein, eigentlich nicht. Der spezielle Browser, den man dafür braucht, ist meines Wissens völlig legal. Allerdings muss man echt aufpassen, welche Links man anklickt, ohne sich Viren oder Trojaner einzufangen.«

»Lass es lieber, Sasu.«

»Wie war das noch mal mit den Sorgen um mich?«

»Die soll ich mir nicht ständig machen.«

»Und warum?«

»Weil ich nicht deine Mom bin.«

»Sehr schön.« Sarah zwinkerte mir von der Seite zu. »Sie hat es behalten. Halleluja! Aber ohne Witz, wo die Informationsquellen im eher unschuldigen World Wide Web versiegen, sprudeln sie dort erst so richtig los. Und man hinterlässt so gut wie keine Spuren.« Sarah trank ihren restlichen Kakao aus, bevor sie sich mit konzentriert gerunzelter Stirn Zugang zur Grauzone des Internets verschaffte. »Bin drin«, ließ sie mich wissen. Ich rückte mit meinem Stuhl näher an sie heran. »Das hier ist laut Mel eine der sicheren Seiten«, klärte sie mich auf. »Mystery Report von TheOnlyRealMcBeal, und ich sag dir, wer auch immer sich hinter dem Nick verbirgt, hat richtig was drauf, betreibt Hardcore-Enthüllungsjournalismus der Extraklasse und nimmt Ereignisse ins Visier, die von der Presse und der Polizei in New Haven entweder totgeschwiegen oder extrem bagatellisiert werden. Deshalb gehe ich auch davon aus, dass jemand aus der Stadt dahintersteckt. Aber egal, halt dich fest, Millili, denn …« Sarah klickte auf einen weiteren Link, und ich staunte nicht schlecht, als Fotos und Videos von dem ominösen Großeinsatz auf Kelly Island sichtbar wurden. Darunter befand sich ein recht langer Artikel. Bevor ich den ersten Satz lesen konnte, lieferte mir Sarah eine Kurzzusammenfassung des Inhalts. »… da wurde tatsächlich eine noch nicht identifizierte Leiche angespült. Männlich. Das Kuriose ist: Die Polizei hat bei den Ermittlungen überhaupt keine Rolle gespielt, und in der Zeitung hieß es lediglich, auf Kelly Island hätte eine groß angelegte Rettungsübung stattgefunden.«

»Ach du Scheiße!«

»Ich gehe jede Wette ein, dass sich auf dieser Seite noch viel größere Scheiße findet«, sagte Sarah. »Vor allem hier.«

Die fette Überschrift **Skeletons in New Havens Closet** wurde Buchstabe um Buchstabe sichtbar. Nachdem sie sich vervollständigt hatte, bauten sich seitenweise Links auf, hinter denen sich chronologisch geordnete Ereignisse verbargen, wie wir relativ schnell herausfanden. Gleich der erste führte zu einem Artikel, in dem es um den Club *Heaven & Hell* ging. Und zwar um genau die Nacht, in der Sarah und ich auf Einladung der *Philosophen* dort gewesen waren. Am Ende stellte TheOnlyRealMcBeal dieselbe Frage, die mir durch den Kopf gegangen war, als ich von der Rückbank des Maybachs aus die Szenerie vor dem Club beobachtet hatte: Warum waren keine Streifenwagen vor Ort gewesen?

Je weiter wir uns nach unten durch die verschiedenen Links klickten, desto länger lagen die knallhart durchleuchteten Geschehnisse zurück. Allesamt hatten laut Sarah wohl eines gemeinsam: Keines davon ließ sich im Internet über die Standardsuchmaschinen finden. Ganz so, als hätte irgendjemand einen Informationsbann über die Stadt gelegt, sobald etwas passierte, das nicht zum schönen Schein passte. Was mich zusätzlich verwirrte, war die Tatsache, dass TheOnlyRealMcBeal zwar von der East Side schrieb, aber immer wieder die Bay Side erwähnte. Dabei war ich mir absolut sicher, bisher nirgendwo ein Straßenschild mit dieser Ortsbezeichnung gesehen zu haben.

»Verstehst du, warum da so oft von der Bay Side die Rede ist?«, fragte ich nach einer Weile.

Sarah schüttelte den Kopf. »Davon habe ich auch noch nie gehört, und die Artikel lesen sich insgesamt ganz schön bissig.«

Unsere Blicke flogen weiter über die scharf formulierten Texte, unscharfen Fotos und manchmal Videos derselben mäßigen Qualität, die aus weiten Entfernungen aufgenommen worden sein mussten. Seite um Seite inhalierten wir auf der Suche nach irgendwelchen Anhaltspunkten. Als ich die Hoffnung schon fast aufgegeben hatte, stolperten wir über eine weitere Bezeichnung, die uns grübeln ließ: Saint Ville.

»Puuh«, stöhnte Sarah, »langsam verliere ich echt den Überblick.«

Mit grüblerischer Miene biss sie in ein Stück Schokolade und lehnte sich auf ihrem Stuhl zurück. An ihrem Gesichtsausdruck konnte ich erkennen, dass ihr Hirn auf Hochtouren arbeitete, um Zusammenhänge herzustellen. In meinem Kopf hingegen regte sich vor lauter Infodumping kein einziger Gedanke mehr.

»Oh, mein Gott!«, stieß Sarah plötzlich aus und sah mich entgeistert an. »Bay Side. Saint Ville.« Sie klatschte sich mit der flachen Hand vor die Stirn. »Yves' Nachname ist Saint. Demnach könnte Bay vielleicht der von Easton sein. Und wenn wir mit dem Hintergrund die ganzen Informationen noch mal auf uns wirken lassen, haben wir es hier eindeutig mit weitaus mehr als nur mit den Streitigkeiten zwischen zwei Cousins zu tun.«

Ich brauchte mehrere Atemzüge, bis ich verstand, worauf Sarah hinauswollte, und als ich es begriff, wurde mir schlagartig übel. Nicht zuletzt wegen des Übermaßes an Schokolade, die ich im Laufe unseres Rechercheabends gegessen hatte. »Das kann nicht sein«, murmelte ich überfordert.

»Hoffentlich irre ich mich«, flüsterte Sarah, richtete sich auf und klickte weiter durch die Links, bis sie schließlich bei einem Artikel landete, den TheOnlyRealMcBeal bereits vor acht Jah-

ren verfasst hatte. Schon allein die Headline drehte mir den
Magen auf links.

Zwei Häuser in Verona, würdevoll,
wohin als Szene unser Spiel euch bannt,
erwecken neuen Streit aus altem Groll,
und Bürgerblut befleckt die Bürgerhand.
(William Shakespeares Romeo und Julia)

Welcome to New Verona!
Oder wie die Capulets und Montagues unserer Zeit aus einer
weltbekannten Universitätsstadt ihr persönliches Schlachtfeld machen.

Welcher Tag hätte wohl besser gepasst als der 04. Juli, unser
hochgeschätzter Independence Day, um die Grundsteine no-
bler Strandapartments am Silver Sands Beach für die Elite
von morgen zu legen, für die es keinen Platz in den überfüllten Wohnheimen gibt und deren Eltern nicht über das
nötige Kleingeld verfügen, ihrer Brut das Studentenleben so
angenehm wie möglich zu gestalten? Warum auch einfacher
Standard, wenn die Lara-Bay-Stiftung zur Unterstützung
von Stipendiaten und Minderbemittelten gleich mehrere
Millionen lockermacht? Handelt es sich hierbei womöglich
um eine der selbstlosesten Formen von Geldwäsche? Oder
ist die Vorzeigefamilie Bay einfach nur zu gut für unsere
verdorbene Welt? Ein Schelm, wer genauer hinsieht und sich
Böses dabei denkt.

Unglücklicherweise kehrten nach dem feierlichen Ab-
schlussdinner des überaus wohlwollenden Tages im Silver
Sands Plaza nur noch zwei von vier Bays unversehrt nach

Hause zurück – eine Tragödie, wie sie im Buche steht. Auf offener Straße wurde die Familie, in *Ehrenmänner*-Manier, aus einem vorbeifahrenden Auto beschossen. Handelt es sich hierbei um einen derben Scherz von mir, der tief unter die Gürtellinie geht? Leider nein. Ich wünschte für die Kinder, es wäre so.

Lara Bay erlag noch vor Ort ihren schweren Verletzungen und verblutete in den Armen ihres fünfzehnjährigen Sohnes Easton, der fortan schwer traumatisiert sein dürfte. Die elfjährige Alice erlitt eine lebensgefährliche Kopfverletzung und verlor ihr Augenlicht. Auch wenn Mitleid für gewöhnlich ein Fremdwort in meinen Berichterstattungen ist, wünsche ich der Kleinen an dieser Stelle aus tiefstem Herzen baldige Genesung und hoffe sehr, dass sie keine weiteren bleibenden Schäden davongetragen hat. Bei unschuldigen Kindern vergeht selbst meiner verrohten Journalistenseele jegliche Schärfe.

Die Pest auf des grausamen Drahtziehers Haus und auf Nathan Bay, den unseligen Costello-Spross, der seine Familie wider besseres Wissen ins Unglück rennen ließ.

Bleib wachsam, New Haven!

Kapitel 25

Hinter dunklen Augen

Mucksmäuschenstill starrten Sarah und ich auf den Bildschirm. Während mein Blick zwischen den beiden im Text eingebundenen Fotos hin und her huschte, legte sich ein Tränenschleier über meine Augen. Das erste zeigte eine gestochen scharfe Nahaufnahme der Familie Bay. Allesamt lächelnd. Wie aus einem Bilderbuch. Das zweite hingegen war unscharf und zusätzlich an manchen Stellen verpixelt. Dennoch schnürte es mir die Kehle so eng zu, dass ich kaum noch Luft bekam. Es musste nach dem Drive-by aufgenommen worden sein, und ich wollte nicht glauben, was ich da sah: im Vordergrund ein stattlicher Mann im dunklen Anzug, der den Arm beschützend um seinen halbwüchsigen Sohn gelegt hatte, dessen blutbesudeltes Hemd wie ein Mahnmal der schrecklichen Tragödie hervorstach. Im Hintergrund war schemenhaft ein abgedeckter Körper zu sehen und eine von Sanitätern umringte Bahre, die gerade in den Rettungswagen geschoben wurde. Aufnahmen, die am selben Tag binnen weniger Stunden gemacht worden waren, wenn man den geschriebenen Worten von TheOnlyRealMcBeal Glauben schenkte. Obwohl sich mein Verstand vehement dagegen wehrte, die Fotos und den Text dazu als Wahrheit zu akzeptie-

236

ren, wusste ich tief in meinem Herzen, dass Sarah und ich auf der Suche nach irgendwelchen banalen Aufregern nun bis zum Hals in Eastons schrecklicher Realität steckten, und es fühlte sich an, als hätte ich heimlich in seinem gut versteckten Tagebuch herumgeschnüffelt.

Fahrig wischte ich mir die feuchten Spuren aus dem Gesicht. Meine Wangen glühten wie Feuer, und mein Körper wurde von einem eiskalten Schauer nach dem nächsten durchflutet. Minutenlang war ich in einer merkwürdigen Stille gefangen, konnte wegen meines staubtrockenen Gaumens nicht sprechen, hörte bloß das Rauschen meines Blutes und meinen donnernden Herzschlag. Wie gelähmt saßen Sarah und ich nebeneinander, und es brauchte eine halbe Ewigkeit, bis ich realisierte, an wen mich Eastons jüngere Schwester auf dem nunmehr acht Jahre alten Familienfoto erinnerte. Hellblondes Haar. Strahlend blaue Augen. Umarmt von ihrem Bruder, bildete sie mit ihm eine undurchdringliche Einheit. Tiefe Liebe in ihrer reinsten Form strömte mir entgegen.

»Oh, mein Gott. Sie ist seine Schwester.« Meine Stimme war nicht mehr als ein raues Flüstern, das ich selbst kaum verstehen konnte. Beim Gedanken an all die schlimmen Dinge, die ich über Easton gedacht und gesagt hatte, nachdem er im Park mit seiner vermeintlichen Freundin an mir vorbeigelaufen war, fraß mich mein Gewissen regelrecht auf.

Sarah reagierte gar nicht auf mich. Wahrscheinlich hatte sie mein unverständliches Gemurmel überhaupt nicht mitbekommen. Oder sie war noch viel zu schockiert. Ihre Miene ließ zumindest darauf schließen.

Weitere bedrückende Sekunden verstrichen, bevor Sarah ihre angespannte Sitzhaltung veränderte. Sie lehnte sich zurück und schaute mich fassungslos an. »Ich weiß gar nicht, was ich dazu sagen soll.«

»Dito«, gab ich leise zurück und trank meinen letzten Schluck Kakao, um die heftige Trockenheit aus meinem Mund zu vertreiben.

»Wenn das wirklich alles stimmt, ist der arme Kerl vor acht Jahren durch eine unbeschreibliche Hölle gegangen, und ich bin mir nicht sicher, ob man aus dieser Art von Hölle jemals wieder rauskommt.«

»Wohl eher nicht … Ich schäme mich gerade in Grund und Boden dafür, dass wir in seiner intimsten Privatsphäre rumgeschnüffelt haben.« Wieder verschwamm meine Sicht, und Tränen liefen über meine Wangen. Wäre ich dazu fähig gewesen, die Zeit um ein paar Stunden zurückzudrehen, hätte ich es um jeden Preis getan, mich für meinen blöden Liebeskummer entschieden und gegen dieses herzzerreißende Wissen, das mir in keiner Weise zustand, ohne es von Easton persönlich erfahren zu haben.

Meine Tasche und den Laptop nahmen wir mit rein, alles andere ließen wir draußen stehen und machten uns zum Schlafen fertig. Wie immer, wenn etwas geschehen war, das uns aus der Bahn geworfen hatte, krochen wir zusammen in mein Bett und starrten an die Decke. Um die Stille zu durchbrechen, startete ich die Serie, die ich am Vorabend zum wiederholten Male begonnen hatte, und legte das Tablet auf den Nachttisch. Eine Zeit lang lauschten wir den Stimmen von Devi Vishwakumar und Paxton Hall-Yoshida.

»Ein paar gelesene Artikel aus dem Darknet und plötzlich steht die ganze Welt Kopf«, murmelte Sarah schließlich.

»Ich hätte jede Wette darauf abgeschlossen, Easton wäre einfach nur ein typischer Hottie mit Herzensbrechertendenzen aus stinkreichem Elternhaus …«

»Geht mir genauso.«

»Dabei wollte ich bloß irgendeinen banalen Aufreger finden, um dich abzulenken. Aber *das* hatte ich echt nicht auf dem Schirm.«

»Ich weiß. Mach dir keinen Kopf deswegen, Sasu«, erwiderte ich leise. »Wir haben getan, was wir immer in solchen Situationen machen. Dass am Ende so ein dickes Ding dabei rauskommt, hätte niemand erahnen können.«

»So krass, was da alles geschrieben stand. Wenn man den Berichten Glauben schenkt, leben wir in einem Haus, das …« Sie machte eine kurze Pause und senkte ihre Stimme, als hätte sie Angst, die Fakten laut auszusprechen. Und die waren bitter. Vor allem für mich, die Jura und Kriminalpsychologie studierende Tochter eines gewissenhaften LAPD-Lieutenants. »… womöglich von Mafiageldern finanziert und durch die Stiftung reingewaschen wurde.« Sarah atmete tief durch. »Und wir wissen jetzt, welchen Nachnamen Louis Costello nach seiner Ankunft in New Haven angenommen hat. Bay. Was Eastons Vater zum Nachfahren einer der cleversten Cosa-Nostra-Bosse macht, der bei Meyer Lansky höchstpersönlich in die Schule gegangen ist. Du weißt, was man dem charismatischen Schlitzohr nachsagt. Stimmen all diese Rückschlüsse, können wir auch davon ausgehen, dass dieses abgefahrene Anwesen und der nostalgische Dampfer, wo die Erstsemesterparty stattgefunden hat, zum Besitz der Bays zählen. Ich möchte mir gar nicht erst ausmalen, was sie sonst noch ihr Eigen nennen, dafür reicht selbst meine Fantasie nicht aus.« Sarah blies eine wirre Locke aus ihrer Stirn. »Aber das ist ja noch lange nicht das Ende der Fahnenstange. Die Saints und die Bays sind sich seit diesem fürchterlichen Anschlag spinnefeind, weil Yves' Vater für den Tod seiner Schwester Nathan Bay, also Eastons Vater, verantwortlich macht. Den jüngeren Artikeln nach zu urteilen, haben wir es hier mit einem waschechten Revierkampf zwischen den Bays und den Saints zu tun. Übler geht's echt nicht mehr. Trotzdem kann ich mir beim besten Willen nicht vorstellen, dass Yves mit irgendwelchen kriminellen Machenschaften in Verbindung stehen soll. Mit Easton geht es mir genauso.«

»Ehrlich gesagt weiß ich überhaupt nicht mehr, was ich denken soll«, murmelte ich, erschlagen von den ganzen Infos. »Und ich frage mich schon die ganze Zeit, ob es sich um einen Irrtum handelt. Oder ob TheOnlyRealMcBeal Tatsachen mit eigenen Behauptungen vermischt, um seinem Image als tiefschürfender Enthüllungsjournalist treu zu bleiben. Vielleicht hat er auch einfach ein Problem mit reichen Menschen oder wurde wegen unlauterer Praktiken von den Bays gefeuert. Oder von den Saints. Oder, oder, oder …«

»Scheiße Mann«, stöhnte Sarah, »und ausgerechnet wir beide stecken mittendrin. Wir sind ganz schön im Arsch. Was hast du jetzt vor?«

»Puh …« Angespannt rieb ich mir durchs Gesicht und zuckte mit den Schultern. »Keine Ahnung … aber ich muss so schnell wie möglich mit Easton reden. Sonst werde ich wahnsinnig.«

So schnell wie möglich dauerte exakt fünf Tage. Zeit genug, um meine Gedanken zu sortieren, jedoch viel zu wenig Zeit, um meine Gefühle einigermaßen in den Griff zu kriegen. Das wurde mir einmal mehr klar, als ich ihn schon von Weitem im Meer unter den Surfern entdeckte. Ziemlich genau dort, wo wir uns unmittelbar nach meiner Ankunft kennengelernt hatten. Seitdem war ich nicht mehr am Ende der Bucht gewesen und hätte es auch an diesem Abend vermieden, wäre der letzte Strandabschnitt menschenleer gewesen, doch dem war nicht so.

Langsam näherte ich mich den zahlreichen Handtüchern, Klamotten, Rucksäcken, Schuhen und Boards, die am Strand verteilt lagen, setzte mich mit einigem Abstand dazu in den Sand und beobachtete die Surfer. Allen voran Easton, dessen Bewegungen ihn als den outeten, der er war. Ich hätte ihn unter Tausenden erkannt.

Die Szenerie hatte etwas durch und durch Beruhigendes: das Rauschen der Wellen, auf denen sich das Orange der Abendsonne brach und dem Meer einen goldenen Schimmer verlieh; die salzige Brise, die mein Gesicht umschmeichelte und meine Haare umherwirbelte; der weiche Sand unter meinen Händen, meinem Po und meinen Füßen – ein Moment, in dem ich mich unendlich frei fühlte. Wäre da nicht mein aufgewühlt schlagendes Herz gewesen, das gegen jede Vernunft immer noch darauf pochte, Eastons Nähe zu suchen und herauszufinden, was sich wirklich hinter seinen dunklen Augen verbarg. Drei Wellen hatte er seit meiner Ankunft schon genommen, sich von ihnen bis zum Ufer tragen lassen, mich aber entweder nicht bemerkt oder einfach ignoriert.

Das Geräusch eines Boards, das hinter mir in den Sand gerammt wurde, riss mich aus dem Anblick, und ich fuhr erschrocken herum.

»Hey«, sagte Lance. Zum ersten Mal klang seine Stimme freundlich in meinen Ohren. Er verzog seine Lippen zu einem steifen Lächeln. »Was machst du hier?«

»Warten«, stammelte ich wahrheitsgemäß, weil mir durch sein plötzliches Auftauchen keine Spontanausrede einfiel. Letztendlich war es auch egal, was ich ihm sagte. Er hätte mir sowieso nicht abgekauft, dass ich allein der schönen Aussicht wegen den Surfer-Hotspot aufgesucht hatte.

»Auf Easton?«, hakte Lance nach, während er sein Handtuch fallen ließ.

Ich nickte.

Er zog sein Shirt aus und warf es auf seine anderen Sachen. »Schlechter Zeitpunkt«, gab er mir knapp zu verstehen, schnappte sich sein Board und lief an mir vorbei zum Ufer.

Ich sah ihm dabei zu, wie er ins Meer ging, sich bäuchlings auf sein Surfbrett legte und mit weit ausholenden Armbewegungen zu meinem Fixpunkt paddelte. Seine Worte hallten durch meine Gedanken, und ich fragte mich, ob es für Easton und mich jemals einen guten, vielleicht sogar richtigen Zeitpunkt geben würde. Wo es so viel klüger gewesen wäre, ihm aus dem Weg zu gehen, meine Gefühle für ihn zu ignorieren und darauf zu warten, dass sie eines Tages genauso verschwanden, wie sie mich aus heiterem Himmel mit ihm verbunden hatten. Alles, was von allein kam, konnte auch wieder von allein gehen. Nichts währte ewig, und Emotionen verhielten sich ohnehin gänzlich unberechenbar.

Mit der nächsten Welle rauschte ein Surfer heran. Mein Herz überschlug sich förmlich, als er mit einem Ruck die Sicherheitsleine von seinem Knöchel löste und auf mich zukam. Seine Miene wirkte alles andere als freundlich, während er sich mit einer Hand die nassen Haare aus dem Gesicht strich. Ungehalten und scharf wie ein Schwert stieß er sein Board unmittelbar neben mir in den Sand. Wasserperlen nieselten Regentropfen gleich auf mich hinab, und das Knirschen des Sandes unter der Wucht des Aufpralls ließ meine Nackenhärchen emporschnellen.

»Du solltest nicht hier sein«, fuhr Easton mich an, packte mein Handgelenk und zog mich zu sich hoch. Ehe ich begriff, was er vorhatte, setzte er sich in Bewegung und schleifte mich hinter sich her, wie er es bereits in der V-Lounge auf der Erstsemesterparty getan hatte.

»Was wird das?«, fragte ich irritiert und versuchte, mich seinem Griff zu entziehen.

»Ich bringe dich nach Hause«, erwiderte er kühl.

»Lass mich los!«

»Das werde ich, sobald wir da sind!« Er schnaubte aufgebracht.

Da ich keine Chance hatte, mich von ihm zu befreien, ergab ich mich seiner Übergriffigkeit, obwohl es gewaltig in mir brodelte. Dass er auf halber Strecke mein Handgelenk losließ und seine Finger mit meinen verband, machte es nicht besser. Auch wenn es sich deutlich besser anfühlte.

Schweigend, den Blick konzentriert nach vorne gerichtet, stapfte er energischen Schrittes durch den Sand. Es gab so unglaublich viel, das ich ihm sagen wollte, aber der angespannten Situation geschuldet, schaffte es kein einziges Wort über meine Lippen.

Seitlich des Hauses, neben der Treppe und Otto, blieb Easton mit unergründlicher Miene stehen. Sekundenlang fixierte er unsere verwobenen Finger und entzog mir quälend langsam seine Hand. »Ich will dich nicht noch mal am Ende der Bucht sehen, und das meine ich verdammt ernst, Mila!« Er straffte die Schultern und wandte sich von mir ab.

Meine Wut über seinen rüden Umgang mit mir war immens, und mein Verstand schrie, ich solle ihn endlich zum Teufel jagen. Aber mein Herz stemmte sich mit aller Gewalt dagegen und wollte ihn nicht kampflos aufgeben. »Ich weiß, wer du bist, und ich habe keine Angst vor deinem Namen«, schoss es aus mir heraus, und ich bereute es sofort, weil es besser gewesen wäre, ihn gehen zu lassen, ihm künftig aus dem Weg zu gehen und die Dinge auf sich beruhen zu lassen.

Easton blieb stehen. »Lass mich raten«, sagte er gereizt. »Du warst im Darknet unterwegs und bist auf TheOnlyRealMcBeal gestoßen.«

»Ja«, gab ich kleinlaut zu. Sein Wissen um die Existenz dieses Pseudonyms überraschte mich.

Ein verächtliches Zischen drang aus seiner Kehle, bevor er sich umdrehte und den Abstand zwischen uns verkürzte. Dabei kam er mir so nah, dass sein Atem, vermischt mit der Meeresbrise, auf mein erhitztes Gesicht traf. Seinem finsteren Blick standzuhalten, war mir kaum möglich. Es machte mich fertig, ihn dermaßen hart und unnahbar vor mir stehen zu sehen.

»Nur weil du meinen Namen kennst, weißt du noch lange nicht, wer ich bin«, erwiderte er.

»Dann sag mir, wer du wirklich bist.«

»Ein total kaputter Typ, von dem du dich unter allen Umständen fernhalten solltest.«

Ich schluckte nervös, verdrängte die Schwere seiner Worte, zwang mich, alles auf eine Karte zu setzen und ihn anzusehen. Zu verlieren hatte ich sowieso nichts mehr. Es gab nur noch zwei Optionen: Entweder blieb er, oder er ging. Und ich würde mit beidem klarkommen müssen. »Für mich bist du viel mehr als das. Du bist der Mann, der mich am Strand gerettet hat, und der immer da war, wenn es schwierig wurde. Du bist der Mann, der mich wie niemand sonst zum Lachen und zum Weinen bringt und mich manchmal so unfassbar wütend macht. Du bist der Mann, ... an den ich auf den ersten Blick mein Herz verloren habe.« Jetzt war es raus. Ich fühlte mich erleichtert und schämte mich nicht für das offene Aussprechen meiner Empfindungen, obwohl sein Gesichtsausdruck mir förmlich entgegenschrie, er wäre weit davon entfernt, dasselbe zu fühlen.

In seinen Augen flackerte eine seltsam traurige Wärme auf, die mich zutiefst berührte, und er schluckte hart. »Wenn du wirklich glaubst, alles über mich zu wissen, müsste dir auch klar sein, dass jeder in meiner Nähe extrem gefährlich lebt, mein Familienstammbaum aus *Ehrenmännern* besteht und meinem Vater die komplette East Side gehört.«

Mein emotionales Geständnis schien ihn nicht im Gerings-

ten zu interessieren, dennoch nickte ich und brachte ein »Ja«
über die Lippen.

»Gut«, erwiderte er matt. »Und jetzt geh.«

»Ich werde nicht gehen.«

»Wie kann man nur so verflucht starrsinnig sein?« Eastons
Körper erbebte vor Anspannung, und seine Brauen schoben
sich zusammen. »Was musst du noch wissen, damit du endlich
verstehst, dass sich unsere Wege nicht mehr kreuzen dürfen?
Reicht es nicht, dem einzigen Sohn eines Dons der Cosa Nostra gegenüberzustehen? Meine Mutter wurde auf offener Straße
erschossen, und meine Schwester ist seit diesem verdammten
Tag blind.« Er packte mich an den Schultern. Sein Blick bohrte
sich in meinen. »Hast du das gehört, Mila? Sie lebt im Dunkeln. Nie wieder wird sie irgendetwas sehen können, wenn kein
Wunder geschieht. So was lässt sich nicht einfach abschütteln,
egal, wie sehr ich es auch hasse. Es verfolgt mich überallhin.
Weil meine Familie ist, was sie ist.«

Easton ließ mich los. Sein Brustkorb hob und senkte sich
schnell. Aus einem Impuls heraus streckte ich meine Hand aus,
doch er wich vor mir zurück und sah mich verständnislos an. In
seinen dunklen Augen spiegelte sich all der Schmerz seiner inneren Zerrissenheit. Es wäre klüger gewesen, auf ihn zu hören,
einfach zu tun, worum er mich auf die harte Tour gebeten hatte.
Aber ich konnte nicht. Wenn ich jetzt ging, würde ich mich für
den Rest meines Lebens fragen, was geschehen wäre, wenn ich
geblieben wäre. Easton war weder sein Vater noch sein Onkel.
An den tragischen Ereignissen vor acht Jahren trug er keine
Schuld, und nur weil er einen berüchtigten Nachnamen trug,
änderte das nichts an meinen Gefühlen.

»Du empfindest also absolut nichts für mich, und ich habe
mir alles, was zwischen uns war, bloß eingebildet. Ist es das, was
du mir eigentlich sagen willst?«

Abermals hob und senkte sich Eastons Brustkorb schwer unter einem tiefen Atemzug. »Genau das versuche ich dir schon die ganze Zeit klarzumachen.«

»Das glaube ich dir nicht.«

Seine Kiefermuskulatur zuckte, und sein Blick verfinsterte sich noch mehr. »Gut. Wenn du unbedingt wissen willst, wer ich *wirklich* bin, wird Fairchild dich morgen um 18 Uhr abholen.«

Der Klang seiner Stimme verhieß nichts Gutes und sorgte für unangenehmes Kribbeln in meinem Nacken – ein körperliches Warnsignal, das sich nicht ignorieren ließ. Doch diese wahrscheinlich einmalige Gelegenheit ungenutzt verstreichen zu lassen, lag nicht in meinem Naturell. »Ich werde pünktlich fertig sein«, antwortete ich entschlossen, obwohl mein Verstand gerade panisch vor meiner übergroßen Courage flüchtete.

Ohne ein weiteres Wort kehrte Easton mir den Rücken zu und ging. Ich sah ihm nach, bis er im zunehmenden Dunkel des Strandes verschwand. Eastons Welt so nah zu kommen, mochte überaus leichtsinnig und womöglich ein gewaltiger Fehler sein, aber gleichzeitig war es für mich die einzige Möglichkeit herauszufinden, ob ich mich wirklich so sehr in allem – und vor allem in ihm – getäuscht hatte.

Kapitel 26

The Fifty Shades of Easton Bay

»*Was auch immer du tust, pass auf dich auf, Mila!*« Fürsorgliche Worte meiner Eltern, die ich bereits Tausende Male gehört und stets beherzigt hatte. Seit dem letzten Videocall nagten sie jedoch an meinem Gewissen und schürten den Herz-gegen-Verstand-Konflikt in meinem Inneren noch mehr, da ich im Begriff war, wissentlich unkalkulierbare Risiken einzugehen. Sarah schlug mit ihren Bedenken in dieselbe Kerbe. Dennoch verließ ich am nächsten Abend pünktlich das Apartment. Kaum war ich unten angekommen, nahte auch schon der Maybach heran, und Fairchild stieg aus.

»Einen schönen guten Abend, Miss Lewis«, sagte er zur Begrüßung, während er die hintere Wagentür öffnete.

»Ihnen auch, Mr Fairchild«, erwiderte ich und stieg in meinem Lieblingsoutfit von der Erstsemesterparty in die Luxuskarosse.

Ich hatte nicht die leiseste Ahnung, was mich erwartete, war aber darauf gefasst, dass Easton sich nicht unbedingt von seiner besten Seite präsentieren würde. Obwohl ich mich freute, ihn zu sehen, saß ich mit gemischten Gefühlen auf der Rückbank. Nervös knetete ich den Riemen meiner kleinen Umhängetasche, während mir die Klimaanlage eine Gänsehaut bescherte. »Wohin bringen Sie mich?«, fragte ich, als ich die Ungewissheit nicht länger aushielt.

»Zum Silver Sands Plaza, Miss Lewis«, antwortete Fairchild. Im Rückspiegel begegneten sich kurz unsere Blicke, was mich seltsamerweise sogleich ein wenig beruhigte, weil er Sarah und mir nach dem Club-Desaster mit einer unbeschreiblichen Seelenruhe geholfen hatte, wenngleich unsere erste Begegnung nicht zu meinen besten Erinnerungen zählte.

Die Fahrt zum besagten Fünfsternehotel dauerte nicht allzu lange. Unmittelbar vor dem Haupteingang blieb die Limousine stehen. Beinahe zeitgleich öffnete ein silbergrau-beige livrierter Hotelangestellter die Wagentür. Er streckte mir seine Hand entgegen, was etwas Befremdliches an sich hatte, da wir uns etwa im selben Alter befanden und ich durchaus in der Lage war, allein auszusteigen. Damit ich ihn nicht unnötig in Verlegenheit brachte, nahm ich sein Hilfsangebot an und bedankte mich leise bei ihm.

Zu meiner Verwunderung verstummte unterdessen der Motor des Maybachs, und der Chauffeur stieg ebenfalls aus. »Wenn Sie mir bitte folgen wollen, Miss Lewis«, sagte er und ging gemächlichen Schrittes voran über den breiten, mit Silberfäden durchwirkten hellgrauen Teppich. Zwei weitere Hotelangestellte öffneten die prunkvolle Doppeltür für uns.

Meine Eltern verdienten bestimmt nicht schlecht. Vor allem Mom bekam Tantiemen überwiesen, die uns ein sehr gutes Leben in Los Angeles ermöglichten und nebenbei mein gesamtes Studium inklusive der kompletten Apartmentmiete finanzierten. Aber eine solche Edelabsteige hatte ich noch nie von innen gesehen. Beigetöne sowie mattes und glänzendes Silber dominierten das gesamte luxuriöse Interieur auf harmonische Weise. Ich folgte Mr Fairchild durch die Lobby zu einer großen, rund angelegten Ladenstraße, in der sich ein Luxus-Label-Geschäft an das nächste reihte, zur größten Boutique am Ende des Ovals. *La Femme* stand in geschwungenen Lettern über dem Eingang. Ich schluckte nervös. In den aufwendig gestalteten Schaufenstern war nicht ein einziges Preisschild zu sehen – ein sicheres Zeichen für kostspielige Mode, über deren Bezahlung sich die Gäste dieses Hotels garantiert keine Gedanken machen mussten.

Auch die Tür zur Boutique öffnete sich wieder durch die Hand eines Pagen. Mr Fairchild führte mich an wahrhaften Traumkleidern vorbei zu einer äußerst gepflegten Frau mit akkurat hochgesteckten brünetten Haaren. Sie war etwa im Alter meiner Mom und empfing mich mit einem erfrischenden Lächeln. Der silbernen Stickerei am Revers ihres cremefarbenen Blazers nach musste sie Jean Simmons heißen.

»Ich werde mich nun von Ihnen verabschieden, Miss Lewis«, sagte Mr Fairchild. »Bei Jean sind Sie in den besten Händen.« Er schenkte mir ein kurzes Lächeln und verließ die Edel-Boutique.

Überfordert sah ich ihm nach. Im Gegensatz zu mir schien er zu wissen, was mich an diesem Abend erwartete. Mrs Simmons anscheinend auch.

»Mr Bay hat mich gebeten, dem heutigen Anlass entsprechend ein Kleid für Sie auszusuchen, Miss Lewis.« Sie bedeutete mir, ihr in den hinteren Teil des Ladens zu folgen. Ich kam ihrer Aufforderung nach und fühlte mich mit jedem Schritt, den ich ihr in meinem verhältnismäßig billigen Outfit hinterherlief, ein bisschen kleiner. Nichtig, um genau zu sein.

Der Weg endete in einem Rondell mit drei schweren silbergrauen Vorhängen. Mrs Simmons schob den linken zurück und bat mich, den dahinterliegenden Raum zu betreten, der mindestens doppelt so groß wie mein Zimmer im Strandapartment war. Immer noch hoffnungslos überfordert, drehte ich mich einmal im Kreis. Dabei fiel mein Blick auf eine Büste mit einem atemberaubend schönen schwarzen Kleid. Daneben befand sich eine kleine Auswahl an hohen Schuhen und diversen Dessous, die durchweg aus dem feinsten Hauch von fast Nichts bestanden.

»Soll das wirklich für mich sein?«, fragte ich verunsichert.

»Ja«, erklärte Mrs Simmons und schenkte mir ein weiteres Lächeln. »Vorausgesetzt, Sie fühlen sich darin wohl. Falls dem nicht so sein sollte, werden wir gemeinsam etwas anderes für Sie aussuchen.«

Der ganze Aufriss stresste mich in vielerlei Hinsicht, zumal es mir schleierhaft blieb, warum Easton anscheinend so großen Wert darauf legte, mich in ein limitiertes Prêt-à-porter-Kleid zu stecken. Konnte es sein, dass es ihm unangenehm war, mich in gewöhnlicher Stangenmode auszuführen? Was auch immer der Grund für das alles hier sein mochte: Ich wollte die Sache so schnell wie möglich hinter mich bringen und hätte einen Teufel getan, die Auswahl der zuvorkommenden Dame abzulehnen.

»Ich gehe davon aus, Sie tragen ein klassisches Unterwäsche-Ensemble, bestehend aus einem Büstenhalter und einem Slip?«, fragte Mrs Simmons und läutete somit die nächste Runde der für mich befremdlichen Situation ein.

»Ja«, lautete meine schlichte Antwort.

»Der Schnitt des Kleides lässt leider keinen BH zu. Die integrierten Cups sorgen jedoch für einen perfekten Sitz.«

Sie nahm den mit Abstand winzigsten Slip von der Dessous-Stange und gab ihn mir. »Wenn Sie so frei wären, sich zu entkleiden.« Mrs Simmons wies mir den Weg in eine versteckte Nische des Raums und ging in die entgegengesetzte Richtung davon.

Ich tat, worum sie mich gebeten hatte, und wartete, im praktisch nicht vorhandenen Höschen, meine Brüste mit den Händen bedeckt, auf ihre Rückkehr. Nach wenigen Minuten gesellte sich Mrs Simmons mit dem schwarzen Kleid zu mir und half mir beim Anziehen. Währenddessen gab sie mir gleich noch einen Tipp, wie ich es am einfachsten wieder ausziehen konnte, ohne den feinen Stoff dabei zu ruinieren.

Das zweiteilige Designerstück war ärmellos und hatte vorne wie hinten einen fast schon unanständig tiefen V-Ausschnitt. Einseitig war es bis zur Hüfte rauf geschlitzt. Lediglich drei fingerbreite Bänder hielten den bodenlangen Rock am Oberschenkelansatz zusammen und verhinderten das Hervorblitzen des Slips bei jedem Schritt. Dennoch wirkte es weder billig noch ordinär, sondern unglaublich elegant. Der abnehmbare asymmetrische Überrock aus feinstem Tüll machte aus dem dramatischen Look ein mädchenhaftes Abendkleid. Im ersten Moment fühlte ich mich zwar ein wenig verkleidet, weil ich so etwas noch nie getragen hatte, aber nur wenige Augenblicke später veränderte sich das Fremdgefühl. Selbst die High Heels mit den locker sitzenden Riemchen, die sich wie ein dreifaches Fußkettchen glitzernd um meine Knöchel schlangen, waren überraschend bequem zu tragen.

»Wie fühlen Sie sich?«

»Ein bisschen wie *Cinderella*«, gab ich leise zu. Mittlerweile waren alle meine Bedenken verschwunden, und ich freute mich einfach nur noch auf das Date mit Easton.

Mrs Simmons schmunzelte. »Dann ist das Ihr Kleid für den heutigen Abend?«

Ich nickte, betrachtete mich noch mal genau in den deckenhohen Spiegeln und nickte ein weiteres Mal.

»Möchten Sie Ihre Haare offen tragen, Miss Lewis?«

»Was würden Sie mir empfehlen?«, antwortete ich mit einer Gegenfrage.

»Bei Ihrer üppigen Haarpracht könnte ich mir einen verspielten Knoten im Nacken sehr gut vorstellen.«

»Ich mir auch.«

Für die besprochene Frisur brauchte ich nicht einmal den Laden zu wechseln, da Mrs Simmons so was wie meine gute Fee an diesem Abend war. Liebevoll und mit höchster Präzision kümmerte sie sich um meine Haare, steckte sie genauso luftig locker hoch, wie ich es mir vorgestellt hatte, und verhalf mir danach mit wenigen Handgriffen zu einem dezenten Make-up, das lediglich aus einem Hauch Puder, etwas Lipgloss, einem Lidstrich und Mascara bestand.

»Wie fühlen Sie sich jetzt?«

Kaum zu glauben, wer mir da als Spiegelbild zulächelte. Das war tatsächlich ich – ein etwas anderes Ich, an das ich mich durchaus hätte gewöhnen können. Nicht immer. Aber manchmal.

»Verzaubert«, war das Einzige, was mir dazu einfiel. Fehlte nur noch, dass aus dem Maybach eine Kürbis-Limousine wurde, und die Illusion eines wundervollen Märchens wäre nahezu perfekt gewesen.

»Mr Bay erwartet Sie im Rooftop-Restaurant, Miss Lewis. Ein Page wird Sie dorthin führen.«

Nervös bis in die hochgesteckten Haarspitzen erhob ich mich aus dem Frisierstuhl, betrachtete mich ein letztes Mal im Spiegel und atmete zittrig durch. Mein Herz flatterte mindestens genauso sehr wie meine Nerven.

»Ich danke Ihnen sehr, Mrs Simmons.«

»Es war mir ein großes Vergnügen, Miss Lewis«, erwiderte sie. »Ich werde Ihre Sachen von Mr Fairchild abholen lassen.«

Wie Mrs Simmons gesagt hatte, wartete vor der Tür ein Page, der mich zu den gläsernen Aufzügen begleitete. Nachdem wir das Dachgeschoss erreicht hatten, wies er mit einer ausladenden

Armbewegung zu einer links gelegenen breiten Treppe. Voller Vorfreude verließ ich den Fahrstuhl und machte mich auf den Weg dorthin.

Zu meiner Verwunderung strömten auf halber Höhe scharenweise Gäste die Stufen hinunter an mir vorbei, und ich entdeckte einen Mann im schicken Anzug. »Die Sicherheit unserer geschätzten Gäste muss zu jeder Tageszeit und in allen Lebenslagen gewährleistet sein«, erklärte er am laufenden Band. Gleichbleibend freundlich. In sonorer Tonlage. »Bitte folgen Sie den Sicherheitsbeauftragten über den Evakuierungsweg nach draußen. Die Rettungsübung nimmt nur wenige Minuten Ihrer kostbaren Zeit in Anspruch, und das Silver Sands Plaza wird Sie in der Glasgalerie mit einem fürstlichen Menü für die Unannehmlichkeiten entschädigen.«

Die herausgeputzte Upperclass zeigte sich äußerst kooperativ. Niemand tanzte aus der Reihe. Ihr vorbildliches Verhalten lag vermutlich daran, dass es sich nicht um einen Ernstfall handelte. Sonst wären die Damen und Herren bestimmt nicht in erwartungsfroher Plauderlaune gewesen.

Unschlüssig, ob ich weiter gegen den Strom die Treppe hinaufgehen oder mich der Rettungssimulation anschließen sollte, näherte ich mich dem adrett gekleideten Mann, der die Gäste aus dem Restaurant hinauskomplimentiert hatte. Sein Augenmerk richtete sich sogleich auf mich. »Mr Bay erwartet Sie bereits, Miss Lewis«, sagte er mit einem Selbstverständnis, das mir dermaßen die Sprache verschlug, dass ich mich nicht einmal bei ihm bedankte. Auf ein kaum merkliches Handzeichen von ihm öffneten sich die mit silbernen Ornamenten verzierten Doppelflügel der Milchglastür vom *The Rooftop*-Restaurant. Zwei Pagen nickten mir formvollendet zu, während ich an ihnen vorbeiging.

Die zeitlos elegant designte Dachfläche samt all ihrer Aufbauten, indirekten Beleuchtungen, Dekorationen und gespannten Sonnensegel hatte etwas überaus Romantisches. Wären die Umstände nicht ein wenig seltsam gewesen, hätte mich Eastons Erscheinung noch weitaus mehr elektrisiert, als sie es ohnehin schon tat. In einem modern geschnittenen schwarzen Anzug, einem Hemd derselben Farbe, dessen oberster Knopf geöffnet war, und feinsten Schuhen an den Füßen lehnte er lässig an einem halbhohen gläsernen Geländer. Er beobachtete jeden meiner zögernden Schritte, bis er sich schließlich von der Balustrade abstieß und mir auf den letzten Metern entgegenkam.

Unmittelbar vor mir blieb er stehen und küsste mich mit prickelnder Zärtlichkeit auf die Wange. »Du siehst atemberaubend aus ...« Er verkürzte den Abstand zwischen uns noch mehr, und seine Lippen glitten zu meinem Ohrläppchen, berührten es hauchzart beim Sprechen. »... und wahnsinnig sexy.« Sein sonst so anziehender Duft nach Sonne, Meer, Sand und Salzwasser wurde dezent von der Vanille-Moschusnote eines Herrenparfüms überlagert. Es wäre so leicht gewesen, meinen Kopf nur ein kleines bisschen zu drehen und ihn zu küssen. Doch ich tat es nicht, weil ich die Situation nicht einschätzen konnte und mir seiner Reaktion darauf in keiner Weise sicher war. Der Easton im *Heaven & Hell* und im Lighthouse Point Park wäre darauf eingegangen, hätte den Kuss mit schwindelerregender Intensität erwidert. Aber der Easton, der nun vor mir stand, wirkte nicht allein wegen seines anderen Geruchs und des fraglos perfekt sitzenden Anzugs fremd auf mich. Seine Haltung strahlte etwas aus, das sich nur schwer definieren ließ. Ganz so, als würde ich nicht ihm, sondern seinem nicht minder attraktiven, unnahbaren und eiskalten Klon gegenüberstehen.

Ohne ein weiteres Wort zu sagen, führte Easton mich gentlemanlike zum mit Abstand besten Platz im Restaurant, der durch seine zweistufige Erhöhung einen unvergleichlichen Ausblick über die Küste bot. Er schob einen Stuhl für mich zu-

254

recht, bevor er sich mir gegenüber an den eingedeckten Tisch setzte.

Mein Blick schweifte von der herrlichen Aussicht zu den gespannten Sonnensegeln über den verwaisten Stühlen und Tischen, mit teilweise noch vollen Tellern sowie Gläsern, die nahezu geräuschlos von einer Schar Kellner abgeräumt wurden.

»Warum dürfen wir hier sitzen, während alle anderen Gäste ihr Essen stehen lassen mussten, um an einer Sicherheitsübung teilzunehmen?«, war das Erste, was mir nach seiner ungewöhnlichen Begrüßung über die Lippen kam.

»Weil ich mit dir allein sein wollte.«

Ich brauchte einen Moment, um zu begreifen, was er soeben gesagt hatte. »Dann finden gerade keine Übungsmaßnahmen durch das Sicherheitspersonal statt?«, hakte ich ungläubig nach.

»Nein.«

Okay. Das war heftig. Richtig heftig. »Aber das wäre doch nicht nötig gewesen, wir hätten auch –«

»Was nötig ist und was nicht, entscheide ich. Wenn ich etwas will, bekomme ich es. Immer«, ließ er mich unbeeindruckt wissen. »Welchen Wein möchtest du zum Essen?« Sein Blick huschte zu einem Sommelier und einem Kellner, die mit einer Auswahl an Flaschen zu uns an den Tisch gekommen waren. Interessiert lauschte Easton den Erklärungen zu den Weinen. Ich für meinen Teil war noch viel zu schockiert, um mich auf irgendetwas anderes konzentrieren zu können als sein grenzwertiges Benehmen.

»Hast du dich entschieden, Mila?«

Ich wandte mich den beiden Restaurantangestellten freundlich lächelnd zu und bedankte mich für die hervorragenden Auskünfte. Mit einer Traubenallergie entschuldigte ich mich dafür, keinen der vorgestellten Weine kosten zu wollen, und fragte, ob es möglich wäre, stattdessen ein schlichtes Wasser zu bekommen. Easton entschied sich für einen Chateau Le Pin 2019, während ich an ihm vorbeischaute und die herrliche Aussicht genoss. Tief im Innern beschlich mich eine leise Vorahnung, der Abend mit ihm könnte verdammt zäh und vor allem sehr unangenehm verlaufen. Des schönen Kleides wegen verlängerte ich meinen Geduldsfaden noch um drei weitere Versuche für ihn, den beginnenden Albtraum in ein paar angenehme Stunden zu verwandeln.

Die von einem weiteren Kellner vorgetragenen Delikatessen aus aller Herren Länder stellten für mich weitestgehend eine kulinarische Hölle dar, obwohl sich keine tausendjährigen Eier darunter befanden. Entweder verstand ich nicht, was sich hinter den abenteuerlichen Namen verbarg, oder ich verstand es, wäre aber im Traum nicht darauf gekommen, mir so etwas in den Mund zu stecken. Geschweige denn, es auch noch zu kauen und runterzuschlucken. Wenn überhaupt, hätte ich es nur getan, um Leben zu retten. Geduldig wartete der Kellner darauf, meine Essenswünsche erfüllen zu dürfen. Außer dem saftigen Kobe-Rind mit Blattgoldkruste an *Sowieso* aus *keine Ahnung* war absolut nichts für mich dabei. Und das Goldrind wollte ich wegen der mitschwingenden Dekadenz keinesfalls essen.

Ich beugte mich über den Tisch zu Easton. »Wäre ein einfacher Burger mit Pommes zu viel verlangt?«

»So etwas gibt es hier oben nicht.«

»Ohne mit der Wimper zu zucken, lässt du das ganze Lokal räumen, aber simples Junkfood liegt außerhalb deiner Möglichkeiten?«

»Du wolltest wissen, wer ich bin. Und in solchen Etablissements pflegt meine Familie für gewöhnlich zu verkehren. Also finde dich damit ab oder lass dich von Fairchild nach Hause bringen. Deine Entscheidung.«

Mit seinen Worten machte es klick. Unüberhörbar laut und

deutlich. Easton litt nicht unter einer extrem arschlöchrigen Form von plötzlicher Sinneswandlung. Er tat all das mit purer Absicht, weil er mir auf brachiale Art demonstrieren wollte, wie wenig wir gemeinsam hatten. Wie sehr sich die Welten, in denen wir aufgewachsen waren und die uns seit frühester Kindheit geprägt hatten, voneinander unterschieden.

Da es wenig Sinn machte, sich auf einen weiteren Schlagabtausch mit Easton einzulassen, wandte ich mich direkt an den Kellner, der sich die Mühe gegeben hatte, uns sämtliche Spezialitäten des Hauses vorzutragen. »Es ist mir wirklich unangenehm«, gab ich ihm leise zu verstehen, »aber wäre es vielleicht möglich, einen einfachen Salat ohne Schnickschnack und etwas Brot zu bekommen?«

»Selbstverständlich, Miss Lewis«, erklärte er mit einer Freundlichkeit, die man nicht erlernen konnte. »Und was darf ich Ihnen bringen, Mr Bay?«

Easton gab seine Bestellung auf, die völlig an mir vorbeiging, da ich meine Aufmerksamkeit wieder auf die Aussicht gerichtet hatte. Eins stand mittlerweile für mich fest: Wenn *Mr Bay* spielen wollte, würde ich bis zu einem gewissen Punkt mitspielen. Aber ich würde mich ganz sicher nicht so leicht geschlagen geben, wie er dachte.

Das Essen verlief unnatürlich still. Genau genommen wechselten wir außer ein paar üblicher Floskeln zum Essen kaum ein Wort. Wahrscheinlich zählte auch das in seinen Kreisen zu irgendwelchen fragwürdigen Tischmanieren. Für mich war dieses ganze Gehabe einfach nur seltsam, da ich von zu Hause und dem Zusammenleben mit Sarah schlichtweg ganz anderes gewohnt war. Beim gemeinsamen Essen tauschten wir uns über alle Wichtig- und Nichtigkeiten des Tages aus, lachten und hatten einfach Spaß. Dass Easton unbedingt mit mir allein sein wollte, ergab nicht den geringsten Sinn. Es sei denn, er legte es darauf an, mich zum Platzen zu bringen. Zugegebenermaßen war ich tatsächlich von Minute zu Minute mehr versucht, ihm den wahrscheinlich scheißteuren 2019er Chateau Le Peng über seinen Designeranzug zu kippen. Immerhin schmeckte mein Salat wirklich gut.

Pünktlich zum Sonnenuntergang führte Easton mich über den breiten Gang mit den Aufzügen die Treppe zur anderen Seite hoch. *The Rooftop Bar* war natürlich genauso leer gefegt worden wie das Restaurant. Die Barkeeper standen sich allein für uns die Beine in den Bauch, und der talentierte Piano-Spieler haute für zwei halbherzige Zuhörer in die Tasten. Easton bestellte dreißig Jahre gereiften Whiskey für uns. Meinen kippte ich kommentarlos in seinen und nutzte mein leeres Glas für das bereitstehende Club Soda. Lecker war definitiv anders, aber schließlich fraß der Teufel in der Not Fliegen. Mr Bay sollte gar nicht erst auf den Gedanken kommen, er könnte in letzter Konsequenz über mich bestimmen. Vom besten Platz aus beobachteten wir stillschweigend den Sonnenuntergang, und Easton büßte wegen der mit voller Absicht herbeigeführten unangenehmen Gesamtsituation den ersten Versuch ein. Also blieben noch zwei übrig. Und ich war jetzt schon gespannt, mit welcher unsympathischen Aktion er den nächsten verspielen würde.

Punkt 22 Uhr erhob sich Easton von seinem gemütlichen Clubsessel und läutete somit das Ende unserer Zeit in der Bar ein. Erst durch den Hotelpagen, der den Aufzug bediente, erfuhr ich, was als Nächstes auf Eastons Abschreckungsliste stand. Ich setzte ein möglichst entspanntes Dauerlächeln auf, als kurze Zeit später die Türen des Silver Sands Plaza Casinos für uns aufschwangen. Dort herrschte zur Abwechslung keine gespenstische Leere, sondern reger und geräuschvoller Betrieb, was im absoluten Kontrast zu dem krampfhaften Schweigen zwischen uns stand. Während ich die zahlreichen funkelnden Kronleuchter samt des ganzen Glamours bestaunte, blieb mein Begleiter an der Bank stehen.

»Das Übliche, Mr Bay?«, hörte ich den Mann hinter der Glasscheibe fragen.

Easton antwortete nicht. Wahrscheinlich hatte er die Nachfrage mit einem steifen Nicken bestätigt, wie er es bereits den ganzen Abend über zwischendurch tat, was mich zu der amüsanten Überlegung brachte, ob sein tägliches Wortkontingent für heute schon aufgebraucht war. Und ob er die extrem schräge Nummer tatsächlich stumm und steif wie ein Stockfisch über die Bühne bringen wollte.

Im Gegensatz zu den Casinos in Las Vegas gab es in diesem augenscheinlich keine einarmigen Banditen, die den Spielern sprichwörtlich das Geld aus der Tasche zogen. Easton legte eine Hand auf meinen Rücken und lenkte mich so an den emsig umherlaufenden Pagen sowie den Black-Jack- und Poker-Spielern vorbei zu den Roulettes. Am einzig unbesetzten Tisch blieb er stehen und rückte mir einen Stuhl zurecht, damit ich mich setzen konnte. Da alle anwesenden Frauen im Gegensatz zu einem Großteil der Männer an den Spieltischen saßen, gehörte das wohl zum üblichen Prozedere. Die Frage, weshalb wir uns nicht unter die anderen Gäste mischten, um zur Abwechslung wenigstens mal ein klitzekleines bisschen Spaß zu haben, verkniff ich mir, weil ich seine Antwort ohnehin schon kannte.

Es vergingen nur wenige Sekunden, bis ein Croupier an unserem Tisch auftauchte und uns auf das Höflichste begrüßte.

»Kein Limit«, ließ Easton ihn beiläufig wissen. Im selben Moment schob er mir einen übergroßen grauen Jeton zu. 5000 Dollar. Ich traute meinen Augen kaum. Eigentlich hätte ihm klar sein müssen, dass ich nie und nimmer einen solchen Einsatz riskieren würde. Erst recht nicht, wenn es nicht um mein eigenes Geld ging, sondern um das seines Vaters.

»Du hast schon mal gespielt?«, fragte Easton.

Wortkargheit war gerade eine meiner leichtesten Übungen. »Nein.« Ich schob den Angeber-Jeton zurück zu ihm. »Und ich habe auch nicht vor, das zu ändern.«

»Faites vos jeux!«, sagte der Croupier und forderte uns damit zum Einsatz auf.

Easton schob den Jeton wieder zu mir. Ich schnippte ihn postwendend zurück. Aus den Augenwinkeln bemerkte ich den minimalistischen Ansatz eines Schmunzelns. Zum ersten Mal an diesem Abend blitzte für einen Sekundenbruchteil der süße Medizinstudent durch. »Hast du so was wie eine Lieblings- oder Glückszahl?«

»Neun.«

»Die Dame setzt auf die Neun«, sagte Easton. Er legte einen Jeton auf den Tisch, der von dem Croupier mit einem Rateau auf die entsprechende Position gebracht wurde.

»Die Dame will nicht mit dem Geld anderer Leute spielen«, zischte ich meinem unmöglichen Begleiter zu.

»Und der Herr?«, fragte der Croupier.

»Einundzwanzig«, erwiderte Easton, und das Prozedere wiederholte sich.

Der Spielleiter setzte die Roulette-Scheibe in Bewegung und warf die Kugel gegen die Drehrichtung in den Zylinder. »Rien ne va plus«, erklärte er.

Während ich gespannt die Abläufe des Glücksspiels beobachtete, flüsterte Easton: »Die Dame will spielen, sie weiß es nur noch nicht, deswegen übernimmt der Herr die Entscheidung.«

»Der Herr sollte der Dame nicht ihre Entscheidungsfähigkeit absprechen und ein Nein auch als solches akzeptieren, denn sie ist nicht hirnfrei, sondern durchaus in der Lage, sich unmissverständlich auszudrücken.«

»Es spielt keine Rolle, was die Dame will. Sie macht grundsätzlich genau das, was der Herr von ihr verlangt.«

»Und wovon träumst du sonst noch?«

»So läuft das in meiner Welt.«

»Was für eine kranke Welt.«

»Fairchild kann dich jederzeit nach Hause bringen, Mila. Du musst es nur sagen.«

»Als ob ich freiwillig auch nur auf eine Sekunde dieses Dream Dates verzichten würde, wo du weder Kosten noch Mühen gescheut hast, mich bestmöglich zu unterhalten und dich von deiner charmantesten Seite zu zeigen.«

Easton befeuchtete seine Lippen und kniff sie zu zwei schmalen Strichen zusammen, erwiderte jedoch nichts mehr darauf.

Das gleichmäßige Surren des Roulettes veränderte sich. Die Kugel verließ ihre Bahn, rollte zur Mitte, wieder zum Rand, titschte zwischen den Zahlen umher, bis sie sich schließlich in einer der kleinen Abtrennungen verfing und ihre Position nicht mehr verändern konnte.

»Neun«, sagte der Croupier, »der Herr verliert.« Mit dem Rateau kassierte er Eastons Jeton auf der Einundzwanzig ein, bevor er acht übergroße senfgelbe und drei graue Spielchips samt dem, der auf der Neun lag, zu mir rüberschob. »Die Dame gewinnt.«

Heillos überfordert mit der Summe, die sich in Plastikgeld direkt vor mir auf dem Tisch befand, starrte ich die kleinen Stapel an. Wenn ich mich nicht verzählt hatte, waren es 180 000 Dollar.

Ein Page trat neben mich und räusperte sich. »Was darf ich Ihnen bringen, Miss Lewis?«

»Nichts …«, murmelte ich abwesend.

»Und Ihnen, Mr Bay?«

Easton schüttelte kaum merklich den Kopf, und der Hotelangestellte widmete sich anderen Gästen.

»Faites vos jeux!«, forderte uns der Spielleiter erneut auf.

So verlockend die 180 000 Dollar auch sein mochten, die Easton freimütig für mich erspielt hatte, setzte ich alles wieder auf die Neun, damit der Betrag zurück an die Bank ging.

»Kein Limit, Mr Bay?«, vergewisserte sich der Croupier.

»Kein Limit«, bestätigte Easton und wartete, bis mein kompletter Gewinn auf der richtigen Zahl lag, bevor er einen der grauen Jetons in seiner Hand auf den Spieltisch warf. »Dreizehn.«

Der Inszenator schob den Chip in Position und startete die nächste Runde. »Rien ne va plus.«

Die Scheibe drehte und drehte sich, während die Kugel schier endlos lange am Rand des Zylinders ihre Kreise zog. Nach einer Weile geriet sie endlich aus der Bahn, titschte wie gehabt zwischen den Zahlen umher und verharrte auf … der Neun.

»Der Herr verliert, die Dame gewinnt.«

Obwohl ich gewonnen hatte, ohne wirklich gewonnen zu haben, war ich dermaßen überwältigt von dem Anblick des Jeton-Bergs, der sich in mehreren Schüben durch das Rateau vor mir aufbaute, dass ich von meinem Stuhl aufsprang und Easton in die Arme fiel.

»Oh, mein Gott! Wie ist das möglich? Ich habe noch nie irgendetwas gewonnen. Und dann auch noch zweimal hintereinander. Dieselbe Zahl. Das … das müssen mehrere Hunderttausend Dollar sein.«

»Es sind exakt 6 480 000 Dollar.« Easton erwiderte meine Umarmung, zog mich so fest an sich, dass mir der Atem stockte. »Du hast gewonnen, weil ich es wollte, Mila, und wenn ich will, dass du alles verlierst, wirst du alles verlieren«, raunte er mir zu. Seine Lippen berührten beim Sprechen mein Ohrläppchen und lösten eine elektrisierende Gänsehaut auf meinem Körper aus. »Genau *jetzt* hast du die einmalige Gelegenheit, das Geld zu nehmen, aus New Haven zu verschwinden und an einem anderen Ort das Leben deiner Träume zu führen.«

Gehört hatte ich zwar schon von manipulierten Spieltischen, aber dass Easton zu solchen Mitteln griff, um mir ein derartiges Angebot zu unterbreiten, hätte ich niemals für möglich gehalten. Meine Euphorie erstarb augenblicklich. Mit ihr erlosch auch der zweite Versuch, den ich ihm unausgesprochen gegeben hatte. Mr Bay wollte also immer noch spielen. Das konnte er haben.

»Kein Limit?«, wisperte ich.

»Kein Limit!«

Ich küsste ihn zärtlich auf den Mund, löste mich von ihm und schob alle Jetons in die Mitte des Tischs. »Neun«, ließ ich den verdutzten Croupier wissen, der sogleich Eastons Blick suchte. Wie und was die beiden stumm kommunizierten, blieb mir verborgen. Meine Spannung stieg, als der Inszenator die gigantische Summe auf der von mir genannten Zahl in Position brachte und Easton seine restlichen Chips ebenfalls dort platzieren ließ. Zum dritten Mal vernahm ich mit dem Rollen der Kugel ein »Rien ne va plus«, und das Glücksspiel nahm seinen faszinierenden Lauf.

»Zweiundzwanzig«, stellte der Croupier fest, als die Kugel sich final festsetzte. »Die Dame und der Herr verlieren alles.«

Kapitel 27

The Devil's Own

Nach dem provokanten Spiel im Casino brachte Mr Fairchild uns zum *Heaven & Hell*. Wie zuvor in der Rooftop-Bar des Hotels sagte Easton kein einziges Wort und schaute stoisch aus dem Seitenfenster – darauf bedacht, die Distanz zwischen uns zu wahren, bis wir den Club erreichten. Anstelle des Chauffeurs öffnete er die Wagentür für mich. Formvollendet streckte er mir seine Hand entgegen, um mir beim Aussteigen behilflich zu sein. Kaum stand ich mit beiden Füßen auf dem Bürgersteig, spürte ich das Fließheck der wuchtigen Limousine in meinem Rücken, Eastons Atem auf meiner Stirn und seine Hände an meiner Taille. Überaus geschickt machte er sich am Verschluss des Überrocks meines Kleides zu schaffen. Mir aus dem Nichts heraus ungefragt an die Wäsche zu gehen, war ein absolutes No-Go und kostete ihn den letzten Versuch. Noch ein einziger Fehltritt, und ich würde gehen. Aber nicht, weil er es wollte, sondern weil ich es wollte.

»Was wird das, wenn du fertig bist?«, fragte ich ungerührt.

»Den brauchst du für das, was wir jetzt vorhaben, nicht mehr.«

»Und was genau haben wir jetzt vor?«

»Das kommt darauf an, wie weit du gehen wirst.« Langsam

streifte er den leichten Stoff von meiner Taille, warf ihn achtlos auf den Rücksitz des offenen Wagens und schlug die Tür zu, ohne mich aus den Augen zu lassen. Easton ergriff meine Hand und führte mich vom Maybach weg über die Straße. Wie weit ich wirklich gehen würde, wusste ich nicht, nur, dass meine innere Zerrissenheit im Laufe des Abends zunehmend größer geworden war. Einerseits wollte ich ihn ohrfeigen und einfach stehen lassen. Andererseits konnte er so unglaublich einfühlsam und liebevoll sein, wie ich von unserem Date am Leuchtturm wusste. Dann war da noch dieses wahnsinnige Prickeln, das ich bei jeder seiner Berührungen verspürte. Ich saß in einem Teufelskreis fest.

Vor dem Eingang des Clubs wartete eine riesige Menschenschlange darauf, hineingelassen zu werden.

Easton schleuste mich an der Security vorbei, die anstandslos vor ihm zur Seite wich, und brachte mich auf direktem Weg nach unten in die Hölle – dem Clubbereich, dessen Namen dieses fragwürdige Date samt meiner zwiespältigen Emotionen absolut perfekt widerspiegelte.

Nebel und Hitze schlugen uns auf der schier endlos langen Treppe entgegen. Je tiefer wir hinabstiegen, desto dunkler wurde es. Rote Effektlichter krochen Lavaströmen gleich durch die schwarzen Wände, die so uneben waren, wie man es bloß von Höhlen und Katakomben kannte. Die basslastige Musik hatte etwas verführerisch Düsteres, ging durch Mark und Bein und löste den dringenden Wunsch aus, sich im harten Rhythmus auf ewig zu verlieren. Feuerfontänen glommen auf, setzten noch mehr Hitze frei. Als wir durch einen kurzen Tunnel liefen, veränderten sich die Wände. Aus rauem Gestein wurden schwarze Latexbahnen, hinter denen sich Männer und Frauen räkelten, die ihre Hände gierig nach uns ausstreckten. Am Ende befand sich ein schwarz-silberner Totenschädel mit weit aufgerissenen Kieferknochen. Wir durchschritten das Tor zur Hölle und fanden uns in einem gigantischen Gewölbe wieder. Auch hier zogen sich täuschend echt wirkende Lavaströme durch schwarz glitzernde Grobsteinwände und bildeten Flüsse auf dem Boden. Feuersäulen spien haushohe Flammen aus. In der Mitte des doppelstöckigen Raumes stand ein meterhoher Thron, an dessen Fuße sich spärlich bekleidete Menschen im wahrsten Sinne des Wortes die Seele aus dem Leib tanzten. Um die Beine des überdimensionalen Teufelsthrons schlängelten sich schmale gewundene Treppen zum Sitz hinauf, auf dem sich eine weitere Tanzfläche voll wild zuckender Körper befand. Der Beat war ansteckend, regelrecht infizierend. Es fiel mir schwer, nicht wie alle anderen dem herzschlagbeeinflussenden Rhythmus zu erliegen. Lavaeffekte und kunstvoll in Szene gesetzte Flammenwerfer erschufen eine nahezu perfekte Illusion, ließen die Clubgäste wie düstere Schatten wirken, deren Gesichter nur zu erkennen waren, wenn man ihnen unanständig nah kam.

Easton ließ mich los und zog sein Jackett aus. Im Vorbeigehen warf er es einer Kellnerin zu, die es reflexartig auffing und wegbrachte. Kleine Schweißperlen sammelten sich auf seiner Haut. Er öffnete seine Manschetten, krempelte die langen Ärmel bis zum Ellenbogen hoch und ergriff wieder meine Hand. Zielstrebig führte er mich zur Theke unter dem Thron. Die Hitze nahm weiter zu, und mich überkam das dringende Bedürfnis, sämtliche Kleidungsstücke abzulegen, obwohl ich den leichten Stoff kaum spürte.

Ich folgte Easton um die große Barzone herum. Zwischen der Theke und einem weiteren katakombenähnlichen Gang, der hinter einem geschlossenen Gittertor verborgen lag, blieb er stehen. Rauchschwaden krochen durch die schwarzen Stäbe mit den eisernen Lettern *The Devil's Own*, an denen rechts und links jeweils ein weiblicher und ein männlicher Tänzer halb nackt angekettet waren, die sich lasziv zum aufheizenden Club-sound bewegten.

Easton beugte sich zu mir. »Was möchtest du trinken?«

»Ein Eimer Wasser wäre ganz gut.«

Zum ersten Mal an diesem Abend vernahm ich ein leises Lachen von ihm. »Wasser gibt es hier unten nur zum Spülen der Gläser.«

»Besteht die Möglichkeit, irgendwas anderes ohne Alkohol zu bekommen?«

»Nur im Himmel werden alle Wünsche erfüllt«, sagte er.

Ich verkniff mir die Frage, ob wir die Ebene wechseln und in himmlische Gefilde aufsteigen könnten. Offensichtlich verfolgte Easton einen Plan, an dem er stoisch festhielt. Alternativ zur Hölle würde er mir lediglich anbieten, mich von Mr Fairchild zum Strandapartment bringen zu lassen. Dessen war ich mir absolut sicher. Und diesen Triumph wollte ich ihm unter keinen Umständen gönnen. »Gibt es hier nur richtig hartes Zeug?«

»Nein.«

»Dann nehme ich den softesten Drink von der Karte.«

Easton wandte sich von mir ab und einem Barkeeper zu, der sogleich alles stehen ließ, um sich der Bestellung meines Begleiters zu widmen. Kurz darauf stand ein *Americano* im Longdrinkglas mit viel Eis vor mir, und Easton wurde ein eisgekühlter *Campari* über den schwarz glänzenden Tresen zugeschoben. Ein raues »Cheers« drang durch die harten Beats an mein Ohr, bevor er mit seinem Glas gegen meines stieß, seinen Drink in einem Zug runterkippte und gleich den nächsten orderte.

Indes nippte ich an meinem Cocktail, der glücklicherweise wegen der rasch schmelzenden Eiswürfel zumindest ein bisschen meinen brennenden Durst stillte. Einen Atemzug später bemerkte ich jemanden in meinem Rücken. Als ich mich umdrehte, stand Davy vor mir. Er begrüßte mich überschwänglich mit einer innigen Umarmung, bei der ich vom Boden abhob. »Schön, dich zu sehen«, flüsterte er in mein Ohr. »Bist du allein h–« Von einer Sekunde auf die andere ging ein harter Ruck durch Davys Körper, und ich spürte wieder den Boden unter meinen Schuhen. Davy war weg. Als ich mich nach ihm umsah, entdeckte ich Easton, der meinen Highschool-Freund mit einer Hand am Hals gepackt hielt und brutal gegen die Gitterstäbe des Tores drückte. Sofort tauchte ein Hüne von Security-Mann im schwarzen Anzug auf und führte einen hoffnungslos verwirrten Davy mit blutender Nase seitlich an mir vorbei zum Ausgang. Gefühlt passierte alles gleichzeitig und dermaßen schnell, dass ich wie angewurzelt dastand und vor Schreck nicht fähig war einzuschreiten. Geschweige denn, mich nach seinem Befinden zu erkundigen, mich um ihn zu kümmern oder ihn nach draußen zu begleiten. Damit hatte Easton endgültig eine Grenze überschritten, die ich nicht ignorieren konnte. Energischen Schrittes ging ich auf ihn zu, und wir prallten gegeneinander, als er sich umdrehte. »Läuft bei dir überhaupt noch irgendwas normal, oder bist du komplett übergeschnappt?«, stieß ich wütend aus.

»Er hat dich angefasst, und das hat mir nicht gefallen«, erwiderte Easton ungerührt. »Jetzt wird er dich nicht mehr anfassen.«

»So einfach ist das für dich?«

»Ja, so einfach ist das für mich, Mila. Wenn Probleme auftauchen, räume ich sie aus dem Weg. Wenn ich etwas will, nehme ich es mir.« Er strahlte eine absolut düstere Dominanz aus, die trotz meiner Wut auf ihn etwas verstörend Anziehendes hatte. Eastons zornig funkelnder Blick ruhte auf mir wie ein unheilvoller Sog, der es mir unmöglich machte, mich ihm zu entziehen und auf Abstand zu gehen. Ich spürte das Beben seines Brustkorbs. Sein herbsüßer *Campari*-Atem traf auf mein erhitztes Gesicht. »Und genau jetzt will ich nichts anderes als dich!«

Er packte mich im Nacken und presste mich so fest an sich, dass mir die Luft wegblieb. Dann küsste er mich. Besitzergreifend. Voller Verlangen. Und schwindelerregend intensiv. Eine verzehrende Form von Hassliebe kroch hochtoxisch durch meine Adern, breitete sich in rasender Geschwindigkeit überall gleichzeitig aus. Ich wollte ihn wegstoßen, ihn ohrfeigen, so schnell wie möglich fort von ihm und all meine träumerischen Illusionen endgültig begraben. Aber viel mehr als das wollte ich dieses berauschende Gefühl in sämtlichen Facetten auskosten. Getrieben von dem letzten Fünkchen Hoffnung, seine eiskalte Fassade vielleicht doch noch zum Schmelzen bringen zu können, ließ ich mich voll und ganz auf ihn ein. Meine Finger krallten sich in sein kurz geschnittenes Nackenhaar, zogen ihn noch enger an mich.

Losgelöst von allem und jedem verlor ich mein Gleichgewicht, taumelte gegen die Gitterstäbe, die sich durch den Druck von Eastons unbändiger Körperkraft hart in meinen Rücken drückten, bis das Tor schließlich nachgab. Ich wollte die Augen öffnen, um mich zu orientieren, aber ich war längst nicht mehr dazu fähig, mich von meiner umnachteten Vernunft leiten zu lassen. Während Eastons Hände über meinen Körper glitten und wir uns weiter hemmungslos küssten, drängte er mich immer tiefer in das von sinnlichem Keuchen und Stöhnen erfüllte Gewölbe hinein. Metallische Kälte an meiner glühenden Haut ließ mich erschauern.

Easton löste sich kurz von mir und öffnete eine Tür. Kaum hatte er mich über die Schwelle geschoben, fiel sie hinter uns krachend ins Schloss. Von einem Moment auf den anderen umgab uns Stille. Mein gesamter Körper war mittlerweile zu einer einzigen hoch erogenen Zone geworden. Quälend langsam schob Easton die breiten Träger des Kleides über meine Schultern, zeichnete mit seinen Lippen die Konturen meines Schlüsselbeins nach, während sich meine Finger zu den Knöpfen seines Hemdes stahlen und einen nach dem anderen öffneten. Innerlich wie äußerlich brannte ich lichterloh und glaubte, jeden Moment von der immensen Wucht meiner Gefühle, die seine Berührungen auslösten, in einen Abgrund gerissen zu werden, aus dem es kein Entkommen mehr gab.

Ein Widerstand in meinen Kniekehlen brachte mich zu Fall. Er fing mich auf, bettete mich auf kühle Seide. Sein Mund löste sich von meinem, strich über meine Haut, hinterließ einen hitzigen Pfad auf meinem Hals. Eastons schneller Atem vermischte sich mit einem rauen Flüstern, und eine prickelnde Gänsehaut breitete sich auf meinem Körper aus. »Vertraust du mir?«

»Ja«, keuchte ich zittrig, ehe unsere Lippen abermals aufeinandertrafen. Er drückte meine Handgelenke oberhalb meines Kopfes in die Matratze. Etwas Weiches wickelte sich fest um meine Knöchel, schränkte die Bewegungsfreiheit meiner Arme ein, und wieder vernahm ich sein raues Flüstern ganz nah an meinem Mund. »All das, was du heute erlebt hast, ist Teil meiner Welt, Mila. Eines Tages werde ich den unseligen Thron besteigen, der vor langer Zeit auf dreckigem Geld und dem Unglück anderer errichtet wurde. Darauf werde ich schon mein ganzes Leben lang vorbereitet, und die Letzte, die ich dann an meiner Seite haben will, bist du.«

Ich schlug die Augen auf. Undurchdringliche Dunkelheit umgab uns. Dennoch suchte ich seinen Blick, fand ihn aber nicht.

Eastons Atem umschmeichelte beinahe liebevoll mein Gesicht. Umso mehr schmerzten seine bitteren Worte. Doch er schien noch nicht fertig zu sein. »Niemals, absolut niemals solltest du jemandem vertrauen, den du nicht kennst. Und schon gar nicht Männern wie mir. Vergiss das nie, Mila.« Verstörend zärtlich strichen seine Finger über meine Lippen, glitten federleicht meinen Hals entlang, bevor er sich von mir löste und ich seinen Körper nicht mehr spürte. Nur seine Wärme blieb auf mir zurück.

Ich brachte nicht einen Ton heraus und fühlte mich wie gelähmt. Seine Schritte hallten einem Echo gleich durch das Zimmer. Mit wild pochendem Herzen vernahm ich das Klicken beim Öffnen und Schließen der Tür, ehe mir das metallische Drehgeräusch eines Schlüssels durch Mark und Bein fuhr. Danach setzte ohrenbetäubende Stille ein. Ich war allein. In einem nachtdunklen Raum. An ein fremdes Bett gefesselt.

Kapitel 28

Wollen. Nicht können.
Und ganz viel dazwischen

Easton

Nachdem ich die Tür des Darkrooms hinter mir zugezogen und abgeschlossen hatte, setzte mein schlechtes Gewissen ein. Ich fühlte mich wie der mieseste Arsch auf diesem Planeten. Etwas zu planen war eine Sache. Den abgefuckten Plan in die Tat umzusetzen eine ganz andere. Ich hatte so sehr gehofft, die Nummer nicht bis zum bitteren Ende durchziehen zu müssen, doch Milas Starrsinn war mir unerwartet heftig in die Quere gekommen. Angespannt rieb ich mir über die Stirn und drückte Cameron, die mir im selben Moment mein Jackett zurückgab, den Schlüssel in die Hand. »Hol sie in dreißig Minuten raus, und sag ihr, dass Fairchild vor der Tür auf sie wartet. Vergiss es nicht!«

»Keine Sorge, ich bin ja nicht blöd«, erwiderte Cam und trat verbal sofort nach. »Wenn irgendein Kerl mit mir so was abziehen würde, wäre ganz Connecticut zu klein für den Wichser!«

»Charmant wie immer!«

»War ein Einstellungskriterium«, erklärte sie mit einem frechen Zwinkern und lief zur Theke, um die nächsten Bestellungen bei den Barkeepern aufzugeben.

Aufgewühlt verließ ich die Hölle, ohne sie wirklich zu verlassen, denn die wahre Hölle tobte in meinem Gewissen. Und das konnte ich nicht im Club zurücklassen.

Laue Nachtluft wehte mir beim Verlassen des Clubs entgegen. Ich atmete mehrfach tief durch, um zumindest einen Teil des zentnerschweren Ballasts loszuwerden. Keine Chance. Ich wandte mich nach rechts, ging zur nächsten Straßenecke, schaute mich um und entdeckte ihn im Lichtschatten eines Hauses. Als er mein Auftauchen bemerkte, kam er mir auf halbem Weg entgegen.

»Hey, Mann«, sagte ich und klopfte dem großen Blonden versöhnlich auf die Schulter. »Das mit deiner Nase tut mir echt leid.«

»Schon gut«, wiegelte Quin ab, »sollte ja echt aussehen und … war für ne gute Sache.«

Wie vereinbart gab ich ihm eine Black Card, die ihm freien Eintritt und Verzehr in sämtlichen Clubs und Bars der East Side garantierte. »Gibt es was Neues?«

»Noch nicht, aber ich arbeite daran.«

Seit nunmehr einem Jahr kannte ich Quin, hatte sein Aufblühen und sein wachsendes Selbstbewusstsein beobachtet, aber in letzter Zeit wirkte er müde, gehetzt und nervös. Ganz so, als würde er wegen irgendetwas unter Druck stehen. »Vielleicht ist es langsam an der Zeit auszusteigen«, gab ich zu bedenken.

»Sobald ich herausgefunden habe, was hinter den Kulissen abgeht, war's das für mich.«

»Kluge Entscheidung«, erwiderte ich. »Du hast was gut bei mir, Quin. Und falls du in irgendwelchen Schwierigkeiten stecken solltest, von denen ich nichts weiß, sag es mir.«

Er nickte, steckte beide Hände in die Hosentaschen und lief

zu seinem Wagen. Ich ging zurück zum Club und stieg in das erste Taxi, das vor den Türen des *Heaven & Hell* auf Fahrgäste wartete.

»Wohin?«, fragte der Fahrer, nachdem ich auf der Rückbank Platz genommen hatte.

»Morgan Light Point.«

Als ich das Haus am Mystic River betrat, konnte ich Lance vom Eingangsbereich aus im Wohnzimmer sehen. Mit einem Drink in der Hand lehnte er an der Wand. Durch die große Fensterfront schaute er hinaus auf die beleuchtete Poolanlage. Obwohl mir nicht der Sinn nach Gesellschaft stand, durchquerte ich den Raum und blieb neben ihm stehen. »Wie ist es gelaufen?«

Lance stieß sich von der Wand ab, drehte sich um und sah mich prüfend an. »Was ist los? Du siehst total beschissen aus.«

»Nichts«, stöhnte ich genervt. »Erzähl mir lieber, ob deine Lizenz zum Töten verlängert wurde oder ob demnächst jemand anderes hier einzieht.«

»Volle Punktzahl«, grinste Lance breit. »Lucy und Kate auch. Vazquez hat zwar beim Schießen minimal danebengelegen, dafür aber mit seinen Nahkampftechniken restlos überzeugt. Anne ist raus. Morgen macht sie die Neue mit ihren Aufgaben vertraut, danach geht's für sie zurück nach Idaho. Den Rest von uns wirst du weiter ertragen müssen.«

»Es gibt Schlimmeres«, sagte ich, nahm das Glas aus seiner Hand und kippte den letzten Schluck Whiskey runter, den er sich zur Feier des Tages eingeschenkt hatte. »Wie heißt die Neue?«

»Mary.«

»Wie geht's Vazquez damit?«

274

»Er kommt klar.« Lance neigte den Kopf zur Seite und sah mich eindringlich an. »Seit fünf Jahren hocken wir jetzt schon fast 24/7 aufeinander, und in all der Zeit habe ich dich nie etwas Hartes trinken sehen. Aber seit die Kleine in der Stadt ist, nun schon zum dritten Mal. Wie der Abend mit ihr gelaufen ist, brauche ich wohl nicht zu fragen.«

»Es ist gelaufen, wie ich wollte.«

»Du hast sie schlecht behandelt.«

»Auf jede erdenkliche Weise …«

»Musste das sein?«

»Ja.« Ich nickte abwesend. »Ab jetzt wird sie mir aus dem Weg gehen. Hoffe ich zumindest.«

»Und das willst du?«, hakte er skeptisch nach.

»Du weißt genauso gut wie ich, dass es nicht ums Wollen geht. Sonst würde sie jetzt bestimmt nicht verstört mit Fairchild im Wagen sitzen, sondern wäre hier bei mir.«

»Deine Entscheidung. Auch wenn ich sie absolut nicht nachvollziehen kann.«

»Richtig. Das kannst du nicht, weil du nicht in meiner Haut steckst, Lance.«

»Hast du ihr das Märchen vom Thronfolger aufgetischt, obwohl dein Vater nicht will, dass du in die Fußstapfen trittst, in die er hineingezwungen wurde, und alles daransetzt, seine Geschäfte zu legalisieren?«

Tief durchatmend nickte ich.

»Das ist bitter«, sagte er missbilligend.

»Ja, das ist es, aber ich will sie komplett aus der Schusslinie haben, solange die *Philosophen* noch ein erhöhtes Risiko darstellen und wir nicht wissen, wer der Kopf dieser Studentenvereinigung ist.«

»Wie gesagt: deine Entscheidung. Ich frage mich nur, warum du dich vor der Kleinen geoutet hast.«

275

»Habe ich nicht. Das hat TheOnlyRealMcBeal für mich übernommen.«

»Scheiße, Mann! Die Seite gibt's immer noch?«

»Nur im Darknet. Aber wir sind nah dran am selbsternannten Anwalt New Havens.«

»Die Kleine scheint in dem Bereich auf jeden Fall was draufzuhaben.«

»Ich denke nicht, dass sie auf den Gedanken gekommen ist, im Darknet zu schnüffeln. Schon allein, weil ihr Vater ein hohes Tier beim LAPD ist und sie garantiert allem, was auch nur ansatzweise illegal sein könnte, aus dem Weg geht. Ihrer Freundin traue ich das eher zu.« Ich rieb mir über die Stirn. Mein Verhalten Mila gegenüber lastete immer noch schwer auf meinen Schultern. Und meinem Gewissen. »Gibt es schon was Neues von den Proben?«, wechselte ich zu einem weitaus weniger schmerzhaften, jedoch nicht weniger ernsten Thema.

»Einiges«, sagte Lance. »Wie erwartet sind es Designerdrogen. Allerdings keine, die in irgendeinem Hinterhof zusammengemischt wurden. Da waren richtige Profis am Werk. Alle drei lösen eine extrem heftige biochemische Reaktion aus und beinhalten einen Stoffcocktail, der es in sich hat. *Angel Wings* steht für Euphorie, aktiviert also einen übermäßigen Ausstoß von Dopamin und Serotonin. Frei nach dem Motto: Nur fliegen ist schöner. *Demon Kiss* bewirkt das Gegenteil und blockiert die Ausschüttung, was dazu führt, dass sich die Konsumenten zunächst verwirrt fühlen und völlig anders verhalten, als sie es sonst tun. Danach setzt der Unsterblichkeits-Kick ein und ab einem gewissen Punkt ein erhöhtes Maß an Aggression. *Fairy Dust* hat eine ähnliche chemische Zusammensetzung wie *Angel Wings*, allerdings in einer deutlich niedrigeren Dosis. Zunächst wirkt es eher harmlos. Im Grunde verspürt der Konsument über ein paar Stunden hinweg das Gefühl von frischem Verliebtsein.

Aber hinten raus, wenn der Chemiespiegel rapide in den Keller rauscht, löst es eine wirklich üble Form von Melancholie aus, die sogar mehrere Tage anhalten kann. Für alle drei gilt: Je konzentrierter die Dosis, desto heftiger die Reaktion.«

»Weiß mein Vater schon davon?«

Lance nickte. »Die *SandWitchBar* ist wieder clean. Zwei Aushilfen wurden entlassen und die Karten ausgetauscht.«

»Was ist mit den anderen Läden?«

»Das *Heaven & Hell* wird gerade komplett durchleuchtet, doch wie ich deinen Vater kenne, wird er es nicht dabei belassen, sondern jedes Geschäft in der East Side dahingehend überprüfen.«

»Gut. Gibt es auch neue Erkenntnisse wegen der Ausschreitungen im Club?«

»Bisher wissen wir, dass an diesem Abend zwei All-in-Chips über den Tisch gewandert sind. Beide auf den Namen Zac Black. Die Bezahlung erfolgte jedoch über verschiedene Kreditkarten.«

»Zac Black? Ernsthaft? Der Name schreit förmlich nach falscher Identität.«

Lance lachte. »Das war auch mein erster Gedanke, und der hat sich bestätigt. Den Jungen gibt's natürlich nicht. Schon gar nicht zweimal. Ein Zac muss laut den Barkeepern den gesamten Abend an der Wolkenbar verbracht haben. Smarter Model-Typ. Dunkelhaarig. Helle Kleidung. Der andere ist erst aufgetaucht, kurz bevor der Himmel zertrümmert wurde. Das haben die Überwachungskameras am Eingang festgehalten. Smarter Model-Typ. Dunkelhaarig. Komplett in Schwarz gekleidet. Unabhängig von ihren Klamotten sahen sich die beiden zum Verwechseln ähnlich.«

Beim zweiten Zac konnte es sich demnach nur um den Kerl handeln, den die *Philosophen* in jener Nacht für Mila bestimmt hatten. Ich spürte, wie meine Halsschlagader anschwoll. Es machte mich wahnsinnig, nicht zu wissen, wer der Hauptdrahtzieher des kaputten Ganzen war. Obwohl wir verlässliche Quellen in ihren Reihen hatten, kannten wir bisher nur ihre Vorgehensweise bei der Rekrutierung von Erstsemestern. Glücklicherweise hatte Quin noch rechtzeitig herausgefunden, was sie mit Mila geplant hatten, und ich war ihnen gleich zweimal in die Quere gekommen. Dabei ging es weniger darum, dass Mila sich nicht an die Spielregeln der *Philosophen* gehalten hatte, sondern vielmehr um die Tatsache, mit wem sie besagte Regeln gebrochen hatte. Und zwar mit mir. So falsch es auch klingen mochte, aber mit dem Kuss im Club und dem Date hatte ich sie praktisch markiert, in gewisser Weise Anspruch auf sie erhoben. Und was einem Bay *gehörte*, war für alle anderen unantastbar. Gleichzeitig hatte ich sie damit in Gefahr gebracht. Denn abgesehen vom mütterlichen Teil meiner Familie gab es immer wieder unberechenbare Menschen, die ein Stück vom Kuchen meines Vaters abhaben wollten. Und manchen von ihnen reichte ein Stück nicht, sie wollten alles. Was zwangsläufig bedeutete: An meiner Seite würde Mila niemals hundertprozentig sicher sein – eine Tatsache, die mich immer noch schlaflose Nächte kostete, zumal meine Gefühle für sie von Tag zu Tag intensiver wurden. Ich hatte keine Ahnung, wie lange ich noch fähig sein würde, ihrer Anziehungskraft zu widerstehen. Jedes Mal, wenn sie in meiner Nähe war, bewegte ich mich hart am Limit.

»Denkst du, dein Onkel könnte hinter den *Philosophen* stecken?«

»Nein.« Mein Kopf war dermaßen überfüllt, dass ich glaubte, mein Schädel würde jeden Moment platzen. »Drogen mit harmlosen Namen zu entwickeln und Erstsemester als Versuchskaninchen zu missbrauchen entspricht nicht seinem Stil.

Seine Absichten sind klar definiert und richten sich ausschließlich gegen meinen Vater. Die angeschwemmte Leiche auf Kelly Island könnte allerdings auf sein Konto gehen.«

»Was ist mit Yves?«

»Unwahrscheinlich. Er versucht alles, um seinen Vater zu beeindrucken. Damit würde er genau das Gegenteil erreichen, weil mein Onkel Drogengeschäfte zutiefst verabscheut.«

»Dann tappen wir also weiter im Dunklen.«

»Noch«, erwiderte ich knapp und verließ das Wohnzimmer.

Kapitel 29

Gefühlsstürme

Ich machte mir keinerlei Hoffnung, außerhalb dieses Raums von irgendjemandem gehört zu werden. Dafür war es in der Hölle viel zu laut. Und da ich innerhalb der vier Wände, in denen ich festsaß, nicht das geringste Geräusch hörte, mussten sie schalldicht sein. Angestrengt versuchte ich, die Schlingen von meinen Handgelenken zu lösen, doch sie rührten sich keinen Millimeter. Immerhin schnitten sie nicht in meine Haut – ein schwacher Trost, der meine Wutränen nicht davon abhielt, sich ihren Weg über mein Gesicht zu bahnen. Die Heftigkeit meiner Körperreaktionen auf Eastons Nähe nagte an mir und erfüllte mich mit Scham. Ich konnte nicht fassen, dass mich ein einziger Kuss von ihm meinen kompletten Verstand gekostet hatte. Vor allem nicht, nachdem er Davy völlig grundlos an den Kragen gegangen war und sich den gesamten Abend wie ein arroganter, patriarchischer Arsch verhalten hatte. Aber mein Herz wollte, was es wollte. Für wenige Minuten hatte ich trotz aller Widrigkeiten seinem Willen nachgegeben. Und nun bezahlte ich dafür mit diesem bescheuerten Schmerz in meiner Brust, der mir die Kehle zuschnürte, mich innerlich zu zerreißen drohte, und sich mit bitterer Enttäuschung vermischte.

Easton hatte mich zutiefst verletzt, mit meinen Gefühlen gespielt, sie gegen mich eingesetzt und seinen Plan, mich auf jegliche Weise abzuschrecken, ohne Rücksicht auf Verluste durchgezogen.

Nach einem nicht enden wollenden Heulkrampf und einer gefühlten Ewigkeit vernahm ich das Geräusch eines Schlüssels im Schloss. Kurz darauf sprang die Tür auf. Im selben Augenblick setzten die Lavaeffekte des höllischen Clubbereichs in den Wänden ringsherum ein und erhellten den dunklen Raum minimal.

Eine in schwarzen Latex gekleidete Frau mit streng zusammengebundenen Haaren stöckelte auf mich zu und setzte sich neben mich auf die Bettkante.

»Hey«, sagte sie. Der Hauch eines freundlichen Lächelns umspielte ihren blutrot geschminkten Mund. »Ich soll dir deine Freiheit zurückgeben.«

Bevor ich etwas darauf erwidern konnte, hatte sie meine Fesseln gelöst. »Danke«, murmelte ich, richtete mich auf und wischte mir mit dem Handrücken die feuchten Spuren aus dem Gesicht.

»Nichts zu danken, ich erledige nur meinen Job«, gab sie mir zu verstehen und stand auf.

»Wo sind wir hier?«

»In einem der Darkrooms, die wir besonderen Gästen mit speziellen Neigungen zur Verfügung stellen«, klärte sie mich auf und ging zur Tür. Dort blieb sie stehen. »Fairchild wartet draußen auf dich, soll ich dir von Easton ausrichten.«

Ich antwortete nicht, nickte bloß, ehe ich ebenfalls aufstand und gemeinsam mit ihr das Erwachsenen-Spielzimmer verließ. Sie verriegelte die Tür hinter uns und blieb bis zum Ausgang an meiner Seite. »Kleiner Gratis-Tipp zum Abschied«, sagte sie unerwartet. »Sohn vom obersten Boss hin oder her. Zeig ihm, wo der Hammer hängt, aber vor allem, was er jetzt nicht mehr haben kann.« Sie schenkte mir ein verschwörerisches Zwinkern zum Abschied und ging zurück in den Club.

Der Maybach stand nicht mehr auf der gegenüberliegenden Straßenseite, sondern am Bürgersteig vor dem Eingang. Neben der geöffneten hinteren Wagentür wartete Mr Fairchild geduldig auf mich. Ich atmete die frische Luft ein, bis der Schreck einigermaßen aus meinen Gliedern gewichen war, und setzte mich auf die Rückbank der Limousine. Auch ohne einen Blick in den Spiegel war mir vollkommen klar, wie fertig ich aussehen musste. Der besorgte Gesichtsausdruck meines Fahrers bestätigte meine Befürchtung. Auf dem Platz neben mir lag der Überrock meines Kleides. Darunter befand sich ein Stoffbeutel mit der Aufschrift *La Femme*, in dem ich meine Kleidung vermutete, die ich in der Boutique abgelegt hatte.

In mich gekehrt wandte ich meinen Kopf zum Seitenfenster und schaute abwesend durch das getönte Glas. Die Lichter der Stadt rauschten an mir vorbei, vermischten sich mit bildhaften Erinnerungsfetzen der vergangenen Stunden und entwickelten einen Gefühlsturm, der mir das Herz zu zerreißen drohte. Aus einer einsamen Träne, die sich langsam in meinem Augenwinkel bildete, wurden mehr und immer mehr. Ich konnte nicht glauben, was Easton losgetreten hatte, um mich aus seinem Leben zu vertreiben und mir die uneingeschränkte Macht seines Familiennamens in allen Facetten, samt seiner düstersten Seiten, vor Augen zu führen. Er hatte es geschafft, mich auf allen erdenklichen Ebenen zu erschüttern, mich klein und nichtig ob der bedrohlichen Dominanz fühlen zu lassen. Schlichtweg wehrlos, wie eine lebendige Marionette, deren Fäden zwischen seinen Fingern zusammengelaufen waren. *Du hast gewonnen, weil ich es wollte, Mila. Und wenn ich will, dass du alles verlierst, wirst du alles verlieren ...* Schonungslose Wahrheit lag in diesen Worten, und mir war vollkommen bewusst, wie sehr sie die Realität innerhalb derart strukturierter Familien widerspiegelten. Schließlich hatte ich einen Vater, der über die Jahre mit all jenen Hässlichkeiten konfrontiert worden war, und kriminelle Strukturen zählten nicht zuletzt zu einem von vielen Bausteinen meines Studiums. Je länger ich über den Abend nachdachte, desto mehr steigerte sich meine ohnehin schon aufgestaute Wut. In erster Linie auf mich, weil ich beizeiten keine klare Grenze gezogen und Easton trotz aller Warnsignale praktisch blind vertraut hatte. Und auf ihn, weil er sich dermaßen schäbig aufgeführt und mein Vertrauen missbraucht hatte. Es hätte so viele andere Möglichkeiten gegeben, mir zu zeigen, dass meine Gefühle nicht auf Gegenliebe trafen und mein romantisches Wunschdenken nicht seinem entsprach. Aber da gab es noch mehr, was mich umtrieb. Davy war meinetwegen von Easton angegriffen worden. Und ich hatte nichts Besseres zu tun gehabt, als mich von dem Mann verführen zu lassen, der für seine blutende Nase verantwortlich war, anstatt meinem Highschool-Freund nach draußen zu folgen und mich um ihn zu kümmern, wie er es umgekehrt getan hätte.

Wieder bildeten sich dicke Tränen in meinen Augen, ließen die Lichter der Stadt strahlenförmig verschwimmen. Ein leises Schluchzen löste sich aus meiner Kehle, und mir wurde klar, dass ich Easton absolut nichts schuldig bleiben wollte.

»Brauchen Sie ein Taschentuch, Miss Lewis?«, fragte der Chauffeur.

»Ja«, antwortete ich mit erstickter Stimme.

Ohne den Blick von der Straße abzuwenden, öffnete er die Mittelkonsole zwischen den beiden Vordersitzen, nahm zwei fein säuberlich gebügelte und gefaltete Stofftaschentücher heraus und gab sie mir.

»Danke«, sagte ich leise, trocknete mein Gesicht und putzte

mir verhalten die Nase. »Darf ich Sie etwas fragen, Mr Fairchild?«

»Selbstverständlich, Miss Lewis.«

»Hat Easton Ihnen gesagt, dass Sie mich zu den Strandapartments bringen sollen?«

»Ja.«

»Bekommen Sie Ärger, wenn Sie mich woanders absetzen?«
»Nein.«

»Ich würde gerne das Kleid zurückgeben.«

»Ganz wie Sie wünschen, Miss Lewis.«

Kapitel 30

Stark. Verletzlich. Unwiderstehlich süß

Easton

Durch einen Laubengang lief ich zur schmalen Wendeltreppe, die hinauf in den ehemaligen Leuchtturm führte – einem der wenigen Orte, an denen ich Ruhe fand und nicht ständig jemand um mich herum war. Ich wollte allein sein und brauchte dringend eine Dusche.

Oben angekommen, ließ ich die schwere Sicherheitstür weit offen stehen, durchquerte den achteckigen Raum und schaltete im Vorbeigehen gedimmtes Licht neben meinem Bett ein. Obwohl mein Schlafzimmer voll klimatisiert war, öffnete ich eines der Panzerglasfenster, um frische Luft hereinzulassen. Eine ganze Weile sah ich hinaus auf den Mystic River und versuchte vergeblich, meine Gedanken zu sortieren. Nach allem, was ich in dieser Nacht bewusst abgezogen hatte, wünschte ich mir, Mila nie wieder über den Weg zu laufen. In mich gekehrt wandte ich mich von der beruhigenden Aussicht ab, streifte Schuhe und Socken von meinen Füßen, knöpfte das Hemd auf und riss es mir förmlich vom Oberkörper, weil mich trotz des Windzugs, der durch das große Oktagon wehte, plötzlich das Gefühl übermannte, nicht mehr richtig atmen zu können. Ich warf den dunklen Stoff auf einen der beiden schwarzen Ledersessel und verfehlte dabei nur knapp das Windlicht auf dem ovalen Rauchglastisch dazwischen. Mein Blick schweifte zum Bücherregal, in dem sich ganz oben die sieben Bände der *Several-Ways-to-Kill-and-Die*-Serie von Reese Lewis aneinanderreihten. Für mehrere Sekunden schloss ich die Augen, atmete konzentriert ein und aus, öffnete sie wieder und entledigte mich dem Rest meiner Kleidung. Am dunkelgrauen Kingsize-Bett vorbei ging ich zur Dusche, die hinter einer üppigen Pflanzenwand verborgen lag. Als mich der Bewegungssensor erfasste, schoss ein breiter, wohltemperierter Wasserfall aus einer schmalen Edelstahlleiste zwischen den schwarzen Fliesen hervor. Minutenlang blieb ich regungslos unter dem warmen Schwall stehen, bevor ich zur Seife griff.

Nachdem ich fertig war, nahm ich ein Handtuch aus dem schwarzen Regal unter der Pflanzenwand, und der Wasserfall versiegte. Während ich mich grob abtrocknete, vibrierte die Smartwatch an meinem Handgelenk. Eine Nachricht von Lance wurde sichtbar.

> **Zieh dir was an.**
> **Die Kleine ist da!**

Fuck war alles, was mir durch den Kopf schoss. Ich ließ das Handtuch fallen, riss eine frische Boxershorts und eine schwarze Jeans aus den Regalen des Kleiderschranks und griff wahllos nach einem dunkelgrauen Shirt. Durch die offene Sicherheitstür hörte ich das schnelle Klackern von hohen Absätzen auf der steinernen Wendeltreppe. Ich atmete so tief durch, dass ich glaubte, meine Lunge würde explodieren, zog die Klamotten an und lehnte mich möglichst entspannt an eines der Fenster. Adrenalin rauschte unentwegt durch meine Adern und machte es mir beinahe unmöglich, nach außen hin Ruhe zu bewahren. Ich hatte nicht die leiseste Ahnung, wie ich mit Milas unerwartetem Auftauchen umgehen sollte. Angenehm würde ihr Besuch ganz sicher nicht werden, nachdem ich sie an ein Bett gefesselt allein in einem Darkroom zurückgelassen hatte.

In einer Hand den Überrock des Kleides, in der anderen einen großen Stoffbeutel aus der Hotel-Boutique, erschien Mila am Treppenabsatz. Einen nicht enden wollenden Moment blieb sie auf der Türschwelle stehen und fixierte mich mit unergründlichem Blick.

Mein Herz verkrampfte sich, als sie schließlich wortlos die Distanz zwischen uns um die Hälfte verkürzte. Unzählige Strähnen ihrer dunklen Haare hatten sich aus dem Knoten an ihrem Hinterkopf gelöst und fielen ihr ins außergewöhnlich hübsche Gesicht. Ihre rot geäderten Augen und die verwischte Mascara deuteten darauf hin, dass sie geweint haben musste – ein Anblick, bei dem der viel zu schnell pochende Muskel in meiner Brust abermals verkrampfte. Erhobenen Hauptes stand sie vor mir. Stark. Verletzlich. Unwiderstehlich süß. Einer schöneren Frau war ich nie zuvor begegnet, und sie war sich ihrer nahezu schmerzhaften Anziehungskraft auf mich nicht im Geringsten bewusst.

»Ich will dir nichts schuldig bleiben«, sagte Mila. Während sie den Überrock und den Beutel am Fußende meines Bettes ablegte, sah sie mich unablässig mit ihren glänzenden braunen Augen an. Ich schluckte nervös und befeuchtete meine Lippen. Ihr Blick ging mir tief unter die Haut. Langsam schob sie die breiten Träger des Kleides von ihren Schultern bis zur Hüfte und streifte mit der nächsten geschmeidigen Bewegung den gesamten Stoff vom Körper. Abgesehen von einem winzigen Slip, entblößte sie sich vollständig vor mir – ein Bild, dessen

Symbolkraft nur schwer für mich zu ertragen war und nicht nur mein Gewissen, sondern auch mein Herz endgültig in die Knie zwang. Ich hatte sie auf jedwede erdenkliche Weise verletzt, obwohl ich sie so sehr wollte. Wie die pure, leibhaftige Versuchung stand sie vor mir. All ihre Stärken, Schwächen, äußerlichen wie innerlichen Vorzüge vereinten sich in diesem zerbrechlichen Moment mit einer derartigen Sinnlichkeit, dass es mir den Atem stahl. Ich konnte an nichts anderes mehr denken, als jeden Millimeter ihrer dezent gebräunten, seidenweichen Haut zu küssen, sie an ihren empfindsamsten Stellen zu berühren und mich in ihr zu verlieren.

Anmutig zog sie den rechten Stiletto aus und warf ihn in meine Richtung. Ich neigte den Kopf zur Seite und fing den High Heel mit einer Hand auf. Kurz darauf flog der zweite auf mich zu. Ich fing ihn ebenfalls auf und ließ beide Schuhe zu Boden fallen.

»Was bekommst du für das Essen und die Getränke?«, fragte sie tonlos.

»Nichts.«

»Wenn du es mir nicht sagen willst, werde ich es wohl selbst herausfinden müssen«, erklärte sie kühl und wandte sich dem Stoffbeutel auf meinem Bett zu. Sie nahm eines ihrer sommerlichen Blümchenkleider heraus, zog es an, und der fließende Stoff glitt ihren Körper hinab, ehe sie den winzigen Slip gegen einen anderen tauschte und mir noch näher kam. Ohne mit der Wimper zu zucken, drückte sie mir das feine Nichts, das noch ihre Körperwärme in sich trug, zwischen die Finger.

»Bitte, lass das, Mila, ich fühle mich auch so schon mies genug«, flüsterte ich mit belegter Stimme.

»Ach wirklich? Vielleicht fühlen wir dann ja zur Abwechslung endlich mal zumindest ansatzweise dasselbe.«

Ich ließ den Slip fallen und ergriff ihr Handgelenk, um sie daran zu hindern, sich von mir abzuwenden.

Mehrere Sekunden verstrichen, in denen sie regungslos stehen blieb, bevor sie sich aus meinem Griff befreite, den Stoffbeutel von meinem Bett nahm und ich ihr hoffnungslos überfordert dabei zusah, wie sie sich auf dem Weg zur Tür immer weiter von mir entfernte.

Kapitel 31

Falsch und doch so richtig

Ich verließ Eastons Zimmer, für dessen stylisches Design ich kaum einen Blick übrighatte, weil ich viel zu sehr damit beschäftigt war, bei mir zu bleiben, einen kühlen Kopf zu bewahren und ihm nicht zu zeigen, wie sehr er mich verletzt hatte. Auf nackten Füßen lief ich die kühlen, weiß getünchten Betonstufen hinunter. Als ich sicher war, nicht mehr von ihm gesehen zu werden, blieb ich stehen und zwang mit aller Gewalt die aufsteigenden Tränen zurück. Ich konzentrierte mich auf meine Atmung, wurde jedoch das schmerzhafte Gefühl nicht los, innerlich zu zerreißen, wenn ich noch einen weiteren Schritt nach unten ging. Ein undurchdringlicher Kloß bildete sich in meinem Hals, und der brennende Druck in meinen Augen nahm weiter zu. Ich hatte verstanden, dass er mich nicht in seinem Leben haben wollte – eine harte Erkenntnis, die mich noch Wochen, wenn nicht sogar Monate beschäftigen würde. Aber ich verstand nicht, warum Eastons Verhalten sich von jetzt auf gleich so drastisch verändert hatte und er plötzlich seine Familie vorschob, die erst nach meinem unüberlegten Spruch am Strand zum Thema geworden war. Niemand konnte dauerhaft seine Herkunft leugnen. Egal, wie sehr man sich wünschte, andere Wurzeln zu haben. Auch die Sache mit den wechselnden Frauen an Eastons Seite ergab keinen Sinn. Seine Liebschaften hatten ihn nicht davon abgehalten, mir auf eine Weise näherzukommen, die ohne eine gewisse Anziehung kaum möglich gewesen wäre. Ich fragte mich, ob es am Ende nicht doch nur einzig und allein an mir lag, weil ich ihm schlichtweg nicht gefiel. Um endgültig mit Easton abschließen zu können, brauchte ich eine letzte Antwort. So hart und bitter sie sein würde.

Meinen restlichen Stolz ließ ich auf den Stufen zurück, während ich mich umdrehte und die Treppe mit schnell pochendem Herzen wieder nach oben stieg. Er hatte mich gerade erst nackt gesehen, da kam es auf einen spontanen Seelenstriptease nicht mehr an.

Als ich das Zimmer betrat, lehnte Easton in unveränderter Position am Fenster. Seine Haare waren immer noch nass, und das dunkle Shirt klebte an seinem trainierten Oberkörper. Unsere Blicke trafen sofort aufeinander, und ich bekam zittrige Knie. Bevor ich es mir anders überlegen konnte, sprach ich alles aus, was an meinem Seelenfrieden nagte. »Eins will ich noch wissen – und wage es ja nicht, dich wieder hinter deinem Familienstammbaum zu verstecken und die Mafiakarte auszuspielen, denn letztendlich entscheiden allein unsere Taten darüber, wer wir sind. Wenn du mir heute dein wahres Ich präsentiert hast, habe ich mich tatsächlich auf ganzer Linie in dir getäuscht, und unsere Wege werden sich trennen. Sollte jedoch ein kleiner Funken von dem Easton in dir stecken, in den ich mich verliebt habe, wäre es spätestens jetzt an der Zeit, mit der Arschloch-Show aufzuhören. So oder so. Nach dieser katastrophalen Nacht bist du mir eine ehrliche Antwort schuldig. Was steckt wirklich dahinter? Liegt es an mir? Habe ich irgendetwas falsch gemacht, von dem ich nichts weiß?«

»Nein.«

»Aber –«

»Du hast nichts falsch gemacht«, unterbrach er mich, »es liegt nicht an dir, sondern allein an mir. Ich hätte dich von Anfang an auf Abstand halten müssen.«

»Das beantwortet nicht meine Frage. Bin ich vielleicht nicht gut genug für deinen erlesenen Freundeskreis? Oder passe ich nicht in das Muster der Frauen, die sonst an deiner Seite sind? Ist es das?«

»Meinen erlesenen Freundeskreis?« Easton lachte. Hart und rau. »Denkst du wirklich, ich hätte so viele Freunde und an jedem Finger eine andere Frau?«

»Was soll ich denn sonst denken?«

Ein gereizter Zischlaut drang aus seiner Kehle. »Geld und Macht ziehen Menschen an wie Motten das Licht. Entweder erhoffen sie sich Vorteile durch mich, sind scharf auf das Geld meines Vaters oder sie haben Angst vor seinem Namen. Keiner von denen weiß, wer oder wie ich wirklich bin, weil es sie nicht im Geringsten interessiert. Wenn du das Freundeskreis nennst, dann habe ich wirklich einen verdammt großen. Oder meinst du vielleicht Lance, Vazquez, Lucy, Kate und Anne? Auch da liegst du völlig daneben. Sie stehen nämlich auf der Gehaltsliste meines Vaters und werden fürstlich dafür bezahlt, rund um die Uhr an 365 Tagen im Jahr auf mich aufzupassen. Ich bin gefangen in einer Welt, in der ich nicht sein will und in der du aus guten Gründen keine weitere Rolle spielen wirst.«

Mit diesem emotionsgeladenen Ausbruch hatte ich nicht gerechnet und erst recht nicht damit, dass er den perfekten Schein seines scheinbar perfekten Lebens derart in Grund und Boden stampfen würde. Immerhin lag es nicht an mir. So viel hatte ich schon mal aus ihm herausbekommen.

»Das beantwortet immer noch nicht meine Frage. Warum willst du mich mit aller Gewalt loswerden?«

»Weil ich Angst habe«, stieß er wütend aus. »Bist du jetzt zufrieden? Ich habe eine Scheißangst davor, dich im entscheidenden Moment nicht beschützen zu können und auf dieselbe Weise zu verlieren, wie ich meine Mutter verloren habe.«

Mehrere Atemzüge lang wurde es still zwischen uns, bis ein leises und eher ungläubiges »Dann magst du mich?« über meine Lippen kam.

In Eastons Blick lagen so unfassbar viele widersprüchliche Emotionen, dass ich es kaum aushielt, ihn weiter anzusehen. »Wäre es nur das, hätte ich dich einfach auflaufen lassen«, erwiderte er matt. »Aber es ist so viel mehr als nur das. Würde ich nicht sein, wer und was ich bin, wärst du die einzig Richtige für mich gewesen, Mila.« Ein bittersüßes Lächeln huschte über sein Gesicht. »Das wusste ich gleich nach unserer ersten Begegnung.«

Seine Ehrlichkeit verschlug mir die Sprache. Ich hätte restlos alles darauf verwettet, dass er die Maske des eiskalten Engels in meinem Beisein nicht mehr abnehmen würde. Doch nun standen wir uns auf emotionaler Ebene vollkommen nackt und verletzlich gegenüber. Wir hatten unsere Gefühle füreinander ausgesprochen, aber die räumliche Distanz zueinander gewahrt. Ganz so, als hätten wir Angst vor dem, was unweigerlich geschehen würde, wenn wir aufeinander zugingen. Eastons Blick ruhte gleichermaßen schuldbewusst wie distanziert auf mir. Seine innere Zerrissenheit zeigte sich in all ihrer Zerbrechlichkeit. Eine prickelnd knisternde Spannung lag in der Luft, baute sich immer stärker auf. Als ich mich nicht länger gegen seine immense Anziehungskraft wehren konnte, verringerte ich langsam den Abstand zwischen uns. Eine Handbreit von ihm entfernt blieb ich stehen und fasste meinen restlichen Mut zusammen, während ich ihm tief in die Augen sah. »Wenn du wirklich der Mann bist, der mir den Abend zur Hölle gemacht hat, und immer noch willst, dass ich aus deinem Leben verschwinde, werde ich jetzt gehen und alles daransetzen, dir nie wieder über den Weg zu laufen. Aber wenn du in Wahrheit der Easton bist, der mein Herz gleich auf den ersten Blick am Haken hatte, und möchtest, dass ich bleibe, genügt ein einziges Wort von dir, und ich werde vergessen, was heute passiert ist.«

Easton schluckte. Sein Blick flackerte unruhig. Mehrere Sekunden verstrichen, doch er sagte nichts, und je länger die von ihm ausgehende Stille anhielt, desto schneller und unruhiger schlug mein Herz. Wir fühlten zwar, was wir fühlten, aber für ihn schien es nicht genug zu sein, um sich auf mich einzulassen.

Ich stellte mich auf die Zehenspitzen und küsste ihn ein letztes Mal zärtlich auf die Wange. Völlig desillusioniert kehrte ich ihm den Rücken zu und ging zur Tür. Einzusehen, dass es vorbei war, bevor es richtig begonnen hatte, war nach all den Höhen und Tiefen mit Abstand das Härteste, was ich bisher erlebt hatte. Ehe ich die Schwelle überschreiten konnte, spürte ich Eastons Hand an meiner Schulter und seinen Atem in meinem Nacken. »Es tut mir leid«, raunte er mir ins Ohr. »So verdammt leid …«

Ein unbeschreibliches Wärmegefühl breitete sich in mir aus. Ganz so, als würde ich heißen Kakao in einer kalten Winternacht trinken. Ich drehte mich um und schaute ihn verwundert an. Ohne ein Wort zu sagen, zog Easton mich an sich, und ich ließ unweigerlich den Stoffbeutel fallen. Die Feuchtigkeit seines Shirts drang durch den dünnen Stoff meines Kleides. Zögernd neigte er den Kopf nach vorne, bis seine Lippen über meinen schwebten. »Ich will nicht, dass du gehst«, flüsterte er heiser. Das Beben seines Brustkorbs nahm stetig zu, übertrug sich auf mich, ließ meinen Puls drastisch in die Höhe schnellen, während sich unser beider Atem vermischte, und die hochexplosive, knisternde Spannung kaum noch zu ertragen war. Dann

küsste er mich. Losgelöst. Sinnlich. Berauschend. Ich seufzte
erleichtert auf, als sich unsere Lippen teilten und Easton mich
fest in seine Arme schloss. Unsere Körper schmiegten sich so
eng aneinander, als wären sie eins. Seine Hände glitten langsam
meine Wirbelsäule entlang und schoben sich unter den kurzen
Rock meines Kleides. Verführerisch leicht strichen seine warmen Finger über den Saum meines Slips und hinterließen eine
aufregend prickelnde Spur auf meiner Haut. Pure Leidenschaft
in all ihren Facetten regte sich in mir, elektrisierte mich vollständig, und unsere Küsse wurden zu einem einzigen Rausch
der Sinne. Als Easton meinen Po mit beiden Händen umfasste
und mein Becken fest gegen seinen Unterleib drückte, keuchte
ich leise auf. Er ließ mich sein Verlangen mit voller Härte spüren, was meines noch um ein Vielfaches verstärkte. Dabei hatte
ich geglaubt, eine Steigerung dessen, was ich bei jeder seiner
Berührungen empfand, wäre unmöglich.

Eastons Lippen lösten sich von meinem Mund, strichen
meinen Unterkiefer entlang und verharrten an meinem Hals.
Sein raues Flüstern jagte mir einen Schauer nach dem nächsten
durch meinen Körper. »Du weißt, dass es falsch ist, … was hier
gerade passiert.«

»Wenn sich etwas so gut und richtig anfühlt, kann es nicht
falsch sein …«, wisperte ich.

Sämtliche Schutzmauern, hinter denen sich ein kleiner Teil
von uns noch versteckt hielt, stürzten mit unserem nächsten
Kuss bis auf die Grundfesten in sich zusammen, und es gab
keine Grenzen mehr zwischen uns, keine Zurückhaltung,
nichts, was uns noch daran hinderte, einander zu geben und zu
nehmen, was wir schon so lange und so sehr wollten. Ohne sich
von mir zu lösen, warf Easton die Tür ins Schloss. Durch seine
unerwartet schnelle Bewegung verlor ich das Gleichgewicht,
taumelte nach rechts und zog ihn mit. Der Boden unter meinen

Füßen veränderte sich. Holz wich feuchtkühlen Fliesen. Von einer Sekunde auf die andere ergoss sich ein lauwarmer Wasserschwall über uns. Prustend schnappte ich nach Luft, schlug die Augen auf und musste lachen. »Das ist also deine Dusche«, wisperte ich kurzatmig.

Easton sagte nichts. Lediglich seine Kiefermuskeln zuckten verräterisch, während er mir nasse Haarsträhnen aus dem Gesicht strich und mich mit einem derart verruchten Blick ansah, dass mir die Knie weich wurden. Kaum einen Wimpernschlag später waren wir wieder eng miteinander verschlungen und küssten uns unter dem Wasserfall. Minutenlang. Heiß und fordernd.

Als Easton sich von mir löste, um das Kleid samt Slip von meinem Körper zu streifen, und sein Atem stoßweise auf meine Brüste traf, verlor ich endgültig den Bezug zur Realität. Ich zerrte ihm das störende Shirt vom Oberkörper, erkundete mit meinen Fingern die Wölbungen und Vertiefungen seiner Bauchmuskeln und den schmalen Pfad weicher Härchen, die zum Rand seiner tief sitzenden Jeans führten. Ein Zischlaut drang aus Eastons Kehle. Keuchend zog er mich an sich, presste seine Lippen auf meine und küsste mich voller zügelloser Leidenschaft. Ich öffnete die Knöpfe seiner Jeans, wollte den durchnässten, widerspenstigen Stoff runterzwingen. Besonders weit kam ich nicht.

Mit beiden Händen umfasste Easton meinen Po, hob mich hoch, drückte mich mit seinem muskulösen Körper gegen die kühlen Fliesen, und ich wickelte meine Beine um seine Hüften. Bloß seine Boxershorts trennte unsere Körpermitten noch voneinander. Als er den Druck seines Beckens erhöhte und seine Finger ins verführerische Spiel brachte, löste er ein ungeahntes, völlig neues Gefühl aus, dessen Intensität mich leise aufkeuchen ließ. Seine Küsse wurden fordernder. Raubten mir jeglichen Verstand. Wechselten sich ab mit sanften Bissen. Unser beider Atem ging schnell und schneller. Meine Hände krallten sich in seinen Rücken, während ich mich seinen rhythmischen Bewegungen anpasste, die er mehr und immer mehr steigerte, bis ich innerlich wie äußerlich explodierte.

Schwer atmend ließ Easton mich langsam runter. Seine Hände rechts und links von mir an die Wand gestützt, legte er seine Stirn auf meine, während der Wasserfall auf seinen Rücken prasselte und an beiden Seiten seines Körpers hinablief. Ich war immer noch nicht ganz in die Realität zurückgekehrt. Easton hatte etwas in mir ausgelöst, das ich nach meinen enttäuschenden Highschool-Erfahrungen niemals für möglich gehalten hätte. So fühlte es sich also an, wenn ein Mann genau wusste, wie und wo er eine Frau berühren musste.

»Bist du okay?«, fragte er mit rauer Stimme.

»Mehr als das«, flüsterte ich und biss mir verlegen auf die Unterlippe.

Ein leises Lachen drang aus seiner Kehle. »Schön zu hören.« Er küsste mich auf die Stirn, stieß sich von den Fliesen ab, ergriff meine Hand und führte mich aus der Dusche. Der Wasserfluss verebbte wie von Zauberhand, als wir seinen Dunstkreis verlassen hatten.

Aus einem Regal unter der Pflanzenwand, die den Raum teilte, nahm er ein dunkelgraues Badetuch und rubbelte vorsichtig meine Haare trocken, küsste mich immer und immer wieder. Danach überließ er das Frottee mir und nahm ein kleineres derselben Farbe, um sich ebenfalls abzutrocknen. Derweil wickelte ich mir das große Tuch um und hob mein Kleid auf, das samt meines Slips am äußersten Rand des gefliesten Bereichs gelandet war. So gut es ging, wrang ich beides aus, doch anziehen konnte ich meine Sachen in dem Zustand nicht. Als ich mich umdrehte, hatte sich Easton seiner tropfnassen Jeans und Shorts entledigt. Um seine Hüften trug er lediglich das kleine Handtuch, was sogleich wieder wenig jugendfreie Bilder in meinem Kopf auslöste. In mich hinein seufzend wendete ich meinen Blick von seinem höllisch heißen Körper ab und widmete mich dem Stoffbeutel, den ich nahe der Tür fallen gelassen hatte, obwohl ich wusste, dass sich darin bloß mein Smartphone, ein BH und Schuhe befanden, aber nichts Vernünftiges zum Anziehen. Zwei kurz nacheinander ertönende Zischgeräusche zogen meine Aufmerksamkeit auf sich. Ich drehte mich um und sah, wie Easton mit kleinen eisgekühlten Wasserflaschen auf mich zukam. Er drückte mir eine davon in die Hand, bevor er seine an den Mund setzte, sie in einem Zug leerte und auf einem hochbeinigen Beistelltisch am Ende des bepflanzten Raumteilers abstellte. »Suchst du was?«

»Hast du vielleicht ein T-Shirt für mich?«

»Willst du gehen?«

»Eigentlich nicht.«

»Und uneigentlich?«

»Dachte ich, du willst vielleicht, dass ich gehe.«

»Warum sollte ich das wollen?«

Auch das war neu für mich. Mein Highschool-Lover Josh hatte total anders getickt und unmittelbar nach jeglicher Form von Intimität schnellstmöglich räumliche Distanz zwischen uns hergestellt. »Willst du nicht?«

»Nein, will ich nicht.« Easton nahm die Flasche aus meiner Hand, stellte sie zu der leeren auf den Tisch und machte dasselbe mit dem Beutel. Danach ergriff er den Saum des um mich gewickelten Handtuchs oberhalb meines Brustansatzes und zog mich eng an sich. Der eindringliche Blick seiner dunklen Augen brachte meinen Herzschlag sogleich aus seinem ruhigen Takt. Wieder baute sich binnen Sekunden diese wahnsinnig intensive Spannung zwischen uns auf, und ich brannte schon lichterloh, bevor unsere Lippen aufeinandertrafen. Easton löste das Frottee von meinem Körper, verlagerte sein Gewicht und drängte mich sanft auf die kühlen Laken des Bettes. Diesmal ließ er sich noch viel mehr Zeit, meine Empfindungen auszureizen, erkundete mit seinen Fingern, seinem Mund und seiner Zunge jeden Millimeter meiner Haut auf das Sinnlichste. Ein wohliger Schauer nach dem nächsten erfasste mich, und ich glaubte, unter seinen Händen vor Lust zu zergehen. Voller Verlangen schob ich das Handtuch von seinen Hüften. Easton hielt inne und sah mich fragend an. »Bist du dir sicher?«

»Absolut …«, flüsterte ich kurzatmig.

In seinen Augen glomm etwas durch und durch Sündhaftes auf, als er den Arm ausstreckte. Er fischte ein Tütchen aus dem Nachttisch, das denen, die wir vor einiger Zeit gemeinsam im Vorgarten des Strandapartments aufgesammelt hatten, verdammt ähnlich sah. Ein verruchtes Schmunzeln umspielte für den Bruchteil von Sekunden seine Mundwinkel, ehe er die Verpackung vorsichtig zwischen seine Zähne klemmte und aufriss. Den Rest übernahm ich mit festem Griff. Ein gänsehautauslösendes Keuchen durchbrach die Stille, und Easton revanchierte sich mit einem weiteren überaus sinnlichen Kuss, während er sich mit zwei Fingern ausgiebig vergewisserte, ob ich auch wirklich bereit für ihn war. Mein Rücken wölbte sich von der Matratze, und ich biss mir auf die Unterlippe, um ein Aufstöhnen zu unterdrücken. Langsam zog er seine Finger zurück, drang kaum einen halben Atemzug später tief in mich ein, bevor er kurz verharrte und mich ansah. In seinem Blick lag so viel Gefühl, und ich spürte ihn dermaßen intensiv, dass mir der Atem stockte. Seine Regungslosigkeit wurde zur süßen Qual.

Sanft strich er mir eine verirrte Haarsträhne aus dem Gesicht. »Bist du okay?«, flüsterte er heiser.

Ich nickte, vergrub meine Finger in seinem Haaransatz und zog ihn an mich. Unsere Lippen trafen fordernd aufeinander, während ich ein Bein um seine Hüfte schlang und unsere Körper einen gemeinsamen Rhythmus fanden. Eastons entfesselte Bewegungen versetzten mich in einen alles verdrängenden Zustand extremster Empfindungen, die mich völlig vereinnahmten. Kleinen Stromstößen gleich prickelten sie auf meiner Haut, preschten durch meine Adern, erfüllten jede noch so winzige Zelle meines Körpers, wurden zu einem verschlingenden Sog, der nur noch ein Ziel kannte und sich derart gewaltig entlud, dass ich Easton mitriss, bis sein Körper erbebte und keuchend über mir zusammenbrach.

Kapitel 32

Crazy in Love

Seit der unvergesslichen Nacht im Leuchtturmhaus schwebte ich auf Wolken durchs Leben und befand mich in einem permanenten Liebesrausch. Wenn Easton nicht bei mir sein konnte, weil er neben dem Studium an zwei Tagen in der Woche mehrstündigen Dienst im Medical Center leistete, dachte ich an ihn, und wenn er bei mir war, wollte ich ihn. Wie nichts anderes auf diesem Planeten. Er überraschte mich immer wieder aufs Neue, zeigte mir alle Facetten seines Ichs, die widersprüchlicher und anziehender nicht hätten sein können, und ich wusste nicht, ob mir seine charmante Seite oder seine dunklen Schattierungen besser gefielen. Beides faszinierte mich gleichermaßen. Einfühlsame Sanftheit gepaart mit unerschütterlicher Stärke. Doch in bestimmten Momenten bevorzugte ich seine dominant-düsteren Wesenszüge, die meistens zum Vorschein kamen, wenn wir uns liebten und er sich restlos alles von mir nahm, was ich bereit war, ihm zu geben.

Zu meiner Überraschung hatte Easton sich im Medical Center sogar testen lassen und mir die negativen Ergebnisse vorgelegt. Das bedeutete, es gab keine Zwangsunterbrechungen mehr, und wir konnten uns entspannt auf das Hormonpräparat verlassen, für das ich mich ohnehin schon vor einiger Zeit entschieden hatte. Im Gegenzug verlangte er nichts von mir, vertraute mir einfach, verließ sich auf mich und meine Integrität. Dennoch tat ich dasselbe für ihn. Aber auch für mich und vor allem für uns. Easton machte mich glücklich. Auf jede erdenkliche Weise. Nirgendwo fühlte ich mich sicherer als bei ihm. Und gleichzeitig schwebte mein Herz nirgendwo in größerer Gefahr, unwiderruflich gebrochen zu werden.

Durch einen verunglückten Videocall mit meinen Eltern hatte ich frühzeitig die Mom-und-Dad-ich-habe-einen-Freund-Bombe platzen lassen müssen. So war das nun mal, wenn man wild rumknutschte und versehentlich etwas annahm, was man eigentlich ablehnen wollte. In den ersten Minuten war die Videotelefonie zwar äußerst befremdlich gewesen, aber nachdem wir uns alle einigermaßen von dem kleinen Schock erholt hatten, kehrte rasch wieder Normalität in unseren täglichen Austausch ein. Mom mochte Easton auf Anhieb. Bei meinem Dad war ich mir da nicht ganz so sicher, wobei seine anfänglich eher ablehnende Haltung weniger mit Easton persönlich zu tun hatte, sondern vielmehr damit, dass in seinen Augen absolut niemand gut genug für mich war. Das änderte sich schlagartig, als ich ihre Gemeinsamkeiten ins Spiel brachte und das Thema Harley Davidson alles andere verdrängte. Mom und ich klinkten uns ab einem gewissen Punkt aus, und die beiden redeten eine geschlagene Stunde über die mit Abstand großartigsten Motorräder der Welt.

Wegen der veränderten Lebensumstände sahen Sarah und ich uns kaum noch, obwohl wir unter einem Dach lebten. So was wie ein Pärchenabend zu viert war durch die unüberbrückbaren Differenzen zwischen Easton und Yves nicht möglich. Damit sich die Cousins nicht begegneten, befanden wir uns praktisch im steten Wechsel und waren nur noch selten zusam-

men im Strandapartment. Hinzu kam die Verschwiegenheits-
regelung der *Philosophen*, an die Sarah sich ausnahmslos hielt,
was unseren Gesprächsstoff weitestgehend einschränkte, da sie
ständig auf Veranstaltungen oder streng geheimen Geheimtref-
fen unterwegs war – eine Entwicklung, die ich voller Sorge betrachtete.

Etwa drei Wochen nach dem schlimmsten und gleichzeitig
besten Date meines Lebens machte ich mich freitagabends kurz
vor Sonnenuntergang samt gepackter Tasche und Handtuch
auf den Weg zum letzten Strandabschnitt, um Easton beim
Surfen ein bisschen anzuhimmeln, bevor wir zum Leuchtturmhaus aufbrechen wollten. Diese Nacht stand eine Fahrt mit
der *Good Old Lady* über den Mystic River an, und ich konnte
es kaum noch erwarten, an Bord des nostalgischen Schaufel-
raddampfers zu gehen. Ganz allein. Nur mit Easton. Auf dem
obersten Deck. Unter freiem Himmel. Zumindest fast allein,
weil natürlich ein Kapitän nicht fehlen durfte, und ohne Lance
oder einen anderen des Sicherheitsteams ging es sowieso nirgendwohin. Meistens hielten sie sich jedoch dezent im Hintergrund. Es sei denn, sie spielten auf Partys den luxuriösen
Freundeskreis, dann zeigten sie sich offen als das, was sie darstellen sollten. Am liebsten wäre ich das gesamte Wochenende
über den Fluss mit dem schönen Namen geschippert – hätte für
Samstagabend keine Spätveranstaltung mit einer Koryphäe der
Kriminalpsychologie auf meinem Plan gestanden. Die konnte
ich mir leider unmöglich entgehen lassen, weil sie unabdingbar
für mein Studium war. Und genau das durfte ich trotz aller
Liebe, die in der Luft lag, nicht vergessen. Auch wenn es mir
wahnsinnig schwerfiel.

Als ich den Wassersport-Hotspot am Ende des Beachs erreicht hatte, ließ ich meine Tasche neben Eastons Klamotten
fallen und setzte mich auf mein Handtuch. Für Ende Oktober

war es noch ungewöhnlich warm, fast sommerlich, nur die Tage waren kürzer und die Nächte länger geworden. Das im Abendrot surreal glitzernde Meer faszinierte mich immer wieder aufs Neue. Genau wie der Mann, den ich unter all den Surfern sofort erkannte und dessen bloßer Anblick dieses einzigartige Ziehen in meinem Herzen auslöste. Eine ganze Weile beobachtete ich das herrliche Szenario, bis ich am Ufer Mel entdeckte, die gedankenversunken zwischen den starken Wellenausläufern verharrte und nahezu regungslos in die Ferne starrte.

Ich stand auf und gesellte mich zu ihr. »Hey«, begrüßte ich sie und stupste mit meinem Ellbogen gegen ihren Arm.

Mel lächelte. »Wir haben uns ja schon eine halbe Ewigkeit nicht mehr gesehen. Bei dem Typen, den du dir da geangelt hast, wundert mich das allerdings nicht. Und er scheint dich verdammt glücklich zu machen, du strahlst ja regelrecht aus allen Poren.«

»Ja«, gab ich leise zurück, »er ist in Sachen Liebe das Beste, was mir bisher passiert ist.«

»Das freut mich für dich, Mila.«

»Und wie geht es dir so?«

»Der ganze Uni-Kram stresst mich total, und ich habe mir vieles ganz anders vorgestellt, aber da müssen wir einfach alle irgendwie durch.«

»Wunschdenken und Realität haben nicht wirklich viel gemeinsam«, pflichtete ich Mel bei. Ich wusste genau, wie sie sich fühlte. »Was macht Rose?«

»Wenn ich das wüsste«, seufzte sie frustriert.

»Habe ich was verpasst? Wohnt ihr nicht mehr zusammen?«

»Seit sie in dieser durchgeknallten Studentenverbindung aufgenommen wurde, sehe ich sie kaum noch. Und wenn wir uns zwischendurch mal über den Weg laufen, kommt kein richtiger Austausch mehr zustande, weil sie irgend so ein dämliches

Schweigegelöbnis ablegen musste.« Mel strich sich ihre von der Meeresbrise zerzausten Haare aus dem Gesicht. »Am Anfang war ich voll dabei und fand die kryptischen Briefe echt witzig, doch als wir vor ein paar Wochen in diesem dekadenten Club waren und einige der Anwärter die Einrichtung demoliert haben, bin ich ausgestiegen und hab dieses bescheuerte Blind Date mit Romeo einfach platzen lassen. Wo auch immer wir da hineingeraten sind, die geben einfach keine Ruhe und bombardieren mich weiter mit ihren Nachrichten. Trotzdem frage ich mich mittlerweile, ob es nicht besser gewesen wäre, weiter mitzuspielen, dann wüsste ich jetzt wenigstens, was da abgeht, und hätte eine plausible Erklärung für ihren Sinneswandel. Aber so …« Seufzend zuckte Mel mit den Schultern. »… Außerdem werde ich das fiese Gefühl nicht los, da könnten vielleicht irgendwelche Pillen oder sonst was im Spiel sein. Sie … sie benimmt sich wie ein ganz anderer Mensch und taumelt von einem Extrem ins andere. Deshalb bin ich im Grunde ganz froh, dass sie ein Zimmer in diesem komischen Verbindungshaus bekommen hat und nur noch sehr selten im Apartment auftaucht. Andererseits mache ich mir jetzt noch viel größere Sorgen um Rose, weil ich überhaupt nicht mehr an sie herankomme.«

Ich hatte mich also an dem denkwürdigen Abend im Club nicht geirrt. Mel und Rose waren tatsächlich dort gewesen. Mir wurde heiß und kalt. Das hörte sich alles andere als gut an und erinnerte mich zumindest teilweise an das Verhalten meiner Freundin. Abschottung schien ein besonderes Talent der fragwürdigen Studentenverbindung zu sein und zeigte deutliche Parallelen zu sektenhaften Manipulationen. »Ist Rose bei den *Philosophen*?«

Mel nickte, und ich erzählte ihr von meinen grenzwertigen Erfahrungen mit der Geheimgesellschaft, die meine Freundschaft mit Sarah ähnlich überschattete wie die von Mel und Rose.

»Was für ein abgefuckter Scheiß!«, schnaubte Mel. »Es muss doch irgendetwas geben, was wir dagegen unternehmen können.«

»Solange wir keine hieb- und stichfesten Beweise haben, sind uns die Hände gebunden«, erklärte ich auf der Basis der jahrelangen und äußerst frustrierenden Berufserfahrungen meines Vaters. »Aber früher oder später wird ihre Arroganz den Murphy-Effekt auslösen.«

»Das bedeutet dann wohl abwarten, bis ihnen ein Fehler unterläuft.«

»Leider ja.«

Mel vergrub ihre Zehen im nassen Sand. »Hoffentlich passiert in der Zwischenzeit nichts Schlimmes.«

»Das hoffe ich auch.«

»Sokrates sagt: Wenn Adonis höchstselbst aus den Fluten steigt und seinen Blick voller Verlangen auf Aphrodite richtet, sollte sich das gemeine menschliche Fußvolk alsbald unauffällig zurückziehen.«

»Das soll Sokrates gesagt haben?« Ich verstand weder den plötzlichen Themenswitch, noch, worauf sie hinauswollte.

»Keine Ahnung, was der Junge alles so von sich gegeben hat. Aber als halbwegs intelligenter Mensch spüre ich auch so ganz gut, wann ich überflüssig werde und junger, ungestümer Liebe weichen muss.« Mit einer leichten Kopfbewegung deutete sie aufs Wasser. »Wir sehen uns, Mila.«

Die nächste größere Welle trug Easton nah ans Ufer heran, und als ich in seine dunklen Augen blickte, während er in seiner schwarzen Shorts auf mich zukam, fühlte ich mich in eine Liebesschnulze versetzt. Das Board unter den Arm geklemmt, strich er mit einer Hand seine nassen Haare aus dem Gesicht und schenkte mir ein schiefes Lächeln. Wassertropfen funkelten im Licht der Abendsonne wie Hunderte warmgoldene Diamantsplitter auf seiner Haut, und das aufregende Spiel seiner Muskeln ließ mein Herz noch ein wenig schneller schlagen. Es war einer dieser Momente, in denen ich kaum glauben konnte, dass er sich ausgerechnet für mich entschieden hatte.

Easton schlang einen Arm um meine Taille, zog mich eng an sich, und meine Füße hoben vom Sand ab. In Sekundenschnelle fraß sich die von ihm ausgehende kühle Nässe durch mein Kleid und traf auf meine Haut. »Du hast mir gefehlt«, sagte er leise, strich sanft mit seiner Nasenspitze über meine und küsste mich, wie nur er es konnte. Er schmeckte nach Salzwasser, Sonne und dieser grenzenlosen Freiheit, die er jedes Mal verspüren musste, wenn er schwerelos auf seinem Board über die Wellen glitt. Ich schmiegte mich an ihn, vergrub meine Hände in seinem tropfnassen Haar und ließ mich auf das verführerische Spiel ein, bis Easton sich widerwillig von mir löste. »Hast du alles dabei?«

In mich hineinseufzend nickte ich. »Von mir aus kann's losgehen.«

Mit dem alten Porsche fuhren wir zum Morgan Light Point und gingen an Bord des Dampfers, der ohne die roten Teppiche und vielen Partyaufbauten ganz anders aussah und pure Nostalgie verströmte. Alex Vazquez begrüßte uns mit einem knappen Kopfnicken, bevor er seinen Wachposten aufgab und sich zurückzog. Abgesehen vom Barbereich befanden sich auf dem ersten Deck fünf Kabinen, die ich in der Partynacht überhaupt nicht wahrgenommen hatte. Lance klinkte sich aus und brachte seine Klamotten in eine Doppelkabine. Über die schmale Holztreppe stiegen wir aufs nächste Deck, das nun mit den schweren Antikledersitzmöbeln wie ein Gentleman-Club wirkte und von dem ebenfalls fünf Kabinentüren abgingen. Das einzige Moderne war eine große LED-Kinowand, die in Erinnerung an alte Lichtspielhäuser von zwei blutroten Samtvorhängen gesäumt wurde. Deck drei bestach mit hellen Korbsesseln und Tischen im 20er-Jahre-Schick mit gemütlichen Boho-Elementen, von denen die Leichtigkeit einer Sommerparty ausging und die zum Verweilen einluden.

Easton öffnete eine der zwei gegenüberliegenden Türen und warf unsere Taschen auf ein breites Bett, das mit wollweißer Rüschenbettwäsche bezogen und von einem hellen Moskitonetz umgeben war. Anschließend stiegen wir die letzten Stufen zum vierten Deck hinauf. Auch die V-Lounge von der Erstsemesterparty sah anders aus, als ich sie in Erinnerung hatte. Der Sichtschutz, die Pflanzen und der Pool waren zwar geblieben, aber ein Großteil der Möbel, Trennwände und Aufbauten war verschwunden. Lediglich zwei gemütliche Loungebetten mit Moskitonetzen und Vorhängen befanden sich noch dort. In unmittelbarer Nähe des Pools standen ein paar Liegestühle und eine Sitzgruppe.

Als die *Good Old Lady* den Anker einzog und sich ihr großes Schaufelrad in Bewegung setzte, erloschen bis auf die Signallampen sämtliche Lichter um uns herum. Easton stand hinter mir an der Reling. Eine ganze Weile beobachteten wir die schwarzen Umrisse der Gebäude mit ihren teils erleuchteten Fenstern, die sich vom dunkelblauen, wolkenlosen Firmament abhoben – ein traumhafter Ausblick, von dem ich zunehmend durch warme Lippen abgelenkt wurde, die sich hingebungsvoll mit meinem Nacken beschäftigten, während überaus geschickte Hände über meine Rundungen glitten. »Deine kurzen Blümchenkleider machen mich echt fertig«, murmelte Easton in meine Halsbeuge. Er öffnete den kleinen Reißverschluss an meinem Rücken und streifte die Träger von meinen Schultern.

»Weil du auf Blumenmuster stehst?«, fragte ich bewusst naiv.
»Das trifft es nicht ganz.« Ich spürte ein leises Lachen in meinem Genick. »Es liegt eher an dieser unfassbar heißen Jura- und Kriminalpsychologiestudentin aus Los Angeles, die ihren sündhaft schönen Körper damit verhüllt und mich immer wieder aufs Neue in den Wahnsinn treibt …« Easton schob das Oberteil des Kleides weiter runter, bis der weiche Musselin unterhalb meines Pos von selbst zu Boden fiel. »… und daran, dass sie überaus leicht auszuziehen sind …« Seine Hände glitten meinen Bauch entlang, zuerst nach unten, wo seine Finger spielerisch den inneren Saum meines Slips nachzeichneten. Dann wanderten sie langsam und kraftvoll nach oben, um meine Brüste fest zu umfassen. Seufzend schloss ich die Augen, schmiegte mich eng an ihn, legte meinen Kopf weit in den Nacken und entblößte meinen Hals, den er sogleich mit seinem Mund erkundete. Jede seiner elektrisierenden Berührungen steigerte meine Sehnsucht nach mehr. Gänsehautschauer rieselten prickelnd wie milder Sommerregen über meine Haut. Easton wusste genau, was er tat, und kostete meine körperlichen Reaktionen auf ihn in vollen Zügen aus. Mit dem Daumen strich er über meine Lippen, bevor er mich küsste. Genießerisch. Atemberaubend sinnlich. Verzehrend intensiv. Ich drehte mich in seinen Armen. Mit einer geschmeidigen Bewegung hob er mich hoch, als bestünde ich aus reiner Luft, und ich wickelte meine Beine um ihn. Er trug mich von der Reling zum Pool, während wir so heiße Küsse austauschten, dass ich glaubte, innerlich wie äußerlich zu verglühen.

Trotz seiner Kleidung stieg er die Hälfte der breiten Stufen hinab und streifte mir geschickt die Schuhe von den Füßen. Behutsam ließ er mich los, und ich schwamm bis zum anderen Ende des Beckens. Vom Rand aus beobachtete ich Easton dabei, wie er sich bis auf die Shorts auszog und kopfüber ins

Wasser glitt. Mit kraftvollen Bewegungen tauchte er durch den Pool und durchbrach unmittelbar vor mir die Oberfläche. Dabei kam er mir so nah, dass ich das Glitzern kleinster Wassertropfen in seinen dichten Wimpern erkennen konnte. Schnell atmend standen wir uns Haut an Haut gegenüber, sahen einander an, verloren uns im Blick des jeweils anderen, und als sich unsere Lippen zu einem weiteren leidenschaftlichen Kuss fanden, entlud sich restlos alles, was sich zuvor an knisternder Spannung zwischen uns aufgebaut hatte.

Ich konnte nicht sagen, wie wir auf dem Loungebett gelandet waren, aber es war auch nicht wichtig. Alles, was zählte, lag neben mir, atmete gleichmäßig, fühlte sich extrem gut an, hatte ein auffallend schönes Gesicht, aufregend dunkle Augen, einen Körper wie Achilles, dichtes schwarzes Haar, einen Mund, den ich immerzu küssen wollte, roch einfach himmlisch und hielt mich im Arm.

Eine kleine Verwüstungsspur zeichnete sich auf dem Oberdeck ab, und ich musste unweigerlich lächeln. Eastons Shirt, Jeans und Schuhe lagen vor der Pooltreppe, meine Keilabsatzschuhe daneben. Auf der Wasseroberfläche schwamm seine Shorts einträchtig neben meinem BH und meinem Slip. Ein Stapel frischer Handtücher war umgekippt, und zwei benutzte Badelaken zierten den Schiffsboden vor dem Outdoor-Bett.

Ich hatte keine Ahnung, wieso ich plötzlich an Lucy denken musste. Unterschwellig beschäftigte mich die hübsche Rothaarige schon, seit ich sie zum ersten Mal an Eastons Seite gesehen hatte. »Darf ich dich was fragen?«

»Wenn es die Wie-viele-Frauen-hattest-du-vor-mir-Frage ist, nein.«

Schmunzelnd rieb ich meine Nase an seiner Wange. In vielerlei Hinsicht hatte er ein ausgeprägtes Gespür, lag jedoch in diesem Punkt ausnahmsweise mal nicht ganz richtig. »Es hat zwar was damit zu tun, geht aber in eine andere Richtung.«

»Und in welche?«

»Ist zwischen dir und Lucy wirklich nie was gelaufen? Ihr geht so wahnsinnig vertraut miteinander um.«

Easton atmete tief durch. »Nur weil du gerade hilflos und nackt in meinen Armen liegst und ich nirgendwo an dir ein Mikrofon entdeckt habe, verrate ich dir eines der bestgehüteten Geheimnisse meines Vaters.«

»Hilflos? Ich habe mich erfolgreich gegen eine Horde betrunkener Surfer gewehrt.«

Easton lachte leise. »Ein bisschen habe ich auch dazu beigetragen.«

»Ja, das hast du, und dafür bin ich dir immer noch sehr dankbar.« Ich hob meinen Kopf und küsste ihn. Lang und intensiv. So intensiv, dass er irgendwann halb auf mir lag und seine Hände mich an Stellen berührten, die sogleich wieder nicht jugendfreie Gedanken erweckten und ich dagegen ankämpfen musste, nicht in den nächsten leidenschaftlichen Sog zu geraten. Sanft, aber bestimmt drückte ich Easton zurück auf die Matratze, und er gab sich fürs Erste geschlagen. Obwohl es ihm sichtlich schwerfiel. »Lucy«, erinnerte ich ihn glucksend.

»Wie konnte ich das vergessen?« Ein leises Lachen drang aus seiner Kehle. »Du weißt, dass sie wie Lance, Vazquez, Kate und Mary auf der Gehaltsliste meines Vaters steht und wofür er sie bezahlt.«

Ich nickte. »Warum hat er sich nicht für Personenschützer mit mehr Erfahrung entschieden?«

»Die hatte ich früher. Egal, wohin ich auch gegangen bin,

rund um die Uhr war ich von fünf bis sechs Anzugträgern mit Knöpfen im Ohr umgeben. Ich hatte keinerlei Privatsphäre. Nie. Irgendwann ist mir der Kragen geplatzt, und ich hatte eine heftige Auseinandersetzung mit meinem Vater. Fast einen Monat bin ich an ihm vorbeigelaufen, als würde ich ihn nicht kennen, bis er schließlich eine Lösung gefunden hat, mit der wir beide ganz gut klarkommen. Abgesehen von Fairchild hat er alle Men in Black zurückgepfiffen und sie gegen eine unauffälligere, jüngere Truppe ausgetauscht. Lance, Alex und die anderen zählen zu den besten FBI-Anwärtern ihres Jahrgangs.«

»Er hat sie abgeworben?«

»Genau das hat er getan und mehr oder weniger meinen Wunsch erfüllt, nicht mehr offensichtlich rund um die Uhr bewacht zu werden. Sie bewegen sich alle in meinem Alter, studieren in Yale, wo wir uns angefreundet und schließlich eine WG gegründet haben. So lautet zumindest die offizielle Version. Und damit auch alles schön unauffällig bleibt, sind wir irgendwann als Pärchen aufgetreten, weil sich in manchen Situationen eine besondere Form von Nähe einfach nicht vermeiden lässt. Lance und Kate. Alex und Anne. Lucy und ich. Zumindest bis Anne bei ihrem jährlichen Test durchgefallen ist und du mir über den Weg gelaufen bist. Jetzt ist Alex Single, Mary unsere neue Mitbewohnerin, und ich habe mich deinetwegen in aller Freundschaft von Lucy getrennt. Der ganz normale Wahnsinn eben.«

»Abgefahren.«

»Wem sagst du das?! Als meine Mutter noch gelebt hat, war vieles anders. Natürlicher und freier. Doch seit ihrem Tod ist Ich zu sein nicht immer so leicht, wie es für Außenstehende aussieht. Alles wird von den Sicherheitsexperten meines Vaters kontrolliert und bis ins kleinste Detail geplant.«

»Das tut mir leid«, flüsterte ich bedrückt.

»Du kannst ja nichts dafür«, gab er leise zurück, zog mich enger an sich heran und küsste mich auf die Stirn.

Die Nacht hatte nunmehr ihre volle Schönheit entfaltet. Ich hob meinen Kopf, schaute durch das über uns gespannte Moskitonetz in den mitternachtsblauen Himmel, dessen Sternenpracht zum Greifen nah erschien.

»Denkst du, es gibt so was wie Schicksal, das unser ganzes Leben bestimmt, und unsere Geschichte könnte schon eine Ewigkeit irgendwo da oben zwischen all den Sternen geschrieben stehen?«, fragte ich verträumt.

»Ein schöner Gedanke, aber nein, daran glaube ich nicht.«

»Woran glaubst du dann?«

»Dass unser Leben aus einer Reihe von unergründlichen Ereignisketten besteht, die uns immer wieder zu Wendepunkten führen, an denen wir entscheiden müssen, ob wir unseren Kurs halten oder eine andere Richtung einschlagen. Sobald wir entschieden haben, wohin wir gehen wollen, lösen wir unwissentlich die nächste Kettenreaktion aus, die unser Leben zwangsläufig beeinflussen wird und uns zum Spielball von unaufhaltsamen Ereignissen macht. Und ganz egal, wie sehr wir manche Entscheidungen im Nachhinein auch bereuen, bleiben wir unfähig, etwas daran zu ändern, weil es kein Zurück mehr für uns gibt.«

Kapitel 33

Der Kuss vor dem Tod

Obwohl die *Good Old Lady* bereits nachmittags wieder am Morgan Light Point vor Anker lag, blieben wir an Bord und genossen alle Annehmlichkeiten des alten Dampfers. Erst am Abend machten wir uns auf den Weg nach New Haven, und Easton setzte mich gegen 20:50 Uhr in unmittelbarer Nähe des Old Campus ab.

»In zwei Stunden. Genau hier«, ließ er mich auf seine ganz eigene Art wissen, und ich konnte mir ein Schmunzeln wegen der knappen Befehlsform nicht verkneifen. Zum Abschied küssten wir uns. Kurz und süß. Dann stieg ich aus dem Oldtimer-Porsche und beeilte mich, rechtzeitig zur Spätveranstaltung zu kommen. Ich hatte Glück und erwischte einen der letzten freien Plätze. Ein Großteil derjenigen, die nach mir eintrafen, musste sich mit dicht gedrängten Stehplätzen arrangieren. Die Vanderbilt Hall platzte trotz zusätzlicher Bestuhlung aus allen Nähten.

Der charismatische Profiler, der sich mit dem Codenamen Mind-Arrow vorstellte, besaß die Gabe, trockene Theorie mit Fallbeispielen aus alter wie jüngster Kriminalgeschichte so unfassbar spannend auszuführen, dass er alle Anwesenden in seinen Bann zog. Nie zuvor hatte ich eine solche Stille unter so vielen Anwesenden in einem Hörsaal erlebt. Die zwei Stunden vergingen im Nu, als wären es höchstens zehn bis fünfzehn Minuten gewesen. Abschließend stellte er die provokante These in den Raum, die schwerwiegendsten und skrupellosesten Verbrechen würden ausschließlich von Narzissten verübt. Unsere zeitintensive Aufgabe bestand darin, seine Behauptung in den kommenden vier Wochen zu durchleuchten und sie entweder faktisch zu untermauern oder zu widerlegen – eine Herausforderung, die einen regelrechten Begeisterungssturm in mir auslöste. Genau das war eines der Elemente meines Studiums, auf die ich mich am meisten gefreut hatte.

Nachdem der Schlussapplaus verklungen war, drängte ich mich an meinen angeregt diskutierenden Mitstudenten vorbei nach draußen. Wegen der außergewöhnlich gut besuchten Veranstaltung herrschte auch auf dem Old Campus reges Treiben. Kleinere und größere Grüppchen bewegten sich über die gepflegten Grünanlagen, plauderten, lachten und tauschten ihr Wissen aus. Einen Teil zog es zurück in die Wohnheime, andere stiegen in ihre geparkten Fahrzeuge, und einige wechselten in dunklen Ecken vermeintlich ungesehen ihre Klamotten, um sich direkt vom Campus aus ins Nachtleben New Havens zu stürzen.

Easton lehnte an der Bronzestatue von Theodore Dwight Woolsey wie am Abend des Blind Dates. Diesmal ohne Buch. Dafür mit einem umwerfenden Lächeln, das mich völlig aus meinem kriminalpsychologischen Konzept brachte. Der Kuss, mit dem er mich begrüßte, tat sein Übriges, um alles, was ich in den vergangenen zwei Stunden gehört hatte, zu verdrängen.

»Wo steht dein Wagen?«, fragte ich, als ich wieder zu Atem gekommen war und wir Hand in Hand über den Campus Richtung Durfee Hall liefen – dem Wohnheim für Erstsemester.

»Auf der Groove Street. Anscheinend gab es noch zwei andere Spätvorlesungen, und irgendwo in der Nähe steigt gerade eine Verbindungsparty der *Philosophen* zu Ehren ihrer neu rekrutierten Mitglieder. Deshalb musste ich so weit weg parken.«

»Es gibt Schlimmeres, als mit dir durch dunkle Grünanlagen zu spazieren. Und bestimmt auch weitaus Gefährlicheres.«

»Denkst du.«

»Weiß ich.«

»Hast du deinen Taser dabei?«

»Nein.«

»Pfefferspray?«

»Nein.«

»Warum nicht?«

»Weil ich wusste, dass du mich hinbringst und abholst.«

»Und wenn ich aus welchen Gründen auch immer nicht gekommen wäre?«

»Hättest du wahrscheinlich Mr Fairchild geschickt.«

Easton lachte leise. »Ja, das hätte ich tatsächlich getan«, gab er amüsiert zu, wurde aber gleich danach ernst. »Du solltest dich nie allein auf andere verlassen, sondern in erster Linie auf dich selbst.«

Ich hätte ihm gern widersprochen, doch im Grunde hatte er natürlich recht, was mich zu einer etwas subtileren Variante des Dagegenseins verleitete. »Eigentlich kann ich mich ganz gut wehren.«

Von einer Sekunde auf die andere fand ich mich versteckt hinter Büschen mit dem Rücken zur Wand der Durfee Hall wieder – dermaßen schnell, dass ich in keiner Weise reagiert hatte.

»Das nennt man Überraschungsmoment«, sagte Easton tonlos. »Wehr dich!«

Er hatte mich tatsächlich eiskalt erwischt, und als ich einen

Atemzug später versuchte, ihn zu küssen, um mich aus der Situation zu stehlen, richtete er sich zu seiner vollen Größe auf und entzog sich mir. »Was würdest du tun, wenn ich ein Fremder wäre?«

»Meinst du das ernst?«

Easton nickte kaum sichtbar und wiederholte seine Frage. Ich konzentrierte mich auf das, was mein Vater mich im Laufe der Zeit gelehrt hatte.

»Soll ich nur andeuten oder voll durchziehen?«

»Zeig mir alles, was du draufhast.«

»Okay …« Mit dem Ziel, seine Weichteile zu erwischen, schnellte mein Knie hoch, und es tat mir jetzt schon leid, dass in den nächsten Tagen jede Form von Intimität wortwörtlich auf Eis liegen würde. Ohne mit der Wimper zu zucken, fing er mein Bein ab, zwang es um seine Hüfte und fixierte es dort mit festem Griff. Dadurch setzte er gleichzeitig mein Standbein außer Gefecht, aber das schien ihm noch nicht genug zu sein. Mit seinem vollen Gewicht presste er mich gegen die Wand, packte mein anderes Bein und brachte es, obwohl ich mit aller Kraft dagegen ankämpfte, in dieselbe Position.

»Wehr dich!«, forderte Easton mich ein weiteres Mal auf. »Mit allem, was du kannst!«

Ich setzte zum Handkantenschlag gegen seine Nase an, er neigte den Kopf blitzschnell zur Seite, und seine Finger wickelten sich wie Schraubstöcke um mein Handgelenk. Unterdessen schlug ich mit der anderen Hand zu, doch sie traf ebenfalls ins Leere, bevor er sie auf dieselbe Weise fixierte und meine Hände oberhalb meines Kopfes gegen die Wand drückte.

»Und jetzt?«

»Könnte ich immer noch schreien.«

»Dann schrei!«, forderte er mich auf, und noch während ich Luft holte, erstickte er mein Vorhaben mit seinem Mund, der sich ungewöhnlich hart auf meinen presste. Fast schon gewaltsam zwangen mich seine Lippen, dem immensen Druck nachzugeben und meine zu öffnen. Für einen unwiderstehlich süßen Moment küsste er mich, wie er es immer tat. Meine Körperspannung gab nach, seine nicht, dennoch beendete er das bittersüße Spiel.

»Soll ich mich immer noch wehren?«, fragte ich zittrig.

»Willst du es denn?«

»Nein.«

Easton neigte den Kopf ein wenig zur Seite und sah mir tief in die Augen. In seinem Blick glomm dieses durch und durch verruchte Funkeln auf, das mir jedes Mal aufs Neue den Atem stahl. »Was willst du dann?« Mit seiner Nasenspitze strich er sanft über meine. Sein verführerischer Mund kam meinem so nah, dass sich ein sehnsüchtiges Ziehen in mir ausbreitete.

»So schnell wie möglich zurück aufs Schiff«, flüsterte ich und presste ihn mit meinen Beinen, die nach wie vor um seine Hüfte gewickelt waren, noch enger an mich. Ich küsste ihn, zeigte ihm deutlich, wie sehr ich ihn gerade wollte. Diesmal wich er mir nicht aus und zog sich auch nicht zurück. Erst als ich ihn in die Unterlippe biss, ließ er wieder von mir ab und stellte mich auf die Füße. »Du bist unbelehrbar, Margret Isabel Lucille Alexandra Lewis«, raunte er mit einem unterdrückten Lächeln und einer hochgezogenen Braue.

»Bin ich nicht«, widersprach ich ihm, während er uns einen Weg durchs Gestrüpp zurück auf den Campus bahnte.

»Doch. Bist du! Oder versuchst du mir gerade ernsthaft weiszumachen, du hättest etwas aus der Lektion gelernt?«

Easton ergriff meine Hand und steuerte die schmale Gasse zwischen dem Wohnheim und einem Verwaltungsgebäude an.

»Habe ich. Wirklich.«

Er lachte leise. »Was denn?«

»Das Überraschungsmoment ist grundsätzlich ein hinterhältiges Arschloch.«

Easton rieb sich über die Stirn und bemühte sich, ernst zu bleiben. »Und was noch?«

»Von reiner Körperkraft ausgehend, hätte ich gegen einen Mann in bestimmten Situationen keine Chance.«

»Und weiter?«

»Dass du meine absolute Schwäche bist.«

»Mila …«

Ich presste meine Lippen zusammen, um ein Lachen zu unterdrücken, bevor ich aussprach, was er wirklich hören wollte. »Ab Morgen werde ich das Notwehrwaffenarsenal meines Vaters überall mit hinschleppen. Zufrieden?«

»Sehr zufrieden.«

»Findest du mich jetzt immer noch unbelehrbar?«

»Nein.« Er brachte unsere verschränkten Hände nach oben an seine Lippen und küsste meine Finger, bevor er sie losließ und den Arm um meine Schultern legte. »Falls ich dir vorhin wehgetan haben sollte, tut es mir leid. Das lag nicht in meiner Absicht«, flüsterte er.

Ich schmiegte mich an ihn. »Hast du nicht«, gab ich ihm zu verstehen. In keiner Weise nahm ich ihm den außergewöhnlichen Denkanstoß übel. Easton hatte mir eindrucksvoll meinen immer wiederkehrenden Leichtsinn vor Augen gehalten, und dafür war ich ihm dankbar. Mein Vater wäre richtiggehend stolz auf ihn gewesen.

Nachdem wir gemütlichen Schrittes die Elm Street überquert hatten, wählten wir den Rose Walk – einen langen, von Bäumen gesäumten Fußweg. In einiger Entfernung, fast am Ende des breiten Pfads, entdeckte ich die Silhouetten zweier Frauen, die entweder extrem albern unterwegs waren oder hoffnungslos betrunken sein mussten. Sie kicherten, lachten und kreischten im

Wechsel, drehten sich im Kreis, breiteten immer wieder ihre Arme weit aus, taten, als wären es Flügel, die sie hoch hinaus in den Himmel tragen könnten. Ein seltsames Summen und Singen hallte durch die Gasse, bevor die beiden kreuz und quer über den angrenzenden Vorplatz der Sterling Memorial Library liefen und schließlich aus unserem Blickfeld verschwanden. Kurz darauf schallte ein lautes Klirren durch die Dunkelheit.

»Kannst du mit deinen Schuhen laufen?«, fragte Easton.

»Ja.«

Er ließ mich los. »Bleib so dicht hinter mir, wie es dir möglich ist.«

Ich nickte, und Easton legte einen Spurt hin, bei dem ich wegen meiner Absätze nur schwerlich mithalten konnte. Auf halber Strecke ertönte ein weiteres, noch lauteres Klirren. Von der gegenüberliegenden Seite näherten sich drei Menschen langsam dem Platz und hielten inne, ehe sie ebenfalls losrannten. Schrilles Gelächter und entrückter Singsang erfüllte die Nachtluft. Easton wurde schneller.

Wenige Sekunden nach ihm erreichte ich die sonst so schöne Stelle vor der historischen Bibliothek, über deren alte Pflastersteine schon unzählig viele Füße früherer und jetziger Generationen gegangen waren. Trotz der eher spärlichen Gebäudebeleuchtung entdeckte ich sofort das zerbrochene Fenster im Erdgeschoss. Als mein Blick suchend weiter nach oben wanderte, blieb mir für einen Sekundenbruchteil das Herz stehen. Eines der großen Bogenfenster gleich unterm Dach war sperrangelweit geöffnet. Auf dem schmalen Fenstersims davor standen die beiden Frauen. Sie küssten sich voller Leidenschaft, berührten sich und kicherten zwischendurch vergnügt.

Indes erreichte Easton – gefolgt von einem Mann aus der Dreiergruppe, die uns entgegengekommen war – das kaputte Fenster und kletterte in die Bibliothek. Ein paar Schritte von mir entfernt befand sich ein weiterer Mann nebst einer Frau, die inzwischen den Notruf gewählt hatte und unseren Standort durchgab.

Abermals durchdrang ein überdrehtes Lachen die Nacht. Die jungen Frauen ließen voneinander ab, verwoben ihre Hände miteinander und breiteten kichernd ihre freien Arme aus. Der Mann neben mir setzte sich noch vor mir in Bewegung. Ich bekam vor Angst kaum Luft. Dennoch schaffte ich es irgendwie, ein gellendes »Nein! Nicht!« rauszupressen, in der Hoffnung, meine Stimme könnte sie erreichen, wachrütteln, daran hindern zu tun, was sie im Begriff waren zu tun. Aber dem war nicht so. Gemeinsam sprangen sie hoch, hoben mit einem weiteren glücksseligen Lachen vom Fenstersims ab, und plötzlich schien die Welt in einer Zeitlupe gefangen zu sein. Mein Entsetzensschrei vermischte sich mit dem des Mannes vor und der Frau neben mir zu einem unheilvollen Echo. Für einen grausamen Augenblick schwebten die jungen Frauen in der Luft. Die Röcke ihrer hellen Sommerkleider bauschten sich auf wie kleine Fallschirme, ihre Haare wirbelten umher, und wäre ein Fotograf vor Ort gewesen, hätte er das wohl beste Foto seiner Karriere geschossen. Doch das hier war kein Shooting-Set. Unten wartete keine Matratze auf die beiden. Kein ausgebreitetes Sprungtuch. Kein Becken voller Wasser oder Schaumstoffblöcken. Da war nichts außer jahrhundertealte Pflastersteine.

Zwei dicht aufeinanderfolgende dumpfe Aufschläge verbanden sich mit dem markerschütternden Brechen von Knochen, erstickten augenblicklich und unwiderruflich das entrückte Gelächter. Totenstille setzte ein.

Dann übergab sich der Mann vor mir auf das Kopfsteinpflaster. Die Frau zu meiner Rechten bekam einen unkontrollierten hysterischen Schreikrampf. Auch in mir machte sich Übelkeit breit. Ich verfiel in eine schmerzhafte Schockstarre und hörte alles nur noch wie durch Watte, bevor die gedämpften Geräusche von meinem donnernden Herzschlag und dem wilden Rauschen des Blutes in meinen Ohren vollständig verdrängt wurden. Wie paralysiert starrte ich in die weit aufgerissenen blassblauen und verstörend leeren Augen von Laura Silverman – meiner Kommilitonin, die sich zu Beginn unseres Studiums einen Stift von mir geliehen und mich am Strand mit einem Glas Wasser versorgt hatte. Fast schon apathisch folgte mein Blick dem roten Rinnsal, das aus ihrem Mund floss. Es vermischte sich mit der immer größer werdenden Blutlache unter dem langen kupferroten Haar ihrer Freundin, deren grotesk verdrehter Körper in einem elfenhaften pastellrosa Sommerkleid mit breiten Rüschenträgern steckte, in dem ich sie zuletzt auf der Hochterrasse des Strandapartments gesehen hatte. Rose …

Eine Hand legte sich schützend vor meine Augen. »Sieh nicht hin«, keuchte Easton atemlos.

Meine Beine gaben nach. Er fing mich auf, hob mich hoch, trug mich fort. Ließ mich langsam wieder runter. Hielt mich fest. Sirenen. Weit entfernt und viel zu nah. Rote und blaue Blinklichter. »Mila?«, hörte ich ihn leise sagen. Dann noch mal. Lauter. Eindringlicher. Und mein Blick klärte sich. Easton stand vor mir und schaute mich voller Sorge an. Das Wattegefühl verschwand und ich nahm sämtliche Geräusche um uns herum deutlich wahr. Behutsam umfasste er mein Gesicht und streichelte mit den Daumen über meine Wangen. »Mila?«

Als ich zum wiederholten Mal meinen Namen aus seinem Mund hörte, brachen alle Dämme gleichzeitig und schwemmten die Schockstarre fort. Ich weinte bitterlich und klammerte mich an Easton, der mich weiter festhielt, mir den Halt gab, den ich gerade so sehr brauchte. Pausenlos flüsterte er mir beruhigende Worte ins Ohr, die sich wie Balsam auf meine zutiefst erschütterte Seele legten, erdete mich auf wohltuende Weise, brachte mich ganz langsam und geduldig zurück in die schreckliche Realität, die in seinen Armen ein wenig erträglicher wurde.

Zwei Rettungswagen, drei Einsatzfahrzeuge der Feuerwehr, mehrere schwarze GMC-Geländewagen mit voll getönten Scheiben und ein Großaufgebot der Campus-Polizei hatten sich mittlerweile auf dem Vorplatz der Sterling Memorial Library eingefunden. Die zerschmetterten Körper waren bereits abgedeckt und der Tatort großräumig abgesperrt worden. Das aufsehenerregende Lichterspektakel zog immer mehr Schaulustige an, die von der Polizei unablässig aufgefordert wurden weiterzugehen. Umgehend kassierten sie zahlreiche Smartphones der Sensationsgeier ein, die wegen ein paar beschissener Klicks und Likes im wahrsten Sinne des Wortes über Leichen gingen – verrückte, kalte und grausame Welt.

Von der Dreiergruppe, die fast zeitgleich mit uns am Ort des Geschehens eingetroffen war, befanden sich zwei in medizinischer Behandlung durch die Sanitäter. Beide bekamen Beruhigungsmittel gespritzt. Der Dritte schilderte zwei Polizisten, was er gesehen und wie er sich verhalten hatte, nachdem er und Easton durch das zerbrochene Fenster in die Bibliothek geklettert waren, um Laura und Rose aufzuhalten. Ein Mann im schwarzen Anzug, der seiner Erscheinung nach aus einem der schweren Geländewagen gestiegen sein musste, kam geradewegs auf uns zu.

»Ma'am, … Mr Bay«, sprach er uns an. »Können Sie mir etwas zum genauen Hergang sagen?«

Easton nickte knapp und erzählte ihm alles, woran er sich erinnern konnte, ließ kein einziges Detail aus.

Der Mann hörte ihm aufmerksam zu, machte sich jedoch keinerlei Notizen. »Kannten Sie eines der Opfer oder womöglich beide, Mr Bay?«

»Nein.«

»Laura Silverman und … Rose … Rose Flemming«, flüsterte ich und zog damit die Aufmerksamkeit des Mannes auf mich.

»Wie ist Ihr Name, Ma'am?«

»Mila Lewis.«

»Wo haben Sie Miss Silverman und Miss Flemming kennengelernt?«, hakte er nach.

Ich räusperte mich, um meiner schwachen Stimme ein wenig mehr Kraft zu verleihen.

»Laura … bin ich zum ersten Mal in einer Juravorlesung begegnet … zu Beginn des Semesters. Ich … wir kannten uns bloß flüchtig … und Rose, sie … sie wohnt …« Fahrig strich ich mir ein paar Haarsträhnen aus dem Gesicht, atmete so tief durch, wie ich konnte. »Rose … hat mit ihrer Freundin im Apartment unter uns gewohnt …«

»Wo genau? Und mit wem hat sie dort zusammengelebt?«, wollte der Mann wissen.

»Am Strand … mit ähm …«

Eastons Arme schlossen sich noch fester um mich, und er beantwortete an meiner statt die quälenden und so wichtigen Fragen.

»Was können Sie mir sonst noch über die tragischen Ereignisse sagen, Miss Lewis?«

»Nichts«, erwiderte Easton mit fester Stimme. »Sie hat genau dasselbe gesehen wie ich, und das wird Ihnen genügen müssen. Keine Fragen mehr an Miss Lewis. Wenn Sie weitere Informationen brauchen, wenden Sie sich an mich. Wir werden jetzt gehen.«

»Wie Sie wünschen, Mr Bay.« Der Mann nickte mit regungsloser Miene und kehrte zurück zu den Einsatzkräften.

Easton löste sich von mir, ergriff jedoch gleich danach meine Hand, und unsere Finger verwoben sich miteinander. Langsam setzten wir unseren ursprünglichen Weg fort, ließen den Vorplatz hinter uns und liefen stillschweigend zur Groove Street. Dort stiegen wir in den Porsche, und Easton fuhr Richtung Morgan Point Light. Während ich teilnahmslos aus dem Seitenfenster starrte, ruhte Eastons Hand auf meinem Bein, und er nahm sie nur kurz fort, wenn er schalten musste.

Auf etwa halber Strecke klingelte mein Smartphone. Eigentlich wollte ich nicht drangehen, kramte es aber dennoch aus meiner Tasche und schickte währenddessen ein Stoßgebet gen Himmel, es mögen nicht meine Eltern sein. *Unbekannter Anrufer* stand auf dem Display, und mich überkam zu allen anderen furchtbaren Gefühlen auch noch ein mulmiges. Meine Eltern wären mir trotz meines elenden Zustands in diesem Moment deutlich lieber gewesen.

Tief durchatmend nahm ich den Anruf auf Lautsprecher entgegen, damit Easton mithören konnte. »Ja?«

»Yale New Haven Hospital«, erklang eine freundliche Frauenstimme. »Spreche ich mit Mila Lewis?«

»Ja«, bestätigte ich mit rasant steigender Herzfrequenz.

»Sind Sie der Notfallkontakt einer Sarah Jones?«

Augenblicklich schnürte sich meine Kehle zu. »Ja«, keuchte ich erstickt. »Sarah ist … meine beste Freundin.«

»Miss Jones wurde vor einer halben Stunde in unsere Notaufnahme eingeliefert …«

Kapitel 34

Demon Kiss, Angel Wings
und Fairy Dust

Das Nächste, was ich bewusst mitbekam, war ein lautes »Fuck!«, gefolgt von einem harten Schlag aufs Lenkrad, wie Easton den Wagen herumriss und mit Vollgas in die entgegengesetzte Richtung fuhr. Mein Smartphone mit dem nunmehr schwarzen Display hielt ich immer noch fest umklammert, realisierte gar nichts mehr und doch so viel, dass es mich beinahe erschlug. Ich traute mich nicht, Easton zu fragen, was die Frau über Sarahs Zustand gesagt hatte – wenn sie diesbezüglich am Telefon überhaupt deutlich geworden war. Solange ich nichts Genaues wusste, konnte ich mir wenigstens einreden, Sarah wäre wohlauf. Obwohl mir durchaus klar war, dass ein kerngesunder Mensch nicht in eine Notfallambulanz gebracht wurde. Widersprüchlichste Gedanken und Szenarien nagten empfindlich an meinem Verstand, dennoch funktionierte ich. Mechanisch. Fremdgesteuert. Betete insgeheim zu Gott, wie ich es nie zuvor getan hatte.

Vor der Notaufnahme legte Easton eine Vollbremsung hin. Zeitgleich stiegen wir aus, schlugen die Türen zu und eilten durch eine automatische Schiebetür in die überfüllte Ambulanz.

In all dem Chaos ebnete uns Eastons selbstbewusstes Auftreten den Weg. Sein Nachname öffnete sämtliche Türen, und er veranlasste, dass Sarah umgehend auf eine Privatstation verlegt wurde, damit sie die bestmögliche Behandlung bekam. Genau siebenundzwanzig nervenaufreibende Minuten liefen wir im Wartebereich umher, bis endlich ein Ärzteteam auftauchte und Entwarnung gab. Sie versicherten uns, Sarahs Zustand sei durch die Gabe von Naloxon – einem Opioid-Antagonisten – sowie erhöhter Flüssigkeitszufuhr stabil. Tränen der Erleichterung liefen mir übers Gesicht, als ich meine Freundin kurz darauf schlafend im Krankenbett ihres luxuriösen Zimmers vorfand. Sie war an einen Tropf und einige andere Gerätschaften angeschlossen, sah blass und angeschlagen aus, aber sie lebte.

Mit dem Handrücken wischte ich mein Gesicht trocken. Vorsichtig setzte ich mich zu ihr aufs Bett, strich die verschwitzten blonden Locken aus ihrem Gesicht und beobachtete eine Zeit lang abwechselnd die gleichmäßigen Atembewegungen ihres Brustkorbs und die konstanten Körperfunktionswerte auf den Geräten.

»Möchtest du bei ihr bleiben, oder soll Vazquez das übernehmen, bis sie aufgewacht ist?«, fragte Easton leise.

»Wenn es möglich ist, würde ich gerne bei ihr bleiben.«

»Gut«, erwiderte er im Flüsterton, »ich bin gleich wieder zurück.« Easton verließ das Zimmer. Derweil beobachtete ich weiter meine beste Freundin und fragte mich, wie ich all die schrecklichen Geschehnisse an diesem Abend verarbeiten sollte. Aber noch viel mehr fragte ich mich, wie es dazu gekommen war, dass sie nun in diesem Zustand vor mir lag. Der Medikation nach mussten definitiv Drogen im Spiel gewesen sein. Sarah war die Leichtsinnigere und Experimentierfreudigere von uns beiden. So viel stand fest. Doch aus freien Stücken und im vollen Bewusstsein irgendwelche berauschenden

Substanzen zu sich zu nehmen, passte in keiner Weise zu ihr. Das hätte sie niemals getan. Irgendjemand musste ihr das Zeug unbemerkt verabreicht haben.

Easton kehrte mit zwei dampfenden Pappbechern ins Zimmer zurück. Er gab mir einen Cappuccino mit extra Zucker. »Trink«, forderte er mich leise auf, »das wird dir guttun.« Und so war es auch. Jeder Schluck des süßen Milchschaumkaffees schenkte meinen völlig erschöpften Lebensgeistern neue Energie. Easton trank einen doppelten Espresso. Danach setzte er sich auf einen Sessel in einer indirekt beleuchteten Nische gegenüber dem Bett.

Ich warf meinen leeren Pappbecher in einen Abfallbehälter und folgte ihm. Abwesend schaute er aus dem Fenster, hinaus in die Dunkelheit. Anstatt den freien Platz zu nehmen, suchte ich seine Nähe, kuschelte mich an ihn, und Easton kehrte sogleich von seiner Gedankenreise zurück. Er legte einen Arm um meine Schultern und streichelte mit seinen Fingern über meinen Oberarm. »Geht es dir besser?«, flüsterte er in mein Haar.

»Eigentlich ja, aber nein, nicht wirklich …«, erwiderte ich leise. »Diese Bilder … sie verschwinden einfach nicht aus meinem Kopf …«

Easton atmete tief ein und aus. Seine Lippen berührten beim Sprechen meinen Schopf. »Ich weiß genau, was du meinst und wie du dich gerade fühlst.«

Wer, wenn nicht er, konnte meinen seltsamen Zustand nachempfinden?

»Reden ist das Einzige, was hilft. Wieder und immer wieder. Vor allem, wenn du denkst, der Schmerz zerstört dein Herz und deinen Verstand. Manche Wunden heilen nie, aber man lernt, mit ihnen zu leben. Und irgendwann, wenn man sie als einen Teil von sich akzeptiert hat, verschwindet auch dieses ohnmächtige Gefühl …«

Ich schluckte hart und küsste ihn zärtlich auf die Wange. Einige Sekunden lang herrschte Stille zwischen uns. »Ohne dich würde ich jetzt wahrscheinlich auch in so einem Bett liegen …«, sprach ich schließlich einen weiteren Teil meiner bedrückenden Gedanken aus. »… oder wäre womöglich gar nicht mehr hier. Hast du mir deshalb im Club geschrieben, ich soll nichts Leuchtendes und nichts Glitzerndes trinken?«

Er nickte.

»Wusstest du da schon, dass *Demon Kiss*, *Angel Wings* und *Fairy Dust* Drogen sind?«

»Nein, aber ich habe es vermutet.« Sein Brustkorb hob und senkte sich schwer. »Ich werde das beschissene Gefühl nicht los, dass hinter den *Philosophen* weitaus mehr als nur eine Studentenverbindung steckt. Alles, was wir bisher herausgefunden haben, schreit förmlich nach organisiertem Verbrechen im großen Stil. Sie sind verdammt gut darin, ihre Spuren zu verwischen.«

»Wo sind wir da bloß hineingeraten?«

»Es ist nur noch eine Frage der Zeit, bis wir es herausfinden. Wir sind schon ganz nah dran.«

»Weiß dein Vater davon?«

»Nichts, was in New Haven geschieht, bleibt unbemerkt von ihm. Wie sieht es mit deinen Eltern aus? Kaufen sie dir das perfekte Studentinnenleben noch ab?«

Damit erwischte Easton einen wunden Punkt, der mich schon seit einiger Zeit quälte. Normalerweise redete ich mit meinen Eltern offen über alles, doch seit meiner Ankunft in der Universitätsstadt hatte ich ihnen einiges verschwiegen. »Ja, das tun sie.« Mein Blick huschte über das Bett, in dem Sarah unverändert ruhig schlief. »Aber das hier …« Mir wurde noch schwerer ums Herz. »… werde ich ihnen nicht verheimlichen können, und was das bedeutet, darüber möchte ich lieber nicht nachdenken.«

»Ich schätze, dein Vater wird Himmel und Hölle in Bewegung setzen, um dich so schnell wie möglich zurück nach L.A. zu schaffen.«

»Genau das wird passieren, sobald er davon erfährt.«

»Mein Vater würde dasselbe tun …« Easton drückte mich noch enger an sich. Küsste mich innig und süß. »Das bedeutet dann wohl, dass uns nicht mehr viel Zeit zusammen bleibt.«

Easton schreckte hoch, als die Zimmertür aufging, und riss mich damit aus meinem Schlaf, von dem ich nicht wusste, ob er mich bloß für Sekunden oder gleich mehrere Stunden ausgeknipst hatte, bis ich die Helligkeit im Raum als Morgensonne wahrnahm. Eine Schwester stellte ein Frühstückstablett auf Sarahs Nachttisch ab. Danach tauschte sie die mittlerweile leere Infusionsflasche gegen eine neue aus und schaute prüfend auf die Monitore. »Na, wer wird denn da langsam wach?«, stellte sie lächelnd fest, bevor sie sich an Easton und mich wandte. »Auch wenn Miss Jones gerade wieder zu sich kommt, braucht sie immer noch viel Ruhe«, gab sie uns freundlich zu verstehen und verließ das Zimmer.

Kaum hatte sie die Tür hinter sich zugezogen, hörte ich ein heiseres Krächzen. »Mila?«

Ich sprang sofort von Eastons Schoß auf und eilte zu meiner Freundin. »Was machst du denn für Sachen, Sasu?«, flüsterte ich, während ich mich vorsichtig auf die Bettkante setzte.

Ein ersticktes Schluchzen drang aus ihrer Kehle. »Ich bin ein Lemming … genau wie du gesagt hast …« Sie weinte, und es gelang mir nicht, meine eigenen Tränen zurückzuhalten.

»Nein, bist du nicht«, versuchte ich Sarah schniefend zu trösten und umarmte sie, so gut es im Liegen mit den blöden

330

Kabeln möglich war. »Möchtest du vielleicht frühstücken?«, fragte ich, nachdem wir uns gegenseitig ausgiebig nassgeweint hatten.

Sarah schüttelte den Kopf. »Aber ein Schluck Kaffee wäre ganz gut«, murmelte sie heiser.

»Okay …« Per Knopfdruck fuhr ich das Kopfteil des Bettes etwas höher, damit sie vernünftig trinken konnte, und gab ihr anschließend die lauwarme Tasse vom Tablett.

»Danke.« In kleinen Schlucken trank sie den Kaffee aus und stellte das schlichte weiße Porzellan aus eigener Kraft zurück auf das Nachttischchen. Erst danach bemerkte sie Easton. »Das Wochenende mit Mila hast du dir bestimmt anders vorgestellt.« Ihre Stimme klang immer noch leise, jedoch deutlich klarer.

Im Aufstehen schenkte Easton ihr ein Lächeln. »Freut mich, dass es dir besser geht, Sarah.« Langsam kam er zu uns rüber. »Kannst du dich noch an irgendetwas erinnern?«

»Nicht wirklich.«

»Fühlst du dich gut genug, um es zu versuchen?«

Ich wollte Easton gerade ausbremsen, da nickte Sarah, und ich behielt meine Bedenken für mich.

»Konzentrier dich auf deine letzte klare Erinnerung.«

Sie schloss ihre Augen. Eine ganze Weile sagte sie nichts, bis schließlich ein leises Räuspern die Stille durchbrach. »Ich war auf dieser Party im *Haus der vergessenen Bücher* … mit Rose und … ich glaube, sie hieß Laurel … vielleicht auch Laura oder so ähnlich … irgendwann kam ein guter Freund von Zac aus Miami … smarter Typ … so was wie ein Geldgeber … wir sollten besonders nett zu ihm sein … Zac hat ein paar Drinks gemixt und … mir sind die Lichter ausgegangen …«, murmelte sie stockend.

»Zac Black?«, fragte Easton.

»Ja …«

»Weißt du vielleicht noch, wie du ins Krankenhaus gekommen bist?«, hakte Easton nach.

Sarah schüttelte den Kopf.

Die Zimmertür ging auf. Anstelle einer Schwester trat Yves ein. Er wirkte besorgt. »Hey, Baby«, sagte er leise.

Sarah begann sofort wieder zu weinen.

»Was willst du hier?«, fuhr Easton seinen Cousin scharf an, und seine dunklen Augen blitzten zornig auf.

»Sie ist meine Freundin.«

»Ein Scheiß ist sie für dich, und jetzt mach, dass du abhaust.« So wütend hatte ich ihn schon lange nicht mehr erlebt. Aber wen wunderte es? Seine Nerven lagen blank. In der vergangenen Nacht war so viel Schreckliches passiert, dass es kaum auszuhalten war.

Sarah schluchzte auf.

Ich legte eine Hand auf Eastons bebenden Brustkorb. »Lass uns rausgehen. Ein paar Schritte an der frischen Luft tun uns bestimmt gut.«

Seine Kiefermuskulatur zuckte angespannt, und ich war mir nicht sicher, ob er mich überhaupt gehört hatte, bis er meine Hand nahm und mit mir zur Tür ging. Schnaubend schob er sich an Yves vorbei und warf ihm einen vernichtenden Blick zu, bevor wir hinausgingen. Zu meiner Verwunderung liefen wir Lance in die Arme. »Ich weiß Bescheid und werde sie nicht aus den Augen lassen«, sagte er knapp und betrat Sarahs Krankenzimmer.

Sarahs toxikologischer Befund las sich wie ein Albtraum aus Alkoholsubstanzen und einem Chemiebaukasten der Superlative.

Bestandteile aller drei Drogen mit den wunderschönen und vor allem märchenhaft harmlosen Namen *Demon Kiss*, *Angel Wings* und *Fairy Dust* waren in ihrem Blut nachgewiesen worden. Glücklicherweise fiel das Ergebnis der gynäkologischen Untersuchung negativ aus und gab ihr die Sicherheit, von niemandem sexuell missbraucht worden zu sein. Das bedeutete jedoch nicht zwangsläufig, dass sie sich auch wieder sicher fühlte.

48 Stunden nachdem Sarah, laut den Auswertungen der Überwachungskameras, von dem Basecap tragenden Fahrer eines Yellow Cabs mit gefälschter Registrierungsnummer in der Notaufnahme abgesetzt worden war, wurde sie aus der Obhut des Yale New Haven Hospital entlassen. Als sie erfuhr, was mit Rose und Laura geschehen war, konnte sich Sarah trotz Yves' Überredungsversuchen nicht mehr vorstellen, im Strandapartment zu bleiben und einfach so weiterzumachen wie bisher. Stattdessen nahm sie Eastons Angebot, zu ihm ins Leuchtturmhaus zu ziehen, dankend an. Für mich änderte sich dadurch praktisch nichts, da ich in den vergangenen Wochen ohnehin die meiste Zeit dort verbracht hatte und mich an diesem Ort mittlerweile schon auf gewisse Weise zu Hause fühlte. Also fuhren wir von der Klinik aus ins Strandapartment, packten unsere Sachen und siedelten mit Mr Fairchilds Unterstützung kurzerhand um. Von Mel konnten wir uns leider nicht mehr verabschieden, da sie unmittelbar nach dem Tod ihrer Freundin das Studium geschmissen und die Stadt verlassen hatte.

Noch am selben Abend informierten Sarah und ich schweren Herzens unsere Eltern über die jüngsten Ereignisse – im vollen Bewusstsein, was das für uns, aber auch für Easton und mich, bedeuten würde.

Kapitel 35

Geplatzte Träume, große Gefühle und verführerische Aussichten

Sieben Wochen blieben uns bis zu den Abschlussprüfungen kurz vor Weihnachten, dem Ende des Semesters und dem endgültigen Abschied von New Haven. Weil das Studienhalbjahr ohne Examina praktisch umsonst gewesen wäre und die nächsten Semester für Frischlinge erst wieder im kommenden August starteten, hatten sich unsere Eltern notgedrungen auf die recht lange Zeitspanne eingelassen. An unserem ursprünglichen Plan, Thanksgiving schweren Herzens der Familie fernzubleiben und lediglich über die Weihnachtsfeiertage nach Hause zu fahren, änderte sich nichts, allerdings würden wir danach nicht wieder nach New Haven zurückkehren. Der nahtlose Wechsel an die UCLA stand für Sarah und mich fest. Wie es mit Easton und mir weitergehen sollte, stand in den Sternen. Jeder Tag, den wir zusammen verbrachten, schweißte uns enger zusammen, machte uns jedoch auch bewusst, wie wenig Zeit uns blieb. Was unser ohnehin schon leidenschaftlich intensives Liebesleben noch ausschweifender gestaltete. Genau genommen verbrachten wir fast unsere gesamte Freizeit außerhalb der Prüfungsvorbereitungen auf-, unter- und nebeneinander, aber vor allem ineinander verschlungen in Eastons Bett.

Als ich an unserem vorletzten gemeinsamen Samstagvormittag erwachte, zog Easton mich in seine Arme, und ich schmiegte den Kopf an seine Brust. Eine ganze Weile spielte er mit meinen Haaren, während ich seinem gleichmäßigen Herzschlag lauschte, bis er schließlich die wohltuende Stille mit seiner angenehmen Stimme durchbrach. »Mein Vater möchte dich vor deiner Abreise unbedingt kennenlernen. Er hat uns für heute Abend zum Essen auf Kelly Island eingeladen.«

»Wie lieb von ihm«, murmelte ich und verdrängte den sofortigen Anflug von Klamottenstress. »Wird deine Schwester auch da sein?«

»Nein, Alice ist in Watertown und bereitet sich auf ihre ersten Examina an der Perkins School for the Blind vor.«

»Schade, ich hätte sie so gerne kennengelernt.«

»Sie dich auch.«

Um keine zusätzliche Schwere aufkommen zu lassen, ging ich nicht weiter darauf ein und wechselte zum eigentlichen Thema. »Warum hat dein Vater die Einladung so kurzfristig ausgesprochen?«

»Hat er nicht«, flüsterte Easton.

»Wie lange weißt du schon davon?«

»Seit zwei Wochen.«

»Und warum sagst du mir das jetzt erst?«

»Ich bin mir nicht sicher, ob ich wirklich will, dass er dich kennenlernt.« Easton atmete tief durch. »Aber vielleicht hat er diesmal zur Abwechslung was Gutes zu sagen.«

»Falls nicht, stehen wir einfach auf, und er muss allein essen.«

»Du kennst meinen Vater nicht.«

»Dein Vater kennt mich nicht.«

Easton lachte leise und übersäte meine Schulter mit kleinen verführerischen Küssen.

Ihm zu widerstehen, fiel mir alles andere als leicht. »*Dafür* bleibt uns jetzt keine Zeit mehr«, flüsterte ich und schmiegte mich trotz meines halbherzigen Vetos noch enger an ihn.

»Wieso nicht?«

»Weil ich für heute Abend ein neues Kleid brauche.«

Easton beschäftigte sich hingebungsvoll mit der empfindsamen Stelle an meinem Ohrläppchen. »Brauchst du nicht.«

»Doch. Brauche ich.«

»Und wenn ich Fairchild beauftrage, eine Auswahl an Kleidern aus der Hotel-Boutique für dich hierherzubringen? Bleibt dann immer noch keine Zeit …« Seine Finger glitten über meinen Bauch und tauchten dort ein, wo ich sie vergangene Nacht zuletzt gespürt hatte. »… *dafür?*«

Ein Schnellboot brachte uns durch das erste Schneegestöber des Winters nach Kelly Island, der Privatinsel, die wie fast alles andere östlich New Havens zum Familienbesitz der Bays zählte. Ein wenig mulmig zumute wurde mir schon, als ich an den Großeinsatz und die angespülte Leiche dachte, besann mich aber darauf, dass Seeunglücke überall auf der Welt passierten und leider viel zu oft tragisch endeten. Neben einer beeindruckenden Luxus-Motoryacht legten wir an und stiegen die in einen Felsen geschlagenen Stufen hinauf zum höchsten Punkt. Auf die Minute pünktlich klopfte Easton an die Tür des unfassbar großen und wunderschönen Hauses im alten Hazienda-Stil.

Ich hatte mit einem finster blickenden Al-Capone-Typen gerechnet, womöglich auch mit einem Marlon-Brando-Verschnitt, der als Mafiapate in seinem Arbeitszimmer Zigarre rauchend hinter einem schweren Schreibtisch auf uns wartete, aber bestimmt nicht mit einem jung gebliebenen, sportlichen Mann, der uns persönlich smart lächelnd die Tür öffnete. So viel zu weitverbreiteten Vorstellungen Außenstehender. Dabei hätte ich mir anhand von Eastons Erzählungen eigentlich denken können, dass sein Vater anders war. Gerade weil er alles darangesetzt hatte, seine Geschäfte vollumfänglich zu legalisieren, um seinen Kindern eines Tages ein sauberes Erbe zu hinterlassen. Dennoch war mir bewusst, dass mir ein knallharter Geschäftsmann gegenüberstand. Und das musste er auch sein, wenn er nicht verlieren wollte, was ihm gehörte.

»Miss Lewis«, begrüßte er mich freundlich und streckte mir die Hand entgegen. »Ich freue mich, Sie endlich kennenzulernen. Mein Sohn hat Sie viel zu lange vor mir versteckt.«

»Dad«, stöhnte Easton.

»Die Freude ist ganz auf meiner Seite, Mr Bay«, erwiderte ich und schüttelte ihm die Hand. Sein Händedruck war angenehm. Fest, aber nicht so fest, dass ich befürchtete, meine Knochen würden brechen.

Er bat uns herein, und wir folgten ihm ins Esszimmer, das wahrscheinlich so groß wie die komplette unterste Etage meines Elternhauses war und eine herrliche Aussicht aufs Meer bot. Dem Stil der exklusiven Einrichtung nach mussten hier dieselben Innenausstatter am Werk gewesen sein wie im Silver Sands Plaza.

Am Ende einer langen Tafel nahmen wir Platz, und Mr Bays lockere Natürlichkeit machte ihn mir direkt auf Anhieb sympathisch. Ich mochte ihn.

Das Essen war ein Geschmackstraum aus schlichten wie hochwertigen Zutaten. Ohne undefinierbaren Schnickschnack. Butterzartes Rinderfilet mit Rosmarinkartoffeln aus dem Backofen und gemischtem Salat. Es wurde auch kein 2020er *Vin hors de prix* mit vollmundigem *Pet-de-grenouille*-Bouquet zum Essen gereicht. Stattdessen standen Wasser, Cola und Bier auf dem Tisch.

Die Gespräche waren ebenfalls angenehm, und selbst Easton schien sich trotz seiner Bedenken wohlzufühlen – wenngleich sein Vater hier und da durchblicken ließ, wie viel er bereits über mich wusste. Vermutlich kannte er sogar die Sozialversicherungsnummern meiner Eltern auswendig. Seltsamerweise störte es mich nicht, weil er eine ungewöhnlich starke Form von Integrität ausstrahlte.

Zum Nachtisch servierte Nathan Bay höchstselbst eine Creme Brûlée, und mit dem abschließenden Espresso händigte er seinem Sohn eine schwarze Ledermappe aus.

»Was ist das?«, fragte Easton überrascht.

»Ein neuer Lebensabschnitt«, erklärte Mr Bay und lehnte sich entspannt in seinem Stuhl zurück. »Nicht ganz so, wie du es dir von mir gewünscht hast, aber ein guter Kompromiss, wie ich finde. Vorausgesetzt, du akzeptierst meine Bedingungen.«

Kleine skeptische Grübelfalten bildeten sich auf Eastons Stirn. Ungeöffnet legte er die Mappe auf den Esstisch. »Und welche Bedingungen wären das?«

»Soll ich lieber rausgehen?«, fragte ich, weil mich das Gefühl überkam, sie zu stören.

»Das ist nicht nötig«, erklärte Mr Bay und schenkte mir ein kurzes, fast schon verschwörerisches Lächeln, bevor er seine Aufmerksamkeit wieder auf Easton richtete und der Reihe nach seine Bedingungen aufzählte. »Gleich nach den Semester-Abschlussprüfungen kannst du aufbrechen. Der auffällige Porsche bleibt hier. Dafür bekommst du einen Wagen, den die meisten Menschen rund um L.A. fahren. Das Motorrad behältst du. Deine komplette Sicherheitscrew inklusive Fairchild geht mit. Du ziehst nicht in ein Studentenwohnheim, sondern in ein bescheidenes Reihenhaus meiner Wahl, das von meinen Leuten auf allerhöchstes Sicherheitsniveau gebracht wird. *Offiziell* studierst du weiter in Yale und wirst dementsprechend an den Pflichtterminen und Abschlussfeierlichkeiten teilnehmen. Beide Universitäten spielen auf allen Ebenen mit, wenn du es tust. Das habe ich bereits geklärt. Du gehst Problemen aus dem Weg. Sollte es trotzdem welche geben, wendest du dich damit umgehend an mich und nicht erst, wenn es fast zu spät ist. Einen Monat im Sommer und die Feiertage verbringst du mit deiner Schwester und mir. Wo ist mir prinzipiell egal. Läuft irgendetwas aus dem Ruder oder du hältst dich nicht an diese Vereinbarungen, platzt unser Deal mit sofortiger Wirkung, ich hole dich noch am selben Tag zurück, und du wirst Miss Lewis nie wiedersehen. So leid mir der letzte Punkt auch tut, weil sie wirklich genauso hinreißend ist, wie du gesagt hast.«

Mehrere Sekunden, vielleicht sogar Minuten, verstrichen. Vater und Sohn starrten sich regungslos an, und mein Blick huschte gespannt zwischen den beiden hin und her. Was für eine Ansage von Nathan Bay. Ich konnte nicht fassen, worum es hier gerade ging, dass Easton tatsächlich den Wunsch geäußert haben sollte, New Haven hinter sich zu lassen, um mich nach L.A. zu begleiten. Nicht ein einziges Mal hatte er diese Option in meinem Beisein erwähnt. Umso mehr berührte es mich. Genau wie das süße Kompliment am Ende von Mr Bays nüchternen Aufzählungen.

Als ich die Spannung kaum noch aushielt, durchbrach Nathan Bay die Stille. »Und? Was sagst du?«

Easton atmete hörbar durch, wandte sich mir zu und sah mir tief in die Augen. Ganz so, als läge in ihnen seine Antwort verborgen. Wie ich dazu stand, wusste er. Mehr als einmal hatte ich ihn gebeten, die Möglichkeit in Betracht zu ziehen, mich nach Los Angeles zu begleiten, aber er war nie darauf eingegangen.

»*Ich zu sein ist nicht immer so leicht, wie es für Außenstehende aussieht …*«, hatte er vor einigen Wochen auf dem alten Dampfer gesagt. Jetzt wusste ich, wieso. Aus Sicherheitsgründen würde er solche Entscheidungen niemals allein treffen können. So hart es für ihn auch sein mochte. Easton in irgendeiner Form zu beeinflussen, lag nicht in meiner Absicht. Dennoch gelang es mir nicht, meine aufgewühlten Gefühle gänzlich vor ihm zu verbergen, und auf genau jene winzigen verräterischen Regungen schien er gewartet zu haben.

Easton richtete den Blick wieder auf seinen Vater. »Ich akzeptiere deine Bedingungen.«

»Sicher?«, hakte Mr Bay nach.

»Ja, absolut sicher …«

Obwohl einige von Sarahs und meinen Träumen geplatzt waren, hatte sich das Blatt teilweise zum Guten gewendet, und die eigentlich bittere Rückkehr nach L.A. lockte mich nun mit unerwartet verführerischen Aussichten. Ich konnte mein Glück in all dem Unglück immer noch nicht richtig fassen und schwelgte während der letzten Vorbereitungen für die Prüfungen in den schillerndsten Zukunftsvorstellungen überhaupt. Der bahnbrechende, überaus attraktive Neurochirurg und die taffe, unbestechliche Richterin am obersten Gerichtshof. Vielleicht aber auch die gefürchtete, weibliche Antwort auf Mind-Arrow. Ganz festgelegt hatte ich mich diesbezüglich bisher nicht. Aber das würde sich zur rechten Zeit finden.

Wir einigten uns darauf, dieselbe Route zurückzufahren, die Sarah und ich gekommen waren, und auch in denselben Motels zu übernachten. Da Ottos begrenzter Platz gerade mal für Sarah, mich und unsere Habseligkeiten ausreichte, beschlossen

Easton und Lance, die Strecke mit wenig Gepäck auf ihren Motorrädern zurückzulegen. Ihr restliches Zeug sollte ohnehin samt Mr Fairchild und der Sicherheitscrew im Privatjet nach L.A. reisen.

Am finalen Prüfungstag lagen unser aller Nerven blank, denn durchfallen war keine Option. Easton musste bis zum frühen Abend durchhalten, während Sarah und ich unsere Schlusspunkte schon am Nachmittag setzen konnten. Wie geplant fuhren wir danach zum alten Leuchtturmhaus, beluden Otto bis zur äußersten Belastungsgrenze und kehrten eskortiert von Lance zurück zur Uni, um dort abfahrbereit auf Easton zu warten. Eine knappe Stunde trennte uns vom aufregenden Start in einen neuen Lebensabschnitt, dem ich voller Vorfreude entgegenfieberte.

Kapitel 36

Drei Blickwinkel

Eins: Davy Quinlan

Heute ist Zahltag.

Die vermeintlich kryptische Nachricht der *Philosophen* war eindeutig, denn ich steckte bis zum Hals in der Scheiße und stand kurz davor abzusaufen. Da nutzten Yves' Aufmunterungsversuche am Telefon eher wenig, was jedoch primär daran lag, dass er sich ausgerechnet Sarah gekrallt hatte, obwohl er fast jede andere hätte haben können.

»So schlimm wird es schon nicht werden, Quin, entspann dich. Sobald du herausgefunden hast, wer die Fäden im Hintergrund zieht, lass es mich wissen, und ich löse das Problem. Dafür sind Freunde schließlich da.«

»Wenn du das sagst«, erwiderte ich abwesend, während ich mich dem Verbindungshaus näherte, das die *Philosophen* sinnigerweise *Haus der vergessenen Bücher* nannten.

»Ja, das sage ich. Und jetzt Kopf hoch. Du schaffst das. Wir sehen uns.«

Yves legte auf, und ich steckte das Smartphone in die Gesäßtasche meiner Jeans. Ein weiterer Adrenalinstoß jagte durch meinen ohnehin zum Zerreißen angespannten Körper, als ich das alte Gebäude betrat und mir einer der Zacs entgegenkam. Mit ihren nahezu identischen Körperformen, den gefärbten Haaren und der meist einheitlichen Kleidung sahen sie sich allesamt zum Verwechseln ähnlich, stifteten dadurch Verwirrung und erledigten die Drecksarbeit der *Philosophen*. Die Ähnlichkeit der Zacs war kein Zufall. Einzig und allein deswegen waren sie ausgewählt worden. So viel hatte ich mittlerweile schon neben einigen anderen Dingen herausgefunden.

Breit lächelnd begrüßte er mich. »Wie schön, dass du unsere Einladung angenommen hast, Quin.«

Als ob ich eine andere Wahl gehabt hätte. Ich folgte ihm durch die große Halle zu einer breiten Treppe, die hinab in den stets bewachten Keller führte. Von dem Gewölbe hatte ich zwar schon gehört, es aber bis zum heutigen Tag, wie alle anderen niederrangigen *Philosophen*, nie betreten dürfen. Und ich wünschte, es wäre so geblieben.

In einem kleinen Vorraum wartete ein weiterer Zac. »Nervös?«, fragte er sichtlich amüsiert, als ich ihm gegenüberstand. Grob und ohne jegliche Vorwarnung vollführte er eine intensive Leibesvisitation an mir. Dabei kassierte er mein Smartphone und meine Wagenschlüssel ein. Nachdem er fertig war, ließ er mein Handy fallen, zertrat es mit all meinen Kontakten, darunter auch der einzige, der mir vielleicht noch hätte helfen können. Während der eine Zac verschwand, ging der andere voran zu einer Tür. Er legte seine rechte Hand mit gespreizten Fingern auf einen Scanner. Kurz darauf öffnete sich die Schiebetür geräuschlos. Per Augenscan schob sich die nächste vor uns auf. Eine weitere verlangte die Eingabe eines zehnstelligen Codes in Kombination mit einem Stimmabgleich. »Sesam, öffne dich«, lautete der nicht besonders originelle Satz, den Zac von sich gab, bevor sich das letzte Hindernis zurückzog. Vierfachabsicherung, wie ich sie bisher nur aus einschlägigen Filmen kannte.

Unmittelbar nach Zac betrat ich einen großen Raum mit schweren dunkelbraunen Möbeln sowie einigen prägnanten Goldelementen. Gegenüber der Tür befand sich ein breiter Schreibtisch und dahinter ein wuchtiger Sessel, von dem ich lediglich die uns zugewandte Rückenlehne erkennen konnte.

Zac bedeutete mir, vor dem antiken Tisch stehen zu bleiben. Indes ging er weiter, lehnte sich an die Stirnwand neben einem ausladenden Flatscreen und fixierte mich mit regungsloser Miene.

»Heute wird abgerechnet, Quin«, sagte eine Stimme, die mir das Blut in den Adern gefrieren ließ, während sich der übergroße Ledersessel hinter dem klobigen Schreibtisch langsam drehte. »Überrascht, mein *Freund*?«, fragte Yves, und sein Mund verzog sich zu einem höchst amüsierten, selbstzufriedenen Lächeln.

Nicht fähig zu reden, starrte ich meinen vermeintlichen Freund fassungslos an.

»Wer tanzen will, Quin, der muss die Musik auch bezahlen«, gab er ein abgewandeltes Rocky-Balboa-Zitat zum Besten. »So läuft das nun mal. Dachtest du wirklich, alles, was ich dir ermöglicht habe, wäre umsonst? Ja? Dachtest du das? Dann bist du wesentlich dümmer, als ich angenommen habe.«

»Du bekommst jeden Cent zurück, Yves, jeden einzelnen. Das schwöre ich dir. Ich werde mir einen Job suchen und –«

Sein raues Lachen ließ mich sofort verstummen. »Süß! Wirklich süß, Quin! Von deinen immensen Schulden wollen wir gar nicht erst anfangen. Die erlasse ich dir, weil wir so gute Freunde sind und du mir anstandslos deine stille Liebe überlassen hast. Ich sage dir, Quin, du hast echt was verpasst. Der blonde Lockenkopf hat Sachen drauf, da vergeht dir Hören und Sehen. Sei's drum, ich habe dich nicht hierherbestellt, um mit dir über die Bettqualitäten von Sarah Jones zu plaudern. So überaus befriedigend und unterhaltsam sie auch sind. Aber weißt du, was wirklich bitter ist? Sie ist überhaupt nicht mein Typ, und ich hätte sie niemals angerührt, wenn durch deine Indiskretion die heiße Polizistentochter nicht ausgerechnet in den Armen meines Cousins gelandet wäre.«

»Mila?«, flüsterte ich mit belegter Stimme.

Yves nickte. »Sie wollte ich. Nicht Sarah.«

Mir wurde heiß. Gleichzeitig fror ich, spürte, wie meine Handflächen kaltschweißig wurden. Meine Stirn fühlte sich genauso an. Fahrig strich ich mir durch die Haare. Ich war der größte Idiot auf diesem Planeten.

»Geht's dir nicht gut?«, fragte Yves. Er neigte den Kopf zur Seite und betrachtete mich, als wollte er sich jede noch so kleine Reaktion auf seine Worte einprägen. »Soll Zac dir vielleicht ein Glas Wasser bringen? Hm?«

Hart schluckend schüttelte ich den Kopf. Bevor ich auch nur annähernd einen klaren Gedanken fassen konnte, sprach Yves weiter.

»Ich habe dir jeden Wunsch erfüllt, und du? Du hattest nichts Besseres zu tun, als ausgerechnet meinem Cousin Informationen zuzuspielen, die nicht nach außen dringen sollten.«

»Er weiß so gut wie nichts, Yves, das musst du mir glauben. Ich habe ihm nur geholfen, Mila aus dem Spiel zu nehmen. Mehr nicht.«

»Das allein wäre schon mehr als genug gewesen, um dich bluten zu lassen, Quin. Es ist wirklich ein Jammer, dass sie sich auf den Falschen eingelassen hat. An meiner Seite wäre sie so viel sicherer gewesen. Aber egal, mein Ego wird es irgendwann verschmerzen. Dennoch wird sie genau wie du die Konsequen-

345

zen ihres Handelns tragen müssen. Und nur, weil ich dich mag, Quin, bekommst du nun die einmalige Chance, Easton *für mich* aus dem Spiel zu nehmen.« Er schob mir eine lange, schwarze Tasche zu. »Endgültig«, sagte er lächelnd.

Mir fiel alles aus dem Gesicht, als ich den auf mich gerichteten Gewehrlauf entdeckte, der am Ende des nicht ganz zugezogenen Reißverschlusses hervorblitzte.

»Das ist nicht witzig, Yves.«

»Soll es auch nicht sein«, erwiderte er gleichmütig. »Ich bin wahnsinnig gespannt, wie viele Kugeln du als Sportschütze brauchst, um meinen Cousin umzulegen.«

Tief durchatmend schob ich die Tasche von mir weg. »Keine einzige. Mach mit mir, was du willst.«

Yves sah mich so eindringlich an, dass es mir die Kehle zuschnürte. »Zac«, sprach er ruhig den Namen seines Handlangers aus. Auf dem großen Flatscreen an der Wand hinter Yves wurde ein Bild sichtbar. Mein Herz überschlug sich, Übelkeit stieg in mir hoch, und ich konnte kaum noch atmen. Die Live-Cam-Übertragung zeigte das Haus meiner Eltern.

»Damit du mich richtig verstehst, sage ich es dir noch ein letztes Mal. Also hör genau zu: Entweder steigst du gleich in den Wagen, der draußen auf dich wartet, und tötest Easton Bay. Oder die guten Zacs, denen wir die herrlichen Kamerabilder von deinem beschaulichen Elternhaus zu verdanken haben, schalten deine komplette Familie aus. Mommy. Daddy. Grandma. Grandpa. *Boom*, und weg sind sie. Mit einem einzigen großen Knall. Deine Entscheidung!«

Zwei: Mila

Otto stand zwischen Eastons Fat Boy und der Night Rod von Lance auf der College Street, die sich über eine weite Strecke entlang des hauptsächlich historischen Teils des Universitätsgeländes zog. Da wir auf das Ende von Eastons letzter Prüfung warteten, positionierte sich Lance in einiger Entfernung von uns. Ich konnte ihn zwar nicht sehen, war mir aber sicher, dass er sich dort aufhielt, wo er das Gelände am besten im Blick hatte.

Auf dem Campus herrschte reges Hin und Her, weil die meisten Studenten am letzten Semestertag nach Hause zu ihren Familien aufbrachen. Wegen der noch laufenden Examina verhielten sich jedoch alle trotz der Weihnachtsvorfreude ungewöhnlich still. Mit gemischten Gefühlen ließ ich meinen Blick über die gepflegten Grünanlagen vor den vielen beeindruckenden Gebäuden schweifen. Hier hatte alles seinen Anfang genommen, und hier würde in wenigen Minuten der kurze Traum zweier Ivy-League-Studentinnen enden.

Sarah hatte sich erstaunlich schnell mit der neuen Situation abgefunden. Genau wie mit der Tatsache, dass Yves sich nicht mehr meldete, seit sie gegen seinen ausdrücklichen Willen ins Leuchtturmhaus gezogen war. Generell hatte sie einen Großteil ihrer Leichtigkeit eingebüßt, was nach den tragischen Ereignissen niemanden verwunderte. Für uns beide stand ohnehin schon seit einigen Wochen fest, dass wir professionelle Hilfe in Anspruch nehmen würden, sobald wir wieder im guten alten San Fernando Valley angekommen waren. Den Spaß an ihrer speziellen Musikneigung hatte Sarah glücklicherweise nicht verloren. Nach wie vor hörte sie die Best-ofs der Charts vergangener Jahrzehnte rauf und runter. Das brachte vor allem Lance regelmäßig auf die Palme, der sich – abgesehen von den täglichen hitzigen wie amüsanten Musikgeschmacksdiskussionen mit Sarah – auffallend um ihr Wohlergehen bemühte. Auch meine Freundin schien bei jeder Gelegenheit die Nähe von Lance zu suchen, und wenn ich mich nicht täuschte, himmelte sie ihn sogar noch ein bisschen mehr an, seit sie von seinem sensationell aufregenden Job erfahren hatte.

Running up that Hill dröhnte in moderater Lautstärke aus Ottos Boxen und holte mich von meinem Gedankentrip zurück. Wenn ich an die lange Fahrt dachte, die vor uns lag, tat mir jetzt schon der Hintern weh.

»Ich brauche unbedingt ein bisschen Bewegung, bevor es losgeht. Kommst du allein klar, Sasu?«

»Mach ruhig, ich warte hier mit Otto auf dich.« Sarah schenkte mir ein herzerwärmendes Lächeln. Vergnügt tippte sie gegen den todeskitschigen singenden Mini-Weihnachtsbaum, den sie am Armaturenbrett befestigt hatte, und stimmte in das nächste Duett mit Kate Bush ein, was zu einem echt schrägen Kanon aus 80er-Jahre-Pop und *We wish you a Merry Christmas* führte.

Kopfschüttelnd stieg ich aus dem Käfer und streckte meine Glieder. Danach lief ich ein paar Meter die Straße entlang und nahm noch mal die winterlich-weihnachtlichen Campus-Eindrücke in mich auf. Alles war festlich geschmückt, und die ersten Lämpchen erleuchteten bereits die Bäume – ein herrlicher Anblick, der mir den Abschied von Yale noch ein wenig schwerer machte. Das änderte sich schlagartig, als ich in gebührendem Abstand zum Verbindungshaus der *Philosophen* stehen blieb. Sämtliche Ereignisse, die ich mit ihnen verband, liefen wie ein unliebsamer Film vor meinem inneren Auge ab, und ich fragte mich, wann sie endlich einen nachweislichen Fehler begehen würden, auf dessen Grundlage man ihnen das Handwerk legen konnte. Ich war schon im Begriff, zurück zu Otto und

Sarah zu gehen, da bemerkte ich eine Bewegung, wandte mich abrupt um und entdeckte einen höchst angespannt wirkenden Davy. Mit einer langen schwarzen Tasche in der Hand verließ er das hinter Bäumen und Sträuchern versteckte *Haus der vergessenen Bücher.*

Ich rief seinen Namen. Er blieb stehen und schaute mich an, als wäre ich ein Geist. Dennoch eilte ich auf ihn zu und umarmte ihn. »Ich hatte schon befürchtet, mich vor unserer Abreise nicht mehr von dir verabschieden zu können.«

Zögernd erwiderte er meine Umarmung. »Schön, dich zu sehen, Mila«, flüsterte er erstickt.

»Wenn du Lust hast, treffen wir uns in den Semesterferien und machen das Valley unsicher?«

Davy schluckte. »Nichts wäre mir lieber als das, aber ich denke nicht, dass ich so schnell wieder nach Hause kommen werde.« Er löste sich von mir und küsste mich flüchtig auf die Wange. »Tut mir leid, Mila …« Hastig kehrte er mir den Rücken zu, lief an seinem Pick-up vorbei und steuerte zielstrebig ein Yellow Cab an, das mit laufendem Motor auf ihn wartete.

Verwundert schaute ich ihm nach, ließ sein merkwürdiges Verhalten und das gesamte Szenario auf mich wirken. Mein Blick heftete sich auf den Fahrer, der ein weißes Shirt sowie ein tief in die Stirn gezogenes Basecap derselben Farbe trug – Erkenntnisse, die gleich mehrere Schalter auf einmal in meinem Kopf umlegten und eine Kettenreaktion schockierender Zusammenhänge auslösten. Ein ähnliches Bild hatten die Überwachungskameras des Lara Bay Memorial festgehalten, als Sarah in der Notaufnahme gelandet war. Sämtliche Alarmglocken in meinem Inneren schrillten gleichzeitig los. Keine Registrierungsnummer am Taxi. Mir wurde speiübel, und mein Herz raste wie verrückt. Unterdessen kletterte Davy auf den Rücksitz. Im schwachen Licht der winterlichen Abendsonne blitzte etwas Metallisches in der ungewöhnlich langen Tasche auf. Mein Dad besaß eine ähnliche für seine … Gewehre. Noch während Davy die Tür hinter sich zuschlug, lief ich wie von Sinnen auf Otto und meine Freundin zu, erreichte sie, bevor das Taxi, das keines war, langsam die Straße entlang an meinem Wagen vorbeirollte. Ich konnte nicht schreien, nicht einmal etwas sagen, starrte einfach nur dem gelben Auto nach und versuchte, sein Ziel auszumachen. Plötzlich fiel es mir wie Schuppen von den Augen. Das Läuten der Glocke – die letzten Examina mussten gerade aufgehört haben, und aus den Prüfungsgebäuden würden unzählige Studenten strömen. Auch Easton. Abermals lief ich los, ignorierte Sarahs lautes Rufen nach mir, rannte quer über die Grünanlagen, schneller und immer schneller. Als wäre der Teufel höchstpersönlich hinter mir her.

Drei: Easton

Mit dem ersten Glockenschlag ließ ich erleichtert meinen Stift fallen, stand auf und gab die vollgeschriebenen Prüfungsbögen ab. Vazquez war direkt hinter mir, als ich den Saal verließ, klopfte mir auf die Schulter und quetschte sich auf dem überfüllten Flur zum Ausgang neben mich.

»Das hat ja ewig gedauert«, stöhnte er.

»Wem sagst du das?«

Er lachte leise. »Warten kann mindestens genauso anstrengend sein, wie stundenlang medizinisches Kauderwelsch zu beantworten.«

»Hast du dich immer noch nicht daran gewöhnt?«

»Ans Warten? Nein! Und das werde ich wohl auch nie, weil es mit Abstand der langweiligste Part meines Jobs ist.«

»Ich dachte, die Vorlesungen wären schlimmer für dich.«

»Dachte ich auch, aber mittlerweile verstehe ich sogar einiges von dem Zeug, was die Professoren labern, und manches klingt tatsächlich interessant.«

»Vielleicht schlummert ein Herzchirurg in dir, und du weißt es bloß noch nicht.«

»Wenn es die Möglichkeit gäbe, mich auf Frauenherzen zu spezialisieren, wäre ich sofort dabei. Die sind nämlich genau mein Ding.«

»Unwahrscheinlich«, schmunzelte ich.

»Frauenherzen hin oder her. Die Vorstellung, Menschen aufzuschneiden, finde ich sowieso abartig. Da pass ich lieber weiter auf dich auf. Demnächst sogar in Los Angeles. Was für ein Jackpot!«

Alex nahm sich generell nicht sonderlich ernst, und das machte ihn zu einem ganz besonderen Menschen für mich. Wenn er nicht gerade den knallharten Aufpasser spielen musste, versprühte er immer eine gewisse Leichtigkeit.

Durch die weit geöffneten Flügeltüren strömte uns frische Luft entgegen. Ich nahm einen tiefen Atemzug. Gefühlt fielen mir zentnerschwere Lasten von den Schultern, und ich ging voller Vorfreude auf den Roadtrip nach Los Angeles die Stufen hinab. Lance lehnte rechts von uns an einer großen Eiche und sondierte wie gewohnt die Umgebung.

»Da kann es aber jemand kaum erwarten, dich wiederzusehen«, stellte Vazquez fest. Mit dem Ellbogen stieß er mir leicht in die Rippen.

Ich folgte seinem Blick und musste unweigerlich lächeln, als ich Mila quer über die Grünanlagen auf uns zulaufen sah. Doch meine Freude war nur von kurzer Dauer, denn sie gestikulierte wild mit ihren Armen, gab irgendwelche Zeichen, die ich nicht deuten konnte. Ohne weiter darüber nachzudenken, spurtete ich los. Aus dem Augenwinkel bekam ich noch mit, dass Lance sich vom Baum abstieß, danach verlagerte sich mein Fokus vollständig auf Mila. Scheinbar aus dem Nichts heraus hallte ein ohrenbetäubender Knall über das Universitätsgelände. Lautes Geschrei und Panik brachen aus. Der gesamte Campus war plötzlich in Bewegung. Adrenalin rauschte durch meine Adern, und ich sah nichts anderes mehr als die blanke Angst in Milas Gesicht. Ich steigerte mein Tempo bis zur Schmerzgrenze, hängte Vazquez ab, ignorierte die Rufe von Lance, warf jede Vernunft und sämtliche Sicherheitstrainings über Bord. Ein weiterer Knall. Und noch einer. Aufschreie. Hinter mir schlug eine Kugel in den Rasen. Geduckt rannte ich weiter. Wieder ein Knall. Schreie. Zwei Schüsse hintereinander. Noch mehr Schreie. Noch mehr Panik.

Dann war ich endlich bei Mila. Die Wucht unseres Aufeinandertreffens warf uns beide aus der Bahn, und sie geriet ins Straucheln. Reflexartig schlang ich den Arm um ihre Brust, zog sie rücklings an mich und wollte sie aus dem Visier des Schützen nehmen, als der nächste Schuss in meinen Ohren dröhnte. Stechender Schmerz durchschnitt meinen Bizeps. Im selben Moment ging ein Ruck durch Milas Körper. Stöhnend sackte sie zusammen. Ich sank mit ihr zu Boden, hielt sie fest. Bloß schemenhaft nahm ich wahr, wie Vazquez und Lance uns abschotteten, mehrere Pistolensalven abfeuerten. Quietschende Reifen. Dröhnender Motorsound. Schnell herannahende Sirenen. Alles rauschte bedeutungslos an mir vorbei. Absolut nichts war mehr von Bedeutung. Nur Mila.

Ich zog sie enger an mich. Ein schwaches Lächeln umspielte ihren sinnlichen Mund. Sie wollte etwas sagen, doch nur ein leises Röcheln schaffte es über ihre leicht geöffneten Lippen. Aus einem kleinen Loch in ihrer Brust quoll so unfassbar viel Blut. Mit aller Kraft drückte ich meine Hand auf die Wunde.

Milas Augenlider flackerten, wurden schwer. Ich bekam Angst. Entsetzliche Angst, die mich durchströmte, umklammerte und keinen Raum mehr für irgendetwas anderes ließ.

»Bleib bei mir«, flüsterte ich, »hörst du, Mila? Bleib bei mir! Gib nicht auf! Ich brauche dich!«

Ihre Mundwinkel zuckten. Ich konnte sehen, wie sie gegen das Schwinden ihrer Kräfte ankämpfte, aber der Schlag ihres Herzens verlangsamte sich mit jeder verstreichenden Minute mehr.

»Sir? Verstehen Sie mich, Sir?«

Das Chaos um mich herum und die auf mich einredende Stimme nahm ich kaum wahr. Blinkende blaue und rote Lichter. Stöhnen. Wimmern. Dazwischen Sanitäter und Polizisten.

»Können Sie mich hören, Sir?«

Ich wiegte ihren erschlafften Körper in meinen Armen, presste meine Hand noch fester auf die Wunde an ihrer Brust, küsste sie, flüsterte ihren Namen, bat sie unablässig, bei mir zu bleiben, doch ihr Blut rann unaufhaltsam durch meine Finger.

»Sir? Sie müssen sie loslassen, damit wir ihr helfen können.«

Unfähig, etwas zu erwidern, tat ich, worum der Mann mich gebeten hatte, erhob mich mit ihr vom Boden, drückte sie fest an mich und bettete sie vorsichtig auf eine gepolsterte Trage. Widerstrebend ließ ich sie los, starrte in den offenen Rettungswagen, hörte das Reißen von Stoff und hektisches Gerede. Sah, wie versucht wurde, die Blutung zu stillen, wie Nadeln ihre samtweiche Haut durchstachen und ihr schönes, viel zu blasses Gesicht unter einer Sauerstoffmaske verschwand.

»Sind Sie verletzt, Sir?«

»Durchschuss«, murmelte ich abwesend.

An meinen Händen klebte Blut. Ihr Blut.

»Wir werden Sie mitnehmen müssen, Sir, um Ihre Wunde zu versorgen.«

Abwesend folgte ich dem Mann zu einem anderen Krankenwagen, drehte mich immer wieder um. Ich spürte keinen
Schmerz in meinem blutenden Oberarm, nur in meinem unverletzten Brustkorb, in dem sich immenser Druck aufgebaut
hatte, der mich zu zerreißen drohte.

Es war meine Schuld.

Alles war meine Schuld.

Wäre ich um den Bruchteil von Sekunden schneller gewesen,
hätte ich sie mit meinem ganzen Körper schützen können. Die
Kugel hätte nicht nur meinen Bizeps durchschossen, wäre nicht
in ihrer Brust gelandet, sondern in meiner, und ich würde an
ihrer Stelle blutüberströmt in dem Krankenwagen liegen, dessen Türen sich verschlossen, bevor er mit Vollgas davonfuhr.

Hätte ich sie nicht so nah an mich herangelassen, wäre nichts
von alledem geschehen ...

Kapitel 37

Gebrochene Herzen

Easton

Eine völlig aufgelöste Sarah fiel mir weinend um den Hals, als ich aus dem Behandlungszimmer kam. Hart schluckend schloss ich die Augen, während ich Milas beste Freundin fest in meinen Armen hielt und tief durchatmete. Der Sohn meines Vaters trat in den Vordergrund, um nicht vollends im Sumpf der Traurigkeit zu versinken, sondern den Fokus auf das Wesentliche zu verlagern. Die besten Ärzte Connecticuts kämpften im OP um das Leben meines Mädchens. Aber Mila war nicht nur mein Mädchen, sondern auch das ihrer Eltern. So schmerzhaft es auch sein mochte, ihnen zu sagen, was geschehen war, hatten sie ein Recht darauf zu erfahren, wie es um ihre Tochter stand.

Ich lockerte meine Umarmung und sah Sarah an. Sie erwiderte meinen Blick. In ihren Augen lag pure Verzweiflung. Dennoch konnte ich keine Rücksicht auf ihren zerbrechlichen Zustand nehmen. Sie musste stark sein. Ich musste stark sein. Auch wenn sich unsere Welt gerade nicht weiterdrehte und so viel kälter anfühlte.

»Welcher Flughafen liegt dem San Fernando Valley am nächsten? Weißt du das?«

Sie nickte abwesend, gab mir aber keine Antwort.

»Sarah? Welcher Flughafen?«, wiederholte ich meine Frage.

»Van … Van Nuys«, wisperte sie stockend und wischte mit zitternden Fingern über die Tränenspuren in ihrem Gesicht.

Ich entfernte mich ein paar Schritte von ihr und ging rüber zu Lance, der sich neben Alex an der Tür zum Wartebereich positioniert hatte.

»Was brauchst du?«, fragte er.

»Einen Privatjet für Reese und Michael Lewis. In einer Stunde.«

»Welcher Flughafen?«

»Van Nuys.«

»Sonst noch was?«

»Eine Suite im Silver Sands Plaza.«

»Die beste?«

Ich nickte.

»Ebenfalls für Mrs und Mr Lewis?«

»Ja.«

»Soll Fairchild am Tweed Airport für Mrs und Mr Lewis bereitstehen, wenn sie gelandet sind?«

»Ja.«

Lance wechselte einen kurzen Blick mit Alex und verließ zum Telefonieren den Wartebereich.

Unterdessen kehrte ich zu Sarah zurück. »Hast du die Nummer von Milas Eltern?«

Sarah nickte schniefend.

»Ruf sie an und sag ihnen, was passiert ist.«

»Ich kann nicht«, schluchzte sie.

»Doch«, widersprach ich ihr. »Du kannst und du musst!«

Abermals wischte sie fahrig über ihr Gesicht und versuchte,

ihre Handtasche zu öffnen, doch es gelang ihr nicht, und sie weinte noch mehr.

Ich übernahm, wozu sie gerade nicht fähig war, zerrte den verkanteten kleinen Reißverschluss auf, holte das Handy heraus und drückte es in ihre Hand.

»Muss ich wirklich?«, wimmerte sie.

Sarahs Verzweiflung traf mich überraschend heftig. Um sie nicht weiter unnötig zu quälen, schüttelte ich den Kopf. »Schon gut, ich werde es tun. Wähle einfach die Nummer und gib mir das Telefon.«

Für einen Sekundenbruchteil schaute sie überfordert auf das Smartphone zwischen ihren Fingern – ganz so, als hätte sie das Gerät mit der personifizierten Glitzerhülle noch nie gesehen und wüsste nicht, was sie damit machen sollte. Dann wischte sie endlich mechanisch über das Display und reichte mir das Telefon – ein Videocall. Ausgerechnet. Als wäre die Situation nicht schon schlimm genug, würde ich nun auch noch sehen, wie sie auf die Hiobsbotschaft reagierten.

»Hey, Sarah«, vernahm ich eine weibliche Stimme, konnte außer einer Deckenlampe aber zunächst nichts erkennen. »Seid ihr schon im Motel angekommen?« Das Bild wackelte kurz und heftig, bevor das strahlende Gesicht von Reese Lewis erschien. »Easton?« Ihre Miene wechselte von freudig zu überrascht.

»Entschuldigen Sie die Störung, Ma'am.«

»Ist was passiert? Hattet ihr einen Unfall?«, haspelte sie nervös, als würde sie ahnen, dass etwas nicht stimmte.

Ich wollte ihr gerade antworten, da tauchte Milas Vater neben seiner Frau auf. Es war ihnen anzusehen, wie sehr sie hofften, ich würde sagen, alles wäre in bester Ordnung. Aber das war es nicht, und mir blieb keine andere Wahl, als ihre Hoffnung zu zerstören.

Angespannt rieb ich mir über die Stirn und sprach aus, was

ich selbst immer noch nicht wahrhaben wollte. Mrs Lewis brach in bittere Tränen aus, und ich war gezwungen, einem erfahrenen LAPD-Lieutenant dabei zuzusehen, wie er leichenblass wurde, nach Luft schnappte und dagegen ankämpfte, gänzlich die Fassung zu verlieren. Es war meine Schuld. Meine verdammte Schuld. Ich allein war für die Hölle, die gerade über sie hereinbrach, verantwortlich, und ich hasste mich dafür.

»Ist … ist sie … ist Mila …?«, hörte ich ihn mit brüchiger Stimme fragen.

Obwohl er nicht fähig war, es auszusprechen, wusste ich genau, was er wissen wollte. Das herzzerreißende Schluchzen seiner Frau ging mir durch Mark und Bein. »Sie wird gerade operiert, Sir.«

Mr Lewis nickte schwach. »Ich … wir … wir packen nur schnell ein paar Sachen zusammen und … machen uns sofort auf den Weg.«

»Wenn Sie wollen, können Sie am Flughafen Van Nuys in einen Privatjet steigen, der Sie nonstop zum Tweed Airport New Haven bringen wird. Vor Ort würde ein Fahrer namens Fairchild auf Sie warten und direkt ins Krankenhaus bringen.«

»Ich … ich danke dir … mein Junge«, erwiderte er matt.

»Schon gut, Sir, Sie müssen mir nicht danken. Es ist das Wenigste, was ich tun kann.«

Abermals nickte er schwach, dann sah er mich an. Sein Blick hatte etwas Flehendes und schnürte mir die Kehle so fest zu, dass ich kaum noch Luft bekam. »Lass sie nicht allein, Easton«, bat er mich inständig.

»Das würde ich niemals tun, Sir.«

Ein weiteres, kaum wahrnehmbares Nicken. Unmittelbar danach beendete er den Videocall und das Display wurde schwarz.

Ich gab Sarah ihr Handy zurück, wandte mich von ihr ab

und verließ mit schnellen Schritten den Warteraum. Anstelle des Aufzugs nahm ich die Treppe, eilte zum Ausgang, von dort aus in den Klinikpark und rannte los. Ohne Ziel. Immer weiter, ins angrenzende Waldstück, schneller und schneller, bis mich meine Kraft verließ und ich mich keuchend an einem knorrigen Baumstamm abstützen musste. Tränen und Schweiß brannten in meinen Augen. Ein lang gezogener gellender Schrei hallte durch die Abenddämmerung. Mein Schrei.

Das Lara Bay Memorial glich einer Festung, als ich völlig verausgabt in meinen blutverschmierten Klamotten zurückkehrte, und versetzte mich in einen Déjà-vu ähnlichen Zustand. Welch Ironie des vermeintlichen Schicksals, dass ausgerechnet in dem Krankenhaus, das als Denkmal für meine Mutter errichtet worden war, gerade ein Ärzteteam um Milas Leben kämpfte. Außerhalb und innerhalb des Gebäudes standen an jeder Ecke Sicherheitsleute. Niemand kam ungesehen an ihnen vorbei. Der Wartebereich, in dem ich Sarah, Lance und Vazquez zurückgelassen hatte, war ebenfalls komplett abgesichert. Mittendrin mein Vater, dem der Schock und die Sorge ins markante Gesicht geschrieben stand. Hochintelligenter und eiskalter Geschäftsmann hin oder her, was auch immer die Leute über ihn dachten, wenn es um seine Familie ging, war er einfach nur ein durch und durch verletzlicher Mensch. Er kam auf mich zu, sagte nichts, und das brauchte er auch nicht, weil sein Blick so viel mehr ausdrückte, als Worte es hätten tun können. Trotz meiner verschwitzten und blutbesudelten Kleidung umarmte er mich. Fest wie ein Fels in stürmischer Brandung auf hoher See. »Kann ich irgendetwas für dich tun?«, fragte er leise.

Ich schüttelte den Kopf, war nicht mehr fähig, auch nur ein einziges Wort über die Lippen zu bringen.

»Ist es dir lieber, wenn ich gehe?«

Ich schluckte und schüttelte abermals den Kopf.

»Gut«, erwiderte er, »dann warten wir gemeinsam.«

Er ließ mich langsam los. Während ich in den abgetrennten Wartebereich zu Sarah ging, sorgte mein Vater dafür, dass sich der Großteil der Security unauffällig zurückzog und nur noch die strategisch wichtigen Punkte bewacht wurden. Danach setzte er sich auf einen Sessel neben mich, und das bange Warten kehrte mit unbarmherziger Schwere zurück. Alles um mich herum lief weiter. Nur ich befand mich im totalen Stillstand.

14510 quälende Sekunden verstrichen, bis das Ärzteteam eingeschränkte Entwarnung gab. Die Operation sei gut verlaufen, erklärten sie, aber Milas Zustand wäre wegen des hohen Blutverlustes kritisch, und sie würde sich im künstlichen Koma befinden. Was danach geschah, nahm ich kaum noch wahr, spürte meinen Körper und mich erst wieder, als ich in steriler Kleidung vor dem Intensivbett stand, in dem Mila mit zahlreichen Kabeln, Schläuchen und Geräten verbunden lag. Zittrig rieb ich mir durchs Gesicht, bemühte mich, weiter stark zu sein. Für sie. Und für mich. Doch als ich mich auf einen Stuhl neben Mila setzte und vorsichtig ihre zarte Hand berührte, brach alles aus mir heraus, was sich während der letzten Stunden an Emotionen in mir aufgestaut hatte, und ich weinte, bis keine einzige Träne mehr übrig blieb.

Mr und Mrs Lewis machten mir keine Vorwürfe. Selbst in ihren von Sorge gezeichneten Augen deutete nichts auch nur auf einen Hauch von Ablehnung hin. Gemeinsam saßen wir an Milas Bett, und wann immer ich das Gefühl bekam, sie wollten mit ihrer Tochter allein sein, zog ich mich zurück. Umgekehrt verhielt es sich genauso.

Zwei Tage und Nächte verstrichen. Ich trank und aß nur etwas, wenn mein Vater oder Milas Mutter mich dazu zwangen. Alles schmeckte gleich. Nach nichts. Wenn ich mit Mila allein war, flüsterte ich ihr zu, wie wundervoll sie war und wie sehr ich sie liebte. Dazwischen verfluchte ich Gott und die Welt, bereute es sogleich wieder, bot kurz darauf dem Teufel meine Seele im Tausch gegen Milas an und fürchtete, meinen Verstand zu verlieren, wenn sie nicht bald aufwachen würde.

Wegen der konstant stabilen Werte veranlassten die Ärzte am dritten Tag die langsame Ausleitung des künstlichen Komas. Stunde um Stunde beobachtete ich, wie das Leben langsam in Milas zierlichen Körper zurückkehrte. Angefangen mit einem kaum merklichen Zucken ihres kleinen Fingers und dem leichten Flackern ihrer Augenlider. Als ihr Körper keine technische Unterstützung mehr brauchte, wich die beklemmende Stille im Zimmer einem erleichterten Aufatmen. Stumme Gedanken entwickelten sich zu leisen Gesprächen mit deutlich entspannteren Gesichtern. Es war nur noch eine Frage der Zeit, bis Mila wieder zu sich kommen und ihre wunderschönen Augen öffnen würde. Was für mich gleichsam bedeutete, der unwiderrufliche Abschied von der Liebe meines Lebens nahte. Schweren Herzens nutzte ich einen der kurzen Momente mit ihr ganz allein. Ich flüsterte ihr zu, wie überwältigend viel sie mir bedeutete und wie sehr ich sie liebte, bevor ich mir einen letzten innigen Kuss von ihr stahl, einen Teil von mir bei ihr zurückließ und leise die Tür hinter mir schloss.

Kapitel 38

Nicht ohne dich

Drei Tage meines Lebens waren ohne mich vergangen. Von einer Sekunde auf die andere hatte ich mein Bewusstsein verloren und erst 36 Stunden später zurückgewonnen. Durch meine Adern floss Blut freundlicher Spender, das sich mit meinem eigenen vermischt hatte – ein befremdliches Gefühl, das mich mit Demut und Dankbarkeit erfüllte. Genau wie die 15 Zentimeter lange Narbe, die kerzengerade über mein Brustbein verlief. Sie wirkte so klein und dünn, trotz der vielen Hände, die stundenlang zusammengeflickt hatten, was von einer verhältnismäßig winzigen Kugel brachial zerfetzt worden war.

Die Weihnachtsfeiertage waren trotz der hübschen Deko und einem festlichen Krankenhaus-Essen bedeutungslos an mir vorbeigegangen. Mom, Dad und Sarah wechselten sich immer noch ab, hockten stundenlang in meinem Zimmer und unterhielten mich bestmöglich – jeder auf seine ganz eigene Art. Sogar meine Befragung durch eine sehr einfühlsame Polizistin überwachte mein Vater mit Argusaugen. Allein war ich nie, und doch fühlte ich mich verwirrend einsam ohne Easton. Tief in meinem Herzen, das nur haarscharf von der Kugel verfehlt worden war, wusste ich, warum er sich still und heimlich davongeschlichen hatte. Es tat weh. Unfassbar weh. Schmerzte mehr als die Wunde in meinem Brustkorb. Niemand, der mir nahestand, konnte mir sagen, wo er sich aufhielt. Nicht einmal Sarah. Seit dem Drive-by wohnte sie neben meinen Eltern im Hotel. Dafür hatte Easton gesorgt. Doch wann immer ich seine Nummer wählte, ertönte ein und dieselbe tonlose Ansage: »The number you have dialed is not in service …« Auch von Lance und Vazquez fehlte jede Spur. Statt ihrer schoben andere Securitys Wache vor der Tür des Krankenzimmers.

An Silvester, zwölf Tage nach dem Drive-by, durch den noch fünf weitere Studenten teils schwere Verletzungen davongetragen hatten, durfte ich das Lara Bay Memorial verlassen. Mr Fairchild fuhr uns mit dem Maybach zum Silver Sands Plaza und erklärte, er würde uns bis zur Abreise weiter uneingeschränkt zur Verfügung stehen. Unser Flug nach Van Nuys war für den nächsten Morgen gebucht. Otto hatte seine Rückreise bereits gestern per Frachtflug angetreten und wartete am heimatlichen Airport auf mich.

Während ich langsam hinter meinen Eltern und Sarah die große Empfangshalle durchquerte, wurde mir unendlich schwer ums Herz. Unzählige Erinnerungen flackerten gleichzeitig auf und setzten sich zu einem Film zusammen, der sich mit sämtlichen emotionalen Höhen und Tiefen vor meinem inneren Auge abspielte. Ich blieb stehen, konnte keinen Schritt mehr weitergehen und wollte es auch nicht. Das Schicksal hatte fraglos gewaltig zugeschlagen, aber das bedeutete nicht, dass ich mich zwangläufig geschlagen geben musste. Genau jetzt war es an der Zeit, mich nicht aus Angst oder reiner Vernunft einfach zu fügen, sondern in letzter Konsequenz zu mir zu stehen. Zu tun, was ich für wichtig und richtig hielt. Es ging um mein Leben, um meine Zukunft und … um meine Liebe.

Mom und Sarah verstanden sofort, als sie mich ansahen.

Mein Dad im Grunde auch, bloß war er viel zu sehr um mich besorgt, als dass er mein Vorhaben ohne Weiteres hätte gutheißen können. Trotzdem hinderte er mich nicht daran, das Silver Sands Plaza, so schnell es mein Gesundheitszustand erlaubte, zu verlassen.

Als ich mich dem Maybach näherte, stieg der Chauffeur aus.

»Wissen Sie, wo sich Easton aufhält, Mr Fairchild?«

Er nickte.

»Bekommen Sie Schwierigkeiten, wenn Sie mich zu ihm bringen?«

»Davon ist auszugehen, aber das nehme ich für Sie gerne in Kauf, Miss Lewis.« Der Ansatz eines Lächelns umspielte seine Mundwinkel, während er die hintere Wagentür für mich öffnete.

Ich war viel zu gerührt, um etwas darauf erwidern zu können, und bedankte mich stumm mit Tränen der Erleichterung in den Augen.

Zu meiner Verwunderung schlug er zwar den Weg zum Leuchtturmhaus ein, fuhr jedoch ab einem gewissen Punkt parallel zum Mystic River. Meile um Meile, bis ich die Umrisse der *Good Old Lady* im Schneegestöber erkannte. Fernab vom Morgan Point Light entfernt, lag sie mit wenig Beleuchtung an einer Kaimauer vor Anker.

Mr Fairchild stoppte den Maybach und öffnete mir die Tür. Tief durchatmend stieg ich aus und legte kurz die Hand auf mein viel zu schnell pochendes Herz, bevor ich mit zittrigen Knien an Bord des alten Dampfers ging und Lance direkt in die Arme lief.

»Schön, dich zu sehen, Kleine.«

»Dito, Großer«, erwiderte ich und entlockte ihm damit den Ansatz eines Lächelns.

Lange und eindringlich sah Lance mich an. »Du findest ihn oben«, sagte er schließlich und machte den Weg für mich frei.

Mir war vollkommen klar, dass er damit entgegen seiner Anweisungen handelte. Und das rechnete ich ihm mindestens genauso hoch an wie alles andere, was er schon für mich getan hatte.

Zögernd stieg ich die Treppen zum obersten Deck hinauf. Ich hatte nicht die leiseste Ahnung, wie Easton auf mein plötzliches Auftauchen reagieren würde. Dennoch schaute ich mich nach allen Seiten um und entdeckte ihn im Schatten der Reling. Ein Bein angewinkelt, das andere ausgestreckt, saß er trotz des beginnenden Schneefalls in dunklen Jeans und Rollkragenpulli auf einem Loungesessel und starrte ins Leere. Auf dem Tisch vor ihm stand ein unberührter Drink. Sein Anblick schnürte mir die Kehle zu.

Langsam verkürzte ich den Abstand zwischen uns. Als er mich bemerkte, hob er sein Kinn und sah mich an. Der gequälte Ausdruck in seinen Augen erschütterte mich zutiefst. Unweigerlich perlten Tränen über mein Gesicht.

»Bist du gekommen, um dich zu verabschieden?«, fragte er mit brüchiger Stimme.

Ich schüttelte den Kopf.

»Warum bist du dann hier?«

»Weil du mir fehlst. So sehr, dass ich nicht mehr richtig atmen kann, seit du weg bist«, wisperte ich erstickt. Da ich seine Nähe brauchte – und wenn es das letzte Mal sein sollte –, setzte ich mich auf Eastons angewinkeltes Bein, um ihn wenigstens ein bisschen zu spüren.

»Tu das nicht, Mila … bitte …« Der feuchte Glanz in seinen rot geäderten Augen nahm weiter zu, und er schluckte hart. »Ohne mich bist du besser dran.«

»Nein, bin ich nicht.«

»Allen, die ich liebe, ist schreckliches Leid widerfahren, oder … sie sind tot. Das zieht sich wie ein Fluch durch mein ganzes verdammtes Leben. Ich habe versucht, all das hinter mir zu lassen, aber es holt mich immer wieder ein und trifft diejenigen, die mir am meisten bedeuten. Egal wo. Egal wann. Ganz egal, was ich tue oder wie sehr ich mich bemühe, sie zu beschützen. Es gelingt mir nicht. Was für ein Mensch wäre ich, wenn ich einfach so weitermachen würde wie bisher?« Sein Blick flackerte unruhig umher, bis er auf meiner Brust zur Ruhe kam. Er legte seine flache Hand behutsam auf die Stelle, wo mich die Kugel erwischt hatte. »*Das* ist allein meine Schuld, Mila. Nur weil ich dich nicht auf Abstand gehalten habe, hat dein Leben tagelang an einem seidenen Faden gehangen. Nur weil ich dich nicht auf Abstand gehalten habe, wärst du beinahe in meinen Armen verblutet. Nur weil ich dich nicht auf Abstand gehalten habe, hätten deine Eltern fast ihr einziges Kind verloren …«

»Nichts davon ist deine Schuld«, erwiderte ich leise.

Ein verärgerter Zischlaut drang aus Eastons Kehle, und er schüttelte kaum merklich den Kopf.

»Du hast weder die Waffe auf mich gerichtet noch den Abzug gedrückt«, sprach ich unbeirrt weiter. »Wenn du nicht mehr mit mir zusammen sein willst, weil sich deine Gefühle für mich verändert haben, ist es okay, und ich werde mich irgendwie damit abfinden müssen. Wenn du nicht mehr mit mir zusammen sein willst, weil du denkst, du könntest mich dadurch beschützen, ist es absolut nicht okay. Ich verstehe, dass du Angst hast. Die habe ich auch. Mehr denn je. Aber wir dürfen uns nicht davon kontrollieren lassen. Das wäre ein fataler Fehler, den wir eines Tages bitter bereuen würden.« Sanft umfasste ich sein Gesicht mit beiden Händen und zwang ihn, mich anzusehen. »Ohne dich gehe ich nicht zurück nach Los Angeles.«

Ich ließ ihn los, sein Blick ruhte weiter auf mir. »Du wirst nicht aufgeben, oder?«

»Nein, so leicht gebe ich dich nicht auf. Niemals.«

»Wie kann man nur so zerbrechlich und gleichzeitig so verflucht hart sein?«

»Das passiert von ganz allein, wenn man die Tochter eines LAPD-Lieutenants ist und den Sohn von Nathan Bay liebt. Vielleicht liegt es aber auch einfach an meinem Studium oder an diesem wundervollen Mann, der mir vor nicht allzu langer Zeit gesagt hat, ich solle mich nie allein auf andere verlassen ...«

Ein schwaches Lächeln umspielte seine Mundwinkel. »Bist du dir wirklich sicher, dass du dieses Risiko weiter eingehen willst, Margret Isabel Lucille Alexandra Lewis?«

»Mit dir würde ich jedes Risiko eingehen ...«, gab ich leise zurück, beugte mich zu ihm und strich mit meiner Nasenspitze über seine. »... es sei denn, du nennst mich weiter bei meinem vollen Namen, dann überlege ich es mir vielleicht noch mal anders.«

»Gut zu wissen«, flüsterte Easton.

Wir waren uns so nah, dass ich die kleinen schmelzenden Schneeflocken auf seinen Wimpern sehen konnte und seinen zittrigen Atem auf meinem Gesicht spürte. Für einen nicht enden wollenden Moment sahen wir einander an. Eastons Hand schlich sich in meinen Nacken. Unter seiner zärtlichen Berührung erschauerte ich, überwand das letzte bisschen Abstand zwischen uns und küsste ihn zögernd. Sanft. Unschuldig. Wieder und wieder. Seine Gesichtszüge verloren an Härte, entspannten sich, wurden immer weicher, bevor er jeglichen Widerstand aufgab. Als er seine Lippen für mich öffnete und meinen Kuss voller Leidenschaft erwiderte, ließ Easton mich fühlen, wie sehr er mich liebte, dass er mit jeder Faser seines Herzens an uns und eine gemeinsame Zukunft in Los Angeles glaubte, die wir uns von nichts und niemandem nehmen lassen würden.

Epilog

Auf wundersame Weise war das Haus gleich neben meinen Eltern spontan frei geworden, weil unsere Nachbarn ein neues in Palm Beach gefunden hatten. Und das, obwohl die Finanzierung weit jenseits ihres monatlichen Einkommens lag. Es war unschwer zu erraten, wer hinter dem plötzlichen Haustausch steckte, zumal Easton nach mehrwöchigen Umbauarbeiten mit Lance, Alex, Kate und Mary dort einzog. Nach außen hin missfiel meinem Dad diese Entwicklung, weil er grundsätzlich der Meinung war, *der Junge* sollte erst mal lernen, dass vor jedem Erfolg harte Arbeit steht. Insgeheim freute er sich aber, dass ich die meiste Zeit nur einen Steinwurf entfernt von zu Hause verbrachte. Auch wenn er es nur äußerst ungern zugab, mochte er Easton und konnte durch die nachbarschaftliche Nähe ein zusätzliches Auge auf ihn werfen – was Nathan Bay selbstverständlich bei dem Hauskauf einkalkuliert hatte, um die Sicherheit seines Sohnes durch die Wachsamkeit eines hochrangigen Polizisten zusätzlich zu verstärken. Wie mit seinem Vater vereinbart, hatte Easton seinen auffälligen Porsche in New Haven zurückgelassen und fuhr nun einen recht weitverbreiteten und eher unauffälligen Pick-up. Von seiner Harley hatte er sich nicht getrennt, und wann immer Dads bewundernder Blick auf das außergewöhnlich schöne Motorrad fiel, drückte Easton ihm die Schlüssel in die Hand, damit er ein paar Runden auf der Maschine drehen konnte.

Easton liebte meine Mom für ihre Kochkünste, für ihre *Several-Ways-to-Kill-and-Die*-Serie sowieso. Und Mom liebte Easton, weil er mich jeden Tag *zum Strahlen brachte*, um es in ihren Worten wiederzugeben. Im Gegensatz zu meinem Dad ließ sie sich von unserer Natürlich-schlafen-wir-in-getrennten-Betten-Nummer nicht hinters Licht führen. Sie wusste genau, dass Easton sich jede Nacht, wenn im Hause Lewis die Lichter erloschen, durchs Fenster in mein Zimmer schlich. Aber sie behielt es für sich, um meinen Vater nicht seiner angestaubten Illusion zu berauben, seine Tochter eines Tages jungfräulich vor den Altar zu führen. Wobei ich mir ziemlich sicher war, dass der Lieutenant ebenfalls längst Lunte gerochen hatte, jedoch besser damit klarkam, sich einzureden, es wäre nicht so.

Lance bemühte sich nach wie vor sehr um Sarah, die dank therapeutischer Unterstützung recht schnell wieder aufgeblüht und fast schon wieder zu meiner chaotisch-zuckersüßen Sasu geworden war. Obwohl Lance mit seinen dunklen Haaren überhaupt nicht ihrem bevorzugten Typ Mann entsprach, sie in puncto Musikgeschmack absolut inkompatibel waren und Eastons Chefaufpasser niedliche schwimmende Schweine auf den Bahamas in etwa genauso bezaubernd fand wie Fliegenschiss an Fensterscheiben, stand sie auf ihn. Da war ich mir mittlerweile tausendprozentig sicher. Es blieb also spannend und vor allem sehr amüsant zwischen den beiden.

So perfekt auch alles auf den ersten Blick scheinen mochte, unser Happy End zählte zu den bittersüßen, denn die Schatten der Vergangenheit holten Easton und mich immer wieder ein. Meistens nachts in unseren Träumen, aus denen wir schweißgebadet und völlig orientierungslos hochschreckten. Dann hielten wir einander fest, bis die finsteren Bilder verschwanden und sich unsere rasenden Herzen wieder beruhigten.

Dass ausgerechnet ich zu den entscheidenden Fehlern zählte, die den *Philosophen* durch Yves' blinden Hass auf Easton unterlaufen waren, erfüllte mich mit einer gewissen Genugtuung und gab der Narbe an meiner Brust einen Sinn. Nach den Ermittlungen zum Drive-by auf dem Uni-Gelände war die Beweislage erdrückend gewesen und hatte noch mehr schreckliche Tatsachen ans Licht gebracht. Systematisch hatten die *Philosophen* ihre weiblichen Mitglieder als Versuchskaninchen für ihre neuen Designerdrogen missbraucht, um deren optimale Dosis und Wirkung zu testen, während die niederrangigen männlichen Mitglieder für die Verteilung des Stoffs an interessierte Käufer zuständig gewesen waren. Oder einfach bei kostspieliger Laune gehalten wurden, um sie erpressbar zu machen, wie sie es mit Davy Quinlan getan hatten. Yves und seine Zacs würden so schnell nicht wieder auf freien Fuß kommen. Die *Philosophen* gab es nicht mehr. Auch Davy, der schüchterne Junge vom Ende der Straße, der zum tragischen Bauernopfer geworden war, saß hinter Gittern. Kurz nach den Schüssen hatte er einen Zusammenbruch erlitten, sich reumütig der Polizei gestellt und ein umfassendes Geständnis abgelegt. Wir schrieben uns regelmäßig. Vergeben hatte ich ihm längst. Doch vergessen würde ich die ohrenbetäubenden Schüsse, das Einschlagen der Kugel in meiner Brust und die Panik, als plötzlich in Eastons Armen mein ganzes Leben an mir vorbeigezogen war, wohl nie.

Während meiner letzten Therapiestunde hatte meine Traumatherapeutin mich gefragt, was ich ändern würde, wenn ich die Zeit bis zu unserer Ankunft in New Haven zurückdrehen könnte. »Alles«, war meine spontane Antwort gewesen, aber das stimmte nicht. Denn eines würde ich niemals ändern wollen:

meine bedingungslose Liebe zu Easton. Diesem wundervollen und einzigartigen Mann, der mein Herz gleich bei unserer ersten Begegnung im Sturm erobert hatte und der es wie niemand sonst verstand, selbst die finstersten Wolken an meinem Horizont zu vertreiben.

Nur düstern Frieden bringt uns dieser Morgen,

Die Sonne scheint, verhüllt von Weh, zu verweilen.

Kommt, offenbart mir ferner, was verborgen:

Ich will dann strafen oder Gnad' erteilen;

Denn niemals gab es ein so herbes Los,

Als Juliens und ihres Romeos.

(William Shakespeares Romeo und Julia)

Milas & Eastons Playlist

Bad Habits – Ed Sheeran
Shape of You – Ed Sheeran
River – Ed Sheeran feat. Eminem
Grow Old with You – Eminem feat. Selena Gomez
(Mix by Kamikaze Music, nur auf youtube.com)
Falling – Harry Styles
Lose Yourself – Eminem
Monster – Shawn Mendes feat. Justin Bieber
The Heart Wants What It Wants – Selena Gomez
Giant in My Heart – Kiesza
Smooth – Santana feat. Rob Thomas
Crazy In Love – Sofia Karlberg
Mr Sandman – SYML
Knocking On Heaven's Door – Raign
Running Up That Hill – Placebo
Breathe Easy – Blue
The Reason – Hoobastank

Sarahs Playlist

Sweet Dreams – Eurythmics
Be My Baby – The Ronettes
Like a Virgin – Madonna
Dancing Queen – Abba
Love Is a Battlefield – Pat Benatar
Wake Me Up, Before You Go-Go – Wham
Now That We've Found Love – Third World
Girls Just Want to Have Fun – Cindy Lauper
Relax – Frankie goes to Hollywood
Rebel Yell – Billy Idol
Shout – Tears for Fears
Running Up That Hill – Kate Bush

Danksagung

Unter dem Arbeitstitel »East Side Story« ist *No Romeo* bereits 2021 »angeschrieben« in meinen überfüllten Ideen-Ordner eingezogen. Bis Maren mich letztes Jahr gefragt hat, ob ich vielleicht ein Romance-Projekt in der »Schublade« hätte, das zu Moon Notes passen würde. Hatte ich. ☺

Bevor ich zu den eigentlichen Danksagungen komme, hier noch ein paar kurze Informationen zum Buch. Nicht alle Locations, die ich darin beschrieben habe, gibt es in New Haven. Deshalb hier eine kleine Liste, damit ihr wisst, welche meiner Fantasie entsprungen sind:

- Die Strandapartments
- The SandWitchBar
- Heaven & Hell
- Silver Sands Plaza
- Louis Costellos Good Old Lady
- Kelly Island
- Das Haus der vergessenen Bücher
- Lara Bay Memorial

An erster Stelle möchte ich mich bei der Verlagsgruppe Oetinger und natürlich beim Moon-Notes-Team bedanken, weil *No*

Romeo mein allererstes Paperback geworden ist, das zu allem Überfluss auch noch im stationären Buchhandel ausliegt. Nicht zu vergessen das Oetinger-Audio-Team, das zusätzlich noch ein Hörbuch aus meiner Geschichte gezaubert hat. Damit habt ihr gleich drei Wünsche auf meiner ellenlangen Autorinnenwunschliste erfüllt und mich richtig, richtig glücklich gemacht! <3

Liebe Maren, alle guten Dinge sind drei, heißt es so schön, und ich danke dir sehr dafür, dass du nun schon mein drittes Buch an den Start geschubst hast. Vielleicht kriegen wir es ja irgendwann doch noch mal hin, vom Pitch bis zur Veröffentlichung ein Projekt mit allem Drum und Dran gemeinsam zu verwirklichen. Das würde mich mega freuen.

Franzi. Was soll ich sagen? Totale Sympathie gleich beim ersten Telefonat. Zwei Perfektionistinnen, die ähnlich ticken. Herzlichen Dank für deine Engelsgeduld mit mir, die vielen schönen Anregungen, deine Unterstützung auf allen Ebenen und, ja, auch für deinen verdammt harten Rotstift, obwohl ich ihn am Anfang gehasst habe. Kleiner Insider: Ich mag dich immer noch. ☺

Denise, meine bessere Mondmädchenhälfte, auch nach nunmehr 15 Jahren möchte ich dich und deinen unerschütterlichen Glauben an mich und meine Geschichten nicht missen. Niemand puschelt so herrlich verrückt mit Glitzerpompoms aus dem Off wie du. Danke dafür und für alles andere auch.

Tania, du bist im wahrsten Sinne des Wortes unbezahlbar, genau wie deine 20+ minutenlangen Voicemails, mit denen du mich immer wieder zum Lachen bringst. Danke, dass du sofort alles stehen und liegen lässt, um mir ein schonungsloses Feedback zu geben, sobald ich dir eine Textpassage zuschicke.

Lana, mein Sonnenscheinchen, ich freue mich jedes Mal, deine Stimme zu hören, wenn wir unsere Buch-News austauschen, und bin echt froh, dass wir uns im Sommer 2020 gefunden haben.

Kemal, Robin und Chantal <3<3<3 – meine allerliebsten Lieblingsmenschen –, ohne euch wäre alles doof! Ich bin so unendlich dankbar dafür, dass es euch gibt.

Mama <3 und Papa <3, ohne euch wäre ich nicht die, die ich bin. Ihr fehlt mir. Jeden Tag. Immer.

Abschließend ein riesengroßes DANKESCHÖN an meine Leserinnen und Leser, die mich teilweise schon seit meinem Debütroman begleiten. Was wären meine Geschichten, wenn ihr sie nicht lesen würdet? Ein Stapel vollgeschriebenes Papier, das keine Beachtung findet. Nur mit euch und eurer Liebe zu Büchern ergibt das Schreiben einen Sinn. Ich freue mich über jeden Einzelnen von euch, der sich von meinen Geschichten für ein paar Stunden aus dem Alltag entführen lässt. Und damit das auch weiterhin so bleibt, arbeite ich schon fleißig an meinem nächsten Projekt. ☺

Ganz viel Liebe für euch!

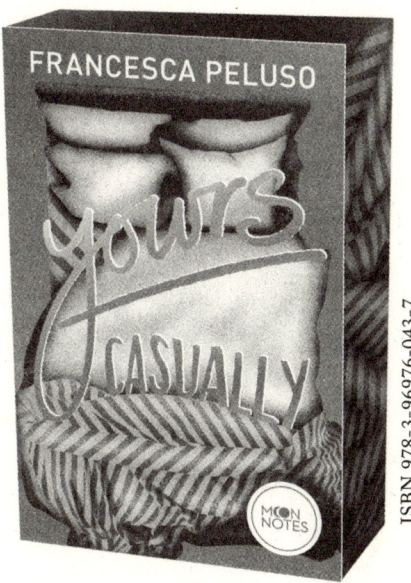

ISBN 978-3-96976-043-7

Die wahre Liebe findet dich, ob du willst oder nicht.

Seelenverwandtschaft und die wahre Liebe? Alles Quatsch, wenn man Sienna fragt. Sich erneut verlieben? Darauf kann Rafael für den Rest seines Lebens verzichten. Auf der Suche nach unverbindlichem Sex lernen sich Sienna und Rafael über eine Dating-App kennen und landen im Bett. Mit Rafael kann Sienna endlich herausfinden, was ihr wirklich gefällt, und er muss sich bei ihrer Vorgeschichte keine Sorgen machen, dass sie sich in ihn verlieben könnte. Beide sind sich einig: Das muss wiederholt werden! Natürlich nicht, ohne ein paar Regeln festzulegen: keine Dates, keine tiefen Gespräche und vor allem keine Gefühle. Klingt doch eigentlich ganz einfach …

KAPITEL 1

Sienna

Sie würde Camille umbringen. Punkt. So einfach war das. Sie würde ihre beste Freundin qualvoll erwürgen. Selbst schuld. Auf Camilles Grabstein würde stehen: *Tochter, Geliebte, beste Freundin und die schlechteste Kupplerin der Welt.*

Natürlich würde sie sich bei der Auswahl des Grabes trotzdem Mühe geben, Camille sollte ja nicht in einer hässlichen Ruhestätte liegen. Das würde sie ihrer besten Freundin nicht antun.

Warum hatte sich Sienna überhaupt auf diesen Unsinn eingelassen? Sie wusste es doch besser. Kein einziges Mal hatte Camille auch nur im Ansatz ihren Geschmack getroffen. Was schon beinahe traurig war, wenn man bedachte, wie lange sie sich inzwischen kannten. Fast fünfzehn Jahre. Doch Camille betonte immer wieder, dass Siennas eigener Männergeschmack leider unterirdisch war und sie etwas viel Besseres verdient hatte. Diesem *Besseren* war Sienna bisher noch nicht begegnet.

Warum hatte Sienna also nicht *Nein* sagen können, als Camille mit dieser lächerlichen Idee angekommen war? Weil sie mal wieder diese Schnute gezogen hatte, und dazu dieser bescheuerte Hundeblick? Ja, so musste es gewesen sein. Wenn Camille damit anfing, gab es nichts, was sie ihr ausschlagen konnte. Leider.

»Hörst du mir zu, Sienna?«

Sie hob den Kopf und sah in die hellblauen Augen ihres Gegenübers. Die blonden Haare hingen ihm lose ins Gesicht.

Blond, der Kerl war einfach blond. Da hatte das Desaster bereits begonnen. Sienna stand so gar nicht auf Blondies. Und das letzte Mal, als sie mit einem blonden Mann zusammen gewesen war, war sie zu oft gefragt worden, ob das ihr Bruder sei. Nein, keine blonden Männer mehr.

Zögernd nickte sie und zwang sich zu einem Lächeln. In Wahrheit hörte sie ihm schon seit einigen Minuten nicht mehr wirklich zu. Ein schlechtes Gewissen machte sich bei ihr bemerkbar, doch sie konnte nichts gegen ihr Desinteresse tun. Als er angefangen hatte, über den derzeitigen Aktienkurs von Apple zu reden, hatte sie einfach abgeschaltet. Wer redete über Aktien beim ersten Date? Jeder Versuch von ihr, die Themen in eine etwas persönlichere Richtung zu lenken, war fehlgeschlagen. Alles, worüber ihr Blind Date reden konnte, waren seine Kurse in Wirtschaft, die Wall Street und das überteuerte Essen in der Mensa.

Von wegen, Miles war höflich, charmant und lustig. Na ja, zumindest das höflich hatte gestimmt, immerhin hatte er ihr die Tür zum Café aufgehalten, ihr den Stuhl zurückgeschoben und aus dem Mantel geholfen. Da hatte Sienna noch geglaubt, dass dieses Date gar nicht so schlecht werden würde. Doch dann war es schlagartig den Bach runtergegangen.

»Hast du vor, demnächst in irgendwelche Aktien zu investieren?«, fragte Miles und sah sie lächelnd an.

»Äh, nein, ich denke nicht.«

»Warum nicht? Momentan bietet sich das regelrecht an.« Er lachte verhalten, und Sienna kam sich vor, als würde er sie für dumm halten. Was sie in Bezug auf Aktien vermutlich auch war. Aber welche Zweiundzwanzigjährige hatte bitte schön Ahnung von solchen Themen? Ganz zu schweigen von dem nötigen Kleingeld, um in irgendetwas zu investieren. Ihre Investitionen beliefen sich auf die regelmäßigen Anrufe bei ihrem Dad, damit er ihre Miete bezahlte, den Vorrat an *Ben & Jerry's*-Eis in ihrem Tiefkühlfach und ihre Filmsammlung von Alfred Hitchcock. Die waren das investierte Geld allemal wert gewesen.

»Ich kann dich beraten, wenn du möchtest.«

Nein, das wollte sie nicht.

War das hier ein Date oder ein Investment-Meeting? So langsam war sich Sienna da nicht mehr sicher. Fehlte nur noch, dass er ihr im Nachhinein eine Rechnung für seine erbrachte Finanzberatung schrieb. Sie räusperte sich und nahm einen Schluck von ihrem Kaffee. »Und was machst du sonst so? Abgesehen von deinem Studium. Wie verbringst du deine Freizeit?«

Er hätte in diesem Moment alles sagen können. Videospiele, Baseball, Schach, ihr wäre sogar Fliegenfischen recht gewesen. Irgendetwas, was nichts mit Zahlen oder Geld zu tun hatte, aber leider war ihr dieses Glück nicht vergönnt.

»Ich habe kaum Freizeit. Neben dem Studium und der Arbeit in der Bank bleibt kaum Zeit.« Er sagte es nicht einmal so, als täte ihm dieser Umstand leid. Sondern vielmehr so, als wäre der Gedanke an Freizeit lächerlich. »Umso schöner finde ich es, dass es mit unserm Treffen geklappt hat.«

Sienna lächelte. Er konnte nett sein, vielleicht ging er sogar als charmant durch, was er jedoch auf gar keinen Fall war, war humorvoll. Sie hatte noch kein einziges Mal an diesem Nachmittag mehr getan, als ihre Mundwinkel nach oben zu ziehen. Dabei hatte Miles Witze gemacht. Oder es zumindest versucht.

Dieses Date war eine Katastrophe. Immerhin war der Kaffee gut, auch wenn Miles selbst da versucht hatte, alles kaputt zu machen.

»Ich trinke keinen Kaffee, das stört den Schlaf und schadet

dem Magen«, waren die ersten Worte gewesen, die er gesagt hatte, nachdem sie sich einen Cappuccino bestellt hatte.

Sie hatte bei dieser Aufzählung irrelevanter Informationen nur genickt.

Drei Kaffeebestellungen später hatte wohl auch Miles eingesehen, dass sie sich nicht sonderlich für Schlaf interessierte und ihr Magen durchaus in der Lage war, dieses böse, böse Getränk zu verdauen. Gott sei Dank, denn Kaffee gehörte zu ihren Grundnahrungsmitteln. Darauf würde sie niemals verzichten und schon gar nicht, weil irgendein Mann fand, dass es schlecht für sie war.

Als Miles sie mit hochgezogener Augenbraue ansah, merkte sie, dass sie ihm noch nicht geantwortet hatte. Er fand es schön, dass es mit ihrem Treffen geklappt hatte. Ja, was sollte sie darauf erwidern?

Sienna atmete tief durch. »Camille war der Meinung, wir würden uns gut verstehen.« Wie auch immer ihre beste Freundin auf diesen absurden Gedanken gekommen war.

»Sie meinte, Gegensätze ziehen sich an.« Miles schenkte ihr ein Lächeln, und sie nickte nur. Was für ein Unsinn. Sie beide waren grundverschieden, doch die Anziehung fehlte auf ganzer Linie. Wenn es nichts gab, was zwei Menschen miteinander verband, seien es dieselben Vorlieben, Hobbys oder Erwartungen, was sollte das Ganze dann überhaupt?

»Ich glaube, Camille ändert dahingehend sehr oft ihre Meinung.« Sienna konnte ein Schmunzeln nicht unterdrücken. Sie musste an ihr letztes Blind Date denken, das Camille arrangiert hatte, da war sie der festen Überzeugung gewesen, dass es zwischen dem von ihr Auserwählten und Sienna perfekt funktionieren würde, weil sie sich so ähnlich waren.

Wie passend, dass man das immer so drehen konnte, wie man es gerade brauchte.

»Tut sie das?«, wollte Miles lachend wissen. »Sie sagte auch, dass es eine Zeit lang dauert, bis du dich verliebst. Stimmt das?«

Sienna hob eine Augenbraue. Eine Zeit lang? Die Wahrheit war, dass sie sich nicht verliebte. Sie glaubte nicht einmal daran, dass es so etwas wie Liebe wirklich gab. Chemische Reaktionen des Körpers, die einem vorgaukelten, dass die andere Person einem wichtig war und man sich mit ihr fortpflanzen wollte, ja, das gab es. Lust und Leidenschaft, das gab es auch. Aber wahre Liebe, die ein Leben lang hielt? Pustekuchen.

Wie sollte man an wahre Liebe glauben, wenn man sie noch nie mit eigenen Augen gesehen hatte?

Statt Miles zu antworten, stellte sie ihm eine Gegenfrage: »Sind deine Eltern noch zusammen?«

Wenn er erstaunt über die Frage war, ließ er es sich nicht anmerken. Er schüttelte den Kopf. »Sie haben sich vor einigen Jahren scheiden lassen.«

Aha!, hätte Sienna am liebsten gesagt, schwieg aber. Es war ein sensibles Thema; nur weil sie es zur Genüge kannte, bedeutete das nicht, dass Miles die Trennung seiner Eltern gut verarbeitet hatte. Trotzdem hatte sie mit dieser Antwort bereits gerechnet. Die meisten Ehen endeten in einer Scheidung, ihre Eltern waren das beste Beispiel dafür. Und inzwischen wahre Profis. Es würde sie nicht wundern, wenn sie die Nummern ihrer Scheidungsanwälte auf der Kurzwahltaste hatten.

»Aber das bedeutet nicht, dass es beim nächsten Mal nicht klappt. Nicht jede Beziehung ist für die Ewigkeit bestimmt.« Miles zuckte mit den Schultern, als wäre es keine große Sache.

Sienna verzog die Lippen zu einer harten Linie. Für sie *war* es eine große Sache. Warum sagen, dass man sich liebte, einander heiraten, wenn man es am Ende doch nicht so meinte und man sich trennte, nur um alles wieder von vorne zu beginnen, mit demselben Ausgang?